2019年度中国作家协会网络文学理论评论支持计划项目（项目编号：ZZ2019WWLP003）;重庆市委宣传部、重庆市作家协会资助项目（2019）；国家社科基金重大招标项目"中国新媒介文艺研究"（项目编号：18ZDA282）；中央高校基本科研业务费重大培育项目（项目编号：SWU1709216）。

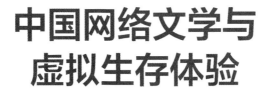

中国网络文学与
虚拟生存体验

黎杨全 ◎ 著

中国社会科学出版社

图书在版编目(CIP)数据

中国网络文学与虚拟生存体验/黎杨全著. —北京：中国社会科学出版社，2021.6
ISBN 978－7－5203－8199－4

Ⅰ.①中… Ⅱ.①黎… Ⅲ.①网络文学—文学研究—中国
Ⅳ.①I207.999

中国版本图书馆 CIP 数据核字（2021）第 061802 号

出 版 人	赵剑英	
责任编辑	郭晓鸿	
特约编辑	杜若佳	
责任校对	师敏革	
责任印制	戴 宽	

出 版	中国社会科学出版社	
社 址	北京鼓楼西大街甲 158 号	
邮 编	100720	
网 址	http://www.csspw.cn	
发 行 部	010－84083685	
门 市 部	010－84029450	
经 销	新华书店及其他书店	

印 刷	北京明恒达印务有限公司	
装 订	廊坊市广阳区广增装订厂	
版 次	2021 年 6 月第 1 版	
印 次	2021 年 6 月第 1 次印刷	

开 本	710×1000 1/16	
印 张	20.5	
插 页	2	
字 数	266 千字	
定 价	118.00 元	

目　　录

绪　　论

　　中国网络文学已有二十年左右的历史，目前形成了以各读书网站的商业文学为主流的文学态势。中国网络文学的繁荣在世界上独树一帜①，不仅国内的研究成果已经很多，也吸引了国外学者的注意②。这

---

　　①　中国网络文学的繁荣在世界范围内是一种独特现象。著名写手"唐家三少"2009 年赴德国参加数字文化研修活动，发现在数字文化这方面，"国外的文化运营商大多还停留在设想之中，而我国网络文学发展已远远领先于他们"（参见陶叶《唐家三少：中国网络文学发展远远领先于外国》，http：//news. xinhuanet. com/book/2011 - 12/25/c_ 122476973. htm，2011 年 12 月 25 日。关于本书中网络文献的日期，这里需要特别交代一下。凡是该网络文献自带有发表日期的，以发表日期为准，凡是没有标注发表日期的，则以笔者查询日期为准，对此，在注释中皆有注明）。作家邱华栋也认为，"网络文学是中国的一种独特现象"，是"中国特色"（参见邱华栋《点评〈回到明朝当王爷〉》，http：//bbs. 17k. com/pandian/viewthread. php? tid =758，2008 年 12 月 3 日）。中国网络文学自 2004 年前后开始大规模产业化，并走向持续繁荣，西方虽在 2000 年由斯蒂芬·金尝试过网络作品的收费阅读，但始终未能形成规模化网络文学产业（参见黄鸣奋《网络传媒革命与电子文学批评的嬗变》，《探索与争鸣》2010 年第 11 期）。中国网络文学在世界范围内这种独特的繁荣大致由以下原因造成：中国传统社会与文学对娱乐性的长久压抑，互联网的兴起让此需求得到充分释放；门槛低和人口众多带来了全民写作与阅读的井喷；与世界文化产业发达的国家相比，中国实体出版相对困难，互联网随写随发并可根据用户需求快速调整。

　　②　国外对中国网络文学研究的学者及成果主要有：英国伦敦大学亚非学院的教授贺麦晓（Michel Hockx）及其《中国的网络文学》（*Internet Literature in China*，2015），美国格林内尔学院的教授冯进（Jin Feng）及其《浪漫网络：中国网络爱情的生产与消费》（*Romancing the Internet*：*Producing and Consuming Chinese Web Romance*，2013），曼彻斯特大学教师尹海洁（Heather Inwood）及其《诗歌病毒式传播：中国新媒体场景》（*Verse Going Viral*：*China's New Media Scene*，2014），韩国留学生崔宰溶及其博士学位论文《中国网络文学研究的困境与突破——网络文学的土著理论与网络性》（北京大学，2011 年）。

些成果推动了网络文学研究的深入，一些前辈学人筚路蓝缕的工作值得尊敬与肯定，这是因为，网络文学虽然吸引了广泛的受众，但因其俗套内容与YY① 描写而饱受诟病，与此相应，对网络文学的研究也时常遭到歧视②，其中的潜在逻辑——在某种意义上也是学术规则的潜在"共识"与等级划定：如果研究对象给人感觉"深奥"与"厚重"，则其研究成果必然"扎实"；如果研究对象给人感觉"直白"与"浮夸"，则其研究成果必然"肤浅"。网络文学给人的感觉常常很"水"③ 或"垃圾"（"垃圾"说一直非常流行），网络文学研究遭到歧视和边缘化也就顺理成章——这是网络文学研究的原罪。对网络文学研究这种学术歧视与等级划定显然值得反思，一方面，对象的性质与成果的质量之间没有必然联系，"厚重"的对象也会产生故弄玄虚、人云亦云的研究成果，"肤浅"的对象也可能会产生有深度的、有开拓性的学术精品（可参照弗里德里克·詹姆逊④对大众文化的研究）；另一方面，对大众文化的研究，特别是在大众文化日渐重要的后现代社会，是非常有必要的，而对带来巨大社会转型的数字媒介来说，其极为重要的、正日渐显露的文化与文学意义更是值得深入研究。

但是，学界的歧视也值得网络文学研究界反思，客观来说网络文学研究的确存在不少问题，举其大要，有四个方面明显的问题。第一，研究与创作隔膜。不少研究者对网络文学不熟悉，一些最近几年出的专著所举的例子仍然局限于《第一次的亲密接触》《风中玫瑰》等早期作品，基本没有考虑网络文学的发展变化，即便谈到了当下的一些

---

① "YY"即"意淫"的拼音简称，由于多数网络小说主要是满足读者的种种欲望幻想，如权力、爱情、财富等，故被网友们称为YY小说。

② 如笔者曾听到学术圈一种说法：搞不了古代的搞现代，搞不了现代的搞当代，搞不了当代的搞网络。

③ 不仅被评论圈以"水"形容其写作质量低下，写手自己为了赚取多余稿费也有意"注水"。

④ 在本书中，为严谨起见，对人们不是特别熟悉的外国学者的中文姓名后皆配上相应英文名，但同时为了避免烦琐，对人们较熟悉的外国学者（如詹姆逊），则省去相应英文名。

作品，也具有随意性，不知道哪些作品重要，哪些作品不重要，只是笼统地根据一些文学网站的排行榜来选取阅读。这种问题的出现，可能与网络文学作品的海量、篇幅过长有关，或者说，这折射了网络文学这一庞然大物带来的前所未有的研究困境，以及研究者的畏难情绪。第二，研究的同质性、重复性严重。对网络文学的宏观研究很多，多为泛泛而论，且重复现象突出。第三，理论深度缺乏。中国网络文学的研究成果越来越多，但真正有分量、有思考的专著与文章并不多见。不少研究或浅尝辄止，或流于陈见。常识性、套话性的观点比较普遍。这一点可以说是目前中国网络文学研究最突出的问题。第四，忽视中国网络文学的特殊性，具有观念化、抽象化倾向，常常直接套用西方网络文学理论来分析中国网络文学，得出的结论脱离文学事实，不能让人信服。

这些问题已经成了网络文学研究的顽疾，尽管一些学者在呼吁改变，但新的研究仍在重复以前的研究套路。中国网络文学的发展已逾二十年，我们的研究范式理应有所调整与转型。

一 中国网络文学的 "中间路径"

在对中国网络文学的研究中，对其新质的研究是重中之重，这不难理解，由于载体的巨大转折（从印刷到网络），在人们的期待视野中，网络文学似乎应是一种"新"文学，因此从中国网络文学一开始产生，它就立即引起了文学圈与学界的注意，承担着开辟新的文学可能的文化想象（当然同时也招来了犹疑与审视目光），与之相应的是很快就有了"传统文学"的提法——文化的转型与对照、文学的更新换代与新传统的开启，成为网络文学兴起之初的浓郁舆论氛围。那么，与传统文学相比，这种"新生的"文学有没有本质区别，区别在哪里？这方面的探讨成为中国网络文学研究二十年的一条理论主线，不少论文与专著反复在讨论这个问题。这个问题也确实重要，只有把这个基础问题真正搞清楚了，后续研究才能真正展开；与此同时，在世界网络文学的背景下，客观分析中国网络文学的新质，推动其与世界的对话，也是迫在眉睫的工作。

总体来看，关于中国网络文学新质的研究有两种代表性的倾向，这两种倾向之间的争论从网络文学发展之初一直延续到现在。

一种倾向认为，网络作为一种"传播工具"，不会引起文学属性的根本变革。在作家余华看来："对于文学来说，无论是网上传播还是平面出版传播，只是传播的方式不同，而不会是文学本质的不同。"① 王朔持有相同看法：

> 人和人要在一起才会有冲突，才会形成困境。光通过互联网，它很容易变成一种就像梅格瑞安和汤姆汉斯拍的那个电影（《网上情缘》）。那电影我觉得非常表面，没有说明什么，包括痞子蔡的作品，和经典的爱情小说有什么区别？只不过他们交流的方式多了一点互联网，或者他们主要是通过互联网去交流，这和他们通过对话去交流有什么区别？骨子里没区别的。②

评论家於可训认为，"网络不过是一个书写工具和传播工具"，它跟写在甲骨、钟鼎、竹简、绢帛、纸张上没有本质区别，然而并没有出现所谓的甲骨文学、钟鼎文学、竹简文学、绢帛文学、纸张文学等说法，研究者为网络文学寻找"新质或特殊性"的努力，不能说明网络文学"与以往的文学或传统的文学，即纸面的文学的有本质的区

---

① 余华：《网络和文学》，《作家》2000年第5期。
② 刘韧、李戎：《王朔：不上网者无所谓》，《计算机世界》2000年3月27日。

别"，网络文学"并未从根本上改变文学之为文学的根本属性"①。作家、评论家李敬泽认为"网络文学"是一个伪概念，因为"文学产生于心灵，而不是产生于网络，我们现在面对的特殊问题不过是：网络在一种惊人的自我陶醉的幻觉中，被当作了心灵的内容和形式，所以才有了那个'网络文学'"。②

与此相反，挟带着新技术来临的兴奋与文学进化论的理念，另一种观点则充分肯定中国网络文学促成了文学的新变，常以"转型""革命""替代"等新生意味十足的词语赞美其价值。如网络文学研究著名学者欧阳友权在《数字媒介与中国文学的转型》一文中认为，网络给中国文学的转型带来了三重推力：一是"去中心化"、话语权的释放促成了"新民间写作"；二是"艺术自由度"，包括创作动机、虚拟身份、发布作品与读写互动的自由；三是"对文学体制的历史演进探索了新的可能"。③ 欧阳友权是国内较早从事网络文学研究的学者，为网络文学研究做出了重要贡献，他的观点颇有代表性，他这篇发在《中国社会科学》上的文章的引用率也很高。总的来看，按照韩国留学生崔宰溶在博士学位论文《中国网络文学研究的困境与突破——网络文学的土著理论与网络性》中的归纳，国内的专著、论文多从"超文本""多媒体""后现代主义"三个方面来论述中国网络文学的新质④。实际上不仅是国内，一些国外学者也持这些观点，如长期研究中国网络文学的荷兰学者贺麦晓（Michel Hockx）也认为，中国网络文学带来了"互动性"、"多媒体诗歌"及出版制度等方面的"突破"⑤。

---

① 於可训：《说网络文学》，《长江文艺》2012 年第 9 期。

② 李敬泽：《"网络文学"：要点和疑问》，《文学报》2000 年 4 月 20 日。

③ 欧阳友权：《数字媒介与中国文学的转型》，《中国社会科学》2007 年第 1 期。

④ 崔宰溶：《中国网络文学研究的困境与突破——网络文学的土著理论与网络性》，博士学位论文，北京大学中文系，2011 年，第 6—15 页。

⑤ 许苗苗：《网络文学研究：跨界与沟通——贺麦晓教授访谈录》，《文艺研究》2014 年第 9 期。

不难看出，这两种观点实际上代表着传统文学界与网络文学界关于网络文学看法的分歧，尽管这两派观点主要是在网络文学早期阶段出现的，但到现在为止这种二元对立的态势仍在延续，并没有大的改观。在笔者近年来参加的关于网络文学的学术会议上，双方仍围绕这些话题展开争论，肯定者强调网络文学的革命性、新生性，强调它在文学生产、阅读与传播范式方面的巨大转型意义，否定者认定网络文学无非是大众文化的产物，与传统大众文学没有本质区别，指斥其大众化、浅薄化，认为网络文学是文字垃圾。这说明，尽管网络文学的发展与研究已逾二十年，但关于其新质的认识与界定仍是模糊的，仍未取得学界的共识。显然，对网络文学的研究不能一直停留在这种重复争论上，这个问题必须得到根本解决。

具体而言，持第一种观点的人之所以认为中国网络文学难有质的突破，原因之一在于其感到网络文学与传统文学并无根本差异。张抗抗曾作为评委参与网络文学的评选，其经历和感受颇能说明问题：

在进入这次阅读之前，曾作了充分的心理准备，打算去迎候并接受网上任何稀奇古怪的另类文学样式。读完最后一篇稿时，似乎是有些小小的失望——准备了网上写作的恣意妄为，多数文本却是谨慎和规范的；准备了网上写作的网络文化特质，事实却是大海和江河淹没了渔网；准备了网上写作的极端个人化情感世界，许多文本仍然倾注着对于现实生活的关注和社会关怀；准备了网络世界特定的现代和后现代话语体系，而扑入视线的叙述语言却是古典与现代、虚拟与实在的杂糅混合，兼收并蓄。故被评挑选出来的 30 篇作品，纠正了我在此之前对于网络文学或是网络写作特质的某些预设，它比我想象的要显示得温和与理性。即便是一些"离经叛道"的实验性文本，同纯文学刊物上已经发表的许多"前卫"作品相比，并没有"质"的区别。若是打印成纸稿，"网上"的"网下"的，恐怕一时难以辨认。①

由此，张抗抗对于网络文学可能带来的质变表示怀疑："网络文学会改变文学的载体和传播方式，会改变读者阅读的习惯，会改变作者的视野、心态、思维方式和表现方式，但它究竟在多大程度上，能改变文学本身？比如说，情感、想象、良知、语言等文学要素。"②

张抗抗在阅读网络文学前后的心理反应及结论，比较典型地代表了传统作家对网络文学的情感与态度，折射出传统文学界对中国网络文学这一"新文类"的"差异性"预期，并根据其印刷文学风貌而认定网络文学并未带来真正变革的逻辑思路。

张抗抗看到的是中国网络文学发展初期（2000 年前后）的作品，而自 2003 年后，中国网络文学开启了大规模市场化进程，面对呈现出传统文学风貌并已商业化的文学现实，持第二种观点的学者，从超文本、多媒体、后现代主义等方面对其进行理论分析是否站得住脚？在博士学位论文中，崔宰溶一一解读了这些观点，认为它们欠缺足够的说服力，并进一步认为这是中国学者直接套用西方网络文学理论的结果。西方网络文学远不如中国网络文学繁荣，但其代表性的文学类型即各种超文本、多媒体作品，相对于传统文学而言，其"新质"是比较突出的，西方网络文学理论是对这些实验性作品的总结，而把这些理论直接套用在缺少此类作品的中国网络文学，显然忽视了中国网络文学的独特性。他说：

国内主要研究一般以西方的理论为研究的基本背景，但它却

① 张抗抗：《网络文学杂感》，《中华读书报》2000 年 3 月 1 日。
② 张抗抗：《网络文学杂感》，《中华读书报》2000 年 3 月 1 日。

忽略了中国网络文学的特殊性、独特性。既有国内研究异口同声强调"超文本"、"多媒体文本"、"后现代主义",认为这三个理论或文学形态是网络文学的最主要特征。他们简单地在网络文学与超文本、后现代文化之间画等号。……中国的网络文学具有与西方的前卫的、实验性很强的网络文学不同的独特性,所以我们不能直接拿这些西方理论来分析国内的网络文学。①

在崔宰溶看来,学者们所列举的中国网络文学中的超文本、多媒体作品的数量实际上是非常稀少的,缺乏代表性,而反复采用"解构""狂欢""平面化"等后现代词语来简单套用也不尽符合事实,这是一种"后现代的假象"②。在我们看来,崔宰溶的分析有道理,中国的超文本、超媒体作品在台湾有一些,在大陆几乎没有,用这种理论来分析中国网络文学,确实有言不及物的感觉。与此同时,直接采用各种后现代性话语来分析中国网络文学的特点,可能比较理想化——网络的后现代性不能等同于网络文学的后现代性,特别是在中国网络文学大规模商业化、资本已异化了"解构"与"狂欢"后,这种分析可能未充分考虑问题的复杂性,但是,我们也不能笼统地说中国网络文学没有后现代性,包括崔宰溶自己,实际上也借用了后现代理论来分析中国网络文学,比如在他这篇博士学位论文的结语部分,认为网络文学属于"事件"的存在论③——这一判断正是典型的后现代话语,但他所得出的这种后现代结论,我们认为是可以成立的。问题的关键在于,对中国网络文学的分析,不是简单地套用后现代理论,不是仅从看得见的外部(如其超链接、互动等)去理解网络文学的后现代特

---

① 崔宰溶:《中国网络文学研究的困境与突破——网络文学的土著理论与网络性》,第13页。
② 参见崔宰溶《中国网络文学研究的困境与突破——网络文学的土著理论与网络性》第二章中"后现代的假象"部分,第26—38页。
③ 崔宰溶:《中国网络文学研究的困境与突破——网络文学的土著理论与网络性》,第126页。

质，更应从网络社会的角度，从日常生活的层面，认为后现代社会的精神气质会或多或少渗透在网络文学中，由此生成与内化了各种具有后现代意味的现象。

在我们看来，在讨论中国网络文学之前，必须要正视一个基本前提，即中国网络文学的主体是各个读书网站的商业化文学。如果绕开这一前提，理论分析必然歪曲事实。但实际上，在直接套用超文本、多媒体与后现代理论来分析中国网络文学时，这一前提常被绕过去了。时至今日，这种理论分析与文学事实脱节的现象一直困扰着中国网络文学研究。

既然中国网络文学的主体是各个读书网站的商业化文学，从外观看，它们似乎与传统文学并无根本性差异，这是否意味着如第一种观点所言，数字媒介只是一种传播工具，并未在根本上改变中国文学本身？这种观点当然有些道理，因为数字媒介对文学的改变并不必然以"根本性"的"质变"方式进行，但仅仅把数字媒介视为传播工具，过于强调传统文学与网络文学的共性，也容易让我们以传统观念阉割或忽略新的文学现实。实际上，中国网络文学确实带来了一些重要新质，但这并不仅限于人们常说的在作家身份、读者地位、传播方式、语言表达等方面的明显变化，而是在另外、更重要然而也是潜在的方面。我们认为，在弄清这点之前，首先要明确中国网络文学发展的"中间路径"。

"中间"，语出《礼记·曲礼上》："离立者不出中间。"郑玄注："离，两也。"①"中间"的基本含义是指在事物两端之间或两事物之间。所谓中国网络文学发展的"中间路径"，指的是在因数字媒体的兴起而带来文学发展的三种取向中，侧重于"中间"取向，即介于网上传播的印刷文学与超文本、多媒体文学"两者"之间的发展路径。

---

① （清）孙希旦撰，沈啸寰、王星贤点校：《礼记集解》（上），中华书局1989年版，第43页。

　　网络文学的常见分类是"三分天下"的说法，较早也较有代表性的说法是欧阳友权在其博士学位论文中提出来的，即认为网络文学有三种常见形态：一是传统印刷文本电子化后在网上传播的作品；二是用电脑创作、在网上首发的原创性作品；三是采用多媒体技术与网络交互作用创作的超文本、多媒体作品。① "三分天下"的划分，依据的标准是文学与网络"由浅入深"的三种关系，如欧阳友权认为：第一种与传统文学的区别仅仅在于传播媒介的不同，这是广义的网络文学；第二种不仅有载体的区别，还有网民原创、网络首发的不同；第三种则离开了网络就无法生存，这是狭义的网络文学，也是真正的网络文学。②

　　学者黄鸣奋也持相似观点。他认为网络文学包括三种定义：一是"通过网络传播的文学"（广义），这包括上了网的传统文学；二是"首发于网上的原创性文学"（本义），这类作品通常出自网民笔下；三是"包含超链而自成网络的文学"（狭义）③。尽管黄鸣奋的三类划分属于包含关系，但其思路逻辑与欧阳友权并无根本不同。

　　同时，黄鸣奋也认为这三种类型的网络文学之间是由浅入深的关系，在他看来，三种划分对应于网络与文学关系的三层意义：在第一层，网络仅仅是网络文学的载体；在第二层，网络是网络文学的家园（书籍不过是其可能旅居的客栈）；在第三层，网络是网络文学的血肉，是它的不可分离的组成部分。反过来，似乎也可以这样说：在第一层意义上，网络文学是网络的一种资源，是网络信息库的有机组成部分；在第二层意义上，网络文学是网络发展的写照，是活跃于网上的网虫、网友或网民情思的表达；在第三层意义上，网络文学是网络

---

① 欧阳友权：《网络文学本体研究》，博士学位论文，四川大学文学院，2004年，第12页。
② 欧阳友权：《网络文学本体研究》，博士学位论文，四川大学文学院，2004年，第12页。
③ 黄鸣奋：《从网络文学到网际艺术：世纪之交的走向》，王岳川主编《媒介哲学》，河南大学出版社2004年版，第262页。

理念的印证，显现了数码叙事的魅力①。从黄鸣奋"载体"、"家园"与"血肉"等说法可以看出，它们之间正是一种递进关系。

但在我们看来，这种"由浅入深"可能是一种错觉（超文本、多媒体作品离开了网络无法生存，网络原创作品内在特质的生成同样离不开网络），这里更应注意的是，"三分天下"呈现的在印刷媒体向数字媒体转型过程中文学发展的三种取向与侧重。

黄鸣奋认为，网络文学的三层意义不仅体现了网络文学的逻辑分类，而且反映了网络文学的三种发展走向。他发现，作为一个重要的文学史规律，在媒体转型过程中，文学的发展常会呈现三种取向。在书面媒体兴起过程中，第一种发展取向是口头文学的记录与整理（如我国古代的采诗）；第二种发展取向是借鉴口头文学创作经验、运用文字抒写情思，产生了在文学史上影响最大的书面文学；第三种发展取向是对书面媒体本身特性的前卫探索（如回文诗等"另类"诗歌，纸牌体、词典体等"另类小说"）。在 20 世纪初电子媒体兴起过程中也存在三种取向：第一种是将传统文学搬上广播、电视（如讲述《圣经》故事）；第二种是借鉴书面文学经验、以电子媒体平台进行的艺术创造（如广播剧、电视剧等）；第三种是基于电子媒体特性展开的前卫艺术探索（如激浪派艺术、卫星艺术）。显然，网络文学的"三分天下"同样延续了这一历史循环，表现的正是网络媒体转型引起文学发展的三种不同取向。在第一层意义上的网络文学是传统文学的本体在新媒体的延伸，负载着源远流长的文学传统，唤起人们对于过去的记忆。第二层意义上的网络文学多半来自文学爱好者因上网而萌生的创作冲动。他们经常有意无意地沿用传统文学的惯例，但又受了网络氛围的影响，或浅或深地给自己的作品打上新媒体的烙印。这些作

---

① 黄鸣奋：《从网络文学到网际艺术：世纪之交的走向》，王岳川主编《媒介哲学》，第262页。

品直面"网络就是新生活"的现实，构成了网络文学的主流。第三层意义上的作品更多地凝聚了对网络潜能的发掘、思索与审视，既是新媒体未来走向的激进代表，又包含了媒体自我批判、自我否定的可能性①。

　　借鉴黄鸣奋的这种分析，如果我们考虑到中国网络文学的主体是各读书网站始发的原创性作品这一事实，可以发现，在从印刷媒体向数字媒体转型而引起文学写作呈现的三种不同面向与侧重的过程中，中国网络文学处于一个"中间性"位置，即介于网上传播的印刷文学与超文本、多媒体文学之间的网络原创作品这一"中间路径"，如图1所示：

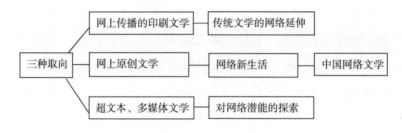

图1　网络文学发展的三种取向

　　假如我们再把传统文学在网络的延伸理解成印刷文学传统，把西方网络文学的代表性类型看成超文本、多媒体作品（当然这是一种简化了的理解），上面的图示可置换为"图2"：

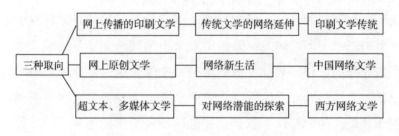

图2　中国网络文学的"中间路径"

　　① 黄鸣奋：《从网络文学到网际艺术：世纪之交的走向》，王岳川主编《媒介哲学》，第262—263页。

　　显然，如果从数字媒体转型过程中文学发展的"三种"取向及中国网络文学介于"两端"之间的"中间"位置这一视域去思考问题，我们就会获得对中国网络文学的性质及其研究困境的全新理解。从图2可以清晰地看出，前述讨论中国网络文学新质的两种代表性观点，实际上分别代表着用印刷文学传统或西方网络文学（超文本、多媒体文学）的评价标准来理解中国网络文学。也就是说，中国网络文学这个独特的"中间"，显然是造成人们对中国网络文学评价产生歧义的根源，人们或者从印刷文学观念出发，或者从西方超文本、多媒体文学出发——这是网络文学分置于两端的两种发展路径——但显然都错失了中国网络文学的根本立足点——网络文学发展的中间路径，[①] 也就是说，人们"言说的"中国网络文学不是"实际的"中国网络文学，词与物产生了错位。

　　与此同时，这个图示也给予我们重要启发：或许不能用分置于"两端"的印刷文学或西方超文本、多媒体文学的标准来理解中国网络文学的新质，因为这样是无法看见其新质的，而应从中国网络文学的"中间路径"构成的独特写作领域与侧重点去理解。这个独特的写作领域就是"网络新生活"。换言之，如果说印刷文学承载着传统，表现的主要是传统意义上的社会体验，西方超文本、多媒体文学呈现的是有关网络媒体技术特性的前卫试验，那么中国网络文学呈现的则是"网络新生活"，这是构成其内容与形式的独特领域，也是其新质的可能来源。

　　但我们马上发现这一说法似乎与事实严重不符：中国网络文学的主体是各种"装神弄鬼"（陶东风语）的幻想型文学，网络生活从何而来？写手皆是为商业目的昼夜写作的码字工人，"网民情思的表达"从何而来？我们认为，中国网络文学表现的"网络新生活"，往往不

---

　　① 若无特别说明，书中的着重号皆为笔者所加。

是直接的网络生活本身，也不是"网民的情思"，而是在各种商业俗套情节、各种神鬼幻想故事背后，曲折投射出来的虚拟生存体验。换言之，这种生存体验不是写手有意表达的内容，而是受网络社会的浸染，自觉不自觉流露出来的。

　　如果忽略中国网络文学的"中间路径"及其"潜在性"，就很难对其新质做出正确判断与理解。第一种观点淡化了网络的作用，强调"文学源自心灵"，显然有本质主义之嫌，心灵并非固有的静止存在，而是被媒体塑造的，"认知结构在很大程度上是由表现体验发生的媒介所决定的"，而"每一种媒介都携带着自己独特的世界观或者形而上学"①。第二种观点把网络文学的新质仅仅理解为对超文本、多媒体等的运用，显然具有技术主义倾向，网络确实带来了可生产"新文学"的新技术，但其对文学的渗透不仅仅依靠技术直接进行，更多是通过"技术—意识/无意识—文学"这一顺序发生的。更重要的是，虽然两种观点对中国网络文学的看法充满分歧（强调文学的本质有或没有根本变化），但遵循的思维逻辑却是相同的，双方都只"看"到了网络文学中那些"可见"的要素，而"忽视"（无意识地屏蔽）了其中"不可见"的要素，而这些"不可见"的要素正是中国网络文学带来的重要新质，这种不可见的要素的重要内容就是虚拟生存体验。随着互联网特别是无线网络对生活世界的全面渗透，人类社会已深陷"真实虚拟的文化"（culture of real virtuality）② 之中，这必然会形成新的生存体验，这是写手们能在作品中不自觉流露出虚拟生存体验的根本原因，由此也让中国网络文学与在创作风貌上并无根本差异的传统印刷文学有了重要区别。

---

　　① 约斯·德·穆尔：《赛博空间的奥德赛：走向虚拟本体论与人类学》，麦永雄译，广西师范大学出版社 2007 年版，第 85—86 页。

　　② 曼纽尔·卡斯特：《认同的力量》，夏铸九、黄丽玲等译，社会科学文献出版社 2003 年版，第 2 页。

关于中国网络文学发展的中间路径，有三点需要注意。

首先，它与其他两种发展取向并非一种渐进式的取代关系，它们之间不是一种进化、过渡的"进程"，这条路径不是罗曼·罗兰所说的联系着过去与未来的拱门，也不是鲁迅式的"在进化的链子上"的历史"中间物"，而是类似于何其芳所说的"中间性的作品"，是与其他两种发展路径的作品同时存在的。针对在当时的文学分析中，以简单化的阶级论来定成分与地位的做法，何其芳提出了"中间性的作品"这个富有学术弹性的概念，他说："在文学史上，在同情人民和反对人民之间，在明显的进步和明显的反动之间，还有大量带中间性的作品。它们并没有表现出反对人民，但其中也找不到同情人民的内容。它们并不反动，但进步意义也不明显。"① 从与网络的关系来看，中国网络文学既不同于传统印刷文学，也不同于超文本、多媒体文学，而是一种中间性的作品。

其次，这条中间路径与其他两种取向也不是一种扬此抑彼的价值判断关系。也就是说，并不意味着超文本、多媒体文学就是前卫、先锋的，其价值就值得肯定，网络文学就是大众流行文艺，其价值就应该否定。杨义认为："中间是最丰富的，古所谓'中也者，天下之大本也'。维护中间就是维护文学史的丰富性，维护文学发展空间的广阔性。"② "中间性作品"代表了文学的常规与主要形态，是最丰富的，这是中国网络文学的独特价值。

最后，中间路径也不意味着三种发展取向之间是由浅入深的关系。实际上，这种"由浅入深"可能是一种错觉，超文本、多媒体作品离开了网络无法生存，网络原创作品的内在特质同样与网络有密切联系，比如本书揭示的包蕴于中国网络文学中的虚拟生存体验，

---

① 《何其芳全集·第5卷》，河北人民出版社2002年版，第216页。
② 杨义、郝庆军：《何其芳论》，《文学评论》2008年第1期。

正是网络社会生成的产物，在此意义上，中国网络文学与网络同样是"血肉联系"，同样是真正的网络文学，离开了网络必然是另一番面貌。

　　总之，与传统文学相比，不能认为中国网络文学没有质的变化，也不能以超文本、超媒体或后现代文化理论去简单印证其新质，应该根据中国网络文学的特殊性，即在由印刷媒体向网络媒体转型而引起文学的内容与形式呈现的三种不同面向与侧重这一过程中，从中国网络文学所处的"中间性"位置出发去讨论其新质。在商业化外表下折射的虚拟生存体验是中国网络文学重要的新质。

二　虚拟生存体验

　　如前所述，一些作家或评论家认为网络文学相比传统文学并没有质的变化，显然，就网络文学与数字媒介的关系来看，他们持的是工具论，即认为数字媒介只是一种载体、一种工具，但实际上，数字媒介绝不仅仅是一种工具，它更是本体意义上的生存。麦克卢汉曾有一句箴言式的口号"媒介即信息"（the medium is the message），其主要意思就是强调媒介不仅仅只是媒介，而是会强烈影响信息的内容与媒介参与者的精神结构，对可生存、可出入其中的数字媒介来说，情况更是如此，而它跟网络文学发生关系的一个主要方面，就是虚拟生存体验的生成与投射。

　　在电子媒介刚兴起时，人们也是持一种工具论，以电子媒介对日常交流的影响为例，人们认为这只是增强了交流的效率，而未带来实质性改变：

　　　　有评论者论证，电子设备的引入并没有对某种交流的性质或结果造成实质性差异。在电视竞选广告上游说的政客，仍然得按宪法的民主准则尽力获取选票。工人用电脑控制流水线工序或打印一封信，还是以聘用合同按劳取酬，这跟过去是一样的。消费者通过看电视获得的商品信息，其商品仍然只是能在商店里买到的，这与读报了解信息极为相似。军人用电脑控制导弹以击中目标，正如箭手以目力瞄准一样，操练的仍是毁灭敌人的艺术。电子设备只不过增强了所讨论的这种交流的效率而已。①

显然，这些观点跟前述作家或评论家们看待数字媒介之于网络文学的关系如出一辙。然而，电子媒介带来的影响不只是意味着交流效率的增强，更是结构层面的社会变革。卡洛琳·马文（Carolyn Marvin）认为：电子交流的历史"与其说是交流效率的演变，还不如说是人们在一系列竞技场中所商谈的对社会生活的行为准则至关重要的种种话题。这些话题包括：谁在场内，谁在场外；谁可以说话，谁不可以；以及谁有权威且可以相信"。② 比如，电话的引入不仅仅使得人们可以进行远距离交流，而且拓展了谁可以与谁交谈的界限，从而危及了现存的阶级关系；它还改变了求婚的模式以及风流韵事的种种可能。同样，电灯的引入极大地改变了大众休闲及文化：例如，夜间的观赏型娱乐活动对大众文化影响很深，它们便是电灯带来的产物③。

"10 年之前，人们对此也许半信半疑。有人不以为然，认为工具、武器、媒介作为形式是不重要的；重要的是工具为谁服务、武器由谁使用和怎么使用；重要的是媒介承载的内容。习惯的思维定式堵塞了洞悉的目光、创新的思路，人们对媒介形式的革命力量视而不见、听

---

① 马克·波斯特：《信息方式》，范静晔译，商务印书馆 2000 年版，第 8 页。

② Marvin, Carolyn, *When Old Technologies Were New：Thinking About Electric Communication in the Late Nineteenth Century*, New York：Oxford University Press, 1988, p. 4.

③ Marvin, Carolyn, *When Old Technologies Were New：Thinking About Electric Communication in the Late Nineteenth Century*, New York：Oxford University Press, 1988, pp. 107, 162.

而不闻。"① 显然，我们要重视数字媒介带来的深刻革命。新的媒介塑造了新的文化形态、社会模式与心理结构，对过去主导性的理论范式提出了挑战，需要对媒介与社会、行动与语言、物质现实与文化之间的关系进行新的理论思考。

麦克卢汉认为，机械实体的技术制造物充当了人类身体的延伸，在进入电力技术时代后，这种延伸得到进一步发展，电子媒介充当的是人的中枢神经系统中的延伸。显然，这对数字媒介来说更是如此，数字媒介带来的影响是"发生在我们脚下世界的变化"，"发生在我们的知识和感觉所植根的整个背景的变化"，这是存在论的深刻转移："通过数字符号的存在论转移在虚拟实在中已成为一种完全够格的、挑衅性的、具有可替代性的实在。"② 尼葛洛庞帝曾有一句振聋发聩的话："计算不再只和计算机有关，它决定我们的生存。"③ 1996 年，胡泳把尼葛洛庞帝的畅销书 *Being Digital* 翻译成《数字化生存》在中国出版，并刻意在封面上打上这句话④。也就是说，数字媒介带来了"生存的新定义。"⑤ 这种生存，就是虚拟生存。

什么是虚拟生存呢？在 20 世纪末网络刚兴起的时候，金枝等学者已关注到虚拟生存，并将其界定为："我们将数字化时代的人类生存方式定义为虚拟生存。"⑥ 后又进一步补充："虚拟生存是相对于我们目前习惯的现实生存而言的，它既包含由于网络的推广而形成的生产、生活方式的'虚拟化'，也包含由于'虚拟现实'技术带来的'虚幻

---

① 何道宽：《中译本第二版序——麦克卢汉的遗产》，马歇尔·麦克卢汉：《理解媒介》，何道宽译，商务印书馆 2000 年版，第 7 页。

② 迈克尔·海姆：《从界面到网络：虚拟实在的形而上学·前言》，金吾伦、刘钢译，上海科技教育出版社 2000 年版（引文为该书"前言"部分内容，没有具体页码——引者注）。

③ 尼葛洛庞帝：《数字化生存·前言》，胡泳、范海燕译，海南出版社 1997 年版，第 15 页。

④ 胡泳：《互联网与时代》，《新闻战线》2017 年第 19 期。

⑤ 尼葛洛庞帝：《数字化生存·前言》，第 14 页。

⑥ 金枝编著：《虚拟生存·引言》，天津人民出版社 1997 年版，第 1 页。

真实'感受。"① 而胡泳则更习惯以"数字化生存"来称呼，数字化生存意味着很多方面，其中一方面是"它意味着计算机在生活当中从不离场，而你时刻利用这种在场并以之为生活方式和态度"②。我们认为，虚拟生存、数字化生存，或者网络生存，这几个概念没有本质区别，它们都表示当下数字技术带来的新的生存模式，但在本书中，我们主要采用"虚拟生存"的说法，这是因为从字面意思上，虚拟生存能让人较直观地从形态上把握数字媒介时代的生存与传统生存的本质区别（相对而言，数字化、网络更偏重技术层面的含义而不是"形态"），由此凸显出媒介转型的深刻后果。在前人基础上，我们对虚拟生存的界定是：虚拟生存是数字时代人类的生存方式，是指人类在数码化现实中的生存，这种数码化现实既包括数字技术建构的虚拟现实，也包括它对现实生活的全面虚拟化。我们可用一句话来概括虚拟生存的本质特征："虚拟"是数字技术带来的生存形态，这是跟传统"生存"的根本不同点；虚拟本身成为一种生存，这是跟传统"虚拟"的根本不同点。

在这个定义中，我们认为虚拟生存是人类在数码化现实中的生存，也就是说，数字时代带来了不同于传统社会的新现实——数码化现实。这种数码化现实涉及虚拟与现实的复杂关系，涉及对数字时代新现实的理解。

人们很容易对虚拟生存、数码化现实产生误解，常见的观点是认为虚拟生存远离现实、没有再现现实，这是不少专家与大众批评数字媒介的主要理由之一，对此我们有四个方面需要廓清。

第一，不存在所谓"原初"的现实，现实都是虚拟化的，不能把虚拟与现实分开，看成二元对立、互相取代的关系。

人类文化由沟通过程所组成，而一切沟通形式都是基于符号的生

---

① 金枝编著：《虚拟生存》，第 12 页。
② 胡泳：《互联网与时代》，《新闻战线》2017 年第 19 期。

产和消费。在所有的社会中，人类都生存在象征环境之中，并通过象征环境来行动。在此意义上，在"现实"与象征再现之间并没有什么区别，"在表现或再现的世界之外根本就不存在纯粹的社会现实。现实是通过语言、交流和图像传递给我们"。① 20 世纪英美分析哲学带来了语言学转向，强调了语言的至关重要性，语言成为人与世界之间的中介，现实必须通过语言而呈现。"主体—语言—现实"的三元关系取代了不言自明的"主体—现实"的二元关系。电子媒介加重了这种现实生成的符号中介性。"新媒体如电话、收音机和电视的降临，暗中破坏了书写的主流地位，催生了多媒体大众文化，使人们将注意力聚焦在这些传媒对我们的现实体验的影响之上。"② 也就是说，现实不是纯粹的现实，而是虚拟后的现实，现实与虚拟是融合在一起的，认为虚拟远离了现实或没有再现现实，实际上预设了一种"原初的""纯净"的现实。我们可以套用齐泽克（Slavoj Žižek）"大自然并不存在"③ 的说法，声明现实不存在。齐泽克认为大自然不存在，意图在于反对生态学总是试图回溯到一个原初的、理想的生态平衡时期的意识形态幻象——在虚拟性的挑战面前，人们总是追求并试图回到所谓原初的现实的主张，实际上也正是这种意识形态幻象。

在此意义上，针对人们批评数字媒介并未再现"现实"时，曼纽尔·卡斯特（Manuel Castells）的回应是有道理的：

> 当电子媒介的批评者声称新的象征环境并未再现"现实"时，他们暗中指涉了一种从来就不存在的，"未经编码"之真实经验的荒谬原始观念。一切现实都通过象征来沟通，对人类而言，

---

① 安吉拉·默克罗比：《后现代主义与大众文化》，田晓菲译，人民文学出版社 2000 年版，第 273 页。

② 约斯·德·穆尔：《赛博空间的奥德赛：走向虚拟本体论与人类学》，第 86 页。

③ 齐泽克：《斜目而视》，季广茂译，浙江大学出版社 2011 年版，第 59 页。

不论媒介如何，在从事互动沟通时，一切象征对照于其派定的语意意义，多多少少都有所偏移。就此而论，一切现实在感知上都是虚拟的。[①]

强调原初现实与虚拟之间的区分，实际上预设了两者的二元对立，相应的担忧实际上是试图维持虚拟与现实的二元界线，而这在根本上是维持自由人本主义观念对人的想象："由于人类主体被想象成具有明确边界的自主的自我，所以人类—计算机的界面就只能被描述成一种分隔——这一边是真实生活的可靠性，另一边是虚拟现实的幻觉——由此模糊了由虚拟技术的发展带来的深远变化。"[②] 维持现实与虚拟的界线，正是源于人本主义自我面临瓦解的恐惧："如果边界被彻底打破，就没有什么东西可以阻止自我彻底崩溃。"[③]

虚拟生存不是与现实分开的，"一如我们的经验，现实（reality）总是虚拟的，因为现实总是通过象征而被感知的，而这些象征以其逃离严格语意定义的某种意义而架构了实践"。[④] 借用布鲁诺·拉图尔（Bruno Latour）"我们从未现代过"[⑤] 的说法，也许我们可以说："我们从未现实过。"

那么这样一来，岂非所有社会的生存都成了虚拟生存？当然并非如此，我们只能说传统社会的现实与生存中融入了虚拟性的成分，但虚拟本身还只是感知、认识意义上的，还没有构成一种"生存"的本

---

① 曼纽尔·卡斯特：《网络社会的崛起》，夏铸九、王志弘译，社会科学文献出版社2001年版，第462—463页。

② 凯瑟琳·海勒：《我们何以成为后人类》，刘宇清译，北京大学出版社2017年版，第393页。

③ 凯瑟琳·海勒：《我们何以成为后人类》，第393页。

④ 曼纽尔·卡斯特：《网络社会的崛起》，第462页。

⑤ 布鲁诺·拉图尔：《我们从未现代过》，刘鹏、安涅思译，苏州大学出版社2010年版，第53页。

体论，只有到了数字时代，整个社会的基础由数字技术所架构，让虚拟具有了本体性，构成了真正意义上的"生存"——才能称为虚拟生存。

第二，数字媒介带来了新的现实，那种认为虚拟生存远离现实或未再现现实的观点，实际上对现实的理解是形而上学的、静止的。

在谈到虚拟与现实的关系时，人们常悲观地认为虚拟造成了现实的消失，这种倾向以波德里亚为代表，在本雅明的基础上，波德里亚划分了媒介与现实关系的三个阶段。在他看来，在第一个阶段，虽然媒介带来了双重现实，但它们的功能主要是再现。在第二个阶段，事物不是首先被制作出来，然后再复制，而是着眼于为复制而去制作。原作让位于原作的再现。在最后一个阶段，这是一个不再谈论复制的阶段——因为复制仍然提示着存在着一种原作——是现实的一切参照物都销声匿迹的阶段。在这种情况下，媒介不再是复制现实的一种工具，而是使现实消失的一种形式，这是"现实在超级现实主义中的崩溃"①。

人们对现实的理解受制于"无马之车综合征"（horseless Carriage Syndrome）②的影响，把现实总是理解为传统意义上的现实。随着数字媒介对日常生活的渗透，虚拟生存正是人类当下及未来的现实。这种新现实从 20 世纪七八十年代西方的数码革命就开始了。"各类计算机的功能日益强大，个人计算机以越来越快的速度进入家庭生活，而且，计算机之间（甚至是异构计算机网络之间）出现了互联互通的势头。在这样的历史条件下，数码现实理直气壮地宣布自己就是现实，而不是现实的模仿、复制或表征。"在社会上，它表现为渐渐被公众认可的"网络就是新生活"③。

---

① 波德里亚：《象征交换与死亡》，车槿山译，译林出版社 2006 年版，第 105 页。
② "无马之车综合征"，顾名思义，指把新生的汽车理解成没有马的车，喻指人们总是用原来的眼光来看待新事物的弊端。
③ 黄鸣奋：《西方数码艺术理论史·第五卷》，学林出版社 2011 年版，第 1369 页。

数字媒介提供的新现实甚至比"现实"的体验更为现实。举例来说，采用先进的数码技术，不仅可以给虚拟现实（VR）提供完美的声音、图像、可触感的体验和气味，也可以给自然世界附加各种它本身不具有的虚拟性的元素，构成增强现实（AR），这种对现实的创造与呈现甚至会营造更"真实"、更"现实"的感觉。现代性对时空的去魅化在此辩证地转变为一种数码再魅化过程。在此情况下，虚拟与现实的关系发生了重大变化，如果说在传统社会，虚拟因素（如黄粱美梦）是为了逃避现实，现在则是借助虚拟创造现实："我们不再利用虚构以逃避现实，而是创造一种异质的现实。"① 更重要的是，传统的现实也逐渐以虚构的世界作为评判现实的标准，"在现代文化中无所不在的图像、电影和电视画面导致了我们正在日益用对现实的表现来萦绕着我们自己的事实，并且正在日益把这些表现作为评判现实的标尺"。②

在此意义上，波德里亚对现实的理解显然是静止的、形而上学的、怀旧的，正如穆尔（Jos de Mul）所说：

> 当他说这些模式并不拥有现实性，甚至能够使现实消失之时，他似乎成为了某种本体论的怀旧之情（ontological nostalgia）的牺牲者。这种怀旧情绪令人惊讶地坚持在现实与幻觉之间作出等级制的区分，这至少是自柏拉图以来的传统本体论的特征。不同于鲍德里亚，我们不应该把虚拟现实想象为现实消失的一种形式，而应当视之为另一种现实的展开。③

第三，这种数码化现实呈现的新现实，并不是远离现实的存在，

---

① 约斯·德·穆尔：《赛博空间的奥德赛：走向虚拟本体论与人类学》，第29页。
② 约斯·德·穆尔：《赛博空间的奥德赛：走向虚拟本体论与人类学》，第29页。
③ 约斯·德·穆尔：《赛博空间的奥德赛：走向虚拟本体论与人类学》，第29页。

而是体现为数字技术从内部对现实的重构与编码。

人们不仅认为数字媒介没有再现现实，也认为它远离现实。举例来说，德国符号学家诺特（Winfried Nöth）在谈到再现危机时说："在艺术和媒体领域，再现危机是随着以下变化而出现的，即，现代绘画文学中的指涉物消失了，数字媒体和大众媒介中所指涉的世界与现实的距离越来越远。"① 这实际上也是一种常见的误解。如前所述，虚拟生存的数码化现实既包括数字技术对现实生活的全面虚拟化，也包括数字技术建构的虚拟现实。从数字技术对现实生活的虚拟化来看，虚拟不是抛开日常现实起作用，而是在现实的内部起作用，体现为对现实的重构与编码。"不应当把赛博空间理解为一种 Hinterwelt，即超越我们所熟悉的世界的那个完全不同的幕后世界，而应当把它理解成栖居在社会和生物个体当中并且从内部改变它们的一种空间。倘若我们把电脑称为一种本体论机器，那是因为这种机器会将所触及的任何事物从空间和时间组构上加以解构与重构。"② 也就是说，不存在一个赛博空间等着我们去进入与退出，而是我们的日常生活本身被赛博化了。这种虚拟维度，既超越又交织于我们的日常生活世界。"网络会越来越像是一种存在，而非 20 世纪 80 年代大名鼎鼎的赛博空间那种你会前往的地点。它会像电一样，成为一种低水平的持续性存在。它无处不在，永远开启，暗藏不现。"③ 在此意义上，"或许'事实'（fact）与'虚构'（fiction）之间的全部区分已经过时失效"。④ 我们不可能把虚拟生存对象化，而是深陷于这种生存中。另外，从数字技术建构的虚拟现实来看，它似乎是别一空间，是远离现实的生存，但实际上，"这种凭借虚拟现实技术而往来于其间的环境未必完全是虚拟的。也

---

① Nöth, Winfried, "Crisis of Representation?", *Semiotica*, Vol. 143, 1/4 (2003), pp. 9–10.
② 约斯·德·穆尔：《赛博空间的奥德赛：走向虚拟本体论与人类学》，第 33 页。
③ 凯文·凯利：《必然》，周峰、董理、金阳译，电子工业出版社 2016 年版，第 23 页。
④ 约斯·德·穆尔：《赛博空间的奥德赛：走向虚拟本体论与人类学》，第 29 页。

有可能把它们与'真实的'环境糅为一体"。① 举例来说，在增容了的现实和电子显现系统中，战斗机飞行员的头盔能够补充关于环境的信息，展示飞行的内情，飞行员处于一种糅合了虚拟和现实因素的多层次的环境。而就电子显现系统来说，头盔显示器和数据手套或数据服都与一个处于另一个现实场所的机器人相连接，机器人作为化身在行动。由此，"虚拟现实、增容现实和电子显现可以用一系列方式相互混合起来"。② 这实际上是虚拟技术的发展趋势，比如技术日渐成熟的混合现实（MR），就是合并虚拟世界与现实后产生的新的可视化环境，在这种环境中物理对象与数字对象共存并适时互动，这种倾向也正是数字技术对现实生活进一步虚拟化的结果。

　　第四，虚拟生存表现为传统意义上现实的日渐虚拟化，但并不意味着虚拟生存最终会完全摆脱现实（物质）。

　　虚拟渗透进了日常现实，并在此基础上改写了现实的定义，产生了新的现实，在这种趋势下，也容易产生对虚拟的乐观主义倾向。在计算机的发展史上，人们总有一种抱负，幻想以虚拟完全取代现实，由此产生了有关"虚拟性"的"战略定义"："虚拟性是物质对象被信息模式贯穿的一种文化感知。这个定义在虚拟性情境的中心终结了二元性。"③ 这里所谓"终结了二元性"是指虚拟试图完全取代现实，代之以虚拟的大一统。虚拟性与计算机模拟密切相关，随着电脑技术的飞跃，虚拟性得到了极大的发展："事实上，到了 20 世纪末期，从 DNA 编码到全球性的计算机网络（World Wide Web/www），所有的物质对象都被信息流渗透、贯穿，技术与感觉的链接也无处不在。"④ 虚拟性似乎实现了笛卡儿的哲学二元论，笛卡儿在身体与思想之间作出

①　约斯·德·穆尔：《赛博空间的奥德赛：走向虚拟本体论与人类学》，第 142 页。
②　约斯·德·穆尔：《赛博空间的奥德赛：走向虚拟本体论与人类学》，第 142 页。
③　凯瑟琳·海勒：《我们何以成为后人类》，第 18 页。
④　凯瑟琳·海勒：《我们何以成为后人类》，第 19 页。

了根本性的区分，而虚拟生存似乎让精神逃离了肉体的囚笼。为了获得永恒性，人们幻想抛弃身体而移居赛博空间："最终我们的思想程序能够彻底地摆脱我们原来的皮囊，真正地从所有的身体中解放出来，无迹可求。"① 我们必将走向后人类。后人类中的"后"字，具有接替人类并且步步紧逼的双重意味，暗示"人类"的日子可能屈指可数了，智能机器人将取代人类成为这个星球上最重要的生命形式。"人类要么乖乖地进入那个美好的夜晚，加入恐龙的队伍，成为曾经统治地球但是现在已经被淘汰的物种。要么自己变成机器再多坚持一阵子。"② 显然，虚拟性的生活情境带来了一种信息比物质更重要的认识："在虚拟的情境中生活，意味着我们要参与到某种文化感知（cultural perception）：信息和物质（性）在概念上是有明显区别的，在某种意义上，信息比物质（性）更本质、更重要、更基本。"③

　　然而，虚拟并不能脱离现实，这只不过是一种元叙事。在海勒看来，随着科技的发展，虚拟日渐渗透到物质之中："从自动取款机（ATM）到互联网（Internet），从《终结者Ⅱ》中使用的图形技术程序到用来指导显微手术的高级的视觉化程序，信息日渐被认为是可以交错渗透的物质形式（material forms）。"④ 这就培育了日常生活中信息可洞穿物质的观念，生成了模式（pattern）比存在（presence）更重要的印象。但是，虚拟性的背后却存在不能被忽视的物质过程⑤，只不过物质过程日渐退居后台而已，即便是对似乎完全脱离现实的虚拟现实而言，我们也不能彻底摆脱物质与肉体的经验。在虚拟现实中，我们似乎仅仅是通过人造身体去经历视觉的、听觉的和触觉的体验，但

---

① 约斯·德·穆尔：《赛博空间的奥德赛：走向虚拟本体论与人类学》，第 196 页。
② 凯瑟琳·海勒：《我们何以成为后人类》，第 383 页。
③ 凯瑟琳·海勒：《我们何以成为后人类》，第 23 页。
④ 凯瑟琳·海勒：《我们何以成为后人类》，第 26 页。
⑤ 凯瑟琳·海勒：《我们何以成为后人类》，第 26 页。

就嗅觉、体温和本体感受（源于神经系统自身的刺激体验）来说，我们仍然依赖于我们的生物学身体："在我头盔的显示器和扬声器的后面，是我的生物学身体的眼睛和耳朵，它们关注和听取机器人正在其他区域所观察到的一切。"① 也就是说，在虚拟现实中，现实正是虚拟的基础。

虚拟生存是人类发展史上的一次"断裂"：

> 由数字化带动的虚拟生存是人类有史以来最具革命性的生存方式变革，这一变革将彻底改变我们当前的生活方式和行为格局，甚至颠覆我们千百年来形成的国家、社会、个人等各方面的概念，它将人类的创造力与控制能力融为一体，其结果可能令最疯狂的想象力也力所未及。②

这段话，带有网络技术刚刚兴起时普遍的乐观主义与夸张语调，但其阐述的虚拟生存并非向壁虚构，随着数字媒介的发展，虚拟生存已经成为事实。《数字化生存》在 1997 年出版后曾引起巨大反响，一晃 20 年过去了，电子工业出版社出版了《数字化生存》20 周年纪念版。一位读者对胡泳说："20 年前读《数字化生存》，觉得是科幻书；现在读，觉得是历史书。站在今天回望那个年代，或许我们可以真正理解到底什么是'数字化生存'。"③ 而胡泳则认为，我们已经深陷于虚拟生存："就像空气和水，数字化生存受到关注，只会因为它的缺席，而不是因为它的存在。"他提到这样两个有趣的测试：

---

① 约斯·德·穆尔：《赛博空间的奥德赛：走向虚拟本体论与人类学》，第 198 页。
② 金枝编著：《虚拟生存》，第 12 页。
③ 胡泳：《互联网与时代》，《新闻战线》2017 年第 19 期。

1999 年，为了在中国推广互联网，曾经有一个非常轰动的"72 小时网络生存测试"，在北京、上海、广州寻找志愿者，把他们关在宾馆的房间里，看他们能否仅仅通过互联网而生存。那时，没有淘宝、没有支付宝、没有快递小哥，很多志愿者因为受不了忍饥挨饿，不得不中途退出。2016 年，为了向当年致敬，上海做了一个"72 小时无网络生存测试"，志愿者在结束后说得最多的一句话是：简直是度日如年。①

这两个相差 20 年的测试，很好地说明了时代的变化，表明虚拟生存在当下已经成为现实。这里有两点特别需要注意：一是虚拟生存对现代人心理结构日甚一日的规训与培植，现代人已经形成了对网络的高度依赖，没有网络则"度日如年"；二是虚拟生存并不是意味着一种超越与脱离日常生活的生存，而恰恰体现为对日常生活的全面渗透与殖民，上文提到的"淘宝""支付宝""快递小哥"就体现了这一点，日常生活被数码重构，"不仅人类世界的一部分转变成虚拟环境，而且我们日常生活的世界同时也日益与虚拟空间和虚拟时间交织在一起"。② 也就是说，虚拟生存从内部深刻改变了我们的文化以及现实。

虚拟生存必然生成相应的生存体验，即虚拟生存体验，这是跟传统社会不同的生存体验。凯瑟琳·海勒③（N. Katherine Hayles）已经注意到了这种体验并采用了类似说法，在她写《我们何以成为后人类》（*How We Became Posthuman*）这本书的时候，网络还远未普及，她认为，此时对落后国家的许多人而言，"虚拟性还不是他们日常生

---

① 胡泳：《互联网与时代》，《新闻战线》2017 年第 19 期。

② 约斯·德·穆尔：《赛博空间的奥德赛：走向虚拟本体论与人类学》，第 2 页。

③ 或译凯瑟琳·海勒斯、凯瑟琳·海尔斯，为与中译本一致，在本书中笔者采用了《我们何以成为后人类》的中译本译者刘宇清先生的译法。

活世界地平线上的云朵",然而,对"一头扎进互联网的三亿美国人"来说,他们已经"越来越深地卷入虚拟性体验。虚拟经验对电脑屏幕前面存在的物质性身体与屏幕里面似乎可以创造空间的电脑幻影/模拟物(simulacra)进行区分"。① 海勒在这里明确提出了"虚拟性"(virtuality)、"虚拟性体验"(virtual experiences)、"虚拟经验"(the experience of virtuality)的说法②,不过她认为虚拟经验是把屏幕前的物质性身体与屏幕里面的电脑模拟物相区分,这显然是一种二元对立式思维,如前所述,虚拟与现实是不能截然分开的。

我们认为,所谓虚拟生存体验,就是数字媒介影响、渗透与改造日常生活后人类生成与内化了的相应心理结构、情绪体验、感知与想象方式。关于虚拟生存体验,有几点需要注意:

第一,虚拟生存体验是与数字媒介紧相联系的新的生存体验,是数字时代的生存体验,这既指数字媒介带来的新的意识结构、情绪体验、感知与想象方式,也指传统生存体验经过数字媒介浸染与改造后产生了新质。

虚拟生存体验首先是数字媒介本身产生的新意识、新体验、新感知与新想象。罗伊·阿斯科特(Roy Ascott)提出了"赛博知觉"(Cyberception)的说法,来说明赛博空间带来的新的感知与思考方式:

> 今时今日,我们不仅在身体与智力上发生了翻天覆地的变化,也越来越主动地干涉我们的自我进化。这不仅是指移植修复器官、装上假肢或者面部整形,无论其多么的有益与必不可少,这是一个关于意识的问题。我们对于人类的存在有了新的认知与理解。

---

① 凯瑟琳·海勒:《我们何以成为后人类》,第26页。
② 此处关于"虚拟性""虚拟性体验""虚拟性经验"等英文原文请参见凯瑟琳·海勒英文原著 *How We Became Posthuman*(Chicago & London:The University of Chicago Press,1999)第20页的论述。

一个人能够同时栖息于真实世界与虚拟世界之间，在同一时间既可以待在这儿也能到其他地方去，这使得我们产生了一种新的自我意识以及新的思考与感知方式，这一切都延伸成了我们自然遗传的能力。事实上人造与自然这个古老话题中的两个主体早已不再相关联。我们关心自己能创造什么，而不是把重心放在我们由什么而创造上。论及个人的尊严，如今的我们每个人都由一个整体与多个个体组成。事实上界面知觉正在取代个体感知。我们的意识模糊了我们身份的界定，在我们提出的每一种"人类是什么"的定义中停滞不前。我们都是连接体。我们以计算机为媒介，用计算机增强自我。这些以概念化方式理解现实的新方法，不只包含了我们在这个世界上如何观察、思考和行动的量变，更是形成了一种质变，一门全新的学科也就是后生物学科出现了，称之为"赛博知觉"（Cyberception）。①

我们认为，阿斯科特所说的这种"赛博知觉"就属于虚拟生存体验的一部分（虚拟生存体验比"赛博知觉"的范围要广，不仅包括阿斯科特所说的新的感知与想象方式，也包括心理结构与情绪体验方面的变化）。从阿斯科特这段话来看，"赛博知觉"正是虚拟生存带来的后果："一个人能够同时栖息于真实世界与虚拟世界之间，在同一时间既可以待在这儿也能到其他地方去"——虚拟生存是一种后地理、后历史的生存，而这种生存让我们"产生了一种新的自我意识以及新的思考与感知方式"；与此同时，赛博知觉是人类能力的进化："延伸成了我们自然遗传的能力。"举例来说，虚拟生存让我们摒弃传统的

---

① 罗伊·阿斯科特：《未来就是现在：艺术、技术和意识》，袁小潆编，周凌、任爱凡译，金城出版社 2012 年版，第 85 页。

线性模式，更习惯于整体、系统与非线性的思维①，从关心我们由什么而创造到关心我们能创造什么（日渐走向人工世界）；由个体感知走向"界面知觉"；我们开始具有"连接体"意识；习惯用计算机增强自我等。阿斯科特还特别强调了双重意识（Double Consciousness）："在同一时间，可以访问两个完全不同的经验领域的状态：艺术品的内外的心理空间和网络空间，物质世界和虚拟世界。"② "我的视野，我的双重目光，在连贯的日常现实空间和含有一千个相同的重复图像中，不断交替、选择，或者在宇宙中形成一个隧道，通过它我可以按照自己的意愿紧急加速。我可以在任何时候停止并审查这些状态，任意地进出其中。"③ ——这种双重意识实际上就类似于中国网络文学中的"穿越"。不难看出，这些非线性思维、"界面知觉"、"连接体"意识、"双重意识"都是与数字媒介紧相联系的新的生存体验，不能说传统社会完全没有，但远没这么突出与普遍，它表明了数字媒介对人的深刻塑造。

　　虚拟生存体验不只意味着数字媒介本身生成的"新的"生存体验，同时也意味着传统生存体验在数字媒介渗透下的深刻变化。举个简单的例子来说，亲情、爱情应该是日常生活中最普遍的情感，而通过网络中介后亲情与爱情的性质、体验与表达，相比传统社会都会有深刻的不同。数字媒介对日常生活的影响是无孔不入的，不存在所谓"原初"的传统生存体验，所有的生存体验都或多或少打上了数字媒介的印痕——这一点我们在后面的章节中会有大量的分析——在此意义上，虚拟生存体验就是数字时代的生存体验。

　　第二，虚拟生存体验与传统的虚拟性体验有根本的区别，传统的

---

①　罗伊·阿斯科特：《未来就是现在：艺术、技术和意识》，第87页。
②　罗伊·阿斯科特：《未来就是现在：艺术、技术和意识》，第96页。
③　罗伊·阿斯科特：《未来就是现在：艺术、技术和意识》，第119页。

虚拟性体验是想象的产物，而虚拟生存体验是与数字媒介紧相联系的，是"生存"的产物，具有实感性、真实性。

"虚拟"（virtual）和"虚拟性"（virtuality）的词源来自拉丁文virtualis，表示非存在。在很多场合下，虚拟性往往被理解为幻象、虚假性，似乎不值得严肃对待。实际上，这是一种误解，这是把传统社会的虚拟性体验等同于数字时代的虚拟生存体验。传统社会也有虚拟性体验，如庄周梦蝶，或者读者代入到小说、影视剧主角身上而产生的想象性活动，但这跟虚拟生存体验的"生存"有本质区别。

如前所述，虚拟生存可以从两个层面来理解，一是在虚拟现实中的生存，二是指数字媒介对日常生活的内部殖民与改造。从虚拟现实来看，它似乎是跟日常生活相区别的生存形式，但它不是现实生活的镜像，不是对现实的反映，而是构成了一种不同的"在世界中的存在"的类型："对赛博空间的此在而言，一杯虚拟的茶根本就不是存在于虚拟世界另一边的世界里的某种东西的显现，而是某种东西，是与他'在虚拟世界中的存在'密切相关的组成部分。"① 这不是如同欣赏小说、电影、电视的想象的产物，而是真实的生存。以游戏为例，"那些迁入'行动世界'（the Active Worlds）并且建造了他们的虚拟房屋的人，实际上在那儿确实开辟了地盘，并且进入了与他们的同伴相关的联系之中。虽然这些地盘与联系是不同的，但同样是真实的"。② 这种生存的真实性就来源于可控制的"化身"的存在：

> 根据兰德尔·瓦尔塞的看法，虚拟现实超越电影、戏剧和电视的本质差异和优势，恰恰在于这一事实：迥异于后者，它是赛博空间的化身（cyberspace embodies）。正是这种化身保证了虚拟

---

① 约斯·德·穆尔：《赛博空间的奥德赛：走向虚拟本体论与人类学》，第151页。
② 约斯·德·穆尔：《赛博空间的奥德赛：走向虚拟本体论与人类学》，第151页。

现实不仅仅是属于精神和想象世界，而且还能够用身体来感受。从现象学的视野来看，虚拟现实体验的真实性，不下于我们日常生活的体验。①

由于这种可操控的化身的存在，我们对虚拟现实的体验不仅仅局限于想象世界，而是全身心的生存体验，具有现实性与真实性：

　　在虚拟现实中爱上或者仇恨一个人，其感情强度足以与在现实生活中爱上或者仇恨一个人相提并论。当然，会有人出来反对说，与某个角色化身的恋爱，飞行模拟器中的虚拟坠毁，或者在像《翼龙噩梦》遭到致命的失败，截然不同于现实生活中真实的恋爱、真实的飞机失事、真实的死亡——举例来说，因为在电子游戏中，我们可以多次死亡。确实，这样说也是对的。但是，这并不意味着虚拟世界、聚落和事件纯属虚构。它们具有自身的现实性。②

虚拟生存还包括数字媒介对日常生活的渗透与改造，这更不是想象的产物，而是普遍化、日常化的"生存"，它就是数字时代人们的生存现实。以交流为例，我们借助数字媒介软件进行交流，这一过程是模拟的，但进行互动的个体却是真实的："虚拟现实中的交流不是灵魂的游荡，因为交流所用的信息或符号是发生在现实中的活生生的人之间。"③ 因此，这并不是那种代入到文学作品或影视剧人物身上的纯粹想象性的、投射性的体验，而是真实个体之间的互动。与此同时，

---

① 约斯·德·穆尔：《赛博空间的奥德赛：走向虚拟本体论与人类学》，第 149 页注释①。
② 约斯·德·穆尔：《赛博空间的奥德赛：走向虚拟本体论与人类学》，第 150 页。
③ Poster, Mark, *What's the Matter with the Internet*, Minneapolis, the University of Minnesota Press, 2001, p.131.

这种交流也能转向线下，带来直接、现实的后果。

也就是说，传统的虚拟性体验仅限于主体的想象或投射，数字时代的虚拟生存体验则源自主体的"生存"，只有到了数字时代，我们才能从生存的层面来审视与评估虚拟的重要价值。

第三，虚拟生存体验对网络文学的作用是多重的，既给网络文学带来了深层内容，也带来了文学想象与写法上的潜在启发。如前所述，虚拟生存体验意味着数字时代人类的新的心理结构与情绪体验，也意味着新的感知方式、思考方式与想象方式。这些感知、思考与想象方面的新方式，激发了写手在写法与艺术想象上的灵感，而新的意识与情绪体验则成为网络文学各种升级打怪、种马后宫这些表层语义之下的深层内容（详见正文分析）。

对于虚拟生存，对于网络时代的数码新现实，沉迷于网络的人们感受最深刻。在网络刚开始兴起时，青少年最先体验到了这种数码现实。在写《数字化生存》这本书的前几年，尼葛洛庞帝发现，美国许多10—15岁的青少年订阅《连线》（*Wired*）杂志作为送给父母的圣诞礼物。这种现象深深打动了他，因为这些孩子是用他们的行动在说："爸爸妈妈，这本杂志谈的就是我的世界，你们了解吗？你们不想进来看一看吗？"在尼葛洛庞帝看来，《连线》杂志表现的就是"数字化生活方式"，这就是当时孩子们感受到的世界[①]。如果说在网络刚兴起时，数码现实还给人以陌生感、新颖感，还存在代际差异，那么到了网络已普泛化的现在，所有的人都已经无一遗漏地被卷进这种生活与现实了。

在这种数码新现实的环境下，对作为"数字土著"（digital native）、生活中时常伴随网络连接的中国写手来说，其生存体验已与传统作家有了显著不同，赛博空间"从内部"深刻改变了他们。李寻欢

---

① 尼葛洛庞帝：《数字化生存·译者前言》，第1—2页。

认为网络文学是"网人在网络上发表的供网人阅读的文学"①，这种说法包含合理性，网络文学是"网人"写的，供"网人"阅读的，换言之，文本中潜藏的虚拟生存体验成了读写双方心领神会的共通背景。这也表明，研究者如果不重视网络生活经验，只凭传统的批评模式，可能较难对中国网络文学作出真正的有效解读，难以看出其潜在新质。

由于规模巨大，中国网络文学折射的虚拟生存体验必然较为丰富，对此进行深入挖掘，显然是一个富有潜力与诱惑力的重大课题，可借用麦克金诺（R. C. MacKinnon）的话表达这种期待：

> 在存在主义的意味上，能够改变自己的外貌，以虚构的社会性别和伦理背景游戏人间，实现电子显现，拥有神奇的魔力，抑或从死亡中一次次地复生，这一切究竟意味着什么？②

三 从网络社会到网络文学： 游戏的中介性

数字媒介带来了新的社会形态，水越伸称之为"数字媒介社会"（Shinpan Digital Media Shakai），曼纽尔·卡斯特则称之为"网络社会"（the network society），以此来概括21世纪因信息技术革命而生成的"世界性趋势"与"新社会结构"："作为一种历史趋势，信息时代的支配性功能与过程日益以网络组织起来。网络建构了我们社会的新社会形态，而网络化逻辑的扩散实质地改变了生产、经济、权力与文化过程中的操作与结果。"③ 新的信息技术范式为网络渗透至整个社会

---

① 李寻欢：《我的网络文学观》，《网络报·大众版》2000年2月21日。

② MacKinnon, R. C., "Punishing the Persona: Correctional Strategies for the Virtual Offender", In: S. G. Jones (red.), *Virtual Culture: Identity and Communication in Cybersociety*, London, Sage Publications, 1997, pp. 206–235.

③ 曼纽尔·卡斯特：《网络社会的崛起》，第569页。

结构提供了物质基础:"流动的权力优先于权力的流动。在网络中现身或缺席,以及每个网络相对于其他网络的动态关系,都是我们社会中支配与变迁的关键根源:因此,我们可以称这个社会为网络社会(the network society)。"① 网络社会带来了社会生活各方面的转型,如政治的网络化(公民的政治参与、线上政府等议题)、网络经济的兴起、时空的深刻改变、虚拟社区及人际交往、主体身份的分散化、非中心化等——这种新的社会形态就是我们所说的虚拟生存,而在其根底的,则是各种内化了的虚拟生存体验。

面对新的社会现实与虚拟生存体验,文学是否有相应呈现?作为与网络共生的网络文学,与网络社会是否形成了某种镜像关系?或者说,网络文学的内容、属性与特质是否受到虚拟生存体验的影响?文学与社会的关系一直是文学理论研究的重点,传统的模仿说、镜子说、再现说、反映论,强调文学能再现世界,达至真理,当代文学理论则对此表示质疑,正如比利时画家马格里特(René Magritte)的《这不是一只烟斗》(*This Is Not a Pipe*)想揭示的,艺术的再现与再现的事物之间不能画等号。进一步,这种质疑引发了所谓的"再现"危机,艺术的关注点开始摒弃指涉物,从指涉物转向了符号的载体。但是,在我们看来,"再现"危机夸大了符号传达现实的负面作用,符号总是能够传达部分现实,作为社会的存在物,文学总会或多或少折射社会的"感觉结构"和"情感结构"。作为与网络社会共生的网络文学,与网络社会之间会有深刻的互动,只不过这是一种曲折的互动。

我们之所以强调网络文学与网络社会之间是一种曲折的互动,除了对符号透明性的怀疑之外,还与写手的写作意图有关。在网络文学"无功利"的早期,写手们热衷于表现虚拟生存体验,比如当时成为热潮的"网恋"题材。但网络文学商业化后,出于经济利益的考虑,

---

① 曼纽尔·卡斯特:《网络社会的崛起》,第569页。

这种小资情调的写作模式因缺乏足够的"爽点"而难以为继，此时从写手的意图来说，他们并没有多少兴趣与主动性去传达虚拟生存体验，但也就是从这一时期开始，网络游戏开始席卷网络文学，游戏的故事程式与快感生产让写手们迅速实现了文学与商业的无缝对接，而虚拟生存体验正是从网络文学游戏化的缝隙中呈现出来的——换句话说，网络游戏成为网络文学与网络社会之间的中介。

游戏，在本文中指电子游戏，特别是网络游戏①。从早期的街机、掌机游戏到电脑游戏，从单机游戏到网络游戏，又到"大型多人在线游戏"（MMOG），再到移动游戏，游戏已成为网络社会的重要娱乐方式。中国网络文学与网络游戏之间具有深刻联系。

首先，中国网络文学的产业化客观上要求它充分借鉴电子游戏这些现代娱乐产业的经验。中国网络文学自2004年前后开始产业化，初期的"文青向"、文学性被边缘化，而娱乐性则被提高到极为重要的位置。作为现代娱乐产业，电子游戏同样是网络时代的文化产业，它实现了美国学者伊哈布·哈桑（Ihab Hassan）所说的后现代主义的"行动、参与"（Performance，Participation）美学②，具有强烈的沉浸感、代入感，不仅仅是以幻想式的，更是以行动、参与的方式为玩家提供了满足金钱、财富、权力、暴力等欲望的机会。正是受此影响，而随着全版权、超级IP的兴起，写手向游戏取经，也有利于作品改编成游戏，产生更多衍生价值。

其次，从发展过程来看，中国网络文学与游戏共生并相互渗透。这体现在三个方面。第一，两者都以数字媒介为平台，"从媒介的角

---

① 电子游戏既包括街机游戏、掌机游戏，也包括电脑单机游戏、网络游戏等。随着网络对日常生活的全面植入，"无网不游戏"，网络游戏对中国网络文学的影响已超越其他电子游戏种类，故在此处又主要指网络游戏。

② 伊哈布·哈桑：《后现代景观中的多元论》，载王岳川、尚水编《后现代主义文化与美学》，北京大学出版社1992年版，第130页。

度来说，不同的沟通模式倾向于相互借用符码"。① 网络倾向于把所有信息整合在一种共同认知模式里，当它们在象征沟通过程中混杂在一起时，信息便在此过程中混淆了自身的符码，不同的意义随机混合，从而创造出多面向的语义脉络，这客观上促成了文学与游戏的相互借鉴。第二，电子游戏与网络文学在中国大陆出现的时间大致相同，但相对来说，前者的发展时间稍早，电子游戏在 20 世纪 80 年代进入中国，90 年代和个人电脑一起开始普及。80 年代的街机游戏《拳皇》《三国传》，90 年代初期的游戏机游戏《俄罗斯方块》《超级玛丽》《坦克大战》等都是红极一时的游戏佳作，在当时的青少年中影响巨大。90 年代后期，随着电脑游戏的盛行，《仙剑奇侠传》《红色警戒》《魔兽争霸》等单机经典游戏出现。2001 年，网络游戏《传奇》吸引了数以万计的玩家投入其中。电子游戏同网络文学相比，出现时间早，接受门槛低，娱乐化程度高，在很大程度上影响了青年群体的思维模式和生活娱乐习惯。在网络小说方面，1998 年，《第一次亲密接触》开始引发关注，2000 年以后，玄幻小说②开始兴起。总体来看，无论是初次出现还是广泛流行的时间，电子游戏都比网络文学稍早，这种大致平行却又稍微错位的时间点让游戏经验顺理成章地成了网络写手的知识背景。第三，用户群基本重合。两者的用户基本是"70 后"及其后出生的人群，在思维模式、网络习惯与兴趣爱好上，呈现出高度的重合性。实际上，现在流行的超级 IP 概念也正是瞄准了这种用户群体的重合性加以反复利用。

---

① 曼纽尔·卡斯特：《网络社会的崛起》，第 461 页。

② 玄幻小说曾经孕育出仙侠、修真、异能、网游等诸多类别，至今仍是网络小说最大的母类，其具体含义很难说清，它是融合了西方奇幻、中国武侠、日本动漫、网络游戏、科学技术等多种要素的大杂烩，其主要特点就在于"玄"，在时空架构、力量体系与人物经历的设定上不求"合理性"，但求天马行空、随心所欲。在网络文学刚兴起的时候，"玄幻"一词实际上常被用来形容网络文学中光怪陆离的世界想象，参见本书第一章中相关内容。

网络文学深受网络游戏的影响，与此同时，网络游戏又呈现了网络社会的现实状况，这体现在以下几个方面。

第一，游戏呈现了虚拟世界与新的时空关系。网络社会的兴起，带来了不同于现实时空的虚拟世界。虚拟世界在空间上呈现了新要素，一是再造现实："不仅能表现实际的物理宇宙，而且也能表现那些可能和想象出来的世界。"① 二是交互性，尽管是虚拟的，却是可以互动的空间："面对图像世界"变成了"走进图像世界"②。三是生成性，空间不是凝固的物理所在，而是生成性的，借助鼠标，"上手"事物在人机交互中不断"照面"。游戏，尤其是网友热衷的"大型多人在线游戏"，典型地体现了虚拟空间的上述特点，这些游戏常需构建宏大的世界背景，而这个世界的生成又取决于玩家的操作。虚拟世界也改变了传统的时间，让"线性"时间"遭到挫折"③，游戏也体现了这种时间变化，一是时间的压缩与扁平化："你在屏幕上看到的不会是过去或者未来，而只能是现在，因为我们可以对其施加影响。"④这表现了网络社会没有开端、终结与序列的"无时间性"。二是时间的重置。玩家可随时读取存盘中的内容，一次次重来，物理时间得到了逆转。

第二，主体的多重性与非中心化。网络社会的主体不再居于绝对时空的某一点，而是"因数据库而被多重化，被电脑化的信息传递及意义协商所消散，被电视广告去语境化，并被重新指定身份，在符号的电子化传输中被持续分解和物质化……"⑤。电子游戏中的主体正表

---

① 迈克尔·海姆：《从界面到网络空间：虚拟实在的形而上学》，第81页。

② 韦尔施：《重构美学》，陆扬、张岩冰译，上海译文出版社2002年版，第253—254页。

③ 曼纽尔·卡斯特：《网络社会的崛起》，第530页。

④ Juul, Jesper, "A Clash Between Game and Narrative", http：//www. jesperjuul. net/text/clash_between_ game_ and_ narrative. html, 2016 年 5 月 10 日。

⑤ 马克·波斯特：《信息方式》，第25页。

现了这种分散化，在无尽的形象嬉戏中，身份变成无限可塑，这表现在三方面，一是角色与身体的分离，在游戏中，玩家甚至可以离开电脑，让角色一直"挂"在网上；二是角色的多重性，如常见的"大号""小号"现象；三是匿名性与身份标识的丧失，游戏角色与玩家的现实身份没有根本关系。

第三，网络社群与虚拟人际交往。网络打破地理、社会身份等"物理限制"，提供了虚拟社区这种"惊人的个人接近方式"①，这改变了社会原子主义，培育起多重的"弱纽带"（weak tie）的社会关系。游戏不只是一种娱乐生活，更是网络社会重要的人际交往方式，除了设置团队任务之外，游戏还有聊天系统、团队协作系统、帮会系统以及阵营系统等，玩家可组队合作、交易物品、分享经验，在游戏之余，玩家也会聊天互动、网恋、交友，甚至延伸到线下。

由于篇幅所限，网络游戏与网络社会之间的表征关系难以一一列举（具体可参见本书正文章节的分析），但可以看出，游戏较集中地呈现了网络社会的现实——与此同时，网络文学又深受游戏的影响——游戏由此成为网络文学与网络社会之间的中介（如图3所示）。

网络社会 —— 网络游戏 —— 网络文学

图3　网络游戏成为网络社会与网络文学之间的中介

不过，这里要特别说明的是，本书绝非想写成一部揭示网络文学与网络游戏之关系的著作（虽然会对此有较多的涉及），而是借这种关系来挖掘网络文学与虚拟生存体验之间的深层勾连。有几点要特别指出：

第一，我们关注的不是网络文学中呈现的网络游戏的内容（如打

---

① 迈克尔·海姆：《从界面到网络空间：虚拟实在的形而上学》，第102页。

怪得宝、种马后宫等各种欲望现实），而是其"结构"，即如前所述的通过游戏折射出来的世界想象、虚拟时空关系、主体的多重性与非中心化、网络社群与虚拟人际交往等，这些剥离掉内容之后的"骨架"或形式，就构成了虚拟生存体验的内容，由此，这种虚拟生存体验必然是曲折投射的结果，虚拟生存体验是从网络游戏"内容"的缝隙中折射出来的：一方面，网络游戏投射在网络文学中的"内容"（各种欲望现实）并不是虚拟生存体验（这些欲望幻想传统社会就有），真正重要的是内容之下的各种"结构"（虚拟生存体验）——因而带有曲折性；另一方面，网络文学的商业化又让游戏化内容遮蔽了"结构"，只有绕过直接的、显在的内容元素，才能"看见"这些"结构"。

第二，我们关注与选取的网络文学游戏化内容之下的"结构"，不是着眼于游戏性，而是着眼于虚拟生存，即它们在根本上必须是一种普遍化了的虚拟生存的结果。举个例子来说，网络小说中常见的"穿越"，可能直接源于人们玩游戏的体验（穿越进游戏空间），但在根本上是作为一种普遍化的网络经验（我们日常的上网脱网体验）的结果而出现的。同样，角色扮演既是游戏中的体验，但在根本上则是网络带来的虚拟自我实验的结果。后者是前者的基础与根本原因，而前者只是后者的集中表现。而有些纯属游戏自身的元素，虽然对网络文学影响很大，但不在本书讨论范围之内。

第三，网络文学受网络游戏的影响非常深，我们要想挖掘网络文学中的虚拟生存体验，需要借助对游戏中介的分析，但这并不意味着只注意到游戏，也需要注意到其他网络现象生成的虚拟生存体验在网络文学中的投射。实际上，这是广阔的研究空间，不过，由于游戏的综合性（它几乎涉及并代表了虚拟生存的所有重要方面，如穿越、重生、搜索、互动、虚拟交往等），因此，本书重点挖掘借由游戏呈现的"结构"。其他方面，留待在后续的研究中展开。

　　第四，如前所述，相对无功利的早期，商业化后的网络文学对虚拟生存体验的呈现是曲折的，它经过了游戏的中介，它不是游戏化的表层内容，而是其"结构"，它不是写手有意识呈现的结果，而是因虚拟生存而无意识地投射于其中。那么，这是否意味着相对于直接写网恋等内容的早期，产业化后的网络文学对虚拟生存体验的呈现有所淡化？事实可能恰恰相反，由于游戏的中介，以及游戏对网络文学的全面影响，虚拟生存体验在网络文学中无孔不入了，成为一种泛化了的深层内容，隐伏于网络文学的根底。

　　在此意义上，对网络文学与游戏之间的关系，需作重新审视。首先，两者不能仅仅理解为工具意义上的借鉴，而应是本体意义上的中介，经由这种中介，网络文学表现了网络社会来临后的"新现实"，由此从这个方面构成了它与传统文学的重要区别。其次，网络文学对游戏既有明显的借鉴（内容与写法），也有无意识的化用（结构、虚拟生存体验），因此对两者关系的研究，不能只停留于表层，而应注意借由游戏呈现出来的深层内容，即虚拟生存体验。最后，不能只从消极的、负面的方面去理解游戏对网络文学的意义，需要注意它带给网络文学的积极因素与新质。

四　网络存在无意识与症候式批评

（一）网络存在无意识

　　在《摄影小史》中，本雅明谈到摄像对人们视知觉的影响时，提出了"光学无意识"（或称视觉无意识）的说法：

　　　　我们可以描述出人们如何行走，但只能说出个大概。对迈开那一秒里的精确姿势，我们仍分辨不清。然而，摄影可以利用慢速度、放大等技术使上述认知成为可能。通过这些方法，人们认识到了光学的无意识性，就像人们可以通过心理分析认识到无意识冲动一样。①

显然，本雅明所说的视觉无意识，是指摄像延伸了我们的视觉，让那些不可见、看不清的事物变得可见与清晰，从而延伸了空间与运动，在熟悉的运动中为观众展示一个陌生化的世界。"视觉无意识展现的是'黑箱'里的世界被澄明祛蔽，曝光于光天化日之下的图景。由于超越了人类肉眼的天然局限，视觉无意识对客观现实的影像复原，实际上就成为人类自身无法验证的一种超验存在。"②

但是，随着影像技术的进一步发展，视觉无意识也产生了变化。日本学者福岛亮大认为："今天我们所面对的影像资源实在是太过于丰富，我们不可否认的是，机械所制造出来的知觉已经被日常化了，因此以往由日常与机械、意识与潜意识之间的落差来运作推动的媒体手法，如今正面临了显著的转折点。"③ 也就是说，在以前，日常世界与机械揭示的无意识世界是有差异的，而现在随着媒介技术的发达，视觉无意识已经进入了日常生活的层面，日常化、普遍化了，两者的差异在缩小，或者也可以说，视觉无意识已经彻底地无意识化了，类似于本雅明所说的惊颤体验，惊颤不是体现为初始的震惊，而是体现为现代人心理结构对惊颤的消化。

福岛亮大认为视觉无意识正面临着显著的转折点，那么这个转折点是什么呢？

学者高字民认为，随着电脑对日常生活的大规模植入，电脑对人

---

① 瓦尔特·本雅明：《机械复制时代的艺术作品》，王才勇译，中国城市出版社 2002 年版，第 27 页。

② 高字民：《后图像时代和视觉文化的命运》，《西北大学学报》2009 年第 3 期。

③ 福岛亮大：《当神话开始思考：网路社会的文化论》，苏文淑译，大鸿艺术股份有限公司 2012 年版，第 69—70 页。

们视知觉的改造必然生成了新的无意识，与摄影、电视电影所带来的画面、拟像的视觉文化不同，电脑强调的是后视觉、后图像的互动。由此，他颇有见地地指出，电脑让视觉无意识走向了存在无意识：

> 如果说影像表征的是视觉媒介对现实世界的客观复制，那么拟像则表征了符码、模型对现实的主宰和对真实的僭越。随着计算机的出现，拟像的生产不仅更加轻易便捷、彻底全面，而且它明显地让拟像的拟仿（Simulation）逻辑跃出视觉的边际，渗入到人类生存的基点。简言之，虚拟审美幻觉的"超真实"逻辑从"眼观图像"的层面扩展到了"人机（电脑）互动"的现实生存体验层面。和摄影、影视的影像审美以视觉的逼真、美幻为追求不同，电脑图像的审美主要以触觉式的虚拟互动和"超真实"控制为旨趣。随着电脑图像美学的普及扩张，本雅明所说的"视觉无意识"正在转化为一种更为深入的"存在无意识"———一种基于视觉但却超越了视觉，需要以虚拟之身心来投入的"后图像"体验。由此，视觉占统率的图像时代也转入了虚拟触觉体验占主导的后图像时代。①

高字民在这里强调人机互动，人对电脑的控制所带来的触觉体验，由此生成"存在无意识"。凯瑟琳·海勒也有类似看法，人与电脑的交互会深刻改变人类的神经结构："与虚拟现实模拟打交道时，用户学会了根据计算机能够接受的风格化动作来移动自己的手和脚。在这个过程中，用户的大脑体验的神经构造改变了，其中一些变化可能是持久性的。人类建造了计算机，而计算机也在塑造人类。"② 由"视觉

---

① 高字民：《后图像时代和视觉文化的命运》，《西北大学学报》2009 年第 3 期。
② 凯瑟琳·海勒：《我们何以成为后人类》，第 63 页。

无意识"走向"存在无意识",这是一个重大的变化,但是,在我们看来,如果只是将这种"存在"局限为对电脑的使用与人机交互是远远不够的,我们应将视野从电脑扩展到网络,从人机交互扩展到整个虚拟生存,从有形的动作扩展到无形的心灵内化。换句话说,我们需要深入考察网络社会对生存全面的影响,相应的心理结构可称之网络存在无意识。这种网络存在无意识,也就是我们所说的内化了的虚拟生存体验。

实际上,由于数字媒介的可生存性,虚拟生存体验往往是以无意识的形态存在着,我们可借用布迪厄的"惯习"(habitus,或译习性)理论来说明这一点。布迪厄提出了著名的场域理论。在场域中活动的是"行动者",他们承载着不同的资本,并基于自身占有资本的性质、数量与在场域中的位置,积极采取行动,或者尽力维持资本的现有分配格局,或者企图颠覆它①。有了"行动者",才有了场域的历史,也才让场域的结构得以维持或发生转换,但是,这些行动者之所以是行动着的、有效力的,并不是因为他们是通常理解的那种理性个体,而是因为他们的"惯习",他们被赋予的"一整套性情倾向"。所谓惯习,就是"知觉、评价和行动的分类图式构成的系统",它具有稳定性、持续性,但也会发生变迁,它来源于外在的社会制度,又寄寓在个体的身体之中②。布迪厄提出"惯习"理论是试图摆脱解释行动的客观主义与主观主义倾向。客观主义倾向常常把行动解释为毫无主体性的机械反应,主观主义倾向则把行动理解为是个体任由良心、理性支配的自我谋划的产物③。前者如列维-斯特劳斯、阿尔都塞倾向于废除"行动者"的结构主义,后者则如萨特高扬主体,强调自由选择的存在主义。为了避免这种非此即彼的选择,布迪厄用"行动者"

---

① 皮埃尔·布迪厄、华康德:《实践与反思:反思社会学导引》,李猛、李康译,中央编译出版社1998年版,第149页。

② 皮埃尔·布迪厄、华康德:《实践与反思:反思社会学导引》,第171页。

③ 布迪厄:《文化资本与社会炼金术》,包亚明译,上海人民出版社1997年版,第168页。

（agent）的概念取代了"主体"（actor）的概念，强调个体的认知结构与社会结构具有深层关联，并互相强化①。在布迪厄看来，"惯习"理论就是宣称个人、主体与社会、集体的根本联系："习性是一种社会化了的主体性。"② 由此试图超越个体与社会、主观主义与客观主义的机械对立。对网民来说，他实际上也生存于各种网络制度与个体的选择之中，一方面，互联网是交互型媒体，突出了主体的介入与操控，超文本的迷宫走向带来了选择的可能，这似乎高扬了主观主义，但与此同时，这种选择又深受各种网站、论坛或 App 根据网络属性设定的制度、规则的制约（其中涉及资本、权力等各种因素），这些网络制度裹挟与改造了日常生活，构成了结构主义式的象征系统，统摄了现代个体，并恰好通过个体不断的操控、不断的点击而内化于身体，形成了"惯习"——这也正是数字媒介与影视等视觉媒体的根本区别，正是由于这种不断的操控、这种可生存性，才会让虚拟生存体验成为内化了的网络存在无意识。网络存在无意识，也正是各种网络惯习，网络惯习来源于外在的网络制度，又是内化了的身体习性，它既不是客观主义的，也不是主观主义的。实际上，随着数字媒介对日常生活的全面植入与改造，网络存在无意识已经成为现代人普遍的心理结构。

在我们看来，虚拟生存体验正构成了中国网络文学的深层意蕴。表面上，中国网络文学主要是各种装神弄鬼的描写与 YY 俗套的故事，但在其根底，则是虚拟生存体验。它之所以隐伏在中国网络文学的深层而被研究者所忽视，成为研究的一个空白，一方面在于这种虚拟生存体验成为网络惯习，主要是以无意识的形态而呈现的，另一个重要的原因就在于如前所述网络文学的商业化对虚拟生存体验的压抑与遮蔽，让它很难被发现。在 2000 年前后，网络文学有大量关于网络新生

---

① 皮埃尔·布迪厄、华康德：《实践与反思：反思社会学导引》，第 14 页。
② 布迪厄：《文化资本与社会炼金术》，第 173 页。

活的描写，其中之一就是网恋这种新的交往生活，一些著名的小说如
"痞子蔡"的《第一次的亲密接触》、"安妮宝贝"的《告别薇安》都
是关于网恋的，但这些内容在网络文学的 VIP 制度兴起后慢慢淡化了，
与那些打怪升级、种马后宫的内容描写相比，这些虚拟生存体验缺少
足够的"爽点"。但是，正因为虚拟生存体验构成了一种内化了的身
体习性，一种网络存在无意识，尽管被压抑着，经由游戏的中介，它
却持续地在起作用，在各种种马描写、YY 叙事的根底曲折地呈现出
来，或者说，表面上淡化了，但却以一种更广泛的无形的存在而存在
着。而随着数字媒介的新近发展，虚拟生存体验甚至开始直接表现出
来，并成功地做到了文学写作与商业性的结合，如最近兴起的聊天群
小说①就表现了此方面的趋势。

"文学批评家很少屈尊去研究的流行的、公式化的叙事类型，如侦
探小说，现代罗曼司，西部小说（the Western），连续广播剧（the soap
opera）等，如果它们的无意识内容能够被发现的话，它们也许会提供一
些有关我们社会的有趣信息。"② 华莱士·马丁（Wallace Martin）的这
段话颇有见地。隐伏在大众文化根底深处的无意识，其实是更深刻地揭
示了社会的情状与症候。而在消费意识全面植入的后现代社会，这种研
究工作尤其有必要。詹姆逊认为，在商品文化已经渗入无意识的后现代
超空间中，主体面临着批判距离的陷落："新的空间涉及对距离的压
制，和对仅存的空无和空地的无情渗透，以至于后现代身体……现在
都暴露给一种感知的直接攻击，一切掩蔽的层面和介入的中介都被这

---

① 最近几年兴起的以"圣骑士的传说"的《修真聊天群》为代表的小说写作潮流，此类
小说往往以聊天群作为小说情节推进的"金手指"。所谓"金手指"，指游戏中的作弊器，可用
来修改游戏主角的生命值、经验值等。"金手指"常被网友用来指称小说主角所获得的幸运事
物，如宝藏、武功秘籍、随身空间之类。
② 华莱士·马丁：《当代叙事学》，伍晓明译，北京大学出版社 2005 年版，第 13 页。

种攻击摧毁了。"① 在空间已经发生变化的情况下，我们自身却未发生"相应的变化"，没有与这一发展"同步"，就必然缺乏足够的感觉储备去面对这个新空间②，由此，空间的新变化就会让个体感觉难以适应，个体就难以从感知上组织周围环境并确定自己的位置③。从政治的角度来说，批判距离的陷落让我们在后现代社会失去了对总体阶级关系的再现能力。面对这种情况，詹姆逊强调要挖掘"政治无意识"，而这种政治无意识，正是隐伏在日常生活的深处，隐伏在大众文化的根底："为了使真正的阶级意识成为可能，我们就必须以有生气的和试验的形式通过日常生活这一明确的中介，逐渐意识到阶级的抽象真实；而且，如果说阶级结构正在成为可再现的，那就意味着，我们现在已经超越仅仅是抽象的理解，并且进入个体幻想、集体故事讲述、叙事的喻示性这一整体的领域——它已经成为文化的领地，因而不再是抽象的社会学或经济分析的领地。"④ 也就是说，詹姆逊强调的是文化政治学，他通过对商业电影、建筑等后现代大众文化的分析，深入挖掘其中的政治无意识。问题在于，大众文化这种往往被商业化所裹挟的事物，也会有政治无意识？詹姆逊以商业电影为例进行了说明：

他们（某些批评家——笔者注）先验地反对说，商业电影需要庞大的费用，因而不可避免地将其生产置于多国公司的控制之下，所以其中任何真正的政治内容都是不可能的，……如果我们始终停留在电影制作人的意向的这个层面，情况毫无疑问就是这

---

① 《詹姆逊文集》第 1 卷《新马克思主义》，王逢振主编，中国人民大学出版社 2004 年版，第 298 页。

② 詹姆逊：《文化转向》，胡亚敏等译，中国社会科学出版社 2000 年版，第 10 页。

③ 詹姆逊：《文化转向》，第 15 页。

④ 《詹姆逊文集》第 3 卷《文化研究和政治意识》，王逢振主编，中国人民大学出版社 2004 年版，第 88—89 页。

样；因为，他们必然有意识或无意识地受着客观环境的限制。但是，这样做并没有将日常生活的政治内容以及已经内在于这种原材料的政治逻辑纳入考虑范围，尽管电影制作人一定要对它进行加工：在这种情况下，这样的政治逻辑，就不会作为一种明显的政治信息显现出来，而且也不会将电影转化为一种并不含混的政治陈述。①

也就是说，后现代文化中的政治内容并不会是一种明显的信息（即便有，也只会是一种作为卖点而被消费了的政治），而是一种内化于日常生活的政治逻辑。詹姆逊按照这种思路来分析商业电影《炎热的下午》，认为这部电影构成了"当代大众文化中的阶级与寓言"②。在这部电影之中，阶级结构在索尼、警察头目和联邦调查局特工之间所形成的三角关系当中得到了曲折的表达，他们分别隐喻着各种城市中正在"无产阶级化"和边缘化的小资产阶级，地方街区各种疲软的权力结构，以及多国资本主义。这种阶级关系也就是詹姆逊揭示的政治无意识。

在我们看来，对网络文学来说，詹姆逊对后现代大众文化的分析方法与研究思路具有重要的示范意义。后现代大众文化的商业意识构成了对阶级关系的压抑与遮蔽，但内化为日常生活原材料的政治内容仍会投射于大众文化作品中；同样，网络文学的商业化构成了对虚拟生存体验的压抑与遮蔽，但内化于日常生活的网络惯习仍会投射于其中，研究者要做的，就是去挖掘网络文学商业化外表下的内化了的虚拟生存体验。

（二）症候式批评

为了挖掘网络文学的虚拟生存体验，我们强调对网络文学采取症

---

① 《詹姆逊文集》第3卷《文化研究和政治意识》，第89页。
② 参见《当代大众文化中的阶级与寓言：作为一种政治电影的〈炎热的下午〉》，载《詹姆逊文集》第3卷《文化研究和政治意识》，第85—113页。

候式批评。所谓症候式批评，这是笔者借鉴阿尔都塞的说法而提出的批评模式。阿尔都塞提出所谓"症候式阅读"，其主要意思即强调视域、认识框架的极端重要性。认识框架既是一种敞开，能让你"看到"一些东西，同时也形成了一种强力遮蔽与压抑，会让你视而不见，不自觉地屏蔽一些东西。因此，症候式阅读的关键就在于对视域（栅栏）的反思，试图去捕捉被栅栏所压抑屏蔽的空无、空白与沉默。这些欠缺与沉默也就是所谓的症候。借助"症候式阅读"，才能读出那些真正隐匿的东西。

我们认为，症候式批评在数字时代大有可为，网络文学研究必须走向症候式批评，原因在于，从印刷时代走向数字时代，这是一次文化的巨大转型，文艺批评必然面临着视域、认知框架的重大挑战与调整。或者说，认知框架的制约作用在这种文化转型时期会表现得特别明显。这不仅体现在那些拥护传统文艺、贬斥网络文学的批评家身上，也会体现在那些支持网络文学的学者身上，这是作为历史的"中间物"、作为处于"文化大变革"时代的研究者们难以摆脱的魔咒。而这种过渡时期的栅栏最突出地体现为两个方面：一是传统"现实"观念的栅栏；二是传统"文学"观念的栅栏，传统的"现实"观念让我们只能注意到网络文学对现实的远离与逃避，而未能发现网络文学呈现了新的现实——数码化现实。传统文学观念让我们把网络文学的写作手法只是理解为"装神弄鬼"，不能够发现其中源自数字媒介的新的写作技巧与文学想象。两者的共同指向就是忽视了其中的虚拟生存体验。虚拟生存体验既是源自新的现实的情绪体验，同时也生成了新的文学想象。批评网络文学的学者受制于这两种栅栏，难以发现网络文学的新质，容易从否定的意义去理解，支持网络文学的学者，尽管试图为网络文学寻找合法性，但也会——或者说会更深刻地——受制于这两种栅栏。

网络文学研究必须走向症候式批评，更重要的原因还在于，网络文学呈现出表层与深层的分裂，呈现出文本内的"可见"与"不可见"。从目前中国网络文学的发展来看，商业网络文学是主流，这是我们评价网络文学的一个基本前提。这种商业化比传统大众文学的商业性更直接、更突出，原因在于，一方面，商业资本充分利用网络媒介的技术特点，建立了以利益为先的网络文学制度，文学网站刻意设置的点击、收藏、上架等数据的可视化让写手背负着沉重的写作压力；另一方面，网络文学的 IP 改编与跨媒介运营，生成了巨大的利益诱惑。不能低估商业资本对推动网络文学发展所起的重要作用，但网络文学过度商业化的后果就是写手只是尽可能取悦读者，由此带来的问题就是不少作品充满了白日梦的 YY，充满了欲望叙事与快感生产。为了取悦读者，网络文学强调"代入感"，让读者"代入"主角身上，并突出"主角光环"，一切描写都以烘托主角为中心，主角是"人"，甚至是"神"，其他人则是可随意利用与处置的 NPC[①]。中国网络文学之所以风行海外，原因之一就在于主角常常为了自己的利益不管不顾，相比日本轻小说中主角后现代式的"宅"与消极，欧美作品中主人公动辄强调政治正确的拖沓，前者自带一种杀伐决断的爽感。显然，从这些 YY 与利己主义的内容描写来看，网络文学应该被批判，任何基于这个角度想为其辩护的人都是无力的，难以自圆其说的。在此意义上，批判网络文学的学者们是有道理的，这也是他们通过自己的视域能够看到的客观存在的问题。但是，全盘否定网络文学也存在盲视的可能，因为这只看到了网络文学"可见的"表层描写，忽视或者说无法洞察到（源自传统社会根深蒂固的认知框架与思维栅栏）网络文学

---

① NPC（Non-Player Character），意即非玩家控制角色，指游戏中不是由玩家而是由计算机人工智能控制的角色。在很大程度上，网络文学的主角成了玩家，而配角则成了 NPC，NPC 都是为了衬托玩家（主角）的中心地位而存在的。具体可参见第一章第三节中的论述。

"不可见"的深层意蕴。这种深层意蕴就是我们所说的虚拟生存体验，由于虚拟生存体验并不是写手有意识地呈现在文本中的内容，而是无意识的一种流露，因此，它常常是"不可见的"，需要采用症候式批评加以挖掘。因此，欲望叙事与快感生产只是网络文学"可见的"表层，而深层的"不可见"的要素则是虚拟生存体验。由于栅栏的存在，传统文艺批评家可能较难发现这些虚拟生存体验，或者说，正是"可见"导致了"不可见"，套用阿尔都塞的话来说，传统文艺批评家没有看到的东西恰好是他们看到的东西。忽视是无可避免的，它是传统文艺批评的"看"本身决定的。

由此可以看出，目前我们对网络文学的批评活动只是遵循一种直接的线性认识逻辑，根深蒂固的视域限制让我们只注意到了网络文学的表层与印刷外壳，而难以洞察其深层意蕴与网络气质。网络文学中的虚拟生存体验是至关重要的，它表现了网络社会的社会症候、生存体验与写作想象，在此意义上，我们需要重视网络文学，需要采取症候式批评，研究者需要时刻反思自己的视域（栅栏），认真分析与挖掘文本中被传统文艺批评的"栅栏"与商业性所压抑与排斥的"不可见"的虚拟生存体验，由"可见"走向"不可见"，从表层进入深层，从枝蔓的俗套情节、从字里行间去捕捉背后潜在的"沉默的""网络存在无意识"，以推动网络文学研究走向深入。

五　中国网络文学的世界性

中国网络文学的世界性，指它在世界由传统社会向网络社会转型过程中所体现出的社会、文化与文学层面的人类性、普遍性及其价值。

十几年前，针对 20 世纪中外文学关系的研究，学者陈思和提出了"世界性因素"的说法，目的是改变影响研究中的西方中心主义倾向。他认为，不能把西方等同于世界，中国文学自身也生成世界性因素。

他说:"中国本身就成了世界的一个有机的组成部分,中国的问题也就是世界的问题。"既然中国文学的发展"已经被纳入世界格局",它就必然"以自身的独特面貌加入世界文学行列,并丰富了世界文学的内容"。"世界/中国"的二元对立结构不再重要,"中国与其他国家的文学在对等的地位上共同建构起'世界'文学的复杂模式"。① 我们认为,对中国网络文学的研究也存在西方中心主义的严重局限,总是以西方超文本、多媒体等类型或后现代理论来简单框定中国网络文学,这必然抹杀其特殊性,更难从特殊性中挖掘出它对世界网络文学的价值与意义。网络文学的兴起是世界性现象,作为其中的一部分,中国与其他国家的网络文学共建了世界网络文学的复杂模式。因此,中国网络文学发展过程中呈现的诸现象,如网络文学的商业化,也应被视为世界网络文学发展的一种可能性而被重视。

但中国网络文学的世界性又不限于此,它并不只停留在与世界网络文学所构成的部分与全体的关系上,还在于它的不可取代。西方网络文学聚焦于"革新性"最突出的那些方面,而忽视了绝大多数普通网民的文学写作(事实上他们也缺少此类写作)。与之相比,中国网络文学中普通网民文学生产的繁荣是世界上少有的现象,从而为世界提供了足够丰富的此类文学现象与文学现实。中国网络文学的繁荣不但因无线网络的兴起而有进一步加剧的趋势,并已经开始"走出去",受到海外读者的广泛注意和欢迎。韩国、越南、泰国、日本等国的出版商也积极购买中国网络文学的海外版权。② 如果说,我国以前对于国外大众文化是以引进为主,现在则开始"反向输出"。这显然具有重要意义,既从一个方面呈现了中国网络文学在世界范围内对流行文

---

① 陈思和:《20 世纪中外文学关系研究中的"世界性因素"的几点思考》,《中国比较文学》2001 年第 1 期。

② 张贺:《中国网络文学,冲出国门闯世界(文化脉动)》,《人民日报》2016 年 12 月 15 日。

化需求与阅读兴趣的满足，也初步顺应了国家新闻出版广电总局在《关于推动网络文学健康发展的指导意见》中提出的"开展对外交流，推动'走出去'"这一文化战略的要求①。当然，在网络文学目前的写作模式下，对这种风行海外的情况也不能过于高估，如前所述，国外读者对中国网络文学的兴趣，跟国内读者其实是一样的，还是基于"爽"感，因此，从直接内容来看，中国网络文学要想真正走向世界，必须要对当前的创作模式有所反思与调整，应该融汇民族文化与时代精神，讲述中国故事，形成真正的中国气派与中国作风。

但是，中国网络文学在世界范围内的不可取代的一个重要方面就是它呈现的虚拟生存体验，中国网络文学的繁荣是世界上少有的现象，它呈现的虚拟生存体验就具有独特的世界意义。值得注意的是，凯瑟琳·海勒也注意到了虚拟性与文学的关系，在《我们何以成为后人类》一书中，她专门谈到了"虚拟性与当代文学"（Virtuality and Contemporary Literature）的话题②——这表明随着网络社会的崛起，随着社会的虚拟化进程，我们确实要重视并研究虚拟性与当代文学的关系，这成了一个重要的研究课题。但从文本分析来看，海勒主要是以科幻文学对虚拟性展开分析——这说明西方缺少此类文本，在此意义上，数量庞大的中国网络文学就具有了重要价值，在一定程度上表现了网络社会来临后人类文化与文学的走向、变迁与症候。具体来说，有以下几个方面的表现。

第一，它折射了现代人的虚拟生存状况，展示了人机关系、人类在网络时代的命运与精神症候。本书各章节内容，从各个方面揭示了网络文学所呈现的虚拟生存状况。网络文学的"架空"写作呈现了数

---

① 国家新闻出版广电总局：《关于推动网络文学健康发展的指导意见》，http：//www.gapp.gov.cn/news/1663/236 795.shtml，2015 年 1 月 5 日。

② Hayles N. Katherine, *How We Became Posthuman*, Chicago & London：The University of Chicago Press，1999，p. 20.

字时代新的世界观，世界成为可随意建构与跨越的时空。"随身"小说隐喻性地折射了人与互联网的共生关系。数字土著民的成长总是伴随着网络，传统的成长仪式已经改变。现代人需要与机器、网络不断互动，在互动中体现存在。重生小说折射了虚拟性与交互性带来的"重置"体验，在多重性视野与单一性视野的对照中，对人生、死亡与自我作了新的描绘，表现了网络社会的变动不居、多元选择与选择的困境。穿越小说折射了虚拟主体之间的各种交往，表现了网络社会来临后的新型孤独——群体性孤独。而网络文学的数字化升级则预示了数字人生的生活趋势，表现了网络时代的数码浪漫主义。

这些虚拟生存状况，正是网络带来的不同于传统社会的"新现实"。新媒介的出现，深刻改写与重塑了人们的日常生活、交往方式与精神体验。种种日常与非日常的交汇、时空穿越、化身生活、虚拟交往……构成现代人活跃驳杂的日常体验与生活想象，中国网络文学在一定程度上曲折折射了这些"新现实"。

不难看出，中国网络文学呈现的虚拟生存状况是丰富多彩的，也是非常重要的，值得进一步挖掘和研究，这是网络文学研究新的生长点。

第二，中国网络文学呈现了一些源自虚拟生存的写法，如穿越、重生、分身、变身、升级、"随身老爷爷"、随身系统、随身空间等。在把虚拟与现实互相杂糅、来回切换的"装神弄鬼"式的描写中，展现了网络时代诡奇丰富的文学想象。

值得注意的是，也许我们不能把这些写法与想象的活跃简单斥为"装神弄鬼"，它或许表现了这种写法的必要性与新的写作倾向。一些学者曾试图在与"五四"新文学的对比中肯定中国网络文学的意义，如贺绍俊认为"五四"新文学体现了"现代性的诉求"，网络文学则要创造一种"后现代知识系统"的"文学王国"。张颐武认为当下中国进入了物质丰盛时代，跟"五四"新文学注重介入现实的传统不同，网络文学有了"不及物"的可能。王干则认为网络文学基本上是"问鬼神"的文学，这就把中国"问鬼神"的文学传统"重新续接"起来①（张颐武与王干的观点我们在后面的论述中还会提及）。我们认为，中国网络文学"装神弄鬼"的写法显然不是要创造所谓"后现代知识系统"，也不全然是"不及物"的娱乐性，与中国固有的"问鬼神"文学传统也不能完全等同，它是网络社会"新现实"不自觉的结果。无论是"五四"新文学的写法，还是中国传统固有的"问鬼神"的写法，都不能与写手无意识的虚拟生存体验完全契合。换言之，数字时代现实与虚拟的混杂生活状况，驱使写手不自觉采用那种把日常与非日常、现实与幻想、学院与江湖统摄在一起的架空式描写，而且也只有通过这种描写，我们才能透过俗套情节的背后看到那些数码化现实。

中国网络文学的上述特质也启发了网络时代的文学研究，特别是大众文学的新思路与新模式。中国网络文学的主体是商业写作，表层来看，它们是各种满足 YY 幻想的俗套情节；但从深层看，它们又或多或少折射了虚拟生存体验。如果说前者是写手为赚取人气与稿费有意识提供给读者的内容，后者则是其网络惯习在作品中的无意识投射。这意味着对于中国网络文学的研究思路与模式亟须做出调整：

首先，在观念上，学界必须改变那种认为只有超文本、多媒体作品与网络才是"血肉"联系、才是"真正的"网络文学的理论观点。其实，渗透了虚拟生存体验的中国网络文学与互联网同样是"血肉"联系，同样是"真正的"网络文学。因此必须重视并深入揭示它们与网络社会的内在联系。

其次，不能按传统大众文学的固有观念即将其仅仅视为幼稚轻率

---

① 《起点四作家作品研讨会》，http://www.chinawriter.com.cn/z/shengda/index.shtml，2009年6月16日。

的文字垃圾——去理解中国网络文学，而应充分注意到中国网络文学的二元性。这种二元性体现在两个方面：一是如前所述的表层欲望叙事与深层虚拟生存体验之间的分离；二是由此而产生的大众与精英元素的对立。一些学者认为网络文学档次不高，过于通俗化、大众化，只是休闲读物；另一些肯定网络文学的学者则强调网络文学也有好的作品，也有精英文学，后者的辩护有一定道理，网络文学中确有一些文青写手，他们的作品表现出一定的精英色彩，但在笔者看来，以这种方式来论证网络文学的合法性，实际上遵循了与否定者相似的逻辑，区别只在于强调网络文学有无"好作品"。更重要的是，这表现出对网络文学简单化的理解。网络文学的大众性与精英性并不是分离式存在，不是说有些作品是精英的，有些作品是大众化的，有些是"好文学"，有些是"坏文学"，而是大众与精英要素同时呈现于同一部作品中，是一种混合与共时的存在。在网络文学中，大众性不是纯粹的大众性，它包裹着精英性，精英性不是直接的精英性，是透过大众性的裂缝呈现出来的。网络文学这种精英性与大众性交融的独特二元结构与两方面因素有关：第一，这是由商业性的绑架式写作与作者文人情怀之间的博弈所造成。网络写手是卖文为生，以市场为旨归，在此意义上，追求写作的精英性并不讨好，用大神"梦入神机"的话来说，"文青是种病，得治"；但另一方面，每位写手都有一个文人梦，总希望在大众化的内容中植入个人化的感悟与才情，用网络写手的话来说，这叫挟带"私货"。举例来说，"猫腻"的《庆余年》，其中的穿越手法、吟诵古诗词，以及复仇情节，显然是大众性的，但小说字里行间又透露出作者对宏大叙事的消解与淡然处世的人生观，这就是作者的"私货"，这种"被压抑"的"私货"正是透过大众性的缝隙呈现出来的。第二，精英性与大众性的交融还与网络文学传达的虚拟生存体验有关，在各种欲望叙事的大众化表象背后，网络文学呈现了网络社会的生存况味与形式想象，而这是可以作精英阐释的（详见本书正文部分内容），也表现了俗文学深度描写的可能性。而这种精英性、深度性同样是从大众性的缝隙中呈现出来的。

最后，中国网络文学商业化外表下潜藏的虚拟生存体验，意味着我们必须要改变对中国网络文学的研究方法，不是从传统的社会背景来理解，而是必须把它们置于数字媒介社会、置于虚拟生存的语境下，才能真正看清并理解其新质。研究者需要重视网络文化并深入理解网络生活经验，否则可能只是把注意力放在了网络文学的表层与外围，难以获得真正的突破。

在贺麦晓看来，西方学者总是聚焦于网络文学革新性的"最突出"部分，特别是超文本、多媒体作品，与此同时，绝大多数普通网民的文学生产却被忽略了①。这无疑是个重要见解，但我们认为，并不是西方学者执拗于此，而是他们缺少足够的此类文学事实——而这正是中国网络文学的独特领域。换言之，中国网络文学发展的"中间路径"，也是其特殊性，是它在世界范围内能彰显独特价值、具有世界意义的根由。如果说西方网络文学着重于革新性"最突出"的方面，但却忽视了（实质是缺乏）普通网民的文学生产，中国网络文学则呈现了大规模的普通网民的文学生产。如果说西方的超文本、多媒体文学是艺术家有意识的、基于"可能性"的文学实验，中国网络写手无意识地渗透在商业文学中的虚拟生存体验，则现实性地表明了网络社会的到来对文学的潜在影响，并在一定程度上揭示了世界在由传统社会向网络社会转型过程中经历的社会、文化与文学的走向与变迁，从而具有世界意义。

中国网络文学呈现出世界性与独特价值，但对此也不能过于拔高。

---

① Hockx, Michel, "Virtual Chinese Literature: A Comparative Case Study of Online Poetry Communities", *The China Quarterly*, No. 183, 2005, p. 690.

总体而言，中国网络文学尚有诸多不足，具体表现在：写手游戏化的写作态度与写作伦理的淡薄，一味迎合读者而造成人生观和价值观的偏颇，文学储备与现实主义精神的缺乏，对人性、人类命运等宏大主题较少有意识地关注与深度思考，网络连载机制的随写随发带来写作的随意与文本结构的混乱，商业写作的模式化与始终如一的欢乐叙事伤害了文学价值，生存体验的开掘与艺术想象的生成受到妨碍。

问题的关键是，我们在看到中国网络文学成就及其未来发展趋势的同时，应努力思考如何克服其局限和弱点，提升其思想文化境界和艺术水平，使之为国家战略发展与文学变革做出应有的贡献。

第一章 "架空"写作：世界的可塑性及其跨越

在这一章中，我们将讨论网络文学呈现的世界观，这里所说的世界观不是哲学意义上的对世界的基本看法与观点，不是涉及意识与物质、思维与存在的关系问题，而是指写手们在作品中对世界的想象。"世界观"在写手们的讨论中很常见，它切实地表明了世界架构成了网络文学写作中的突出问题，而这在根本上则表明了网络时代"世界"的变化，这种变化，在网络文学的"架空"中得到了集中表现与隐喻性的表达。

第一节 "架空"写作与新的世界

网络文学的世界想象可以说是"任性的"，是跟传统文学相比一个非常突出的现象，而这就出现了"架空"这种新的写作现象与新的说法。

一 大幻想时代世界的"架空"描写

中国网络文学的"世界"架构与想象是惊人的，充满了各种异世大陆、人神混杂、奇玄异能、平行穿越的描写。这种突出的想象力在网络文学兴起不久就表现出来了，著名网文论坛"龙的天空"的创始人之一"Weid"（段伟）认为，2000 年前后，一个"大幻想时代"崛起了：

> 玄幻、奇幻、科幻，三者所构成的大幻想题材，成为这一时期原创小说的创作主流，它们脱离了传统类型小说的古典背景，或异世大陆、或魔法位面、或星辰大海。在文本审美上，有了极大的突破。它们所带来的新鲜感，第一次正面压倒了统治类型小说数十年的武侠小说，在网络上获得了小说爱好者最大的关注。①

据他回忆，这一时期涌现了大量幻想性突出的小说，如"子鹰"的《苍穹》、"Unkown"的《幻魔战记》、"mayasoo"的《银河新世纪》、"自在"的《异侠》、"飞凌"的《天庐风云》、"手枪"的《天魔神谭》、"紫天使"的《龙魔传说》、"蓝晶"的《魔法学徒》、"天罪"的《幻想异闻录》、"老猪"的《紫川》、"读书之人"的《迷失大陆》、"明寐"的《异人傲世录》、"端木"的《风月大陆》、"说不得大师"的《佣兵天下》、"燕垒生"的《天行健》以及"网络骑士"的《我是大法师》等②。

一些学者也敏锐地感受到了文学创作的这种变化，学者张颐武认为这是"极度想象力的产物"："通过电子游戏所具有的奇特的灵感，

---

　　① 参见"Weid"的文章《一部标签的丰富史，一则原创小说类型谈》第二部分第三点"大幻想时代"，http://www.lkong.net/thread–538923–1–1.html，2011 年 12 月 25 日。这里说明一下，本书涉及不少网络文献，由于网民打字的随意性，一些网络文献可能有错别字、不加标点或其他问题，在不影响阅读的情况下，为尊重原文，本书一般不作修改。

　　② 参见"Weid"的文章《一部标签的丰富史，一则原创小说类型谈》第二部分第三点"大幻想时代"。

跨越人与神、时间和空间、东方与西方的界限，通过幻想创造一个直接诉诸感性和想象的直接性的自由的空间。因此，这些作品是极度想象力的产物，它们超出了现实世界的局限，和现实几乎没有必然的历史联系。"①

显然，在兴起之初，网络文学所呈现的世界想象就颇引人注目，具体而言，跟传统文学相比，这种世界想象的独异性表现在以下两个方面：

首先，世界生成与建构的"随心所欲"。

在网络文学中，常常有两类世界描写：一类是与现实世界差异较大的异时空，如各种闻所未闻的异世大陆或魔法位面；另一类则是与现实世界相近的世界。就第一类世界而言，尽管传统文学也有异时空的描写，但与之相比，网络文学存有重要差别：一是异时空的架构与想象远比传统文学普遍与泛化；二是其想象力度远超传统文学，动辄是多重位面、多元宇宙与星空；三是世界大陆的外观及物种构成远比传统文学复杂，各种闻所未闻的种族、怪兽进入了网络文学。这种异时空描写充分体现了写手的创造性，在客观上会给读者一个感觉：世界是可以随意建造与生成的。就第二类世界而言，往往是故事时空类似于历史或当下的某个时期，似乎与现实世界联系较为密切，想象力没有那么超拔，但实际上这种世界想象同样体现了世界的随意生成与建构，因为这类小说的主人公穿越或重生到这段历史或空间，就是要打碎与重建这个世界。传统文学的主人公也可能会改造世界，但这是指向未来的，网络文学的主人公却常常是改变不可能改变的历史与过去。为了让这种改造显得更具合理性以避免读者的吐槽，网络文学常有两种办法：一种是有意模糊具体时空地点，如穿越小说中涉及历史

---

① 张颐武：《玄幻：想像不可承受之轻》，http://blog.sina.com.cn/s/blog_47383f2d0100 0467.html，2006年6月29日。

上某个国家或朝代，取名为"大华朝""大夏朝"之类，重生小说涉及当下某个时期，却不作具体描绘，以此回避改造后的世界与历史或现实不符的问题；另一种则是以平行空间理论①或蝴蝶效应②加以解释，即认为主人公是穿越或重生到与历史或现实相平行的世界，因此故事中的世界走向的改变与现实无涉，互不影响，以此避开读者的吐槽。

其次，世界的多重及其跨越。

网络文学中所建构的世界往往是多重的，并与现实世界相对照与平行，与此同时，这些时空之间是打通的，主人公可以在其中随意跨越。主角既可以出入古代、异世、未来，也可以穿越到各种小说故事里、影视剧里，可以单向穿越、来回穿越、反复穿越，也可快速穿越各个世界，主角如同仙人一样，摆脱了身体与时空的滞重，可以自由出入于各个界面。

可以随心所欲地生成与建构世界，也可以在各个世界中任性穿越——这就给人们带来了一种感觉，即世界的"架空"。张颐武较早地对这种"架空"作了阐释：

> 最近我们的文学发生了引人瞩目的变化，其中一个重要的趋向是大量神怪、玄幻、灵异小说开始出现。这些小说存在着一种"架空性"值得我们高度关切。所谓"架空性"乃是创造一个和当下的世界完全不同的世界。具有一种不可思议的"架空性"。它们都并不来自现存的历史，也不是对于历史的反映。我们可以

---

① "平行空间"理论是美国量子物理学家休·艾弗雷特三世（Hugh Everett Ⅲ，1930—1982）的说法，他认为时间旅行者回到过去改变历史后，时间线便出现分叉，分叉的时间线展开的是另一段历史。

② "蝴蝶效应"（The Butterfly Effect）是指在一个动力系统中，初始条件下微小的变化能带动整个系统的长期的巨大的连锁反应。

发现一种"玄幻文学"，以类似电子游戏的方式展开自身，它也完全抽空了社会历史的表现，而是在一种超越性的时空中展开自己的几乎随心所欲的想象力①。

从这段话来看，张颐武对"架空"的理解并不准确，在写手与读者那里，"架空"的含义并不仅仅是指"创造一个和当下的世界完全不同的世界"——这是所谓的全架空，除此之外还有"半架空"，即如前所述的小说故事背景可能是或接近于历史上某个国家或朝代，但主人公却可以按照自己的设想改造这个世界。在我们看来，所谓的"架空"实际上指的就是网络文学对世界的随意建构及人物在多重世界中的随意跨越。对写手来说，"架空"指的就是这种世界想象的自由度。

习惯了传统文学滞重的世界描绘的学者们，对世界生成与跨越的这种随心所欲必然感到惊奇与不适应。比如，除了"架空"，人们还用"玄幻"一词来描述这种世界想象带来的惊奇感。"玄幻"尽管现在指一种更带有东方色彩的幻想小说类型，但这个词最开始在中国大陆得到应用的时候，实际上传达的就是人们对网络文学光怪陆离、天马行空的世界想象的震惊。据作家叶永烈回忆，"玄幻小说"一词，出自中国香港，是出版商赵善琪对黄易小说的定位，他认为黄易的小说是"一个集玄学、科学和文学于一身的崭新品种"，这个小说品种可"称之为'玄幻'小说"②。而之所以称为玄幻，主要是因为黄易小说带点玄学与科幻的意思。叶永烈清醒地认识到，把中国网络文学称为玄幻，其用意并非指玄学或科幻，而主要是"玄想"之意："我以为，中国当今的玄幻小说，只是沿用了黄易创立的玄幻小说的躯壳，

①　张颐武：《玄幻：想像不可承受之轻》，http：//blog.sina.com.cn/s/blog_ 47383f2d0100
0467.html，2006 年 6 月 29 日。

②　叶永烈：《奇幻热、玄幻热与科幻文学》，《中华读书报》2005 年 7 月 27 日第 14 版。

而舍弃其内核。中国当今的玄幻小说，其中的'玄'不再是指玄学，而是可以诠释为玄想。"① 关于这一点，他在《叶永烈点评玄幻小说热》一文中说得更明确："玄幻小说是最近兴起的，它建立在玄想之上，强调一个'玄'字，内容走得比魔幻小说更远，从创作层面讲，玄幻小说作者比科幻小说作者创作更自由，不需要受科学依据的束缚，有更多的发挥空间。"② 所谓的"玄想"，就是想象的极大自由度。

学者陶东风对玄幻文学同样是基于这种理解：

> 关于"玄幻文学"从来没有一个准确的界定，人们也不知道"玄幻文学"、"魔幻文学"、"奇幻文学"之间的深层次差异到底在哪里。但尽管难以界定，玄幻文学的基本特点好像还是明确的。"玄幻文学"的两个关键词分别是"玄"和"幻"。"玄"为不可思议、超越常规、匪夷所思；"幻"为虚幻、不真实，突出其和现实世界的差异。人们常常把玄幻文学所建构的世界称之为与现实完全不同的"架空世界"，在这个世界，没有不可能发生的事情。玄幻文学不但不受自然界规律（物理定律）、社会世界理性法则和日常生活规则的制约，而且恰好是完全颠倒了自然界和社会世界的规范。③

显然，在网络文学发展初期，玄幻的含义基本就等同于"架空"。不管是叶永烈所说不受科学依据束缚的玄想的自由，还是陶东风所说不受自然界和社会世界规范制约的想象，实际上就是我们所说的世界生成及人物跨越多重位面的随意性。

---

① 叶永烈：《奇幻热、玄幻热与科幻文学》，《中华读书报》2005 年 7 月 27 日第 14 版。
② 原文已不可考，此段引文转引自叶永烈《奇幻热、玄幻热与科幻文学》。
③ 陶东风：《中国文学已经进入装神弄鬼时代（修订版）》，http：//blog. sina. com. cn/s/blog_ 48a348be010003ra. html，2006 年 6 月 20 日。

二　架空与新现实、新世界

网络文学为什么会爆发出这种前所未有的架空性的世界想象？传统大众文学，如金庸的小说为什么没有如此庞大复杂及随心所欲的世界架构？

张颐武试图从物质主义的角度来对此进行解释，他认为中国网络文学这种想象"已经完全脱离了现代中国的历史的限定性"，"没有中国'现代性'的幻想文学的那种强烈的感时忧国的意识，也没有作为'民族寓言'的沉痛的宣告"，"而是非常轻灵自如的片刻想象的产物"，"中国幻想文学的原有的高度的滞重性已经消失"，而造成这种转变的根本原因就在于伴随着全球化和中国的市场化新时代的到来，一个较为富有、较为优裕的时代已经来临，中国青少年开始享有更多的自由和更多的物质性的满足，"当日常生活的基本满足不再成为问题，幻想文学也就有了自己更加坚实的物质性的基础。而一个电子游戏所创造的逼真的'超现实'的幻想世界的建立也为幻想文学提供了新的想象力的空间"。① 也就是说，随着中国经济水平的提升，中国青少年在物质上得到了满足，因此开始摆脱他们的祖辈父辈近百年来的救亡图存与振兴国家的社会使命，开始沉浸于"超现实"的幻想世界。联系网络文学的内容描写来看，张颐武的这一说法值得商榷。网络文学超现实的幻想世界并不是远离"日常生活"的，毋宁说，恰好相反，迎合的是读者幻想实现的各种物质性的欲望。如某写手所说：

> 其实龙空众们很早就公认出现在网文的本质是成功学，赚更多的钱、泡更好的妞、得到更高的权势与力量。不管小说写的有多白，多烂。都有人看，因为无数人要用网文来满足自己在现实中

---

① 张颐武：《玄幻：想像不可承受之轻》，http：//blog. sina. com. cn/s/blog_ 47383f2d0100 0467. html，2006 年 6 月 29 日。

的欲望饥渴。

　　我们写网文本质是为了这些人服务的，但不幸的是大众是不爱文学的，大多数看网文只是把网文作为 YY 的工具，就像 AV 一样。①

网络文学中盛行的描写主人公由废柴逐渐变强的废柴流、升级流，描写主角在武场、商场、情场、战场等方面的大获成功，以及扮猪吃虎、打脸踩人等写法，均是满足读者出人头地的各种幻想。而这种欲望幻想确实与张颐武所说的"全球化""市场化"时代的到来有关，但他们投身幻想世界并不是因为摆脱了物质主义，恰好是为了投射物质主义。

　　张颐武也正确地认识到，网络文学架空性的世界想象受到"电子游戏所创造的逼真的'超现实'的幻想世界"的影响，的确如此，游戏的世界设定极大地影响了网络文学，不少网络小说直接借鉴甚至抄袭游戏的世界设定。举例来说，著名的 RPG 游戏"龙与地下城"（Dungeons & Dragons），它的世界要素（如世界背景、种族、魔法体系、武技、怪物设定）等，就曾经在网络文学中风靡一时。在此意义上，游戏的世界设定相当于为网络文学的世界架构提供了前期的基础性工作，但是，游戏对网络文学世界想象的影响不仅仅是工具意义上的借鉴，而是本体意义的植入，在根本上，游戏世界正表征了网络社会对人的"世界观"的潜在塑造，这也正是我们所说的虚拟生存体验的影响。

　　在理解这一点之前，我们先看一下学界如何评价网络文学的架空性的世界想象。

　　张颐武认为，从文学与现实的关系来看，架空显然是"脱历史"

---

　　① 这是写手"雪花牙膏"对"Moonviolet"所发帖子《浅析立志小说在网络小说中的地位》的回复，参见 http://www.lkong.net/thread-540288-1-1.html，第 9 楼，2012 年 1 月 24 日。

与"脱社会"的："这种'架空'就是一种凭空而来的想象，一种'脱历史'和'脱社会'的对于世界的再度编织和结构。它们并不反映我们的现实，反而是创造一个现实。这种对于现实的超验的创造其实是一个类似'星球大战'的世界，这里有一切，却并不是我们生存的空间。于是这是一种'架空'的文化，一种与现实相平行的世界开始展示自己。"① 尽管认为架空脱离现实，但如前所述，他认为这是中国市场化时代物质主义的丰盛，因而这种幻想具有合理性。

王干则借用李商隐"可怜夜半虚前席，不问苍生问鬼神"的诗句，认为传统文学基本是"问苍生"的文学，而网络文学主要是"问鬼神"的文学，而这种"问鬼神"的文学之所以出现，原因就在于我们当下社会没有传统文学所要面对的"生存的困扰"了，因此，网络文学的价值就在于把中国固有的由《山海经》《西游记》《聊斋志异》等作品构成的"问鬼神"的文学传统"重新续接起来"②。在此意义上，他呼吁要理解、研究与认识年轻作家，去发现他们的价值。

显然，张颐武与王干的思路与态度颇为一致，在文学与现实的关系上，都认为网络文学的世界想象"脱离现实"，但都强调这种脱离是具有重要意义的，时代已经摆脱了"生存"问题，网络文学开启了传统文学（严肃文学）之外的另一种幻想的可能。

与张颐武与王干肯定网络文学的架空（问鬼神）不同，学者陶东风严厉地批评了网络文学的"装神弄鬼"，他认为以《诛仙》《小兵传奇》《坏蛋是怎样炼成的》为代表的玄幻文学的价值观混乱、颠倒，并不无夸张地认为中国文学进入了"装神弄鬼"的时代③，后又继续

---

① 张颐武：《玄幻：想像不可承受之轻》，http：//blog. sina. com. cn/s/blog_ 47383f2d0100 0467. html，2006 年 6 月 29 日。

② 《起点四作家作品研讨会》，http：//www. chinawriter. com. cn/z/shengda/index. shtml，2009 年 6 月 16 日。

③ 陶东风：《中国文学已经进入装神弄鬼时代?》，《中华读书报》2006 年 6 月 21 日。

批判以《盗墓笔记》为代表的"盗墓文学"，斥之为"怪、力、乱、神"，是把"装神弄鬼""进行到底"①。他认为，"装神弄鬼"是一种掩盖艺术才华之枯竭的雕虫小技，"只有在想象力畸形发展或受到严重误导的情况下才会大量出现"。而他所说的"想象力畸形发展和严重误导"，指的是"一种完全魔术化、非道德化了、技术化了的想象世界的方式"，而这种技术化的想象世界的方式"与电子游戏中的魔幻世界呈现出极度的相似性"。尽管网络作家"可以把神出鬼没的魔幻世界描写得场面宏大、色彩绚烂，但最终呈现出来的却是一个缺血苍白的技术世界"。②

王干认为网络文学接续上了"问鬼神"的文学传统，陶东风同样把两者相比较，但指斥前者不如后者。在他看来，不论是中国古代神话，以及以《西游记》《封神榜》《聊斋志异》等为代表的中国古代神怪小说，还是以《魔戒》《指环王》为代表的西方魔幻故事，其价值观都是正常的、稳定的，作品中的"魔法"描写仍受传统道德的"控制"，而非为了"装神弄鬼"；而以《诛仙》为代表的"玄幻文学"的价值观则是"混乱的"，是"为装神弄鬼而装神弄鬼"③。

在稍后的文章《架空的文学和架空的一代人》中，陶东风进一步坚持了自己对"架空"的批评，他认为应该分不同层次来理解"架空性"：第一个层次的"架空性"是从艺术手段角度着眼的，指的是作家在反映社会历史的时候采取了一种超现实的手段，但不能因此认为这种作品就是"脱现实""脱社会""脱历史"的，毋宁说它通过另一种方式反映了现实、社会、历史，比如中国的神魔小说代表作《西游记》就属于此列，这种作品塑造的"架空世界"只是反映世界的一种

① 陶东风：《把装神弄鬼进行到底？——我看盗墓文学》，http://blog.sina.com.cn/s/blog_48a348be010088b5.html，2008年1月6日。
② 陶东风：《中国文学已经进入装神弄鬼时代？》，《中华读书报》2006年6月21日。
③ 陶东风：《中国文学已经进入装神弄鬼时代？》，《中华读书报》2006年6月21日。

特殊的方法，它并不因此就脱离了这个世界。而另外一个层次上的"架空性"，他称之为"本体意义上的'架空性'"，"它不是从一个特殊的角度反映社会历史，而是彻底地逃避社会历史，或者体现出一种'脱历史''脱社会'以后的'不能承受之轻'"。他认为网络文学就是后一种架空性，并因此指责网络写手"沉浸在玄幻文学的'架空世界'就像是沉浸在网络电子游戏的虚幻世界一样，既是逃避也是无奈"①。

显然，从对网络文学的架空性评价来看，陶东风与张颐武、王干的观点是针锋相对的。但不难看出，他们三人在关于文学与现实关系上的理解却是一致的，即都认为网络文学脱离了现实与历史，只不过张、王二人是为这种脱离辩护，陶东风则是严厉指责。

在我们看来，三位学者对现实与世界的理解都是静止的、形而上学的。现实与世界不是凝固不变的实体，网络社会的来临让现实与世界发生了深刻变化，以游戏世界为中介的网络世界，表现的正是我们的"新现实"。在此意义上，网络文学并没有"脱历史""脱现实"，而是呈现了网络社会的新的历史与现实。张颐武认为网络文学的世界想象"并不反映我们的现实，反而是创造一个现实"，"这里有一切，却并不是我们生存的空间"——事情也许恰好相反，网络文学反映的正是"我们的现实"，"这里"也正是我们"生存的空间"。与此同时，网络文学"架空"式的想象力，不是源自王干所说的"问鬼神"传统，而是开启了新的网络社会的想象传统。网络文学的世界想象也不是陶东风所说的逃避现实的架空性，而是他所说的反映现实的架空性。

总之，对中国网络文学架空性的世界想象，不管是看成"架空的文学和架空的一代人"，简单地以精英姿态加以"驱离"，还是为寻找

①　陶东风：《架空的文学和架空的一代人》，http：//blog. sina. com. cn/s/blog_ 48a348be0100045k. html，2006 年 7 月 9 日。

合法性而将它视为摆脱日常生活物质重负的新的想象可能，或者追溯为"问鬼神"这一"被压抑"传统的"回归"——试图以文学谱系来"归化"这些特征，都仍是站在传统"世界"之中来观照中国网络文学，问题域仍居于传统的"世界"观。在根本上，这些令人眼花缭乱的架空式写作，正是虚拟生存体验的表现，呈现了网络社会来临后的世界想象，即在一个"世界"本身已然发生变化的时代，文学的必然反应。

第二节　操控主义与世界的可塑性

在我们看来，网络文学世界想象的第一个方面，即世界生成与建构的"随心所欲"，在根本上投射了在网络空间中人与世界的关系，人的操控与世界的生成、展开是紧相联系的。

一　操控主义

如前所述，网络文学世界想象的一个特点就是世界生成与建构的"随心所欲"，这正是虚拟生存体验的表现，这与网络社会带给人们的世界体验是一致的，而这种世界体验又是以游戏世界为中介的，这种世界生成与建构的随心所欲直接源于玩家的操控主义。

网络文学的写手与读者往往熟悉网络游戏，游戏世界具有突出的建构性，游戏设计者认为，在游戏的设计中包括线性与非线性的部分，非线性的部分是"各种世界的设计"，"更像是一种建筑作品"，"如同在建筑一个根本没有时间因素的世界那样"。[①] 网络游戏往往要构建宏大的世界背景，比如著名游戏《魔兽世界》（World of Warcraft），其世界地图就包括艾泽拉斯、外域、德拉诺等三大世界，而其中最大的艾

---

① 约斯·德·穆尔：《赛博空间的奥德赛：走向虚拟本体论与人类学》，第78页。

泽拉斯又包括卡里姆多、东部王国（包括瓦斯琪尔海底世界）、诺森德、潘达利亚、破碎群岛、库尔提拉斯、赞达拉大陆和大漩涡等板块。其中又包括各种种族，如人类、矮人、侏儒、暗夜精灵、德莱尼、血精灵、牛头人、兽人、巨魔、亡灵等，而这些种族又分别有自己的主城，如暴风城、铁炉堡、达纳苏斯、埃索达、银月城、雷霆崖、奥格瑞玛……总之，《魔兽世界》呈现了气象恢宏的世界架构。游戏的世界架构显然会对玩家的世界观产生潜在影响，即世界是可以"设计"与建构的。

更重要的是，玩家对游戏的操控进一步加强了这种潜意识。网络游戏不同于影视作品的特殊性在于，我们可以随时对其施加影响，"游戏者可以操纵荧屏上出演的叙事"。费斯克（John Fiske）认为："电视观众的控制范围仅限于叙事的意义，而电子游戏的游戏者则可以影响叙事的内容。"① 费斯克在这里所谓控制叙事的意义是指电视观众能够进行意义的生产，对电视故事能够进行盗猎、挪用式阅读，但与之相比，游戏玩家具有更大的自主性，可以通过自己的操控直接改变故事的进程。如果说物理世界是预先存在的，网络游戏的世界则是生成性的，类似于海德格尔所说的"能在"，在玩家操作之前，网络游戏只是一个隐而不见的、由场景、人物、声音与画面等组成的数码意义上的框架，故事并未生成。只有当玩家开始操控后，世界才开始形成并生动起来。与此同时，一些游戏还设计了不同的故事路径让玩家选择，玩家的个人选择不同，世界的生成及其情感体验也就必然不同。学者宗争认为网络游戏包含着"游戏内文本"与"游戏文本"，前者指游戏的故事框架，后者指玩家操作后形成的不同游戏故事②。但在

① 约翰·费斯克：《理解大众文化》，王晓珏、宋伟杰译，中央编译出版社2001年版，第166页。
② 宗争：《游戏能否"讲故事"——游戏符号叙述学基本问题探索》，《当代文坛》2012年第6期。

我们看来,这个框架在游戏开始前甚至都不能称为文本,它并非是一个实有,只是一堆无意义的代码,只有当玩家降临(开始操控)后,世界才生成并生动起来。

一些游戏的开发者还提供编辑器,允许玩家对游戏内容进行编辑,如添加新的任务、地图、关卡、人物或剧情,以求充分释放其在建构游戏世界中的主动性与创造性。比如,雪乐山公司出品的《半条命》(Half-Life)就向玩家提供了编辑器与输出器,允许玩家自行修改或创建游戏①。"鹅人"李明(Minh Lee)把各自为战的《半条命》改编成团队作战,并添加了解救人质、拆除炸弹等故事环节,由此形成了红极一时的"反恐精英"(Counter-Strike)。在此意义上,不是游戏制作者而是玩家成为游戏世界真正的创造者。

世界的生成由玩家决定,并向玩家充分开放,这种"操控主义"显然深刻改变了网民的世界认知,玩家的操控对游戏世界的生成,玩家的抉择带来不同的世界结局,表现在文学上,就是生成了"架空"这种网络时代特有的世界想象方式,即"懂得现实的虚拟性和可操纵性"②,"世界"不再是凝固的所在,而是可随意建构与揉搓的时空。

二 世界的可塑性: 从机械论世界观到信息论世界观

实际上,这种操控主义也正是网民的普遍体验。米切尔(William J. Mitchell)认为:

> 在数字可复制时代,文化的表现方式也经历了一种重要的转型。在独一无二的作品时代,膜拜价值(cult value)构成了作品的价值;在机械复制时代,展示价值(exhibition value)构成了作

---

① 弗里德里:《在线游戏互动性理论》,陈宗斌译,清华大学出版社2006年版,第107页。
② 韦尔施:《重构美学》,第9页。

品的价值；而在数字可复制时代，则是操控价值（manipulation value）构成了再现的价值。[①]

借助鼠标的点击，网民感受到的，正是世界的流动性与生成性。数字技术改变了世界，世界由物理意义上的固定、硬性存在而具有了可塑性（plasticity）与变形性（metamorphosis）。马克斯·诺瓦克（Marcos Novak）把网络空间形容为"有灵魂的、动画的、变形的"（animistic，animated，metamorphic）的"流体建筑"（liquid architecture）[②]，韦尔施（Wolfgang Welsch）同样强调电脑技术带来了现实的可塑性："现实成为最柔顺、最轻巧的东西。"[③] 这显然改变了人们的世界观："信息概念及其相关的信息技术以这种方式影响到我们感知和评价世界，以及对世界作出反应的方式——简言之：影响到我们的世界观。"[④] 具体来说，我们正面临着机械论世界观向信息论世界观的深刻转变。

传统的机械论世界观奠基于原子元素及其规律，与之相比，"信息论世界观的解释不再意味着人类要借助原子元素与规律，而是意味着能够编写电脑程序，从而对需要解释的对象加以模拟"。[⑤] 在机械论世界观的图式里，自然的实际规律是预计和掌控的基础，而在信息论世界观的图式里，这些规律本身就是掌控的对象。

机械论世界观与信息论世界观的区别，也就是现代世界观与后现代世界观之间的区别。两种世界观可分别用传统摄影与数码摄影作为代表，传统摄影与数码摄影之间存在至关重要的差异，它们实际上代

[①] Mitchell，William J.，*The Reconfigured Eye：Visual Truth in the Post-Photographic Era*，Cambridge：MIT Press，1992，p. 52.

[②] Novak，Marcos，"Liquid Architectures in Cyberspace"，In *Cyberspace：First Steps*，edited by Michael Benedikt，MIT Press，Cambridge，MA，1991，p. 250.

[③] 韦尔施：《重构美学》，第9页。

[④] 约斯·德·穆尔：《赛博空间的奥德赛：走向虚拟本体论与人类学》，第108—109页。

[⑤] 约斯·德·穆尔：《赛博空间的奥德赛：走向虚拟本体论与人类学》，第120页。

表了两种迥然不同的世界观①。

按照海德格尔的说法，摄影术是现代形而上学范式的表达，即代表着一种把存在视为客体、把世界转换为图像的认知框架。在摄影史上，摄影的客观性被反复地加以强调，让照片与其他再现方式（如绘画等）区别开来。它似乎具有可信性，它呈现在眼前的客体总是被人们当成真实的存在来接受。它似乎是从事物到事物的直接复制，一种现实的转换，因而获得了某种优越性。摄影图像不仅给我们提供关于存在的完美表达式，它还直接赋予我们关于生命存在的确定性。也就是说，摄影似乎是纯粹的，没有编码的，这正是把存在视为对象的认知框架的一种表达，由此表征了现代世界观的确定性、客观性与固定性②。

摄影是现代世界观范式的表达，但同时它还在从现代向后现代世界观的转型中扮演了至关重要的角色，因为摄影图像的机械的、非意图的特征并不意味着人类主体没有在摄影中扮演一种角色，恰恰相反，它也许扭曲、操纵，甚至创造着现实，它不但建构了现实，甚至能以其貌似的无意图性更好地掩盖了对现实的建构——而强调对现实的建构正是后现代世界观。在后现代世界观中，拷贝要比原作更多地被人们作为现实来体验，现实具有了人为性、虚构性，数码摄影充分表现了这一点。传统照片具有一种无可避免的封闭瞬间，而数字图像则在本质上具有延展性、可变性与创造性。我们可以在网上下载任何图像，并进行随心所欲的加工处理。显然，数字影像表征了世界具有虚拟性与可变性的后现代世界观。

传统摄影的客观性无法脱离现代科学的客观性来加以审视，数字影像的虚拟性也不能与后现代科学的虚拟性相脱离。现代科学是

① 约斯·德·穆尔：《赛博空间的奥德赛：走向虚拟本体论与人类学》，第126页。
② 约斯·德·穆尔：《赛博空间的奥德赛：走向虚拟本体论与人类学》，第127页。

模仿论的，抱持着一种据实表现现实的假设，而后现代科学，如人工生命和人工物理学则创造了虚拟现实。跟数码摄影一样，这些新的科学创造了没有原作的拷贝，它们鄙视那种给真实世界提供图像的看法，而是以探索虚拟世界的可能性和不可能性为己任。科学变成了可能性的艺术，重点不再是世界是什么的问题，而是世界如何可能的问题，是我们利用计算机资源如何最有效地创造另外的世界的问题。①

信息论世界观显然深刻改变了现代人与世界的关系，对我们的体验和我们与世界的联系产生了深远的影响。当自然法则成为控制主体之时，我们就开始了对"新世界"的编程之途。我们可以由此预计和掌控事件，可以无中生有，可以创造新的现实，尽管时至今日电脑对现实的模拟仍然是有限的，但其未来前景是不可限量的：

> 在编程的世界中无论发生怎样的变化，人类所发挥的作用无疑在与日俱增，……尽管与物质现实相比，它们仍是虚假的世界，但是它们让那些进入其中的人产生真实的生活感受。这似乎在证实这种预言，比起机械论世界观图式中物质与能量的驯化来，信息的驯化更加规模宏大，这种驯化将我们引导到一个新的世界，或者更确切地说，引向一个多维的新世界。而正如那些在机械论世界中迈出第一步的人几乎不能理解那些步履的深远意义那样，现在我们能够匆匆一瞥的是一种根本性的剧变，它仍然在前面等待着我们。②

在此意义上，世界本身必然发生了深刻变化，正如同中国网络文

① 约斯·德·穆尔：《赛博空间的奥德赛：走向虚拟本体论与人类学》，第135页。
② 约斯·德·穆尔：《赛博空间的奥德赛：走向虚拟本体论与人类学》，第122页。

学中的"架空"所表征的那样，变成了可以随意揉搓的所在：

> 现实通常是坚固的，人们与它相碰撞，粉身碎骨，犹未止步。
> 然而不久之前，现实之刚已经变成绕指之柔，不再能够攥住不放，
> 而且是呼之不应。当今的现实正在化为泡沫，蓬蓬然胀大的泡沫，
> 一触即爆。
>
> ——维纶·弗鲁塞①

三 世界的可塑性在网络文学中的渗透

信息论世界观带来了世界的可塑性，这正是在世界观层面的虚拟生存体验，这显然会深刻地影响写手的世界想象，让他们倾注于世界的创造而不是模仿。如前所述，以传统摄影为标志的现代世界观强调复制与模仿，目标是尽可能忠实地刻画（物质的或者文化的）现实——这与艺术史上的艺术模仿论是相应的，而以数码摄像为标志的后现代世界观则更倾向于创造，它们并不复制自然，而以数字方式重新糅合自然与文化以创造新的现实，这与传统上的艺术创造论是一致的。"在现代，在世俗化的世界，尤其是浪漫主义开始一直持续到 20 世纪先锋派运动的传统中，艺术家甚至取代了上帝遗留的空位，成为了全新的世界造物主。"② 现代艺术"不仅复制现实，而且还建构客体（其词汇领域包括术语的汇聚、构形、介入、联合、添加、合并、链接、创建和组织……），更有甚者，还设置程序……为的是干预这个世界，不仅反映现实，而且还改变现实"③。艺术家扮演的角色，并不是描绘世界，而是要创建世界。在此意义上，"虚拟现实不仅仅是现代技术的成果，而且同样也

---

① 约斯·德·穆尔：《赛博空间的奥德赛：走向虚拟本体论与人类学》，第 123 页。
② 约斯·德·穆尔：《赛博空间的奥德赛：走向虚拟本体论与人类学》，第 154 页。
③ Ulmer, G. L., "The Object of Post-Criticism", In Hal Foster（ed.）, *The Anti-Aesthetic: Essays on Postmodern Culture*, Washington: Bay Press, 1983, p. 86.

是创建世界的艺术传统的成果".①

虽然网络文学在文学属性上与现代派艺术相距甚远，但它同样强调世界的创造，这种"创造"——换种说法，也正是网络文学的"架空"。

在网络文学中，世界的创造首先表现为写手们热衷于借用各种神话资源进行世界体系的架构。在网络文学的写作中，尤其是玄幻、奇幻、仙侠、修真等类型小说，世界体系的架构与设定成了一门专门的学问，在网文写作论坛上，与"世界观""设定"相关的讨论、求教是十分常见的，如流传在写手中间的写作讲稿：

> 我们先来看所有小说都有的世界历史地理人文设定部分。这一部分要说难，可以说是异常艰难，说容易呢，又可以说十分容易。那么难在哪里呢？现在假设有那么一位打算写西幻的作者在构思他的世界，他会先确定大陆的名字，然后写下在遥远的过去，这大陆上关于诸神和英雄的传说，在诸神创世纪部分，他穿插了大陆的历法、自然地理和天文方面的设定。过去的设定结束后，他又继续写着主角将要登场的时代，大陆上有哪些种族，有多少国家，国家之间的关系如何。写完了这些，如果他还有剩余的精力，他会接着去写种族的习俗，国家的风俗，甚至还会兴致勃勃地为每个国家设计一个风格迥异的王都。然后，……没有然后了，绝大部分的作者在写完这些之后，他感到自己所有的灵感和热情都变成了灰烬，他对接下来要写的故事感到了厌恶和茫然，于是他变成了一个设定党人，也许还兼职合理党人，隔三岔五的在论坛上写设定，写了一个又一个。许多写手在他的回帖里写下这样的话："大大，我想借用您的设定，可以不？""嗯，你尽管拿去

---

① 约斯·德·穆尔：《赛博空间的奥德赛：走向虚拟本体论与人类学》，第155页。

用吧。"……①

网络文学中由此产生了一些比较著名的世界观设定，如由"遥控""潘海天""今何在""水泡""江南""斩鞍""多事"等七个奇幻作家共同构想"九州"世界，这一世界包括殇、瀚、宁、中、澜、宛、越、云、雷州等九个州，地震与洪水又将九州分隔为三块大陆，即北陆、东陆与西陆，在三块陆地间，还有三个内海，分别为涣海、潍海和滁潦海。九州各有相应的地貌与种族，如殇州有冰原，生活着高大的夸父；瀚州有草原，生活着游牧的蛮族；宁州有森林，生活着飞翔的羽人；其余中、澜、宛、越四州，杂居着农耕的华族、冶炼的河络和魔幻的魅灵，而海里生活着鲛人。除了著名的"九州"世界，"梦入神机"的《佛本是道》中打造的洪荒世界，萧潜《飘渺之旅》中的星路修真，莫仁《星战英雄》中的未来古武，都是较为出色的世界体系。

世界的可塑性在网络文学中更深层次的渗透，就表现在主角常常充满对改造世界、征服天下的热切向往，这包括两个互相联系的方面，一是征服或改造天下的情节模式，二是对代入感的营造。

网络文学的主角常常设置改造天下的情节模式，这是它跟传统文学的重要区别。"Weid"认为：

> 大幻想题材与武侠小说在审美上有着鲜明的区别。主角的理想不再仅仅是获得力量，也包含有征服天下的野心，政治与战争成为小说要素之一。"爱国""忠义"因故事脱离中国古典背景，不再是浓墨重彩的所在，"侠"开始从类型小说文本中淡去，取

---

① "击壤歌者"：《网络小说大纲写作技巧心得》，http：//www.lkong.net/thread－369538－1－1.html，2011年2月23日。

而代之的是"骑士"、"魔法师"、"军事领袖"。①

传统武侠小说常常是"武侠＋言情"的模式，小说主角更愿意浪荡江湖而不是征服天下，这也正是武侠小说的本义与魅力所在，江湖相对庙堂来说，是一个更加自由的他者想象，其中包含着知识分子的浪漫诉求与自我设计。然而在网络文学中，主角却总有征服天下的野心，这种对世界的征服与改造，固然是为了满足读者的幻想心理，但也不限于此，在根本上与数字时代世界的可塑性有潜在关系。

如果说"现代性给这个世界举起了一面镜子，把世界变成图像。后现代性把这面镜子变成了一个万花筒，从而生成无穷数量的世界图式"。② 在后现代世界观中，图像的可变性也意味着历史可以反复重构：

> 图像的这种根本意义上的可变性也触及到历史意识。往昔的图像并不是绝对固定不变的，而是像奥维尔的《1984 年》中往事被不断地改写的历史一样，开放性地走向永恒地解构和重构。图像的这种转化，在新近的心理学记忆模式中也得到同样的表现，这种记忆模式不再考虑现成的记忆的存放处，而是把其视为一个工场，往昔的记忆在这里被反复地重构。后现代性在现代性的原创性的重复中发生——用弗洛伊德的话来说，这是一种"持续工作"（Durcharbeitung）。③

---

① 参见"Weid"的文章《一部标签的丰富史，一则原创小说类型谈》第二部分第三点"大幻想时代"。
② 约斯·德·穆尔：《赛博空间的奥德赛：走向虚拟本体论与人类学》，第 136 页。
③ 约斯·德·穆尔：《赛博空间的奥德赛：走向虚拟本体论与人类学》，第 136 页。

历史的重构正是中国网络文学的主流情节模式之一，常见的叙事模式是一个现代人穿越到古代社会，故事的节点往往是中华民族的走向面临抉择的关口（如明末清初），穿越者成为原住民世界中的启蒙者与救世主，他的决策至关重要，往往凭一己之力改变国运与历史。这种小说从"中华杨"的《中华再起》开始，出现了众多经典作品（详见第四章）。这种重构历史的情节模式是为了释放读者的历史屈辱情绪，但如此大规模密集描写的出现，在根本上正是世界观变化的深层投射，世界与历史成为可以不断重构与实验的"工场"。

网络文学还特别注重营造"代入感"，所谓"代入感"，是指写手在作品中常采用各种手法让读者把自己置换成小说主角。为了完成这种置换，网络文学采用了一些独到的手法。

首先，故事发生的环境。一般来说，小说最好设置成读者熟悉的环境。在网络文学中，武侠、奇幻①等小说类型之所以走向衰落，就在于武侠的古代社会、奇幻的西方背景让现代网络读者难以代入；与此相反，都市小说则一直比较火爆（特别是在无线市场），主要原因就在于网络读者（其主体是中学生、大学生、新民工）对都市校园等更为熟悉——我们这样说似乎与网络文学热衷于创造眼花缭乱的异世大陆相矛盾，但实际上毫无违和感，写手们自有秘籍，为了增强异时空（包括古代社会、西方国家）的代入感，一个主要的手法就是"穿越"，作为"现代人"的主角穿越过去。因此，尽管是在陌生的世界，但主角的思维方式、行为习惯等仍是现代中国人，读者就能很好地"代入"，这也是穿越手法为什么如此火爆的原因之一。起点白金写手"月关"在写《锦衣夜行》时，本来计划的是"主角是个古代土著而且不改变历史了"，但最后，他"思来想去，还是决定给主角弄一个

---

① 玄幻与奇幻的区别，实际上很难说清楚，相对而言，玄幻文可称为中国特色的幻想小说；而奇幻常含有西方神话色彩，比如魔法、巫术、剑、神、恶魔、先知、精灵族等。

穿越者的身份，理由还是……‘代入感’”①。

其次，故事的主角。读者进入小说世界，需要有一个接入点，而这个接入点，最常见的就是小说的主角，因此，要想读者能够"代入"，主角获得读者的认同至关重要。有关主角的所有因素，诸凡性别、年龄、外貌、表情、身世、职业、能力、性格、"三观"、人生目标等都要接近读者或引起读者的好感。读者一旦认同主角，就会以主角的视角去体验书中的故事。

从外貌来看，小说最好模糊化处理。网文圈曾经流传一个有趣的说法，一新人写手询问"老鸟"（资深写手）主角的身高应设定为多少合适，老鸟回答说："一人高！"② 也就是说，外貌最好模糊化，不要有确定的高矮胖瘦描写，以赢取读者数量的最大化。在故意留下的模糊与空白中，读者就会把自己想象成主角。

从身份来看，主角最好设定为小角色、普通人，这既为其后不断迈向金字塔顶端的升级叙事预留空间，同时，由于大部分读者是芸芸众生中的一员，也就有利于他/她的"代入"："很多小说的主角都是从一个小角色、一个普通人起步。而且我发现，随着我看的小说越来越多，那种杨威利一样英明神武的将领已经令我厌倦了，太空歌剧里这种大俗套已经不想再看了。相反，我越来越喜欢一个普通人（至少是从普通人起步）作为主角。"③

从性格、"三观"来看，主角也需要获得读者的认可。一位网友认为要带给读者爽感，主角必须是"爽人"，在他看来，"真正的'爽

① 此段内容为"roddick1"与著名写手"月关"（《回到明朝当王爷》的作者）聊天时的内容，参见"roddick1"《凑热闹写东西之"代入感"》，http：//www. lkong. net/thread－501666－1－1. html，2011 年 11 月 1 日。

② "江尘雪"：《网络小说作者成神之路》，http：//www. motie. com/topic/11897，2012 年 6 月 14 日。

③ "冷酷的哲学"：《论所谓代入感》，http：//www. lkong. net/thread-351826－1－1. html，2011 年 1 月 9 日。

人'一定要自尊、自强、自信。猥琐、虚伪、阴险绝对不适合'爽人'的性格"。

经过种种手法，读者成功地"代入"到网络小说的主角身上，在主角征服或改造天下的情节模式中，读者就能够实现"如果是我，我就会这样做"的欲望幻想。

如何理解网络文学的"代入感"呢？最直接的原因当然是为了读者的幻想心理（YY），这是毫无疑问的，但又不限于此，在网络时代对"代入感"如此强调与精心营造，在根本上仍与网民的世界体验相关，当"代入感"与改造天下的情节模式结合后，它正是前述玩家/用户操控主义的投射。在赛博空间中，虚拟世界的生成与用户的操控紧相联系。借助鼠标的"小手"，用户不断地点击与操控，一个个"上手"事物就扑面而来，虚拟世界就在人机交互中不断生成与变化，这正类似于海德格尔所说的"此在"与世界的关系，此在的展开正是世界的展开，世界是此在的存在方式。也就是说，世界与此在是紧相联系的，世界不是一种先验的客观存在，此在也不是世界之内的现成存在者，"'世界'在存在论上绝非那种在本质上并不是此在的存在者的规定，而是此在本身的一种性质"。① 如果我们把"此在"等同于自我的"代入"，把"世界"的生成等同于改造天下，"代入感"与"改造天下"情节模式的结合，正是赛博空间中此在与世界关系的投射。

世界的可塑性在网络文学中的渗透并不是一种孤立现象，而是数字时代艺术的普遍特征。可变性、可塑性以前主要体现在动画艺术中，而在电脑技术的作用下，这已成为流行文化的共同特点，在诺曼·克莱因（Norman M. Klein）看来："变形效果已经超越了动画的小众范围，而成为当今文化的必要成分。不仅主流电影大量使用变形特效，

① 海德格尔：《存在与时间》，陈嘉映、王庆节译，生活·读书·新知三联书店1999年版，第75—77页。

连 ATM 机、建筑设计、工程造型、广告与界面设计都使用电脑变形。"① 数字技术改变了笨重、凝固的物质构造,拒绝了恒久形态,带来了活性地转化为各种形态的自由。

"文化科学与艺术批评仍由模仿论的观念主宰着。但是,未来的虚拟文化科学正如虚拟自然科学一样,可能有充分的理由让创造而不是模仿的理想所指引。"② 网络文学对世界体系的架构以及强调"代入"后改造天下的情节模式,都强调了对世界的建构,在此意义上,"俗气"的注重架空的网络文学与先锋的强调创造的现代派文艺似乎有了相通性。

但这里要指出的是,网络文学的创造与架空不是向壁虚构,在这一点上它跟科幻小说有重要差别。科幻小说是基于对未来的想象,是基于"可能性"的文学:"哲学家不囿于反思我们的存在,还关注对可能性的探索——海德格尔认为这甚至比现实性更重要——那么科幻小说就可以视为哲理文学的最卓越超凡的形式。"③ 科幻小说这种可能性的描写也许是富有现实性的,以吉伯森的赛博朋客小说为例:"即使是那些钟爱现实性甚于可能性的人也必须承认,吉伯森在 1984 年所描绘的赛博空间在今天正在变成现实,因为电子计算机工业清晰地展示了吉伯森小说的影响,就此而言,赛博朋客小说可以视为目前小说中最富于现实性的文类。"④ 但是,对创作者所处时代来说,它总是一种可能性想象而不是现实。与之相比,网络文学的架空不是对未来的畅想,而是基于信息论世界观对世界的描绘,我们可以说它也是基于

---

① Klein, Norman M., "Animation and Animorphs: A Brief Disappearing Act", In *Meta-Morphing: Visual Transformation and the Culture of Quick-Change*, Vivian Carol Sobchack (ed.), Minneapolis: University of Minnesota Press, 2000, p. 36.

② 约斯·德·穆尔:《赛博空间的奥德赛:走向虚拟本体论与人类学》,第 100 页。

③ 约斯·德·穆尔:《赛博空间的奥德赛:走向虚拟本体论与人类学》,第 53—54 页。

④ 约斯·德·穆尔:《赛博空间的奥德赛:走向虚拟本体论与人类学》,第 54 页。

"可能性"的文学，但并不是科幻小说那样对生活的预示的可能性，而是感受到世界可塑性氛围后对其可能性的自由敞开。在此意义上，网络文学是创造的，也是模仿的，是模仿基础上的创造；是可能性的，也是现实的，是基于现实之上的可能性。

第三节　世界的多重及其跨越

如第一节所述，世界的"架空"还表现在世界的多重及其跨越。尽管网络文学中的异时空万象纷呈，但与传统文学相比，其重要的不同点在于，现实世界与异时空之间的界限是模糊的，它并非远离现实的时空，而是近在咫尺，可随意出入与穿越的日常，多重世界之间呈现出"平行"、对比及不断的跨越。

在传统文学中，关于异时空的描写往往很难与现实产生真正的相关性。西方的如托马斯·莫尔的《乌托邦》，乌托邦的故事是拉斐尔的经历，作为转述者的"我"，并不清楚这个乌托邦在哪里："我们忘记问，他又未交代，乌托邦是位置于新世界的哪一部分。我很遗憾，这点被忽略了。哪怕为了获得这方面的资料要花一大笔钱，我也愿意。这是因为我感到惭愧，我竟不知道我所畅谈的这座岛在哪一个海里。"[1] 中国的如陶渊明的《桃花源记》，虽然"武陵人"离开桃花源时"处处志之"，并立即禀告太守，太守派人前往，"寻向所志，遂迷，不复得路"。此后也有其他人去寻找，但"未果"，"后遂无问津者"。[2] 不管是西方还是中国，都杜绝了摆渡理想世界的可能，异时空永远只是停留在幻想中。

在网络文学中，异时空与现实世界存在紧密的相关性。一方面，

---

① 托马斯·莫尔：《乌托邦》，戴镏龄译，商务印书馆 1982 年版，第 119 页。
② 陶渊明：《桃花源记》，载《陶渊明全集》，上海古籍出版社 2015 年版，第 144 页。

现实世界或是作为异时空的背景出现，主角进入异时空之前总是存有诸多对现实世界的不满，或者对异时空的改造总是与曾经的真实历史相对应；另一方面，现实世界与异时空之间的通道是随时敞开、可自由出入的，穿越手法的盛行乃至滥用就表现了这一点。

网络文学中现实世界与异时空紧密的相关性，以及可自由出入的泛滥式描写，正是虚拟生存体验的投射。网络社会来临后，现实世界与虚拟时空日益交织，由此生成了网民的时空跨越无意识，并影响了网络文学种种深层特征。

一 游戏的窗口切换

现实世界与虚拟时空的交织与切换，对写手与读者无意识的作用，最直接的仍是来自游戏体验。

在玩游戏的过程中，玩家需要不断地在游戏世界与操控界面之间进行窗口切换，窗口切换不仅是一种自由，还是必须掌握的生存之道。在游戏中，当前游戏的场景、总的地图方位、敌对双方的角色状态、发生在其他地理空间的事件、与队友的交流频道等，都呈现在屏幕上不同的窗口区域，娴熟的玩家需要不断地切换视角窗口，方能有效完成任务、赢得游戏。玩游戏不同于阅读，读者的阅读是单一而专注的，他追随叙述者的脚步在故事世界中沉浸；而玩家却忙得不可开交，他不断切换视角，出入于不同的界面，频繁遭遇虚拟与现实的边界。

具体来看，玩家变换着三种视角，即角色视角、玩家（网民）视角与现实人物视角。角色视角即游戏主体以电子化身（avatar）进入游戏世界，体验剧情，推动故事的进展，这在游戏中可具体分为"第一人称视角"（屏幕上呈现为主角的视野，可看见主角的双手和手中的物品）、越肩视角/尾随视角（游戏视角处于游戏人物的后方，并随游戏人物而移动）等。玩家（网民）视角是指游戏主体暂时从剧情世界中抽身而出,对玩游戏这一行为及相关社交事件的查看与决策,或者与其他玩家展开的关于游戏、生活、情感等之间的日常互动。玩家处理与游戏相关的数据事务,又时常切换为四种场景:一是玩家登录时对化身角色的选择与设定(如角色的姓名、类型、衣着、装备等);二是游戏过程中玩家按下 Tab 键查看游戏角色的相关属性与状态等统计数据;三是游戏过程中玩家需要作出任务决策、分配资源时;四是玩家与其他玩家之间交易装备以及关于游戏技巧、合作等问题的讨论。玩家之间的广泛互动成为当今网络游戏的重要特点。网络游戏的开发者建立一整套游戏内的互动体系,如设置共同任务、团队副本、PK 体系等游戏内容,同时在技术上设置了聊天系统(可分世界、地图、门派、帮会、团队、小队、私聊等各种频道)、团队协作系统、帮会系统以及阵营系统等,以便玩家之间就游戏展开广泛交流。与此同时,由于发达的互动系统,以及长年累月共同游戏中凝聚的情感体验,玩家们也会就感情、生活等展开闲聊,由此,网络游戏不仅成为重要的娱乐工具,也成为玩家们网络社交的重要平台。现实人物视角则是指玩家退出游戏与网络,与其他玩家在现实中的交往。也就是说,对玩家来说,他处于极为忙碌的状态,既紧盯游戏画面,也不时查看游戏状态,还抽空与游戏好友保持互动,或者中断游戏与其他玩家在现实中见面。三种视角的叠加与随意的分离,源于玩家现实身体的唯一性,身体串联起了游戏角色、玩家(网民)与现实人物这三种虚拟身份,也串联了游戏主体日常体验的三种世界,即剧情世界、玩家世界(网络世界)与现实世界。

玩家频繁地进行窗口切换,在虚拟世界与现实世界之间不断跨越,与此同时,这三种世界又互相促成,形成了共生关系,这就强化了玩家现实与虚拟的交织感、混淆感。

对传统文学来说,主角往往是单一的人物视角及剧情故事,他的行为较少受到另一个次元的影响（这种情况也有，但并不常见）。而对游戏来说，故事（剧情世界）的进程却总受到玩家世界（网络世界）与现实世界（后两者相对剧情世界来说是另两个次元，是相对来说"更真实的""更高的"世界）的制约与影响。对传统文学来说，这种跨次元的干扰情节的行为往往被视为非现实主义，而在游戏中，这却是时刻发生的现实。如前所述，游戏剧情故事的生成取决于玩家的操作，而玩家对游戏相关事务的查看与处理，以及与其他玩家交易装备、讨论游戏攻略与合作等，改变了他在游戏中的操作与选择，由此影响了游戏剧情的进程、走向与结果。而玩家社交生活中的游戏好友或者情侣（游戏中盛行虚拟性的"结婚"甚至生子），会互相"结义"、帮对方"复仇"、练级或做任务，这同样改变了游戏的情节与结果——显然，这是高次元世界影响了低次元世界。与此同时，对玩家来说，与游戏本身提供的剧情框架相比，玩家的操作与社交生活往往是更为精彩的内容，能带来更强烈的情绪体验，甚至还产生了专门讲述玩游戏这一过程的网络小说类型，如名气颇大的《如果·宅》及其前传《就这么晃着》①。一些学者认为网络是虚幻的，所以网上的东西不值得严肃对待，实际上这是一种误解。胡泳认为："虽然电脑化空间并不是'真实'的物理空间，但也并不全然虚幻：在其中发生的事情会带来'真实'的后果。"② 在我们看来，胡泳的说法还过于谨慎了，他给"真实"加上了引号，实际上完全可以去掉引号，如同我们在绪论中曾经指出的那样，网络生活是虚拟的，却也具有现实性，游戏世界是虚拟的，玩家却能产生真实而深刻的情感体验。在大型多人在线网游中，玩家需要长时间投入精力沉浸于游戏生活，而一起结队PK中的众志成城，帮主振臂一呼、应者云集的热血激情，常让玩家们

---

① 《如果·宅》是写手"有时右逝"（丁长宏）的小说，系列作品已由云南人民出版社出版。
② 胡泳：《另类空间——网络胡话之一》，海洋出版社1999年版，第4页。

血脉偾张。如一位玩家的体会："话说帮战很霸气啊　帮主BOSS级的在YY里指挥啊　大家一起冲锋　有种古代的城战的感觉　一个帮主没有能力是不能令帮众折服的。"① 而在耗时数月甚至数年的游戏社交中形成的情谊与网恋更是刻骨铭心的，凝聚着玩家们的青春记忆（这种青春记忆与青年时期没有网络的父辈们的青春记忆一样的真实）。这些"虚拟的"情谊也会走向现实，并改写了现实，如一位玩家的深情告白：

> 　　一开始玩都是单蠢的呵呵起码我是这样　哭也哭过　笑也笑过　傻也傻过　不过感情还真是有的　我和结拜的大哥四姐　我们走进了现实大哥结婚我们去当了伴娘呵呵　现在没玩了　想起当初一群不懂的孩子　一起约好常驻天龙　直到它倒闭　呵呵　回忆很美好　不过朋友走的走　散的散　我们就在友情最辉煌的时候　跑遍了我们回忆的每个角落拍照留念放烟花就走了……②

另一位玩家写道：

> 　　我玩游戏时间倒是挺久了……将近十年了……从回合制到即时制，从二维到三维，那么多游戏玩下来，印象最深的游戏是魔兽世界，印象最深的感情是兄弟情。公会里的哥们都是以前游戏

---

　　① 某网友对"看，花开花落"的帖子《网游文与网游里的那些事……喜欢网游文的看下我》的回复，参见 http：//www. paipai. fm/read. php？tid＝6440708&keyword＝，2016年3月28日。此处网络文献为笔者2016年查询结果，原系"派派小说论坛"中网友讨论的帖子，在写此书时（2019年5月）欲再次核实此条文献，发现该论坛已无法显示此条帖子，网友的具体名字及回复楼层皆无从考。

　　② 某网友对"看，花开花落"的帖子《网游文与网游里的那些事……喜欢网游文的看下我》的回复，参见 http：//www. paipai. fm/r6440708_ 2/，2016年3月25日。网友的具体名字及回复楼层皆无从考，原因同上条注释。

一起过来的，单说魔兽里的时光，就已经有六年多的时间，六年的时间，升学，毕业，工作结婚。我们二十多个兄弟姐妹，几乎都有过暂时 AFK 的决定。月初现实里的上海聚会（我们二十几个人每年都会最少有一次大聚会，至于其他的小聚会，顺路看看之类的就多了），大家还各种感慨说，当初的小屁孩现在都长大了，现在所有人里最小的都在今年开始忙毕设开始找工作了。还都做了 SM（萨满）哥孩子的干爸干妈。会长副会也说游戏里的经历其实对他们现实也有很大影响。曾经副会（我们一共三个副会）因为现实的关系曾想过彻底离开，可是后来觉得放不下这帮兄弟，所以虽然现在转了休闲，但公会仓库里有好多东西都是他帮我们收集帮我们做的。现在先不说魔兽的未来怎样，但是感觉已经成为习惯，只要每天事一做完，不管是不是晚上，当晚有没有活动，都会习惯的挂上 YY 挂上游戏，哪怕什么都不做只是聊聊天打打屁抬抬杠插插旗，然后和会里的姐妹一起对着基友流流口水之类。心情再不好，但是在他们打岔下，都可以变得开心。游戏已经不只是游戏，也是我们生活的一部分了。①

不难看出，游戏中的情谊不仅在线上凝聚，也延伸到了线下，并深刻地改变了现实生活。——这是虚拟世界影响了现实世界。对玩家来说，这必然会生成一种潜意识，现实世界与虚拟世界是相互影响、互渗杂糅、难以分清的。

这种不断出入现实与虚拟、自由切换视角与窗口的网络惯习，对网络文学的影响首先就表现在专门描写游戏生活的网游小说中。以著

---

① 某网友对"看，花开花落"的帖子《网游文与网游里的那些事……喜欢网游文的看下我》的回复，参见 http://www.paipai.fm/r6440708_4/，2016 年 3 月 25 日。网友的具体名字及回复楼层皆无从考，原因同上条注释。

名网游小说《迦南之心》为例，小说中，主人公萧焚是一名在家等待录取通知书的学生，他成为"迦南"这个游戏的注册玩家。一方面，他以角色帕林的视角与身份进入"剑与魔法"的游戏世界，成为一名法师，与各种 NPC 互动，在游戏中战斗，不断闯关，体验着剧情世界；与此同时，他又不时从剧情中暂停，而对游戏的设置、地图等进行分析，也与其他玩家互动，思考怎样才能顺利完成游戏任务、获得收益；此外，他又与其他玩家在游戏中相识相交，与"宁静的雪"成为恋人，与"半个苹果"、云娜、珂儿、索菲亚等成为好友。小说呈现了角色萧焚、玩家（网民）萧焚、现实人物萧焚这三种身份、三种视角及三种世界。实际上多数经典网游小说，如《全职高手》《猛龙过江》《网游—梦幻现实》等，都是这种写作套路。

游戏世界中现实与虚拟的切换更深层次与更广泛的影响，就体现在如前所述的网络文学中多重世界的平行与跨越这种普遍化了的描写，表现在穿越、重生手法的大量兴起。正向穿越、反向穿越、双向穿越，单穿、双穿、群穿……种种穿越想象，根本上源自网络社会界面崩溃后的自由穿越感，源自网民不断穿越"位面"的集体无意识，生活似乎穿行于不同的次元宇宙之间。

二 网络社会现实与虚拟的互渗

游戏世界中出入现实与虚拟的体验，在根本上是网络社会普泛化、日常化了的生存体验的结果与集中表现。网络社会的兴起，带来了不同于现实时空的虚拟世界。相比于传统虚幻空间的想象性或观看性存在，虚拟世界虽是虚拟的，却又似幻实真，是可交互、可生存、可随意出入的实有。"赛博空间在电子世界中引入了一个全新的要素：在赛博空间中，你不再是面对远方的一幅图像，而是走进画面。"[1] 因

---

[1] 韦尔施：《重构美学》，第 253—254 页。

此，虚拟空间对网民"世界"观的隐性建构远超过了任何传统空间。网民从现实世界进入网络空间，就会带来一种切换感，这种切换是实感性的，具有现场性与亲历性："呈现于计算机屏幕的网页并非平坦表面，而是在时间中舒展开来的虚拟之域。"① 现代人处于上线与下线、现实与虚拟的不断切换（cycling through）之中，这是网络社会来临后人们的日常生活。

学者韦尔施认为，网络世界的兴起让我们的感知有了"二元性"。人们在虚拟世界的沉浸会催生出对现实世界的向往："虚拟性的经验似乎与日俱增相伴于对完美现实的一种欲望，后者在正常情况下是难以得到满足的。这使人向往起原初的现实，给人以一种张力，而最终是对原初经验的一种再确认。"② 他举的例子是整日沉浸在网络世界的硅谷的电子怪才们，晚上会驱车去海滩，看加利福尼亚的真实日落。由此，"一边是传媒化倾向的漫延，一边是非电子经验的重新确认，我们的'感知'具有了双重性"。③ 现代人日益沉浸在经验的分裂之中，"在美好的古老自然中，也在电子的现实中"④。正如我们在绪论中指出的，韦尔施在这里强调所谓"原初的现实"显然是对现实与虚拟关系简单化的理解，但是，他所说的感知的双重性确实是事实，也就是说，现代人的生活出现了二元性的分裂，而这正是网络媒介技术的后果。

随着移动网络的兴起，虚拟与现实之间的互渗体现得更明显了，甚至改写了韦尔施所说的这种"二元性"，也就是说，现实与虚拟似乎难以有如此清晰的区分了。移动网络带来了"场景时代"，所谓"场景"（Context），指人们特定时刻的空间环境与行为情境。移动互

---

① 黄鸣奋：《屏幕美学：从过去到未来》，《学术月刊》2012 年第 7 期。
② 韦尔施：《重构美学》，第 273 页。
③ 韦尔施：《重构美学》，第 120 页。
④ 韦尔施：《重构美学》，第 273 页。

联网的兴起让"场景"的意义得到前所未有的凸显，在移动中，"场景"不断变换，呈现出随身性与碎片化，而网络又让任何"场景"皆可连接；与此同时，传媒技术也开始能够感知"场景"的变化并提供相应的服务，这就迎来了"场景时代"。"场景时代"是指随着移动设备、社交网络、定位系统、传感器与数据处理这五要素①的迅猛发展与紧密整合，通过对用户的空间环境、实时状态、生活习惯或其他"场景"因素的搜索、感知与数据分析，社会或企业能够提供在特定情境下针对特定用户需求的个性化服务，从而形成了以"场景"为核心生活要素的时代。与之相应的则是场景感知计算（Context Aware Computing）、场景感知服务（Context Aware Service）、语境发现（Contextual Discovery）、场景搜索（Contextual Search）等关键词。不难看出，"场景时代"的兴起显然冲击了虚拟与现实之间的清晰划分，韦尔施所说的感知的双重性可能并不是双重的，而是一种弱化了的多次元感知，与此同时，他所说的"非电子经验"可能只是一种意识形态的回溯，事实上，在"场景时代"五要素无死角的覆盖下，现实并非原初的现实，虚拟也并非原初的虚拟，只有虚拟的现实与现实的虚拟。以韦尔施所说的落日旅游为例，当硅谷的电子怪才们驱车来到海滩时，在台式机与桌面互联网时代，他们似乎能够享受世外桃源式的孤独与清静；但在"场景时代"，在沉浸于大自然的美景时，他们会情不自禁地用手机取景或自拍（移动），上传到网络，附上一段文字，并显示自己的位置（定位），而这又会引发好友的关注与网络交流（社交），而一切行为就会生成大数据，形成反馈并深刻影响现实（数据处理）。显然，一方面，现实的海滩已然打上数字虚拟的印痕，不复是原初的海滩；另一方面，虽然居于似乎与世隔绝的遥远所在，但主

---

① 罗伯特·斯考伯、谢尔·伊斯雷尔：《即将到来的场景时代》，赵乾坤、周宝曜译，北京联合出版公司 2014 年版，第 11 页。

体仍在借助网络"介入现实",从而并不能真正摆脱(虚拟后的)现实。尽管韦尔施强调"电子经验和非电子经验有着明显的联系",但在他那里,这种联系主要是指电子世界的沉浸会让人们产生对真实世界的向往,他描述的步骤仍然是沉浸于网络世界的电子怪才们,去海滩看日落,然后回到家里又进入网络世界这样"虚拟—现实—虚拟"的过程,然而真实情况是虚拟与现实难有这种清晰的步骤区分,日常现实是在虚拟现实的内部发生,虚拟即现实、现实即虚拟,即"虚拟(现实)"。

　　与一些学者认为人类在网络兴起后会沉浸于虚拟世界的悲观不同,韦尔施相对乐观,在对虚拟社群的研究中,他认为虚拟社群不一定滞留于赛博空间,而是能够经过虚拟的中介后"重新进入"现实生活(如虚拟社群的成员可在线下见面聚会)——这类似于我们前面提到的游戏玩家在现实中见面、结为好友甚至结婚。在此基础上,韦尔施强调了两点:"第一,虚拟社群从来就不排斥日常现实。第二,真实传播甚而似乎是构成了电子传播的一种实现,或许是最终的实现,即完成本身。"① 也就是说,人们在虚拟沉浸之后也会"回归",但这种"回归"并不是前面所说厌倦电子经验之后对"真实自然"的回归,而是经过网络"中介"后的回归,一种赛博化的回归。随着"场景时代"的兴起,这种经过网络中介后的回归不再是偶然性的行为,而成为一种日常趋势,根本的原因就在于"场景时代"带来了"位置",不仅 O2O 模式的本地化服务产业迅速兴起,以位置为核心的网络人际交往也兴盛起来(如微信的"附近好友"功能)。但是,"场景时代"的兴起,带来的不仅仅是韦尔施所说的"重新进入",也不是他所说的真实传播成了电子传播"最终的实现",即一种"完成",而是一种"未完成"。换句话说,不是韦尔施所想象的"现实—虚拟—现实"的

―――――――――

① 韦尔施:《重构美学》,第273页。

三步曲式的"实现"或"回归"过程,而是"现实(虚拟)—虚拟(现实)—现实(虚拟)—虚拟(现实)……"这样无尽的循环(括号里的内容表明在这循环中,现实与虚拟不可两分),以韦尔施所举的虚拟社群为例,这些成员先在网上认识,然后在线下交往,在交往的过程中不断上传线下图景,并显示位置,这又会引发新一轮网上交往……现实并非是最终的实现目标,人们的日常生活成为虚拟与现实之间的不断混淆与无限轮回。

移动媒体也带来了以位置回归为主旨、基于"场景"原理的定位叙事或游戏,这同样表征了虚拟世界与现实世界的日益交融。一些较著名的定位叙事作品,如《北纬34度西经118度》(*34 North 118 West*,2002)、《低语》(*Murmur*,2003)、《利柏提斯的媒体肖像》(*The Media Portrait of the Liberties*,2004)、《移动的声音》(*Mobile Voices*,2008)、《游牧的牛奶》(*Nomadic Milk*,2009)等,它们的设计往往是先收集某个社区由大众口述的关于场所的日常故事,并把这些音频或视频的故事材料储存到 SD 记忆卡上,然后让参与者携带装有 GPS 与 SD 记忆卡的掌上电脑在社区行走,随着参与者的移动,GPS 侦测到其相应位置后即可展开关于场所的相应故事,在此过程中,参与者也可将自己的感受或故事上传到网站,与他人分享(不同作品的具体设计形式有所不同)。由于有些"定位叙事"作品的制作时间较早,其时手机功能尚不发达,因此参与人员还需携带专门的定位与记忆卡装置等,但其设计原理基本上会涉及移动媒体的定位/位置、移动与社交(网络)三要素,越到晚近的作品越能体现出这一点。基于位置的游戏同样渗透了这种原理。2016 年开始在全世界风行的《精灵宝可梦 Go》(Pokémon GO)是一款宠物养成对战类的 RPG 手游,玩家通过智能手机对现实世界中出现的宝可梦进行探索捕捉、战斗以及交换。手机上的游戏地图、游戏时间是跟现实世界关联的,游戏中的角色位置也是基于玩家在现实世界中的地理位置信息而生成。不管是定位叙事还是游戏，都是把虚拟和现实叠加在一起。这种赛博化的回归又非简单回归，而是由传统"上网"的单向沉浸变成了"线上"与"线下"之间的互动回转，现实的物理环境不再是原初意义上的纯粹现实，而是虚拟与现实互渗的"增强现实"（Augmented Reality）。

　　进一步看，这实际上带来了认识论的转型。在《重构美学》中，韦尔施对电脑模拟技术、电视传媒、互联网对日常生活经验的革命性影响进行了思考，他得出的主要结论就是"现实的非现实化"，即现实主要是由媒介塑造与传达的，并深深为媒介所影响："早先，某种东西被看作是真实的，必须是可以计数的；今天，真实则必须可以审美地表达。在现实的贸易中，美学成了新的主要硬通货。"① 韦尔施在这里所说的"审美"，是指虚拟性和可塑性。在他看来，新工业材料完全是由电脑模拟进行生产，现实成为最柔顺、最轻巧的东西。这不再是模仿，而是一种创造，因此美学走向了前台。审美过程不光影响物质的外表，而且影响其内核，美学因此不再仅仅属于上层建筑，而且属于基础。与此同时，现实也通过传媒而得到建构："社会现实自从主要是经传媒特别是经电视传媒来传递和塑造以来，也经历着剧烈的非现实化和审美化过程。"② 这意味着我们将不再看见任何最初的或最后的基础。在此基础上，韦尔施进一步强调了认识论的审美化，即我们对现实的认知也是通过审美而获得。通过对康德、鲍姆加登、尼采等人的美学思想的解读，以及对科学哲学、阐释学、分析哲学、科学史、科学实践等学科与活动的分析，韦尔施强调，审美构成了认识现实的基础："我们的基本现实已经展示出一种建构，它可以再好不过地被描述为审美的建构。"这带来了"审美转向"，"第一哲学"变

---

① 韦尔施：《重构美学》，第115页。
② 韦尔施：《重构美学》，第9页。

成了审美的哲学①。也就是说，审美不是仅涉及现实内部的单个要素，而是影响到作为整体的文化形式。

显然，移动媒体时代的来临印证了韦尔施的判断，并进一步加重了他所说的现实的非现实化。"场景时代"带来的定位、社交、移动与数据处理，给"O2O"经营模式的兴起提供了技术条件，所谓"O2O"，即"Online to Offline"（从线上到线下），强调基于"场景"原理，把线上的用户带到线下的服务场所去。韦尔施认为，现实的非现实化带来了这样的后果：首先，传媒的表征已成为日常现实的一种权威印记。唯有可以传达的东西，方被视为道地的真实。其次，传媒的特征也在传媒外部构筑着现实的真正革新。换句话说，传媒对现实本身的安排产生了影响。现在许多真实事件从一开始出场就着眼于传媒表达的可能性②。显然，"O2O"模式的兴起印证了韦尔施所说的这些后果。以美食为例，若某人常通过手机 App（如美团）订餐，久而久之，他就会对未进入 App 视野的饭店不感兴趣，甚或怀疑其真实性；与此相应，若某家饭店需进入公众视线，它必须调整自己，争取进入 App，以网络的方式与公众相连。而从"O2O"这一术语来看，它也具有深刻的隐喻性，随着手机用户网络习惯的最终养成，它甚至意味着在未来的社会中，任何线下的事物都必须先通过线上的中介而得到认知、传播或运用，因此它们必须调整自我以适应网络；与此同时，我们对现实的认知，也是通过网络的中介而得以进行，从而可能形成遮蔽与洞见共存。

总之，随着网络社会在日常生活的大规模殖民，传媒现实和日常现实日渐相互渗透，"日常现实在传媒现实内部发生，传媒现实进而

---

① 韦尔施：《重构美学》，第 70—71 页。
② 韦尔施：《重构美学》，第 250 页。

影响日常现实"。① 世界已非昔日世界,这是一个人与神、平凡与超能、学院与江湖相混杂的新世界。而这种多重世界的交叉与混杂,正是网络文学中多重世界及其跨越这种世界架空性描写的终极原因与集体无意识。

三　跨次元结构与超叙事特征

现实世界与虚拟世界不断对照、交织与互相渗透,这种虚拟生存体验给网络文学带来了一些深层特征。

(一) 穿越者与原住民的区分

既然网络文学常常进行现实世界与异时空的对照,这种异时空总是需要主角穿越进去建功立业,而主角穿越到异时空,就必然遭遇本地的原住民,由此必然存在两个世界、两种居民的对照。在中国网络文学的世界想象中,穿越者与原住民的区分是一种普遍性的写作现象。原住民困于自己的世界中,是芸芸众生中的一员,穿越者穿越而来,与众不同,由于携带着两世记忆或其他独特优势,他常是能带领原住民建功立业的先知。在我们看来,这种区分的写作无意识,实际上来自游戏世界的界面跨越中玩家 PC (Player Character) 与 NPC (Non-Player Character) 的区分——而在根本上,则源自我们上网时的界面跨越中"用户"与"化身"之间的区分。

NPC 是非玩家控制角色,类似于叙事学中的"行动元",主要作用是给玩家指派任务、提供服务 (如交易行商人、技能训练等),或供其击杀后获得荣誉或经验值等 (如"BOSS"②)。显然,NPC 只是程序化、功能性的虚拟人物。NPC 是游戏世界的原住民,必须遵循这个

---

① 韦尔施:《重构美学》,第 250 页。
② 游戏中设置有各种关卡,玩家常把每一关较难消灭的,或者最后需要通关击杀的怪物称为"BOSS"。

世界的自然法则。

相对于 NPC 来说,玩家显然是游戏世界之外的族群,他们"穿越"进游戏世界,奉行着不同于游戏世界的生存法则,他们做任务、死而复生、时空穿越,可随意杀戮 NPC。以 NPC 的眼光来看玩家,玩家及其生存法则显然属于另一世界,他们是殖民者、穿越者。不同的世界法则让这种眼光具有了"陌生化"意义。在小说《我是游戏原住民》① 中,NPC 唐宝蓝是原住民,她对玩家万绪的种种"怪异"行为感到费解——不同时空在"村里人"(NPC)与"外来人"(玩家,"地球来的星际人")之间呈现出来。小说《原住民》中的"村里人"同样体验到了这种时空差异与困惑。玩家们作为一个神奇的、"不可琢磨的特殊种族"在 NPC 的祖先记忆中得以存续。在阿尔瓦长老的讲述中,这些"外来人""几乎全都贪婪无厌","一切需要他们出力的事情——哪怕是叫玩家们给隔壁捎句话也会张口索要 100 金币的报酬";与此同时,他们又不断要求"做任务":"为此他们甚至能整日徘徊在村庄内外";更奇怪的是,玩家竟然可以死后重来:"千年前,成千上万的玩家在刚刚十几级的情况下就胆敢挑战龙神卡皮瓦拉,……千年来我族一直不理解玩家们的疯狂行为!……玩家们可以复活的特殊技能让他们拥有最可怕的勇气!"② 表现这方面主题的经典之作是网游小说《独游》。《独游》的主角基德是一个有了灵魂、不再"简单与痴傻"的 NPC。他徘徊于两个世界,成为既非纯粹 NPC 也非纯粹玩家的"中间物"。他困惑于玩家们种种不可思议的行为。他称玩家们为"涉空者":"他们具有穿行于时空乱流中的能力,成为天生的位面旅行者。"他"一直"以为"死亡是唯一的、绝对的、无法逆转的",然而

① 我们从这些描写 NPC 的带有"原住民"字样的小说题目也可以看出,对写手来说,他们正是把 NPC 视为原住民,把玩家视为穿越者。

② 《原住民》第一卷第 21 章《玩家传说》。

"（玩家们）不会把死亡看得太严肃"，他们最常说的话是"大不了死了重来"！① 他同样困惑于玩家身体与灵魂的分离："对于涉空者来说，穿梭位面的行为只能存在于意识状态——也就是灵魂状态……在他们降临大陆之前，必须要先创造一具躯体作为容纳灵魂的容器——他们把这称为'创建角色'——然后以这具躯体的姿态行走于这个大地之上。"② 显然，在这些小说中，存有一个颠倒的类同——以 NPC 的眼光来看玩家的世界，不如说恰好是以"人"的眼光来看天外穿越来的神灵。

玩家与 NPC 之间的差别意识，实际上也是人们上网时的普遍体验，等同于网络"用户"与其化身之间的区别（关于这一点，我们在第三章再详细讨论），这不仅给写手提供了可以在虚拟与现实、原住民与穿越者、异时空与真实世界之间回看的独特"世界"体验与多时空意识；不同次元（世界）之间的差异，以及是否具有出入不同次元的自由，也为网络文学中主角、配角的区分式写作及神迹的生成奠定了基础。

（二）跨次元结构与神迹的生成原理

不同时空、不同的生存法则及随意的出入，给中国网络文学带来了一种深层结构。在网络文学中，主角往往由初始的废柴，不断成长与升级，最终封王成神，成为跨越位面的宇宙之主；与之相应，配角则或是听凭差遣的小弟，或是可供随意杀戮的 BOSS。这种人物设置不能简单地归结为小说无限 YY 的结果或是借鉴传统大众写作幼稚的描写，在根本上，它源于玩家世界与 NPC 世界的区分（或用户世界与化身世界的区分），换句话说，写手实际上把玩家/用户与 NPC/化身的

---

① 《独游》第一卷第七章《狂犬之灾》。
② 《独游》第八卷第六十七章《一种叫做"小号"的灵魂状态》。

区别移植到了主角与配角身上①。NPC 的世界（角色的世界、故事世界、游戏世界）是属于人的世界，这是遵循真实法则、会生会死的现实世界。而以 NPC（角色、原住民）的眼光来看，玩家奉行的是虚拟法则，是可以死后重来的无羁的"涉空者"，是神一般的存在——这种区别的根源就在于 NPC／化身与玩家／用户处于不同的次元，玩家／用户超脱了 NPC／化身困于自我世界中的限制，在出入现实与随意跨越位面的过程中拥有了上帝视野。

由此，我们可以进一步解释网络文学中神迹的生成原理。对网络文学来说，为了营造读者的代入感，它往往需要主角具有超凡入圣的能力、不断制造神一般的事迹，而这种神迹的生成就在于在主角身上灌注玩家／用户精神，当玩家把自己代入到主角身上，他既以角色穿越进故事世界（此时他类似于原住民），同时也因超越故事世界的玩家身份，必然拥有原住民（游戏世界中的 NPC）所不具有的超时空记忆与上帝视野，从而能够不断生成神迹，在故事世界中解决原住民不可能解决的问题。这反映出现代生活的一个重要变化，如果说在传统社会，神迹是由神创造的，而在这不信神的后现代的网络时代，故事中的神迹则源于玩家。在某种意义上，游戏正是现代人的神话，在平淡的日常生活中，游戏通过英雄的制造、史诗的书写促成生活的神迹，而玩家正是神迹的完成者，借助出入游戏世界的视野区别，不断将外部的、高次元的元素引入游戏世界中，实现游戏世界中不可能的情节②。NPC 是人造物，他困于故事中，玩家却是数字世界开创万物的造物主，是神。在此意义上，穿越不仅仅只是穿过去，同时也是玩家从高次元、从故事的外部进入了 NPC 的世界中。网络文学不断讲述着废柴的主角逆天的神话，实际是玩家附着到了主角身上，让主角成了

---

① 在"龙的天空"等著名网文论坛的讨论中，写手们常常把配角等同于 NPC。

② 游戏中的"开挂"实际上也正是违背常理的、变不可能为可能的神话原则。

神。如果说在传统文学中，神作为一种明显的突兀的外部存在，强力改变故事的情节，网络文学中的玩家，则是走在原住民中隐伏的神，由此我们可以从另一个侧面深刻理解网络文学"扮猪吃虎"① 这一技法的频繁使用（外形是猪，实能杀虎——正与外形是人，实则是神相同），与此同时，神迹的生成也更具大众性，从而也更有"代入感"。

（三）网络文学的"超叙事"特征

这种由外部的玩家/用户介入到故事世界并改变情节走向的写作模式，让中国网络文学具有了"超叙事"（Meta-narrative）② 特征。超叙事之所以能够具有自反意识，根源在于次元的打通，现实的作者侵入了故事中。由于玩家的植入，中国网络文学同样存在这种双层构造，而这种双层构造与"超游戏"（Meta-game）是相似的。所谓超游戏，是指在游戏中采用了超越（transcend）游戏规则的策略、行动或方法，运用了外部因素（external factors）去影响游戏进程，或者超越游戏设定的限制或环境。"简言之，它是用游戏外的信息或资源（out-of-game）去影响游戏内的（in-game）决定。"③ 具体来看，超游戏可分为"meta 层面的游戏"与"游戏层面的 meta"两类，前者是在 meta 的角度对游戏本身的存在进行反思。换句话说，如果说游戏是个盒子，玩家以角色在其间展开化身生活，meta 则是打破沉浸感，让玩家意识到盒子的存在④，比如《史丹利的寓言》（*The Stanley Parable*）与《新

---

① "扮猪吃虎"，指主角伪装实力，初看并无特异之处，由此遭到"脑残"反派或配角的"群嘲"，其后主角显示实力、地位或身份，秒杀反派，震惊四座——此种先抑后扬的快感生产策略是网络小说的常见套路。

② "meta-" 这个词头，源自希腊语 metá（μετά），意思是"在……之后"或"超过、高于……"，meta-narrative 可译为"元叙事"、"后设叙事"或"超叙事"，由于笔者意在强调网络文学中故事外部因素不断影响内部的特征，故采用"超叙事"的译法。

③ 维基百科关于"Meta-game"词条的解释：https://en. wikipedia. org/wiki/Metagaming，2017 年 3 月 2 日。

④ 此类游戏较著名的有《史丹利的寓言》（The Stanley Parable）、《新手指南》（The Beginner's Guide）等。

手指南》(*The Beginner's Guide*),它们没有游戏性,构成游戏主要内容的,是旁白的指引、安慰、挖苦或威胁,由此解构了游戏本身,让游戏与游戏外的因素如现实生活、游戏制作者,甚至游戏评论家联系到了一起。后者是借助 meta 的设定来完成故事与游戏,即根据只有玩家(player)才能获得的知识采取一个游戏内角色的动作(an in-game character act):"游戏之外的游戏信息被用来给玩家一个游戏内的优势(an advantage in-game)。"① 优势(advantage)是个关键词,这是通过不同次元之间的跨越而获得的。一般的游戏策略是基于游戏内的经验,而超游戏的决定则来自游戏外的知识。如果"玩家"(player)运用他的"角色"(character)所不能获得的、即超于游戏之外(Out of Character,OOC)的知识,去改变操控角色的方式,这就是超游戏行为,会给玩家在游戏中带来某种"优势"②。

显然,这两种超游戏特征在网络文学中都是存在的。第一种超游戏特征是打破沉浸感,如同布莱希特的史诗剧一样,不断让读者或观众意识到场外的因素:

> 传统游戏讲究沉浸感,希望你认为你是电脑平面上的一个二维 OR 三维世界里的一个人物,而不是希望你认为你是一个四维空间中的自己。Meta 游戏大概就是超越游戏本身存在的游戏,恰巧是打破沉浸感,让你意识到你并非游戏里的人物,引导、同时也吐槽加搞笑。③

---

① 美国城市词典(在线俚语词典)关于"Meta-game"词条的解释:http://www.urban-dictionary.com/define.php? term = metagaming&defid = 180114,2017 年 3 月 27 日。

② 举例来说,以 DND 为例,假设玩家扮演一个从未见过美杜莎,也不知道其能力的战士,却在第一时间拿出镜子反射她的目光,这就是一种超游戏行为。

③ 参见网友"阿萌"在"知乎"上对"metagame 是什么?"的回答,https://www.zhi-hu.com/question/23820876/answer/25796499,2016 年 11 月 12 日。

在一定程度上，网络文学也具有这种特征，尽管不少写手也试图营造叙事的真实感，但网络文学的写作与阅读相比传统来说有一个根本变化，即读写双方是同时在场的，也就是说，故事世界（虚拟、二次元）与写手、读者之间的交流（现实、三次元）是同时进行的，这就在客观上打破了叙事的沉浸感，从而让网络文学具有了某种后设意识。福岛亮大在谈到读者的"同期性"时说："为什么同期性很重要呢？原因之一在于像'留言'这种后设资料（关于对象物被如何观看的资料）在被强调、放大了可视性后，更容易制造出用户间的'共识'，而这会大大减轻资讯处理的成本。"① 网络文学的评论留言正是一种"可视化"的"后设资料"，它探讨的正是"对象物被如何观看"。读者尽管有时会沉浸于故事，但有时又会抽身出来，与作者或其他读者一起吐槽、评点，或者交流，也就是说，故事外的因素不断地破坏着故事内的沉浸感，三次元不断地打破二次元，这种后设意识，显然正是由于网络文学的读写环境变成了虚拟与现实的交织状况而造成的。这种后设性其实非常普遍，前面在谈到玩家在游戏中不断切换、察看游戏数据或与其他玩家交流经验时，同样是后设性的表现。与之相应的是网络文学中的"系统流"，当主角暂时退出剧情，与系统交流并接受其任务时，他就居于另一个次元了。随着社交软件得到进一步的普及与运用，网络文学这种后设性的交流与吐槽更为重要，从"起点中文网"开始设立"本章说"就能看出这一点，也让创作与阅读时的后设意识变得更为内化与日常化。这就让网络文学与同属超叙事的元小说具有了一定的相通性。元小说"不仅让作家与读者更好地理解了叙事的基本结构，也提供了极为精准的模式，让人们把当今世界的经验理解为一种建构，一件人工制品，或者一张相互依存的符号

---

① 福岛亮大：《当神话开始思考：网路社会的文化论》，第42页。

之网"①。一方面,元小说对语言与世界的传统映射关系表示怀疑,语言和世界的关系不再被视为不证自明的"反映",而是认为语言受到成规、权力与意识形态话语的控制,因此出现了表征的危机。也就是说,人们认识到了叙事的虚构性、人为性,叙事中的现实不能等同于现实;与之相关的另一面则是开始强调表述系统的自足性,即由现实的表征开始走向表征的现实。很难说网络文学的写手与读者认识到了语言的这种不透明性,但他们对写作纯属虚构的强烈意识,不断破坏剧情与现实边界的吐槽,对后设性的评论交流本身的乐趣,跟元小说是一致的,而这种一致性,在根本上是源于不同世界次元的打通,源于虚拟与现实的互渗。帕特里夏·沃芙(Patricia Waugh)说:"'元'这个术语被用来探究任意的语言系统和它所明显指涉的世界之间的关系。在小说中,它们被用来探究虚构之中的世界和虚构之外的世界的关系。"② ——这适用于元小说,也基本适用于网络文学的这种世界跨越。

除此之外,另一种超游戏特征在网络文学中也存在。如前所述,这种 meta 正是由于玩家与角色之间的分裂造成的。一位网友对此看得很清楚:

> 如果把游戏也看成是一个独立的世界的话,那么玩家及玩家所处的世界就是一种"超自然的存在",玩家在其中也就扮演了全知全能的上帝的角色。普通的游戏中,游戏角色不会意识到这一点,玩家在很大程度上是一个神,无限重生,上帝视角,主角光环等等甚至于 SL 大法的无限使用。尽管人们下了很大的努力,

---

① Waugh, Patricia, *Metafiction: The Theory and Practice of Self-conscious Fiction*, London: Methuen, 1984, p. 9.

② Waugh, Patricia, *Metafiction: The Theory and Practice of Self-conscious Fiction*, London: Methuen, 1984, p. 3.

用第一人称、固定视角、气氛、诸如 qte 的互动、分支剧情、选择枝、多重结局等等来加强代入感，但是作为游戏中的角色他们只能认知到游戏中玩家的代言人，而意识不到角色后面或是游戏的外面存在着什么。就相当于《苏菲的世界》席德和她父亲对世界的认知。①

角色是二次元的，他只能知道故事内的事情，而玩家是三次元的，他是神，两者之间的视野差正是这种超叙事或后设性的源泉。在中国网络文学中，当写手把玩家精神植入到主角身上，利用存档而获得游戏经验，并运用玩家与角色之间的视野差距来推动故事的展开（详见第三章中对重生小说的分析），显然就是后一种超游戏行为，也正是前面所说的神迹生成的原理，这种游戏经验投射到中国网络文学中，让超游戏变成了超叙事。

显然，中国网络文学这种不同次元之间的打通，利用故事外部因素影响故事内部的超叙事特征，在根源上正是前述虚拟生存体验的深层影响，是网络时代"世界"深刻变化的反映。网络社会来临后，人们不断地经历着上线下线的体验，不同世界的穿越／切换表明现实与虚拟交织在一起，高次元总会侵扰平面国。界面已经崩塌，次元可以跨越，这正是网络社会的日常现实，这种日常现实生成了网络文学的超叙事。

---

① 这是网友"crossroad"在"知乎"上对"metagame 是什么？"一问的回答，参见 https：//www.zhihu.com/question/23820876/answer/25796499，2014 年 5 月 19 日。

第二章 "随身"小说与数字土著民的成长

在这一章中，我们将分析网络文学呈现的网络与人的伴随关系，或者说，这表明了网络时代主体内在构成的变化，主体成了人机（网）结合的"赛博格"（Cyborg），而这表现为"随身"小说（或称"随身流"）的兴起，表现在"随身"这一隐喻中。

第一节 "随身老爷爷"的隐喻

"随身流"有多种，"随身老爷爷""随身系统""随身空间"……而"随身老爷爷"的写法最为火爆，我们从分析这种写作潮流开始。

一 "随身老爷爷"写作潮流的兴起

最近十年内，中国网络文学兴起了以"我吃西红柿"的《盘龙》、"天蚕土豆"的《斗破苍穹》① 为代表的"随身老爷爷"的写作热潮。

---

① 为增强例证的说服力，除个别情况外，文中凡涉及的网络文学作品均为"大神"写手的经典之作。在引用时，笔者尽量尊重原文，有时在不影响原文意思的情况下，对引文中的错别字适当作了更正。同时，因笔者所读作品均为 TXT 电子文档，每次因阅读视图的不同，页码会有不同，故在标注注释时，只注明出处相关章节。为严谨起见，相关出处的章节序号及标题均从原文，未作任何改动，所以本书关于网络小说章节的注释中，章节的序号有时是汉字，有时是阿拉伯数字，似乎不一致，但都是为了尊重原文，严格采用原小说的章节序号，非笔者疏忽。

这类小说在写法上比较新颖：主角常随身带有一个戒指，内中藏有一见多识广的老爷爷的灵魂，在修炼变强过程中，主角只要遇到困难，总会向老爷爷求教，而老爷爷也会及时解答。较早采用这一写法的是2008年开始连载的《盘龙》，小说的主人公林雷有一个盘龙之戒，戒指中藏有一个叫德林柯沃特的老爷爷的灵魂：

> 林雷的卧室当中却安静得很。林雷本人更是沉浸在美梦当中。
>
> "叮～～～"
>
> 轻微的震颤低鸣声响起，只见道道光晕从林雷的胸口冒出，而后那在光晕笼罩下的黝黑地盘龙之戒更是缓缓地从林雷的胸口睡衣当中飞了出来，悬浮在离林雷胸口十厘米的位置。
>
> 震颤声愈加剧烈了起来，那盘龙之戒的光晕也是越来越盛。
>
> 幸亏林雷的卧室此刻没有人进来。如果有人进来一定会被惊呆的，而林雷本人依旧睡得甜甜的。丝毫不知道这已经悬浮起来的盘龙之戒。
>
> "唆！"只见盘龙之戒的光晕忽然急剧收缩了起来，而后化为一道迷蒙的流光，那道迷蒙流光从"盘龙之戒"中飞出。而后降落到睡床地旁边。直接化为了一人。
>
> 这是一位穿着月白色长袍。须发皆白、面容和蔼的老者。
>
> 那盘龙之戒这个时候也直接无力地摔落下去。落在了林雷的胸膛上。林雷眼皮一动，而后缓缓睁开。当一看到床前站着这位从来没见过的老者。不由得大惊："你，你是谁？"
>
> "小家伙，你好。我叫德林柯沃特，普昂帝国地圣域魔导师！"和蔼老者微笑着说道。
>
> 林雷眼睛陡然瞪得滚圆："你，你是圣域魔导师？"
>
> 和蔼老者自信地点头。①

---

① 《盘龙》第十八章《盘龙之灵》（上）。

这位自称普昂帝国的圣域魔"导师",是以"灵魂"的形式存在的:

> "林雷,我要告诉你,除了你以外,其他人是根本看不到我的。因为现在的我就是以灵魂的形式存在的,灵魂是虚无的……眼睛根本看不到。而你是盘龙之戒的主人,这才能够看到我。"德林柯沃特细心回答道。①

这位导师的特点还在于"随叫随到":

> "德林爷爷,那你以后不是随时可以出现在我身边吗?"林雷心中喜悦道。
>
> 林雷的话音刚落,林雷便看到自己的身旁很是突兀地出现了月白色长袍的白发白须老者,正是德林柯沃特。②

此后,导师德林柯沃特便开始帮助林雷学习魔法,给予详细讲解,并有问必答。

2011 年,"天蚕土豆"的《斗破苍穹》的迅速飙红让"随身老爷爷"的写法产生了更大的影响。这部小说明显借鉴了《盘龙》的设定,小说讲述一位名叫萧炎的年轻人在斗气大陆的奋斗成长史,萧炎同样有一个戒指,内中同样藏有一个见多识广的老爷爷的灵魂,在修炼变强过程中,萧炎只要遇到困难,总会向老爷爷求教,而老爷爷也总会及时给予帮助与解答。在网文圈,《斗破苍穹》的市场表现堪称现象级的,据估算,到 2013 年前后,其仅在无线阅读市场就帮助移动

---

① 《盘龙》第十八章《盘龙之灵》(上)。
② 《盘龙》第十八章《盘龙之灵》(上)。

书城盈利了超过一亿元人民币的收入，"天蚕土豆"的年收入也跨入千万级别①。此后，采用"随身老爷爷"写法的小说越来越多，形成了一股强大的写作潮流②，"随身老爷爷"也成为写手们讨论的热点。

表面看来，"随身老爷爷"这一设定似乎并无特别之处，因为传统大众文学中也会有导师功能式的人物（如武侠小说常见的传授武艺的"师父"），但《盘龙》《斗破苍穹》等"随身老爷爷"小说中的"老爷爷"的设定却有些值得注意的变化：

1. 老爷爷是个灵魂；

2. 老爷爷藏在戒指里；

3. 老爷爷随叫随到，具有"随身性"；

4. 老爷爷的功能主要是回答问题，主人公与老爷爷的对话反复采用"问—答"这一形式。

传统武侠小说中的"师父"不是灵魂式的存在，也不会藏在戒指里，也不可能随叫随到，其言传身教也不会被压缩成实用主义式的"问"与"答"，小说内容也不可能像《盘龙》《斗破苍穹》这样动辄由主角与"导师"的大段对话构成。那么这种戒指中蕴有魔力的写法是否受到了托尔金（J. R. R. Tolkien）奇幻小说《指环王》（*The Lord of the Rings*）等以戒指为道具的小说的影响呢？从采用戒指道具与戒指中蕴有魔力这两方面来看，似乎确有一些相似性，但《指环王》这类小说却缺乏网络文学"随身老爷爷"写作潮流的后两个关键特点，即可以随叫随到的"随身性"，以及回答问题或提供建议的功能。在《指环王》中，有很多种戒指，如精灵三戒（Three Rings of the Elves）、

---

① "天王小二黑"：《起点作者"无线销售"排行榜（作者排行 TOP50＋）4L 已更新!!》，http://www.lkong.net/thread-747451-1-1.html，2013 年 4 月 14 日。

② 这方面的小说很多，经典的除了《斗破苍穹》《盘龙》外，还有《武动乾坤》《仙逆》《傲世九重天》《校花的贴身高手》《造神》《吞噬星空》等。有的小说中的"老爷爷"采用了变体的形式，如《造神》中的"主脑"与《吞噬星空》中的"智能生命"。

矮人七戒（Seven Rings of the Dwarves）、人类九戒（Nine Rings of Men）等，其作用或是召唤元素，或是抵抗时间的流逝，或是聚敛财富，或是让携带者隐形并延长他们的寿命……功能虽多，但都缺乏"随叫随到"的特点与"问—答"功能。《指环王》中最重要的至尊魔戒（The One Ring）同样缺乏这些功能，并与"随身老爷爷"写作潮流中的戒指有重要区别。如果说"随身"流小说戒指中的老爷爷是亲和的，是知识与正义的化身，是帮助主角成长的慈善老者，至尊魔戒却是由黑暗魔君索隆（Sauron）打造的，他在其中倾注了自己的魔力，用以控制其余的魔戒及佩戴者，普通人使用可以隐身或延长寿命，但是心智也会逐渐被黑暗力量所扭曲蛊惑，这类似于柏拉图《理想国》中所说的那枚代表诱惑力量的古各斯的戒指①。这枚权力之戒，表征的是人心在种种诱惑面前所遭遇的深刻拷问。古各斯的戒指在各种艺术作品中一直以不同形式反复出现②。在我们看来，至尊魔戒同样是这种诱惑主题的延续与翻版，魔戒可以让人长生不死、主宰世界，在巨大的诱惑面前，人会丧失自我，成为它的奴隶，在此意义上，魔戒是人内心深处对权力、财富、名誉等欲望的深刻隐喻："这说出了基督教信仰中关于恶的本质。恶来自外在环境的邪恶势力，也来自人内心的弱点，最重要的，人内心的弱点会与外在邪恶势力互动，彼此增加力量。"③从这些方面来看，它跟"随身老爷爷"的功能是非常不同的，在根本上承担的仍是幻想小说中常见的"（追寻、得到或失去）宝物"的叙

---

① 在《理想国》的第二卷中，格劳孔和苏格拉底讨论何谓正义的问题，格劳孔讲了这样一个故事：吕底亚人古各斯的祖先是一个牧羊人，有一天捡到了一枚戒指。他发现这枚戒指具有隐身功能，于是他借此技能当上了国王的使臣，后来又勾引王后，杀死国王，夺取了王位。参见柏拉图《理想国》，郭斌和、张竹明译，商务印书馆1986年版，第47页。

② 如瓦格纳歌剧《尼伯龙根的指环》中的戒指，它应许了统治世界的能力。

③ 陈韵琳：《魔戒作品的信仰内涵》，http://life.fhl.net/Literature/lord/lord07.htm，2018年5月6日。

事功能①。

二 老爷爷的隐喻： 网络搜索或问答

那么，"随身老爷爷"这种写法的想象灵感源自何处呢？联系到"随身老爷爷"的四个特点，即灵魂体、戒指、随身性与问答性，在我们看来，这一设定实际上源于现代人与网络世界的日常互动，具体而言即网络搜索与网络问答/跟帖这一习惯的曲折投射而成。这听起来似乎匪夷所思，但实际上所言非虚。

首先引起我们注意的是这些小说中总是充满了不断的请教与回答，这种高频率的互动在传统小说中是比较罕见的情况，我们可以直观地感觉到这种互动与网络论坛的跟帖或者社交软件的网络聊天颇为相似！

其次需要注意的是，"随身老爷爷"写作潮流的情节模式非常明显地借鉴了网络游戏不断升级过关的写法，主人公实力的提升，以数字化的形式直观地呈现。比如在《盘龙》中，魔法师被分成这样一些等级：初级魔法师（一、二级）、中级魔法师（三、四级）、高级魔法师（五、六级）、七级大魔法师（此时魔法力从雾状液化成水滴，精神力为六级的十倍）、八级魔导师、九级大魔导师（此时寿命达到普通人类极限五百岁），再往上是圣域魔法师（此时灵魂和身体获得蜕变，长生不老，自动获得飞行能力），其中又分成圣域初阶、圣域中期、圣域巅峰、圣域极限等级别，各种级别有不同的魔法能力。

除此之外，魔兽、神、战士、神器等也都有从低到高的各种等级。

在小说《斗破苍穹》中，同样也有各种等级，如人物的等级分成斗者、斗师、大斗师、斗灵、斗王、斗皇、斗宗、斗尊、斗圣、斗帝等，每个等级又分一星至九星。与此同时，又把功法、斗技分成天、

---

① 普罗普：《故事形态学》，贾放译，中华书局 2006 年版，第 28 页。

地、玄、黄四阶,每阶又分成中、低、高三级,等等。

在此意义上,"随身老爷爷"小说就如同主人公在玩一款游戏,每到通关困难的时候,就会上网搜索网友给出的游戏技巧与攻略。在游戏中,玩家在某一关卡住,就会习惯性地上网向其他玩家求助或用百度直接搜索过关秘籍,其他玩家也乐于以图文或视频的方式分享游戏攻略。

如果我们联系日本著名网络小说《电车男》,就看得更清楚了。从形式上看,这部小说非常独特,它并非传统样式的小说,而是由主角"电车男"与其他网友在日本最大的网络论坛"2ch"上的聊天帖子汇集而成。这部小说是真实故事的记录。"电车男"是个典型的"御宅族",他不通世务,整日沉迷于电脑游戏与上网聊天,有一次在电车上遇见一位醉鬼骚扰女士,他鼓起勇气加以阻止,后被事件中的年轻女孩感谢,送他一个"爱马仕"茶杯,由此与这位"爱马仕小姐"有了交集。这位内向的青年缺少情感经验,于是把自己与"爱马仕小姐"之间的互动都发在网上,并请论坛上众网友为他出谋划策。"电车男"是故事的主角,同时也负责恋爱故事进展的实况直播,在此过程中不断向网友询问恋爱策略。众网友不仅仅是观众,同时还为主角提供答案,排忧解难,直接参与故事的展开。从"电车男"与"爱马仕小姐"相遇、相爱到最后结婚,整个故事的主线就由主人公的记录、发问与网友们的回答构成。2004年日本出版社新潮社将"电车男"与众网友在两个月间的留言记录出版成书,一时大热,后又被改编成电影、电视剧、漫画、话剧等,发生在"电车男"身上的爱情故事感动了许多人。

在我们看来,《电车男》是网络时代的典型产物,表征了网络社会来临后的诸多征候。它不仅在小说形式上具有鲜明的网络印记,其重要性更在于:这部小说显然已经预示了现代人与网络世界的伴随关系，人们开始养成通过与网络世界的互动来解决人生诸问题的日常习惯，由此呈现了现代人精神结构的深刻转型。在小说中，"电车男"是内向的，然而他并不缺乏社交，业余时间全用来上网表明了网络开始取代传统的面对面交往成为新型的"精神伴侣"。他不再是直接转向"外部"世界向人求助，而是通过网络便捷地汇集众人智慧来解决日常问题。他的不通世务的御宅族身份，也别有意味地表明了网络社会兴起后人类日渐沉湎于"宅"世界这一趋势（现代宅男宅女的大规模出现正与网络的兴起密切相关）。

"随身老爷爷"的写作潮流显然也投射了这一网络惯习与存在无意识。与《电车男》中主角与众网友的对话构成整篇小说相似，在"随身老爷爷"小说中，主角与老爷爷的对话也构成了小说的重要脉络。唯一的不同是众网友的集体智慧化身成老爷爷超人式的解答，而这显然是聊天室里的群策群力演化成了超级大脑的搜索引擎，并适应中国网络小说卷帙浩繁、动辄百万千万字数的缘故。

在《盘龙》中，这种对话非常之多，如：

> ……
>
> 自己还认为火系魔法攻击最强，现在看来简直是个笑话，无论是哪一个系别，到了禁忌魔法哪个层次，都拥有着毁天灭地的威力。
>
> "地系呢？"林雷可没有忘记地系。
>
> 德林柯沃特自信说道："地系怎么可能差？地系的禁忌魔法，禁忌魔法'陨石天降'一出，无数块大型陨石从天空砸下，眨眼工夫一座城池就成为废墟。还有禁忌魔法'天崩地裂'，这一招一出，大地将如同海浪一样翻动，房屋倒塌，大地裂开条条碎缝，地底的岩浆会喷发出来，死伤无数。"

　　林雷听得屏住了呼吸。

　　"地系，同时也有大范围的禁忌防御魔法'脉动守护'，脉动守护一出，一座城池的天上、地下、四面八方都防御得无懈可击，即使对手施展'天雷灭世'都可以抵挡。"

　　德林柯沃特说的也畅快得很，而后笑笑说道："当然……我说的都是范围毁灭性攻击，而不是单体攻击魔法。"

　　林雷点了点头。

　　他听得出来，德林爷爷说的都是一些毁灭性的大型魔法。

　　"德林爷爷，好像地系的禁忌魔法比较多？怎么回事？"林雷疑惑说道。

　　德林柯沃特自信一笑说道："林雷，这你就不懂了。事实上各系魔法是相差无几的，只有在不同的环境下才有区别。比如在海洋等水域地方，水系魔法最强。在一些风特大的地方，风系魔法最强。"

　　林雷心中有些明白了。

　　"林雷……整个大陆的魔法师，战斗的地点，几乎都是在陆地上吧？而在陆地上，那地系魔法师便是最占据便宜的。"德林柯沃特脸上有着一抹笑容，"脚踩着无边大地，地系魔法师便拥有着最大的依靠。"

　　林雷恍然。①

　　"林雷听得屏住了呼吸""林雷点了点头""林雷心中有些明白了""林雷恍然"……老爷爷与主角之间正是这样不断回应着。

　　当然，小说中人物之间的对话描写肯定比较常见，但问题是当整部小说的枝干都主要由这种问询与回答所构成时，性质就有了根本不

---

　　① 《盘龙》第二十一章《地系魔法》（下），粗字体为笔者所加。

同，它显然表明了网络社会的来临已经从内部深刻改变了文学的内容与形式。

在《盘龙》中，笔者以"爷爷"为关键词进行搜索，共有409条结果，几乎都是"升级"过程中的问与答（见图1）。

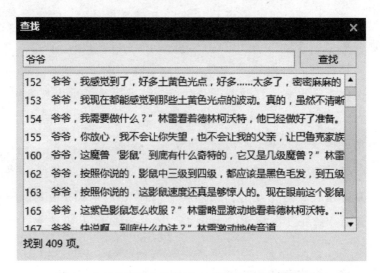

图1 以"爷爷"为关键词对《盘龙》搜索后的数据

在另一部小说《斗破苍穹》中，以关键词"药老"（小说中的随身老爷爷）进行搜索，共有2650条结果，大部分内容同样是"升级"过程中的对话，老爷爷（"药老"）对萧炎升级过程中需要掌握或了解的种种炼药的原料、打斗的斗技、功法的渊源、人物或异兽的出处都进行了详细的介绍。与此类似，其他"随身老爷爷"小说也充满了这种"升级"对话。显然，这种问答体与网民通过网络搜索答案或攻略的互动行为相当一致，而那个藏有无所不知的灵魂的戒指，也颇有意味地与搜索图标"🔍"相似。

在这类小说中，如前所述，老爷爷是灵魂体，这一设定也是颇有意味的，与互联网带来的"无肉身的人"（disincarnate humans）呈现有趣的关联。互联网充分释放了人的灵魂：如同"新柏拉图主义的灵魂出窍（ecstasis）"①，数字叙事表现了心对身的超越。人类摆脱了沉重的肉身，能够以精灵天使的自由穿越时空："悬浮在计算机空间当中，网络行者摆脱了肉体的牢笼，出现在充满数字情感的世界中。"②与此相应，《斗破苍穹》中甚至出现了灵魂扫描的描写，为了寻找到鹰山老人的本体，萧炎使用了所谓"灵魂感知力"：

> 萧炎微眯着眼眸，片刻后，眼眸突然紧闭而上，灵魂感知力，再度涌出，不过此次他却并非是再冲着鹰山老人而去，反而是在徘徊于这片天际，不断地来回扫描。
>
> ……
>
> 雄浑的灵魂力量在天际交织成无形的灵魂网，旋即来回仔细扫动。
>
> ……
>
> 萧炎体内正在散出一股无形的力量，犹如水波一般，悄无声息地从这片天际掠过……而就在鹰山老人与那几名强者硬碰之时，那紧闭眼眸的萧炎，却是陡然睁开，旋即目光豁然转向东面的位置……③

这种场景不正类似于利用网络搜索引擎在扫描定位吗？这种灵魂感知力的扫描与范·内瓦·布什（Van Nevar Bush）④ 梦想以机器去注

---

① 克里斯托夫·霍洛克斯：《麦克卢汉与虚拟实在》，刘千立译，北京大学出版社 2005 年版，第 78 页。

② 迈克尔·海姆：《从界面到网络空间：虚拟实在的形而上学》，第 91 页。

③ 《斗破苍穹》第八百三十四章《灵魂分身》。

④ 范内瓦·布什是第二次世界大战期间科学研究与发展办公室的负责人，曾担心一旦战争结束之后将会发生什么，科学家们能为文明社会贡献什么。他没有担心过生物学家，因为他们总能解决实用的医药学方面的问题，但是物理学家则需要新的方向。在里程碑式的《亚特兰大月刊》（*Atlantic Monthly*）中的一篇文章《如我们所想》（*As We May Think*）中，布什建议：物理学家们应该发明一个"扩展存储器"。这会是"一个个人存储他所有的书籍、录像以及通信记录的设备，也会是一个机械化的、能够拥有高速度和高灵活性的设备"。

释所有被捕获的事物，让个体在所有的数据中获得一条路径的描述是一致的。

在"随身老爷爷"小说中，老爷爷几乎无所不知，如此全方位的知识与信息覆盖，常人不可能做到这一点，在此意义上，老爷爷只可能是群策群力、能够汇集网友集体智慧的网络世界的化身，或者说，互联网正是荣格所说的"智慧老人"① 这一原型的当代数字形式。在传统社会中，智慧老人象征着隐藏在生活混乱之中的先在意义，他是一个"用意义之光穿透野蛮生活混乱黑暗的不朽的魔鬼"，"他是启蒙者，是统治者，是教导者，是一个精神仪式"，② 不同于传统文艺作品中必须要借助封神圣化以生成神迹的智慧老人，如影相随而功能远为强大的互联网则是智慧老人现实性的化身，并因这种现实性、日常性而淡化了实质上的神迹性。

第二节　共享文化与网络智能

"随身老爷爷"的写法折射了现代人与网络世界的日常互动，并从多个方面呈现了这种互动所带来的精神症候，其中之一就在于网络带来的共享及网络智能问题。

一　互联网与共享文化

从方法论的角度来看，"随身老爷爷"写作潮流表现了网络社会的知识获得及分享模式，老爷爷成了网络集体智慧、网络超级大脑（Super-Brain）③ 的隐喻，而随着互联网对人们日常生活的大规模渗透，

---

① 荣格：《心理学与文学》，冯川、苏克译，生活·读书·新知三联书店1987年版，第89页。
② 荣格：《心理学与文学》，第87—88页。
③ 约斯·德·穆尔：《赛博空间的奥德赛：走向虚拟本体论与人类学》，第231页。

对于学习、工作、游戏、出行、购物等种种问题，人们越来越习惯于借助网络这一超级大脑来寻求答案，这让现代人获得了上帝般的视野：

> 今天，通过任何一个互联网的窗口，我们都能得到各种各样的音乐和视频、全面透彻的百科全书，还能查看天气预报，帮助那些需要我们的广告，观看地球上每一个角落的卫星照片，跟踪全球最前沿的资讯。此外还有：纳税申报表、电视指南、导航路线、实时股票信息、电话号码、能虚拟体验的房地产交易信息、世间万物的照片、体育比赛比分、购买几乎任何东西的电商、重要报纸的存档，等等。而获取它们所耗费的时间，几乎为零。
>
> 这种视角如上帝般不可思议。仅需几下点击，你对世界上某一点的观察，就可以从地图转换成卫星照片，继而再转换成 3D 图像。想回顾过去？网上就有。你还可以聆听所有发微博、写博客的人每天的抱怨和说辞。我怀疑，天使观察人类的视角是否能够比这更好。①

而这种上帝般的视野，这个"超级大脑"的力量，并不是源自天才、英雄与超凡独拔的个人主义，而是"存在于网络和它的用户之间的链接之中"②，存在于互联网带来的日常而广泛的人群互动之中。现代都市的来临已经诞生了大规模的"人群"现象，城市化运动把前工业社会四处分散的居民聚拢在一起，在街头熙熙攘攘地行走，"人群本身构成了购物中心的装饰性特征"③。但是这种人群的聚集却具有虚假性与异化性质。恩格斯注意到城市街头的人群彼此匆匆擦肩而过，

---

① 凯文·凯利：《必然》，第 17 页。
② 约斯·德·穆尔：《赛博空间的奥德赛：走向虚拟本体论与人类学》，第 231 页。
③ 米根·莫里斯：《购物中心何为》，陈永国译，载罗钢、刘象愚主编《文化研究读本》，中国社会科学出版社 2000 年版，第 309 页。

对他人熟视无睹，每个人都形成了一个自我的空间，表现出可怕的隔膜、冷淡与不近人情的孤僻①。法国诗人瓦雷里对此有相似看法，他认为大城市居民又退化到原始的野蛮状态中去了，回到各自为营的孤独之中；而传统社会那种"由实际的需求不断激活的"、日常生活与他人休戚相关的感受渐渐被社会机制的有效运行荡涤干净②。数字媒介提供了数量更为庞大的人群，但却改变了恩格斯、瓦雷里所说的人群内部冷漠的、互不攀谈的分离方式，借助无限量的贴吧、论坛等虚拟空间，这些未曾谋面的人群组成互相交谈的松散共同体。他们不再是都市街道上行色匆匆、不断照面却又相互间视若无物的现代人群，而是在匿名的面具掩护下在各种数字论坛上聊天、回帖、狂欢与喧哗的赛博公民。这是一个全新的群体性的话语交往与跟帖灌水时代。在这种情况下，网友们在各种论坛里寻求问题的解决，是极常见的行为。而随着搜索引擎的发展与完善，人们不再只是如《电车男》中的男主角那样上 BBS 寻求帮助，也开始用百度或谷歌等搜索引擎直接寻求答案，常有"内事不决问百度，外事不决问谷歌"的说法。对现代社会的人来说，常见的是在网络上一边检索一边闲聊的场景，以至"google it""百度一下"都成了搜索的代名词，与之相应，网友们也会主动上传与分享经验与攻略。

不管是在论坛上咨询还是通过搜索来获取回应，人们的这种日常行为在根本上与"分享"这一网络文化精神相关。电脑史上早期的黑客们即致力于消解中心化的主机型电脑的信息霸权，其"黑客伦理"强调："进入电脑的权利应该是不受限制的，而且为一切人所有。""一切信息应该是免费的。"③ 互联网的许多领域，例如 BT、开放式源

---

① 恩格斯：《英国工人阶级状况。根据亲身观察和可靠材料》，载《马克思恩格斯全集》第二卷，人民出版社 1957 年版，第 303—304 页。

② 瓦雷里：《1910 年方案 B》，巴黎（未注年代），第 88—89 页，转引自本雅明《发达资本主义时代的抒情诗人》，王才勇译，江苏人民出版社 2005 年版，第 134 页。

③ 吴伯凡：《孤独的狂欢——数字时代的交往》，中国人民大学出版社 1997 年版，第 72 页。

码、维基百科等，都表明了这种共享精神；与此同时，互联网也提供了分享的技术条件，每个人都成了网络节点，都能提供信息资料并便捷地上传。而随着 Web 2.0 的兴起，这种分享行为更加普遍化、常规化了。在 Web 1.0 时代，网络内容是由少数"大组织"（网站）编辑、汇总、分类、整理，发布在静态页面供用户浏览，内容呈现出只读、封闭、一对多的特点。随着以个性化为特点的 Web 2.0 概念的流行，UGC 广泛兴起了。所谓 UGC（User-Generated Content），即用户生成内容，这是指对互联网使用方式的改变，用户不仅是传统意义上网络内容的浏览者，更成为内容的主导者、贡献者、筛选者与分享者。信息在用户之间交互生成、传播与共享，呈现出一对一、一对多、多对一，甚至多对多的特点。UGC 表现形式很多，如好友社交网络，Facebook、MySpace、人人网、众众网、QQ、微信等；知识分享网络，如维基百科、百度百科；视频分享网络，如 YouTube、优酷、土豆；照片分享网络，如 Flickr、又拍网、图钉……如果说 Web 1.0 的构成单元是网页，Web 2.0 则是各种记录、发表的信息；前者的作者是程序员、编辑等职业人员，后者则为普通大众；前者是"宏大叙事"，后者则是个性化的差异叙事。人们常说互联网带来了大众的狂欢，但实际上只有到了 Web. 2.0 时代，大众才真正高度参与到网络内容的生产与分享上来。与此相应的是，网站这种传统的笨重大组织也开始根据这种日常习惯调整自身，各种网页与社交软件都纷纷设置有"分享"标志，显然是顺应了这一潮流。时至今日，UGC 早已成为人们日常生活的方式与习性，人们越来越习惯于生成内容，上传网络与他人分享，这让草根大众的内容生产与共享达到了前所未有的程度。

由较早的《电车男》到现在的"随身老爷爷"写作潮流，写作上的这种变化表明网络知识共享行为演进到一个新阶段。如果说网友们以前是以在 BBS 里随性的集体讨论为主，现在则是在各种专门性的问答社区里进行搜索与共享，这表现在各种基于 UGC 原理的网络问答社区（online Question & Answering, online Q & A）的兴起，如 Answers、Quora、百度知道、新浪爱问、知乎等，把知识、用户参与、搜索引擎与社交网络等融为一体，这种网络问答社区强调网络协作，将所有用户组成高效的社会协作网，互相解决对方提出的问题。大部分网络问答社区采取的是"提问—网友回答—反馈"的模式。一方面，借助用户和搜索引擎的相互作用，实现搜索引擎的社区化；另一方面，也让用户所拥有的隐性知识转化为显性知识，这充分释放了美国学者克莱·舍基（Clay Shirky）所说的"认知盈余"（cognitive surplus）①。克莱·舍基认为，受过教育并拥有自由支配时间的人，有着丰富的知识背景与强烈的分享欲望，如果把这些人的时间汇聚在一起，将产生巨大的社会效应。在他看来，互联网的技术革命让"认知盈余"成为一种可创造巨大社会效应的资源，在线工具促进了更多协作，人们能够更加建设性地利用自由时间（闲暇），来从事创造性活动而不仅仅是消费。在他看来，互联网与电视有深刻的不同，电视消磨掉人们大量的自由时间，是一种被动消费："20 世纪的媒介作为一种单一事件发展着，这种单一事件就是消费。……人们喜欢消费，但他们也喜欢创造和分享。我们总是喜欢所有这三种活动，但直到最近为止，电视媒介依然只回报其中的一种。"② 但互联网却是一种参与及生产文化，人们并不只是喜欢"沙发土豆"似的被动消费，也喜欢主动创造与分享。在网络兴起后，人们发现民众对电视的消费量减少了，他们开始在网络中投入越来越多的时间与精力，这就带来了网络的分享与创造，而这并不意味着需要个人行为的大幅度转变，也许只是个体微小的行为，却因海量用户认知盈余的分享而带来了质变，累积成巨大的后果：

---

① 克莱·舍基：《认知盈余》，胡泳、哈丽丝译，中国人民大学出版社 2012 年版，第 13 页。
② 克莱·舍基：《认知盈余》，第 26 页。

"导致电视消费量减少的选择可以是微小的，同时也可以是庞大的。微小的选择是一种个人行为，一个人只是简单地决定下一个小时是用来和朋友聊天、玩游戏还是创造一些事物，而不再是单纯地看电视。庞大的选择则是一种集体行为，是数以百万计的微小选择的集合。整个人群中不断累积的对参与态度的转变，使得维基百科的产生成为可能。"① "看电视是消磨时光的最好办法"——这种"曾经为观众所认可的观念"，现在让位于网络，让位于对新的自由时间的使用②，这无疑是具有划时代意义的。

随着移动媒体时代的来临，网络分享文化又得到了进一步的爆发，"随身老爷爷"写作潮流正表现了移动互联网兴起后的社会症候（详见后文分析）。手机的随身性、智能性，让它比 PC 端更为实时高效，更深刻地融入了人们的日常生活，全天候、多场景的频繁接触，连接了碎片化时间，用户可随时随地浏览见闻、查找攻略、记录心情、发表评论、制作图片与视频，并传播分享；与此同时，手机的私人性又冲破了传统媒体终端（如桌面互联网）的"大一统"模式，让网络内容差异化、个性化。从静止到移动、从桌面到手持终端，信息的询问、生产与分享模式产生了质变，深刻地改变着人们桌面时代的思维。通过网络提问、解答、分享并随手转发成为人们的日常习惯，"随身老爷爷"写作潮流正折射了这一点。这也许会带来不良的后果："我们越来越多地通过陌生人随机决定分享的内容来了解世界。"但即便是这样，克莱·舍基也乐观地认为，这"对人类有好处的"。③

在网络兴起不久的时候，迈克尔·海姆（Michael Heim）悲观地认为"网络的扩大伴随着率真的丧失"：

① 克莱·舍基：《认知盈余》，第 15 页。
② 克莱·舍基：《认知盈余》，第 15 页。
③ 克莱·舍基：《认知盈余》，第 30 页。

随着在线文化在地理上的增长，社区意识便减少了。共享软件在计算机刚开始的那些日子挺好用的，开放的公告板也是如此。当用户的数目大大增加之后，社区精神也就减少了，而恶棍也露面了，有些家伙还引进了病毒。黑客无形之中把硬盘重新格式化了，共享软件的作者移师商界。①

显然，海姆对网络共享文化的看法太草率了。随着 Web 2.0 的兴起，网络文化的社区意识与共享精神变得更强烈了而不是减弱了。"随身老爷爷"的写作热潮表现了这种社区意识与共享精神的进一步发展。

二　资讯社会的冗余性与网络智能的生成

"随身老爷爷"所投射的知识获取方式不仅仅涉及网络共享，它也表现了资讯社会全面来临后人们的日常困境。互联网兴起后，社会成为一个不断生成与交换的巨型数据库："在今日社会的各种制度里，资讯网路与资料库的实力是绝对不可小觑的。我们每天都得与人交换资讯，或透过资讯的媒介来与他者沟通、或是进行工作交流，而在这些过程中，每个人拿来与别人分享的现实资讯，被淬炼成了结晶。"②在巨型的资料库面前，人们面临着如何处理冗余资讯的问题。

网络媒介极大地释放了资讯的生产力，每时每刻都有不计其数的资讯被制造、生产、交换、点击与阅读，从而形成了一个丰富、芜杂、让人惊叹与眼花缭乱的资讯世界——或者说，这也正是前述 UGC 大爆发的另一面后果。在这后现代的"超空间"中，个体会遭遇到"惊颤体验"，或者"示意链的崩溃"③，这带来了个体精神结构的困境与重

---

① 迈克尔·海姆：《从界面到网络空间：虚拟实在的形而上学》，第 106 页。
② 福岛亮大：《当神话开始思考：网路社会的文化论》，第 7 页。
③ 詹姆逊：《快感：文化与政治》，王逢振等译，中国社会科学出版社 1998 年版，第 179 页。

组。对个体来说，他原有的认知方法、感知能力是与传统对象相一致的，然而现在资讯环境发生了重大变化，主、客体之间出现了严重的失衡与脱离，个体迷失在无限的资讯海洋中，难以有效生成现实感。在此意义上，"如何妥善处理（亦即缩减）庞大的资讯是一项迫切且非做不可的前提条件"。① 传统武侠小说中的"师父"进化成网络文学"随身流"中的"老爷爷"，绝不是偶然的，它正是时代变迁的折射。在传统社会中，相对而言，个体需要学习的任务并不繁杂，肉身的师父可独自胜任导师式的工作，这种代际传承也与稳定的社会结构具有同构性，但这种学习方式在现代资讯社会却难以奏效。从"随身老爷爷"这些小说的描写来看，主角需面对纷至沓来的各种"资讯"，筛选、记忆与甄别这些信息成了一项相当繁重的任务（如《斗破苍穹》中萧炎需不断掌握炼药、功法、斗技等各种五花八门、名目繁多的技能），这隐喻了网络社会不断超载的资讯量带给人们的现实压力。在这种情况下，口耳相传的师徒传授方式难以为继，互联网的网络协作显然更为高效。换言之，在资讯过多、充斥着不确定性的千疮百孔的当代世界里，网络问答与搜索梳理并架构起现实的真实性。在此意义上，启蒙的意义也发生了深刻变化：

> "启蒙"的意义在今日也已经有了大幅改变。从前的启蒙指的是以理性灌输去让民众跳脱宗教蒙蔽，但今日的启蒙，指涉的已经不是教导民众如何获致某种层面上的确定性，而是要能够积极地面对社会的不确定性。换句话说，启蒙的责任在于建立起"从社会上学到什么"的意识，而不是"能给予社会什么"的观念。②

---

① 福岛亮大：《当神话开始思考：网路社会的文化论》，第8页。
② 福岛亮大：《当神话开始思考：网路社会的文化论》，第145—146页。

不断地利用网络解决问题，这在根本上形成了网络时代的潜在心理，即在问题丛生的世界里，科学、机器与网络会提供解决之道；与此同时，这也提出了网络时代特有的生存智能问题。哈佛大学心理学教授霍华德·加德纳（H. Cardner）曾提出著名的多元智能理论，在1993 年出版的《多元智能》一书中，他认为人类所有个体与生俱来存在着多种而且独立的智能，共计七种，即语言智能、数学逻辑智能、空间智能，音乐智能、身体运动智能、人际关系智能和自我认识智能①，后又提出第八种智能和第九种智能，即"博物学家智能"（又名自然智能）和"存在智能"："到目前为止，我仍然坚持自己提出的八又二分之一种智能（包括音乐、身体运动、逻辑—数学、语言、空间、人际、自我认识和博物学家智能，所谓二分之一是指'存在智能'）。"② 加德纳所说的"博物学家智能"（Naturalist Intelligence），又称"自然智能"："博物学家表现出的特长，是辨认出他或她生活环境中存在的大量物种，包括植物和动物，并对它们加以分类的能力。世界上任何一种文化，都特别重视那些不仅能够辨认对社会特别有害或有利的物种，也能够发现新的物种并加以分类的人物。"③ 这种智能体现在能够辨别自然界动植物的种类，确定哪些种类有危险需要躲避，哪些可以食用等，拥有这种智能让个体在大自然中生活得游刃有余。加德纳认为，随着现代社会的发展，自然智能已经如同盲肠一样，成为可有可无的东西，"会不会在森林里迷路"再也不是经常的考验与必备的技能。显然，加德纳所说的这种情况与人类生存环境的巨大变化有关。随着森林等自然环境在人类生活中重

---

① 霍华德·加德纳：《多元智能》，沈致隆译，新华出版社 1999 年版，第 9—10 页。

② 加德纳对"存在智能"的有无还不能确定，故称其为"二分之一智能"。参见霍华德·加德纳《多元智能理论二十年——在美国教育研究协会上的演讲》，沈致隆译，《人民教育》2003 年第 17 期。

③ Cardner, H., *Intelligence Reframed*, New York：Basic Books, 1999, p. 48.

要性的下降，自然智能必然日渐退化，但与此同时，新的环境——人工环境（计算机、网络）成为现代个体绕不过去的生存条件，这就提出了在加德纳所说的"八又二分之一种智能"之外的新的智能，即能够娴熟操控机器或网络，利用它们来解决问题的"机器智能"或"网络智能"的问题。"机器智能、网络智能的智商高低，未来在很大程度上会决定一个人的命运。"① 对互联网来说，它存在"后喻式结构"，年轻人对网络的使用常常更为娴熟，老辈人则相对迟滞，这正是机器智能、网络智能的代际差异，对年轻的数字土著民来说，"随身老爷爷"小说中的主角们在成长升级过程中对老爷爷的问询，正是他们在日常生活中得心应手地运用机器智能与网络智能的曲折投射。

第三节　随身性与网络世界的伴随

进一步看，"随身老爷爷"写作潮流所折射的社会转型不仅仅是方法、工具意义上的，更是本体意义上的。

在"随身老爷爷"小说潮流中，"老爷爷"的"随身性"也是富有意味的。如前所述，在最近几年，网络上兴起了不少"随身"小说，除了"随身老爷爷"外，还有"随身系统"②"随身空间"③ 等类型。在网友那里，"随身系统"与"随身老爷爷"常被看成是同一种流派。"随身系统"小说即主人公随身携带一个系统，它不断给主角

---

① 王煜全：《要了解人类的未来，就必须了解人与技术的关系》，参见雪莉·特克尔《群体性孤独·推荐序》，周逵、刘菁荆译，浙江人民出版社 2014 年版，第 V 页。

② "随身系统"或"系统流"是指主角往往会不断接受系统给出的任务，完成任务后获得奖励。"系统流"的鼻祖是《足球修改器》，后来产生了关于"系统"的各种变种。

③ "随身空间"，即主角随身带着农场、牧场、工厂、地球、宇宙之类的空间，鼻祖是《随身带着两亩地》。

指派各种任务，主角则不断完成任务，在此过程中升级强大，这种写法明显源自网络游戏中系统与玩家的关系及升级程式。严格说来，"随身老爷爷"小说与"随身系统"小说并不完全相同，前者中的主角更具问询的主动性，后者中的主角则更多的是被动完成系统给定的任务，因此后者几乎就等同于网络游戏的置换，而前者则与现代人网络搜索与问答的习惯有更多的联系。但毋庸置疑，老爷爷的随身性及其功能与系统也是颇为相似的，网友们把它们看成一个流派也不是毫无缘由。换句话说，在人机关系中，老爷爷也正是那个系统——在隐喻的意义上，老爷爷、搜索引擎、系统、网络世界在根本上是同一的，而网络小说中这些不断兴起的"随身流"，实际上正是机器/网络/系统与人的关系越来越密切的缩影，具体而言正是折射了智能手机、移动网络广泛兴起后的日常生活趋势。

一　随叫随到： 人机关系的缩影

既然"随身流"隐喻着现代人与网络世界日渐密切的关系，由此我们就可以深刻地理解这些小说中"老爷爷"的"随叫随到"这一特点——这实际上正是人机关系的缩影，现代人需要网络"随叫随到"，这表现为主、客观两种互相加强的趋势：从客观环境来说，这表明网络无处不在，只有这样，它才能随叫随到；从主观因素来说，网络时代的人们养成了需要不断互动回应的心理机制。

从客观方面来说，随着智能手机与移动互联网的发展，在空间的意义上，任何一个角落都被网络所覆盖，世界已经成了无孔不入的"赫兹空间"（Hertzian Space），这种情况正如雪莉·特克尔①（Sherry Turkle）所描绘的：

_____

① 或译为雪莉·特克，在不同译本中译名有所不同，笔者在引用时遵从该译本的译法，请读者留意。

　　10 年的时间内，微型智能手机取代了"半机器人"制作精密的装备，我们每个人都成了曾经看似外星人的"半机器人"。我们体会到全天候在线的生活方式，在某些方面，我们的生活将变得更加自由；但在另外一些方面，也会受到限制。现在，我们全都是"半机器人"。

　　人们热爱这种新的连接技术。它使父母和儿童更有安全感，并引起了一场商界、教育界、学术界和医学界的技术革命。美国公司用糖果和冰激凌的口味（如巧克力味、草莓味或香草味等）来给手机命名的做法绝非偶然。对于他们来说，新的通信技术是甜蜜的。这项技术改变了我们约会和旅行的方式。全球范围内的网络连接技术可以使穷乡僻壤变成学术中心或经济活动的中心。"手机应用"（App）这个词代表了通过移动设备完成任务的乐趣。其中一些最新设备是我们以前几乎连想都不敢想的（就我个人而言，比如有一种 iPhone 手机应用，它可以"听"音乐、对歌曲进行识别，然后推荐你在网上购买下载）。[1]

　　不仅世界成了"赫兹空间"，时间也产生了根本的变化。在传统社会，时间与自然节律密切相关，社会生活的节奏受到季节变换和相应的生产周期的控制。对先民来说，时间不是按从过去到将来的线性方式流逝的："它要么是静止的，要么是循环的。""每隔固定时间，那早已存在的又会重新出现。"这种时间知觉的循环观，"在很大程度上与人类并未使自己摆脱自然，其意识仍然服从于季节性的周期变化的事实有关"。与此相关的是先民对"永恒轮回"的信仰："人类的行动仅仅是重复以前令人敬慕的人或'文化英雄'从事的活动，于是祖先在他们的子孙身上得到再生。"总的来看，原始人倾向于寻找新中

---

　　① 雪莉·特克尔：《群体性孤独》，第 163 页。

之旧①。与此同时，原始社会的时间也被神秘化："在原始社会人的意识中，时间看来并不是以中性的坐标形式出现的，而是作为一种强有力的、神秘的力量操纵着万事万物、人的生命，以及诸神的存在。"②在接下来的历史中，时钟的发明深刻地改变了时间与生活的关系，抽象化、同质化、重复性的时间开始取代传统社会的自然时间节奏。这有助于形成"一个统一的宇宙形象"，使得"构想一种单一的和一以贯之的世界的观念成为可能"。③ 与此同时，时间这种机械性与量度性开始与工业生产结合，"时间被看作是一种极为有用的东西、一种物质价值的来源"。④ 严格的作息时间表开始确立，从而深刻地参与了对人类日常生活的全面组织与结构："当代文明目睹了速度的价值和重要性的不可估量的提高，目睹了当代生活节奏的根本变化，它被现在工业化国家的居民视为正常的、无法规避的节奏。" 由此产生的后果是，当人们学会了测量时间并精确地加以分割后，"人类同时也就发现自己成了时间的奴隶"。⑤ 只有在私人领域如家庭生活中，个体的身体似乎才能逃脱时间的抽象化控制。但是，电视媒体的出现，让抽象化的时间进一步裹挟了日常生活，定时定点的节目不仅仅让工作的成年人，也让家中的妇女儿童卷入了钟表的节奏，在此意义上，电视的登场让抽象时间完成了对现代人的全部殖民与完全束缚。然而，随着智能手机与移动网络的兴起，情况又有了深刻的变化，人们不用再受电视定点节目的限制，他们可以利用碎片化时间随时随地获取资讯。更重要的是，年轻的消费者更喜欢使用手机而不是电视，电视的笨重、

---

① A. J. 古列维奇：《时间：文化史的一个课题》，载路易·加迪等《文化与时间》，郑乐平、胡建平译，浙江人民出版社1988年版，第316页。

② 路易·加迪：《文化与时间》，第315页。

③ 路易·加迪：《文化与时间》，第314页。

④ 路易·加迪：《文化与时间》，第335页。

⑤ 路易·加迪：《文化与时间》，第314页。

定时如同呆板的宏大叙事，或如戴维·哈维（David Harvey）所说的大规模生产的福特主义，而移动媒体则类似于小叙事与"灵活积累"模式，从而有效地冲淡了传统时间的刻板与固定，让时间感趋于缓和与随性。

网络让空间成了"赫兹空间"，也衔接了各种碎片化时间，换言之，理论上，网络在任何空间、任何时间，都可以"随叫随到"，在此意义上，中国网络文学中"随身流"的广泛兴起正顺应了现代世界时空关系的深刻变化。

从主观方面来看，"随叫随到"表明了现代人对连线世界的高度依赖与情感需求，他们需要时刻"挂在网上"。网络已内化为现代人的血肉，塑造了其认知结构与情感反应模式，不仅是外在的日常需要，更在于内在的精神机制。雪莉·特克尔曾经举过一个例子：

> 瑞琪今年15岁，是纽约的黎塞留（Richelieu）私立女子高中的新生。她这样形容这种需求："在我的通讯录上有许多名字。如果一个朋友没有'随叫随到'，我就打电话给其他人。"这标志了高度受人支配的转变。这个年轻女孩的通讯录或好友名单已经成为了类似她脆弱青春期的自我备用品名单。当她用"随叫随到"这个表述时，我想她是指"接电话"。我向她求证我的理解是否正确。她说："'随叫随到'，额，'接电话'，但也是'收到我的短信'，'懂我'。"瑞琪依靠她的朋友来完成她的想法。科技没有造成却鼓励这样的情感：确认一种感觉成为了构建感觉的一部分，甚至是感觉自身的一部分。[①]

在这个案例中，引人注意并且反复提到的正是"随叫随到"，显

---

① 雪莉·特克尔：《群体性孤独》，第189—190页。

然，网络时代的人们需要不断的线上连接，需要源源不断的外界支持来获得自我确认。

二 问与答：网络主体的心理机制

与"随叫随到"紧相联系的是"随身"小说中的"问—答"形式。"问"表现了现代人对连线世界深刻的情感依附，他们养成了通过网络不断表达与分享、不断寻求关注的日常心理。现代人生活在"永远在线"状态，在网络媒体发送日常生活的一切，问询、表达、分享、点赞、评论，他们渴望关注，希望分享，期待着被"打扰"，如果没有回应，则会焦躁不安。"问"甚至成了一种精神症候，不在于获得资讯，而在于构成了安慰，不在于物质形式的获取，而在于精神层面的依附，不在于实体的诉求，而在于内容空无的动作，"问"本身成了内化的心理动机。关于这一点，雪莉·特克尔举了个案例：

克劳迪娅今年 17 岁，是克兰斯顿的一名高三女生，她描述了与朱莉娅①类似的状况："只要我开始发短信，我就会有某种快乐的感觉。"朱莉娅是"我有一种感觉，因此我想要打电话"。而她是"我想要一种感觉，所以我需要打电话"，或者按照克劳迪娅的情况，她选择发短信。这些表明了孩子们尚未形成独处和独立反思情感的能力。相反，当手机不在身边时，青少年们说感到不舒服。他们需要被联系，并以此使自己感到舒适。从更积极的方面来讲，克劳迪娅和朱莉娅把分享感觉当作发现自我的一部分。她们形成了一个协作型的自我。

由于与父亲疏远，朱莉娅已经与父亲这边的亲戚逐渐失去了

---

① 朱莉娅今年 16 岁，是新泽西的公立学校布兰斯科姆高中（Branscomb）的一名高二女生。详见后面引文。

联系。2001 年 "9·11" 事件发生的这天，因为无法联系到母亲，
她非常担心。她的故事阐述了数字化的人际关系——特别是发短
信，如何能够解决由失去和分离所造成的忧愁。但是，朱莉娅的
行为——她不停地发短信，她通过与友人分享心情后感觉自己的
感受，这并不特殊。每个个人案例的特性呈现了个人历史，但朱
莉娅自身的症状却接近于一代人共同的特征。①

在此意义上，我们日常借助网络向外界发出的种种行为，如在微
博、朋友圈、QQ 空间等呈现的状态、评论、关注、分享等，实际上也
是这种症候的表现。福岛亮大认为，网络时代的口耳相传式的传播，
会比由媒体单方面散布资讯的做法，更容易启动以对方为亲近的沟通
对象之"慈善原理"作用。"在现代，传播的重点之一就在于暗示对
方，这是对'你'这个人而言具有重要性的资讯，而不仅是单方面传
递的中性资讯（data）。"② 这表现了"人们想与他者亲近的心理"，
"谁掌握传播是否能顺利进行的关键，就在于我们能否委婉地向对方
传达出自身的友善"。在我们看来，这种所谓的"慈善原理"可能还
只是表面的，根本原因在于网络社会的日常互动生成或者说强化了这
种不断向外界表达与寻求关注的社会心理与日常惯习。正如克莱·舍
基所说："当我们使用网络时，最重要的是我们获得了同他人联系的
接口。我们想和别人联系在一起，这是一种电视无法替代的诉求，但
实际上我们可以通过使用社会化媒体来满足它。"③

而在"问"之后，现代人还期待着"答"，而"答"正隐喻了现
代人因密集的网络互动而产生了对他者回应的期许。我们同样以特克

---

① 雪莉·特克尔：《群体性孤独》，第 189 页。
② 福岛亮大：《当神话开始思考：网路社会的文化论》，第 29 页。
③ 克莱·舍基：《认知盈余》，第 18 页。

尔举的朱莉娅的例子来理解这一点：

> ……朱莉娅性格外向，待人热情，眼神里总是充满笑意和警觉。当一种想法从脑海中冒出来时，她就发短信给朋友。接下来她会怎么做完全取决于朋友的回复。朱莉娅说道：

> 如果我很心烦，正在心烦的时候，我就给一些朋友发短信……因为我知道他们就在那儿，会安慰我；如果发生了兴奋的事，我也知道他们就在那儿，会和我一起兴奋。……

> ……

> 在朱莉娅发出一条短信后，如果收不到回复，她就感觉浑身不自在。"我总是在期待一条这样的短信，上面写着：'噢，我很抱歉。'或：'太棒了。'"如果没有收到这样的回复，她说自己"很难冷静下来"。朱莉娅说，倘若自己在短信中向朋友坦言了自己的感受，却迟迟没收到回复，那么自己就会感到非常痛苦："我变得恼怒。即使是给别人发电子邮件，我也要那人立刻回信。我想要收信人及时回复我。有时候我就像这样：'呜！为什么你就不回我？'……根据当时的情况，我会等待着。如果一个小时左右还没有回复，我就再给他们发信息。'你生气了吗？你在吗？一切还好吗？'"……①

如果没有回应，现代人就会烦躁不安，这正是网络时代的精神依赖症，现代人希望把问—答—问—答……这一过程不断地循环下去。

而对回应的一方来说，他们也期待着被"打扰"。在某种意义上，现代人是不断地针对外界的"问"而作出习惯性回应的生物。英国新闻记者詹姆斯·哈金（James Harkin）表示，现代人在某种意义上已经

---

① 雪莉·特克尔：《群体性孤独》，第188—189页。

被驯养成一接收到刺激，就会做出反应的网路节点（nod）式个体，因此被绑在整体网路中的局部网郊（cyburbia）而难以脱离①。

更重要的是，随着网络社会的发展，这种"答"已经由被动回答变成主动迎合了。网络带来了大数据（Big Data）。大数据蕴含着重要价值，通过对海量数据的分析与挖掘，可以准确地预测用户的行为偏好与行业的发展趋势。用户在网络媒体的浏览、检索、发帖、评论、分享等各种网络行为（即向外界发出的各种"问"）都会被一一记录，生成大数据，并折射出用户的消费喜好，网络可根据这些消费喜好实现智能化推送。这种智能化推送与传统的广告不同，如果说广告的传播模式是一对多，现在则是一对一，针对不同的个体情况提供不同的定制服务，一条传统的广告信息现在变成了成千上万个因人而异的版本。它去掉了广告的强制色彩，变得温情脉脉，根据消费者的个人偏好提供极为细致的差异化服务，而这也代表了尚未完全成形的 Web 3.0 的概念，即以大数据分析与交互体验为基础的注重为用户提供人性化服务的模式。不再是广而告之，笼统地推荐信息，而是根据用户的网络痕迹去响应、迎合他们蕴含于心头、表达于语言、体现在指尖的需求。广告总是试图培植虚假需求，让人们执着于追逐符号价值："激起欲望的是名而不是物，卖的不是梦想而是意义"②，这导致了列菲伏尔所说的"虚假的"或"假装的"（make-believe）欲望的普遍化③，因此广告总成为人们批判消费社会的理由，然而经过大数据挖掘而生成的智能化推荐，却是"应需而来"，似乎不再是虚假欲望，

① 相关理论可参见 Harkin, James, *Cyburbia*: *The Dangerous Idea That's Changing How We Live and Who We are*, London, Little, Brown Book Group, 2009。

② 罗兰·巴特:《流行体系——符号学与服饰符码·前言》, 敖军译, 上海人民出版社2000年版, 第4页。

③ Lefebvre, Henri, *Everyday Life in the Modern World*, Translated by Sacha Rabinovitch, With a new Introduction by Philip Wander, New Brunswick (USA) and London (UK): Transaction Publishers, 1994, p. 85.

而是你"真正想要的"。由此，网络会详细而实时地生成现代个体的生命与生活记录，不但能作出回应，而且主动激发起个体那些潜在的寻求关注的心理，并将其变成现实。网络社会似乎更加"人性化"、"温情化"与无微不至了："整个社会都给您以良好的祝福与帮助，都为你能够购买到称心如意的商品而做周到体贴的服务，因为它在为你所思而思，它为你本人提供了最具个性化的服务项目"——列菲伏尔所说的"母性的""兄弟友爱式"的社会俨然成了真正的、正在发生的现实①。在此意义上，"随身"小说中老爷爷对主角充满温情的回答，正是网络世界对现代人无微不至的回应与关注的隐喻，而网友把搜索引擎"百度"亲切地称为"度娘"的叫法，正可以与此互相印证。

显然，"随身老爷爷"小说中的问与答正是网络社会（尤其是移动网络）兴起后个体不断与网络（连线世界）互动的缩影，与此同时，这也表现了互动的双向性与循环往复。老爷爷不是抽象的个体，它正是现代社会互动个体的庞大连接，我们每个人都是网络社会的节点，每个人都身陷其中，这是一个没有终点的旅程，一个无穷互动的过程。

三　数字土著民的成长与仪式感的弱化

"随身流"都是成长小说，无一例外采用的都是主角成长模式，主人公在成长过程中遇到的问题，事无世细，均求助于"老爷爷"，这实际上进一步隐喻了数字土著民的成长与网络世界的共生与伴随关系。网络不断喂养他们，塑造了他们的"三观"与行为方式，生成其

---

① Lefebvre, Henri, *Everyday Life in the Modern World*, Translated by Sacha Rabinovitch, With a new Introduction by Philip Wander, New Brunswick (USA) and London (UK): Transaction Publishers, 1994, pp. 107 – 108.

认知结构与反应模式。对现代人的成长来说，网络的存在具有了本体性："自人类历史以来，我们有可能第一次在人类文明的根基处进行一场本体上的转换。"① 人类的思维意识正经历深刻转型。

在"永远在线"和问与答的不断互动中，相比传统社会，现代人成长的仪式感极大弱化了。在传统社会，人的成长总要经过成人仪式（initiation rite）。"成人仪式将步入成人行列的仪式承受人带回本原母—子人格或曰意识自我—无意识自我同一性的最深层，以此迫使他体验一种象征性的死亡。换言之，他的人格暂时分解、消融在集体无意识之中。然后，新生的仪式将他仪式性地从这种状态之中拯救出来。"② 在成人仪式中，个体必须要经受与父母的分离，独自去面对世界，体验"象征性的死亡"，通过这种方式，他们才能走向社会，成为合格的社会成员："通过成人仪式，青年男子和青年女子被迫与其父母分离，成为他们的部族或者部落的成员。"③ 独自闯荡天下，到陌生的地方冒险，是完成蜕变必需的经历。如同余华的《十八岁出门远行》一样，个体需要离开父母温情脉脉的世界，第一次直面世界的荒诞，即使感到恐惧与战栗，他也需要独自承担这种感受，并为自己的选择负责。马克·吐温在《哈克贝利·费恩历险记》中描写的青少年寻求认同的故事成为文学史上的经典，哈克贝利·费恩在密西西比河畔，逃离了成人的世界，文中所描绘的在河上的那段时光是孩子与父母分开这一成长过程的象征。

但是，随着网络的发展，数字技术改变了"分开"的意义，或者说人们再也无法"分开"了，因为网络可以让人们随时随地联系上。雪莉·特克尔认为，"现在由于科技的发展"，这种传统的成长仪式

① 翟振明：《有无之间：虚拟实在的哲学探险》，孔红艳译，北京大学出版社2007年版，第3页。

② 荣格：《人及其表象》，张月译，中国国际广播出版社1989年版，第136页。

③ 荣格：《人及其表象》，第135页。

"已经改变"。① 由于无处不在的连接，"青少年可以和父母一起'在河中顺流而下'，而无须独自面对成人过程中的压力"。② 特克尔在这里所说的"父母"是写实意义上的，是真实的父母，她指的是网络社会中父母可随时借助网络或通信工具联系上孩子，因而孩子注定永远无法真正摆脱父母而获得独立的成长空间。但在我们看来，"父母"更是隐喻意义上的，它正是网络小说中的"老爷爷""系统"，正是连线世界。由于无处不在的连接，无处不在的呼唤与回应，连线世界减弱了成人仪式的恐惧感，因为个体总是携带着"父母"，携带着家园与故土的记忆。如同小说中的主角随身带着老爷爷去探索未知世界一样，现代人不再有独处的机会，不再是独自去历险，而是"通过网络浏览器和搜索引擎——Mosaic、Netscape、IE、Google"，"仿佛在一个无尽的处女地进行探索"。③ 这显然极大地弱化了成长仪式的恐惧感。

在此我们可以深入地分析一下问与答所暗含的心理机制。弗洛伊德曾经讲述过一个扔线轴游戏。他发现1—2岁的儿童在母亲外出时喜欢玩扔线轴的游戏，儿童不断把线轴扔出去，又拉回来，嘴里还发出"Fort！…Da！"（意即"没有了……出来了"）的声音。弗洛伊德对此解释道：

> 母亲离开对孩子来说不可能是一件高兴的事，也不只是一件无所谓的事。那么，他把这个痛苦的经验作为一种游戏来重复，是怎样和快乐原则联系起来的呢？答案或许是现成的，离别一定是作为快乐返回的前奏，而游戏的真正目的就在于后者。④

---

① 雪莉·特克尔：《群体性孤独》，第185页。
② 雪莉·特克尔：《群体性孤独》，第186页。
③ 雪莉·特克尔：《群体性孤独》，第Ⅻ页。
④ 车文博主编：《弗洛伊德文集》第四卷，长春出版社1998年版，第11页。

也就是说，在这个游戏中，线轴变成了母亲的隐喻，扔线轴游戏是儿童对母亲（爱的对象）"缺席与在场"的象征化，儿童通过这种扔出去与拉回来的扔线轴行为，在想象中进行补偿，以缓解母亲的"消失"所引发的痛苦，试图扮演一个主动的角色。

在此基础上，拉康则进一步从语言的角度分析了主体进入象征界的问题：

> 重要的不在于儿童说出了 Fort/Da 这两个词——在其母语中，它们相当于"不见了/出现了"——……而在于从一开始我们就有了语言的第一种表现。在这个音素对立中，儿童超越了在场与缺席的现象，进入了象征的界面。①

也就是说，这里有更深刻的象征化，"Fort"（/o/）和"Da"（/a/）这一组对立的功能音素，正是语言的差异化运作，这标志着儿童开始进入语言秩序，是个体从自然转向文化的开端，是个体进入象征界建构主体性的最初时刻。

网络时代的主体生成与此颇为相似。在主角成长过程中，"问—答"游戏正类似于 Fort/Da 游戏，象征性地替代了父母的缺席与在场，"问"正如对父母的呼唤（父母的缺席），而"答"则代替着父母重新出场的功能。这种象征与替代改变了传统成人仪式的性质，让现代网络主体从此屈服于象征的条件，换句话说，这种问与答的游戏，把一种对母爱的追寻符号化为这种互动性的网络行为了，由此缓解了父母不在场的痛苦，减弱了成人仪式中孩子必须离开父母、必须经历象征性死亡这一环节的重要性。借助问与答这种频繁互动的仪式，数字土

---

① Lacan, Jacques, *The Seminar of Jacques Lacan*, Book I, Freud's Papers on Technique, 1953 - 1954, Jacques-Alain Miller（ed.）, Cambridge：Cambridge University Press, 1988, p. 173.

著民减少了独自面对外部世界的风险与阵痛，建构了网络时代的主体，但与此同时，这也意味着主体的建构渗入了更多的他性元素，他们在成长过程中对他者的依赖会更强。拉康认为，在儿童这一初始的象征化行为中，母亲的在场与缺席既被象征化了，同时主体的欲望也被结构化了，主体成为一个欲望的主体，主体的欲望由此成了他者的欲望。对网络时代的人们来说同样如此，不断向外界的呼唤与回应意味着网络时代的社会精神结构开始不断需要他性元素来维持这种欲望。即便这种呼唤与回应空无一物（即与其本有的性质无关），类似于拉康所说的欲望的转喻，主体仍然需要这种不断的发出与回应的循环，在结构性的交替展开来维持自身的欲望想象，这是人类在网络时代主体建构的规定性的宿命。

这种问与答的游戏本身也表征了网络社会自身的转型，即由"父—子"对抗的传统网络文化开始转向网络母性社会。在网络发展初期，网络呈现的是"父—子"之间的对抗与弑父精神。早期电脑是主机型电脑（mainframe computer），是一种控制数据的"中心化机构"（central institution），是政府、企业垄断性处理信息的设施。如同神秘的紫禁城，这种中心化机构对普通人构成了信息垄断。"科学家曾经下意识地想保持电脑的神秘性，就好像中世纪黑暗时期的僧侣，刻意维护自己独尊的地位，或像当时的某些人，要独自把持古怪的宗教仪式一样。"① 黑客文化的兴起正是为了打破这种垄断与控制。"黑客"一词是英文 hacker 的汉译，hack 有"乱劈、乱砍、碎石、肢解"等义，hacker 即"肢解者""捣毁者"，即挑战与打破中心化控制。黑客们打破了主机型电脑在技术和信息上的垄断，让供少数专业人员使用的主机型电脑演变成了日常的个人电脑，把垄断性的 ARPAR 网（阿帕网）改造成了一个民主的、平民化的、互相交往的因特网（internet）。早

---

① 尼葛洛庞帝：《数字化生存》，第 108 页。

期网络文化的这种先锋主义呈现的正是一种弑父精神。

然而，随着网络的普及与大众化，网络不再是精英式的垄断，而是唾手可得、可随意使用的日常工具。网络的日常化、大众化带来了一种深刻的转变。挪威学者苏仁森（Bjorn Sorenssen）曾对此有精彩的分析。他分析了与网络相关的两种空间隐喻，一种是表征外向运动的空间，一种则是作为容器的隐喻，在他看来，由向外运动的空间转向作为容器的空间，正是网络由早期的乌托邦观念转向日常实践工具的表征，而这在根本上归因于现代文化向后现代文化的转向。

网络文化的早期历史正是渗透了现代性精神的不断扩张、不断超越的方向隐喻，在布什、纳尔逊等电脑科学和控制论的思想先驱身上，不难发现这种乌托邦乐观主义。苏仁森认为，尽管黑客、朋克这些带有先锋叛逆精神的人群采用的是后现代术语，但有趣的是电脑空间的内涵仍以方向隐喻为主。朋克们尽管反对政府和大公司，但他们身上仍带有边疆概念，并以此描述美国社会的扩张。电脑空间往往模仿美国西部粗野、质朴的平原与山岳，网络牛仔们在新的令人激动的大陆上冲浪漫游。然而，网络的迅速发展带来了改变，1993 年出现的万维网浏览器让电脑用户由精英活动转向日常消费，早期的精英、先锋与拓荒者已经让位给信息平原的自耕农，此时电脑空间开始从方向隐喻转向容器隐喻，电脑空间成为家园，主页的英语表达法是"home page"，即"家页"。"家"在网络上是以房间的形式存在（比如网站主页就一个房子的形状），这意味着温馨、亲密与安全感，用户在这个虚拟的家中感到安全、舒适。无数的普通人被网络的家园诺言所引诱，正在占有与书写万维网的空间①。如果联系到网络空间带来的后

---

① 苏仁森：《以手指行走：在线计算机通信中的空间/位置隐喻》（*Let Your Finger Do the Walking：the Space/Place Metaphor in Online Computer Communication*），转引自黄鸣奋《超文本诗学》，厦门大学出版社 2002 年版，第 395—398 页。

现代的宅文化来看，苏仁森的这种分析显然具有启发性。而随着如前
所述的大数据广泛兴起，网络的这种容器隐喻表现得更加明显，如果
说早期网络铭刻着黑客、朋客们反对电脑中心化控制的弑父精神，它
是自由冲浪、开疆扩土的现代性想象，现在的网络则如同细心的营养
师，根据个体的需求提供倾心的回应与照顾，这与后人类语境中物的
主动化趋势是相应的。由初始的弑父到现在的其乐融融，个体的社会
认同与网络功能发生了深刻的转换，或者说，父法的禁令不再是直接
的强制，而是以事无巨细的倾情温存潜移默化地改造了个体。在消费
社会的语境中，在失去大叙事的统摄后，个体在网络母性社会的怀抱
里舒适地活着，他最终接受了父法的禁令，成为一个画杠的、被阉割
的主体，这表现在他对"问—答"模式的深刻依赖。

　　"随身老爷爷"小说也显露了这种成长模式的潜在负面效果。主
人公在长大过程中几乎从未离开过老爷爷，这种强烈的导师情结，隐
喻了年轻的数字土著们对网络的深层依赖。当老爷爷所隐喻的网络母
性社会一旦无法再像以前那样提供微小而恒常的呵护时，现代数码式
个体必然无法适应。在《盘龙》中，当德林爷爷的灵魂消解后，主人
公感到了巨大的悲痛与无助：

　　　　林雷多么期待，再有一道白光从盘龙之戒中飞出，化为那一
　　袭月白色的白发白须的德林爷爷。林雷无法相信，德林爷爷就这
　　么死了，这么永久地离开他了。
　　　　自从儿时跟德林爷爷在一起后。
　　　　林雷就从来没有跟德林爷爷离开过，从来没有！
　　　　在心底，林雷已经习惯了德林爷爷的存在。林雷就是当初被
　　光明神殿关押了起来，他也从来没有这么无助过。①

---

　　① 《盘龙》第七集第二十三章《疯狂》。

......

失去了德林爷爷，林雷宛如失去了最坚强的依靠，此时的他前所未有的脆弱、孤独。①

与其说这是对亲人逝去的痛苦与无助，不如说是失去网络（断网）后的不适应。没有"随身老爷爷"，没有随叫随到的网络，数字土著民就会感到与世隔绝、脆弱、孤单与不安全。

文森特（Jane Vincent）考察了人们对手机的情感依附现象。人们在获得手机会欣喜、使用手机时会感到舒畅，而在手机丢失后则表现为惊慌与焦虑。他认为，这是因为我们对手机进行投资的结果。手机保存了对用户具有特殊意义的电话号码、照片和其他信息，成为生活记忆与社会联系的纽带，并将社会生活与情感生活具体化②。雪莉·特克尔提到的一个案例也似乎说明了这一点：

> "我绝对不想远离我的手机，"一位同事告诉我，"我的游戏在里面，我的个人网站在里面，没有了它，我简直紧张得要命。"③

这种说法有一定道理，但仅仅这样理解还是比较表面的，在我们看来，真正重要的不是手机里面保存的事物，而是手机指向外部的东西，即"问"与"答"模式所表征的网络时代的"发出—回应"机制。

"随身"小说折射的这种"脆弱"是存在意义上的脆弱，它正隐

---

① 《盘龙》第七集第二十四章《沉寂》。

② Vincent，Jane，Emotional Attachment and Mobile Phones，In *Thumb Culture*：*The Meaning of Mobile Phones for Society*，Edited by Peter Glotz et al.，New Brunswick and London：Transaction Publishers，2005，pp. 117–123.

③ 雪莉·特克尔：《群体性孤独》，第168页。

喻着现代人在网络母性社会中丧失的东西。

在雪莉·特克尔看来，在事无巨细全程监控的连线世界中，科技决定了我们对生活故事的回忆，大数据"摸透"我们的"最爱"，我们被束缚在自己的偏爱中。更重要的是，我们失去了独自思考的勇气与独自面对世界的勇气：一整代人是在时刻与他人连接之中成长的。在一个随时在线的环境中，我们创造了一种频繁与他人互动的"交流文化"，这让我们"失去了考虑复杂问题的足够空间"："我们用不断变化的关系填满我们的生活，拒绝独自思考和梦想，忙到精疲力竭，我们做了一场新的浮士德式的交易。"[①]

关于这一点，网络小说的读者们也感觉到了。读者"xevil"认为：

我看很多小说里面，不管主角是废柴、还是普通人、还是智者天才（作者设定的），貌似都对这个系统或者随身老爷爷言听计从。一篇小说看下来，结果发现主角完全就是被系统或者老爷爷的各种"任务"和"建议"牵着鼻子走。虽然多疑不是良好的品质，但是如此轻信和天真真的好吗？迄今为止，只看到少数几本书的主角，是能够独立思考和怀疑精神的，真的很少，大多数都是牵线木偶一个。[②]

读者"shenyuzhizun"则讥笑道：

带着系统穿越的主角，无论成就如何，说到底只不过是造系统，或给其系统人养的一只肥猪而已，想什么时候杀，怎么杀还

① 雪莉·特克尔：《群体性孤独》，第215页。
② "xevil"：《系统流和随身流之类最大的问题所在》，http：//www.lkong.net/forum.php? mod=viewthread&tid=1203704&extra=%26page%3D1&page=1，2015年5月2日。

不是看幕后掌控者的心情？可笑那些主角还一个牛逼哄哄的跟龙傲天似的。①

另一位读者"行空踏步"说得更准确，他认为"系统流"的真正主角是系统：

> 系统流的主角是系统好不好，猪脚就是一头猪，就是头猪都能养成无敌大神，另外系统还要发布各种任务，牵着猪脚的鼻子走，系统不是主角谁是主角？②

显然，这个系统、老爷爷正类似于大他者，网络时代的个体被大他者不断地询唤，总是欲望着他者的欲望（需要不断的回应与互动），成为被大他者支配的主体："我们与系统交谈，告诉它做些什么，但系统的语言和过程会来支配我们的心理。"③

与此同时，由于在成长过程中无法与父母真正分离，现代个体也无法真正成人化，只能保持在一种幼稚状态，成为后现代婴儿。网络成了人的延伸，它增强了现代个体，但一旦脱离网络，就会回复到脆弱的婴儿状态。凯瑟琳·海勒也谈到这一点。技术是人的延伸，或者说是人的假肢，"如果人造的假肢爆发了非自然的效力，其隐含的代价就是美国俚语所谓的第三只脚或者短手臂（即阴茎）要萎缩"④，也就是说，人造的假肢增强了人体也带来了主体的阉割。在伯纳德·沃

---

① "shenyuzhizun"：《系统流小说可以反证一个问题》，http：//www. lkong. net/thread－669141－1－1. html，2012 年 10 月 25 日。

② "行空踏步"：《"系统流"的真正主角是系统》，http：//www. lkong. net/thread－669141－1－1. html，2012 年 10 月 25 日。

③ 迈克尔·海姆：《从界面到网络空间：虚拟实在的形而上学》，第 80 页。

④ 凯瑟琳·海勒：《我们何以成为后人类》，第 163 页。

尔夫（Bernard Wolfe）的小说《地狱边缘》（*Limbo*）中，对男性来说，装上假肢，他就拥有让人嫉妒的强大的武力，取下假肢，他就还原成婴儿，时刻离不开女人。"在成为志愿截肢者时寻求的整体性，通过他在自己身上体会作为一个超人与一个被象征性地阉割的婴儿之间的分裂来获得。"① 对网络时代的主体来说，主体成了人与技术/网络联结的赛博格，网络是我们的假肢与延伸，让我们获得了跨越位面的能力，成为可以制造神迹的"神"（如第一章所写），让我们汇集了众人的智慧，获得了上帝视野（如本章所写），这增强了主体性也阉割了主体性，一旦取下假肢（网络），我们就成为婴儿——显然，这里折射的关于人与科技、人与网络、人类未来命运的问题是深刻的。

在此意义上，"随身"小说折射的现象及结论似乎注定是悲剧性的，但是，这或许也是一种悲观主义，因为在这一过程中我们坚持了自由人本主义主体的各种假设。强调运用自主的意志进行掌握和控制，是人本主义的核心观点。而在凯瑟琳·海勒看来，"在进行掌握的渴望，关于科学的客观主义学说和帝国主义计划的征服本性三者之间存在某种关联"。② 因此，在根本意义上，我们需要打破自由人本主义对人的认知幻象，这涉及对人类的认知转换。马克·波斯特（Mark Poster）指出："如果说病毒这个隐喻暗示，电脑网络已形成一个新的社会机体，那么与电脑显示器打交道便受到潜在的辐射影响这种说法，则暗示电脑与其使用者之间的联系已经密不可分。人类与机器间的共生合成体（symbiotic merger）可说是正在形成。"③ "随身流"的兴起，正表明了这一点，人与网络已经不可分，人类已经成了赛博格，成了人机混合的后人类。"后人类的主体是一种混合物，一种各种异质、

---

① 凯瑟琳·海勒：《我们何以成为后人类》，第164页。
② 凯瑟琳·海勒：《我们何以成为后人类》，第390页。
③ 马克·波斯特：《信息方式》，第11页。

异源成分的集合，一个物质—信息的独立实体，持续不断地建构并重建自己的边界。"① 在"随身"小说中，个体融入了"他人意志"，越来越被众人智慧所裹挟，呈现出一种"集体异源性"，一种分散的认知，这冲击了自由人本主义对个体的想象。我们常常理解的网络时代的非中心化主体是指人有了多个虚拟化身，但在这里，人的内部本身就已经四分五裂了。显然，在这种后人类状态中，分布式认知取代了自主自律的意志。埃德温·哈钦斯（Edwin Hutchins）认为，对事物的判断与认知不只取决于人类，也取决于具体环境中的复杂的互动活动，环境则既包括人类又包括非人类的因素。如同约翰·赛尔（John Searle）的中文房间（Chinese room）② 一样，不是赛尔懂中文而是整个房间懂中文。中文房间就是一个分布式认知系统，它要比任何一个成分（包括赛尔）知道的都多。现代人类的处境类似于赛尔在中文房间里的情形，我们每天都参与到各种系统中，而系统的总体认知能力总是超过我们的个人知识，现代人类比洞穴人具有更精密复杂的认知能力，不是因为他们更聪明，而是因为他们为自己建构了更加聪明的工作环境③。显然，网络正是这种"聪明的"环境，利用网络共享生成的群体智慧，正是极为聪明的系统。在此意义上，人与网络的伴随，也许召唤着新的人类观点：

　　从这种角度看，人类以伙伴关系与智能机器合作的前景，并

---

① 凯瑟琳·海勒：《我们何以成为后人类》，第4—5页。

② 中文房间（Chinese room）实验是由美国哲学家约翰·赛尔（John Searle）在20世纪80年代提出的，这个实验假设一个不懂中文的人身处一个房间内，他有一篮子中文字，以及一本规则手册。用中文写成的文本通过房门的小孔递进去，这个完全不懂中文的人能够利用规则手册将递进来的文本与篮子中的符号关联起来，同时作出针对性的回复，通过这个过程，他可以让房间外的人以为他会说流利的中文。赛尔的这个实验挑战了机器能够思考的观点，他认为，机器虽然制造了可以理解的结果，但机器自己根本不理解自己制造的结果。

③ 转引自凯瑟琳·海勒《我们何以成为后人类》，第391—392页。

不是对人类权利和义务的篡夺或者侵犯，因为它是分布式认知环境建构中的进一步发展，而这种认知环境建构已经不间断地进行了几千年。根据这种观点，同样发生改变的是人类主体性及其与环境的关系，人类不再被认为是用来操纵和控制环境所必需的统治力的根源。相反，新生人类主体的分布式认知与分布式认知系统连接成一个整体——用贝特森的话说，变成分布式认知系统的一个隐喻——在这个整体中，"思考"由人类和非人类因素共同完成。①

在"随身流"中，老爷爷正表现了物的主动化趋势，表现了环境的"思考"。从这种角度来理解，也许我们不用对系统、老爷爷这种老大哥形象过于担心：

> 像这样对人类进行概念化（思考），不但不会危及人类的生存，反而正好促进了人类的生存，因为我们对灵活的具有适应能力的整合我们的环境的结构以及我们本身作为其隐喻的系统理解得越多，就能更好地塑造我们自身的形象，我们自身的形象准确地反映了复杂的相互作用，相互作用最终将整个世界变成了一个系统。②

因此，真正重要的是转变关于人类的观念："后人类并不意味着人类的终结。相反，它预示某种特定的人类概念要终结，充其量，这种概念只适用于一小部分人类，即，有财富、权力和闲暇将他们自身概念化成通过个人力量和选择实践自我意志的自主生物的一小部分人。

---

① 凯瑟琳·海勒：《我们何以成为后人类》，第 392 页。
② 凯瑟琳·海勒：《我们何以成为后人类》，第 392 页。

真正致命的不是这样的后人类,而是将后人类嫁接到自由人本主义的自我观念上。"[1] "当人类被视为一个分布式系统的成分时,人类能力的完整表达就恰好被视为依赖于系统的胶结,而不是遭到系统威胁。"[2] 后人类不需要被恢复到自由人本主义,也不需要被解释成反人类。后人类为反思人类与智能机器之间的关联提供了资源。也就是说,正如"随身"小说所呈现的,在前行的路上,人类与机器成了伙伴关系。

总之,"随身"小说从现代人与连线世界的日常互动中获得想象灵感,并隐喻性地呈现了数字土著民与网络的共生、伴随关系及其精神症候——在此意义上,"随身流"也佐证了我们在绪论中对生成写手与读者虚拟生存环境的描述。

---

① 凯瑟琳·海勒:《我们何以成为后人类》,第388页。
② 凯瑟琳·海勒:《我们何以成为后人类》,第393页。

第三章　重生小说与人的选择

在这一章中，我们将通过网络文学分析网络社会因虚拟、交互带来的人生的重置及选择问题。或者说，这表现了网络时代主体的进一步变化，不仅从内部构成了赛博格（人机/网伴随），同时也在外部形成了多个自我及其对照，而这就表现在重生小说中，表现在"重生"这一隐喻中。

第一节　虚拟性、交互性与重生小说

网络的虚拟性、交互性带来的人生的重置体验给网络文学带来了写作灵感，促成了重生小说的兴起。

一　非线性与重置

互联网带来了虚拟性。"虚拟"一词，按照迈克尔·海姆的看法，与所谓"真正的实在"相对："所指是一种不是正式的、真正的实在"，以网络空间为例，"当我们把网络空间称为虚拟空间时，我们的意思是说这不是一种十分真实的空间，而是某种与真实的硬件空间相对比而存在的东西，但其运作则好像是真实空间似的"。① 海姆在这里对虚拟与实在的区分过于僵硬，但有一点不容否认，"真正的实在"是"泊住了"的，而虚拟世界却超脱了物质的重负，"保持住幻想实在的光环"，因此带来了"一种嬉戏的而却是疯狂的多样性"②。

由于虚拟是对"泊住了"的滞重现实的超越，它在许多方面就突破了物理现实，这首先表现在它改变了传统的线性时间，封闭性成为一种令人怀疑的性质："在网络社会里，在格外具有重要历史意义的移转里，这种线性、不可逆转、可以量度、可以预测的时间正遭到挫折。"③ 就实存界而言，"我们原则上抹煞不掉任何在一生中发生的事。德文中所谓的 Einmaligkeit 或'一次永远性'（once-and-alwaysness），使行为具有唯一的和无可挽回的性质"。④ 但在数字媒介的虚拟性面前，"一次永远性"被改写了，事情可以重来，线性变成了非线性，变成了时间的混合与拼贴：

> 媒体中各种时间的混合创造了一种时间拼贴；不仅各种类型混合在一起，它们的时间也在同一个平面的水平上同时并存，没有开端，也没有终结，没有序列。多媒体超文本（hypertext）的无时间性是我们文化的关键特色，塑造了在新文化脉络里接受教育的儿童的心灵与记忆。⑤

既然时间可以重来，死亡也就被改写了，死亡不再具有终结性。对真实世界来说，"第一个制约因素便是死亡是无法避免的，它标志

---

① 迈克尔·海姆：《从界面到网络空间：虚拟实在的形而上学》，第136—137页。
② 迈克尔·海姆：《从界面到网络空间：虚拟实在的形而上学》，第138页。
③ 曼纽尔·卡斯特：《网络社会的崛起》，第530页。
④ 迈克尔·海姆：《从界面到网络空间：虚拟实在的形而上学》，第141页。
⑤ 曼纽尔·卡斯特：《网络社会的崛起》，第561页。

着人在世的时间是有限的"。① 人类社会和生命中的时间是由死亡来度量的，死亡一直是整个历史文化的核心主题。按照存在主义的说法，死亡是最大的荒诞，人们总是以各种方式来抗拒死亡："死亡在意图安抚生命的仪式里被驱除，在平静的顺服里被接受，在平民的嘉年被驯服，以浪漫的绝望来与之战斗。"②

死亡的不可抗拒性促成了人们对永生的渴望："生活是从死亡中脱胎而来的，正如反过来说生活总是归结于死亡一样。在这样变化的周期循环螺旋线之内蕴藏着对于永生与延续的信念。"③ 死亡意识是人类与动物的区别之一，只有人类才能对死亡进行思考与审视，这种反省意识从先民神话中就表现出来了，先民试图从自然界的循环中实现永生的梦想：

> 原始人通过赋予时间以循环方向的办法来消除时间的不可逆性。一切事物均可在任何瞬间周而复始。过去只不过是未来的预示。没有什么事件是不可逆的，没有什么变化是终极的变化。在某种意义上甚至可以说世界上没有什么事物是新发生的，因为一切事物都只是同一些初始原型的重复，这种重复，通过实现原初运动所显现的那个神话时刻，不断地将世界带回那神圣开端的光辉瞬间。在周而复始的原始时间观作用下，一切试图改变循环进程的努力都是徒劳的。生命的高峰也就是死亡的前奏，而死亡则又是生命（复生）的准备。④

---

① 迈克尔·海姆:《从界面到网络空间：虚拟实在的形而上学》，第141页。

② 曼纽尔·卡斯特:《网络社会的崛起》，第549页。

③ 安德鲁·莱特尔:《小说家的工作与神话创作过程》，见约翰·维克雷编《神话与文学》，潘国庆等译，上海文艺出版社1995年版，第138页。

④ Eliade, Mircea, *The Myth of the Eternal Return*, NewJersey: Princeton University Press, 1971, pp. 89 – 90.

这种永生的冲动在网络中得到了前所未有的强化，对网络来说，"企图将死亡驱离我们的生命乃是新文化的独特性质"。① 在传统社会中，人们为了驱逐死亡，对抗时间，总是以各种方式来铭记当下、留住永恒。而为了获得永恒（哪怕是象征性的），也注定会有权力与身份的差别，然而这种差别在网络中却淡化了，虚拟性的死而复生让每个人获得了"不朽"的权力，个人的生活与经历可被永久记录，永恒具有了前所未有的民主性："伴随着虚拟内存无限的容量与不能满足的欲望，能够被记录下来的不再是对少数精英的奖赏，也不必然是功成名就的结果。现在，人人都有机会和可能性将自己的名字和生活记录在计算机的虚拟内存中，并永久地保存下来；出于同样的原因，没有人能够拥有特权地位而被永久地纪念。"② 在此情况下，死亡不再神圣，死亡不再标志着永远缺场，而成了一种消失行为："当每个人都有机会成为引人注目的中心时，没有人能永远地成为引人注目的中心；但也没有人永远沉没在黑暗之中。死亡——不可改变的事件——已经为消失行为（disappearance acts）所替代；引人注目的中心在到处游动，但它有可能（也确实）转向另外的方向。消失者仅仅是临时缺场，而不是永远缺场——他们在技术上是存在的，安全地被储存在虚拟内存的硬盘上，总是准备着不费吹灰之力地在任何时候得以复兴。"③

由于时间与死亡的改变，我们可以在网络中体验到自我的死亡与新生，自我就成了一种嬉戏。互联网"为主体构建机制的重新构筑提供了种种新的可能"④。主体"去中心化了"⑤，自我具有流动性与多重性。"在电子空间中，我能易如反掌地改变我的自我，在形象嬉戏

① 曼纽尔·卡斯特：《网络社会的崛起》，第549页。
② 齐格蒙·鲍曼：《后现代性及其缺憾》，郇建立等译，学林出版社2002年版，第198页。
③ 齐格蒙·鲍曼：《后现代性及其缺憾》，第198—199页。
④ 马克·波斯特：《第二媒介时代》，范静哗译，南京大学出版社2000年版，第22页。
⑤ Žižek, Slavoj, *The Plague of Fantasies*, London：Verso, 1997, p. 141.

（我知道它们是无穷无尽的）中，身份变成无限可塑。"① 现代人可以在虚拟世界中生而死、死而生。阿斯科特提出了"非线性身份"（Non-linear identity）的观念，并作了这样的界定："我连接，因此我是多重的（I connect，therefore I am multiple）。"② 如果我们按照利科的看法把自我视为一种故事的编织，网络带来的多重自我就加重了主体的分裂，并将这种分裂可视化了。在乐观主义看来，这种分裂也许正可以应对后现代社会的迷宫困境："没有理由说他要比那些保持离线身份的人在精神上更为病态。或许，按照后现代社会的观念来看，他甚至是更为健康的人。……身份建构的新形式可以视为对生活在后现代迷宫的挑战所作出的社会心理的应对。"③

总之，虚拟性带来了"重置"的可能，时间可以逆转，死后可以重来，自我可以改变。数字媒介改变了线性逻辑，带来了超文本主义的非线性选择。线性逻辑植根于字母表和书面语。字母形成词语，词语组成句子。书面语的逻辑是一个观念导致下一个观念，逐句、逐页，体现为从始至终向前推进的连续性④。与之相比，数字媒介"代表了一种本质上新颖的、非线性的表达形式。线性传统、持续叙事与连贯论述正在告终"。⑤

但是，数字媒介带来的重置经验并非原样的重复，重置不是重复！而这又与互联网的交互性有关。与传统媒体的单向性相比，互联网带来的重要变化就是交互性，信息的流动由固定的"传—受"单向关系

---

① Tayor，Mark and Saarinen，Esa.，*Imagologies*：*Media Philosophy*，New York：Rouledge，1993，p. 1.

② 罗伊·阿斯科特：《未来就是现在：艺术、技术和意识》，第 100 页。

③ 约斯·德·穆尔：《赛博空间的奥德赛：走向虚拟本体论与人类学》，第 187 页。

④ Holtzman，Steven，*Digital Mosaics*：*The Aesthetics of Cyberspace*，New York：Simon and Schuster，1997，pp. 167 – 169.

⑤ Holtzman，Steven，*Digital Mosaics*：*The Aesthetics of Cyberspace*，New York：Simon and Schuster，1997，p. 173.

变成了双方或多方周而复始的交流互动。数字媒介能够根据指令作出信息反馈并不断调整，由此，用户不同的操作会生成不同的符码序列（semiotic sequence），即阿瑟斯所说的"各态遍历话语"（ergodic discourse）①。在此意义上，数字媒介带来的非线性不能理解为多线性——这是一个常见的误解。多线性意味着读者有一定的自由，故事的路径有多种选择，但这种选择仍然是基于作者预先给定的路径，然而网络交互对叙事带来真正重要的影响在于，故事是由用户与电脑/用户的交互而生成，用户的指令与电脑/用户的反馈之间构成了动态的循环往复，任何选择都会导致一连串的后续反应，重来的选择必然带来不同的故事。这种交互性生成的故事最大限度地接近了生活本身的复杂性。对传统叙事来说，"叙事是线性的，而且叙事的成分由叙事的因果关系连接。叙事说着宿命的语言，每个行动和事件由先前的各种行动和动机引起"。② 在现代叙事（如新小说）看来，传统叙事的这种条分缕析、因果关系的假定、开端—发展—高潮—结局的程式化节奏，以及典型化、戏剧化的手法，实际上是对生活本身的简化与歪曲，是人为强制的理想主义结果。娜塔丽·萨洛特（Nathalie Sarraute）批评传统小说的写法"最终形成了一整套习惯和信仰，非常牢固、一致、协调、严密。这是一个有着自己的规律的自足的世界。……具有了必然和永恒的面貌"。③ 新小说试图通过故事情节的"不确定性"、结构的碎片化与紊乱的时空打破传统，追求更高意义上的真实，但显然这仍难以完全摆脱叙述行为对生活的简化，而在电脑生成的交互叙事中，叙事则真正接近了生活故事本身的随机性、丰富性与不可控性。因此，情节的发展不再是一条直线，每一次重来生成的故事必然不同，包含

---

① Aarseth, Espen, "Aporia and Epiphany in Doom and The Speaking Clock", In *Cyberspace Textuality*, edited by Marie-Laure Ryan, Bloomington：Indiana University Press, 1999, p. 32.

② 约斯·德·穆尔：《从叙事的到超媒体的同一性》，《学术月刊》2006年第5期。

③ 柳鸣九编选：《新小说派研究》，中国社会科学出版社1986年版，第47页。

着多种可能性的分歧。

这种因虚拟性、交互性带来的复数故事的可能在网络游戏那里体现得非常明显。由于数字媒介的虚拟性，游戏可以一次次重来，玩家一旦做任务失败而死亡之后，便可重新来过："与叙事中的主角不同，叙事主角迟早都会无可避免地死去，而玩家却是不朽金身。"①在游戏中，玩家处于永恒的现在，可以一次又一次地施行类似的活动："游戏是没有结尾的。……在短暂休息之后，他又会热切地再玩起来。"②

有学者认为，不断地推倒重来让网络游戏似乎"比先锋派更好地实现了先锋派的理想"："可重复性是与高雅文化相联系的，反之，不可重复性则是与低俗文化相联系的。令人惊讶的是声名狼藉的'低俗'的电脑游戏要比小说更加倾向于依赖这种可重复性。"③ 显然，这是一种误解，电脑游戏的重来决非重复，而是各不相同的体验，这正是由交互性构成的赛伯文本（Cybertext）原理。大型游戏的核心组件是"游戏引擎"，游戏引擎在后台从总体上控制着游戏中的所有元素，如剧情、关卡、美工、音乐、玩家们的操作等，当玩家作出操作后，游戏引擎会对各种要素进行计算，作出相应的一系列反馈，玩家再根据反馈决定下一步的操作。玩家的不同的判断与选择都会导致故事的生成具有随机性，这种随机性在玩家与玩家的网络交互中体现得更明显。玩家的操作影响了其他玩家的游戏动作，而这又反过来会影响他自己进一步的选择，也就是说，任何一个玩家偶然随机的动作都会引起不可控的连锁反应，从而带来了不同的游戏进程与故事路径。每一次游戏体验都不尽相同，这也是网络游戏让人

---

① 约斯·德·穆尔：《赛博空间的奥德赛：走向虚拟本体论与人类学》，第75页。

② 约斯·德·穆尔：《赛博空间的奥德赛：走向虚拟本体论与人类学》，第77页。

③ Juul, Jesper, "A Clash between Game and Narrative", https://www.jesperjuul.net/text/clash_between_game_and_narrative.html, 2016年1月6日。

上瘾的根源。

　　玩家代入到角色身上，经历无数个不同的故事，体验无数次不同的死亡，游戏带来的复数故事的可能必然让玩家形成"重置"的存在无意识："他能够不断以一张白纸展开新生活。当他改变角色时，他有重获新生之感。"① 可以不断地死后重来，但生活不是原样重复——这就是数字媒介带给玩家的日常体验。

二　重置体验与重生小说的兴起

　　中国网络文学深受网络游戏的影响，网络游戏这种因虚拟性、交互性形成的故事的多重走向及其重置意识，就渗透在重生小说之中。

　　重生小说是指主人公因某种机缘（如突然死亡）回到若干年前，却又保存着对过去的记忆，借助记忆优势重新体验与规划人生的小说。重生小说也是网络文学的一种重要写作类型。

　　网络文学主要是为了满足读者的幻想心理，而重生小说则有巨大的 YY 可能，借助先知先觉的优势，把人生重新来过！这对每一个现代人来说都是充满意味的诱惑。重生小说的出现，在某种意义上可以说是网络文学的幻想（YY）精神在横扫历史、异界后转向都市的必然结果。2004—2005 年周行文的《重生传说》开创了重生小说的潮流。小说主人公周行文重生回少年时代，却又拥有重生前的记忆，利用先知优势，进行各种创业，最终事业爱情双丰收。2005 年"黯然销魂"的《大亨传说》、2008 年"更俗"的《重生之官路商途》与"录事参军"的《重生之官道》，2010 年"七十二翼天使"的《英雄无敌之十二翼天使》则分别代表了娱乐圈、商场、官场、网游等方面的重生小说。女性向重生小说的数量也相当多，但主题却较为单一，以言情为

---

　　① 雪莉·特克尔：《虚拟化身：网路世代的身分认同》，谭天、吴佳真译，远流出版事业股份有限公司 1998 年版，第 261 页。

主，所取得的成就远在男性向重生小说之下①。

重生小说这种因重生而形成的两世人生、后世因经验优势而更为成功的写法，显然是来自网络的重置体验，具体而言正是前述网络游戏由虚拟与交互而生成的重来意识。玩家在升级过关的过程中常会选择"存档"，一旦角色死亡，闯关失败，就会读取存档，重新玩过，由于记得先前的游戏经验，重玩时会玩得更好。

这一点可以从重生小说的鼻祖《重生传说》那里得到充分印证。因见义勇为而死去的周行文，重生回幼年时代，却又记得先前的经验，叙述者对这一奇异现象这样解释：

> 我现在因为莫名其妙的原因回到了自己近三岁时的过去，还不是什么时间倒流，就是自己忽然回来了。思想和意识还都在，只是身体变成幼儿状态。就好像打电子游戏所谓的 load，自己已经知道未来一段时间内发生的一切，却不得不重来一次。"②

发现自己重生后，主人公即踌躇满志，计划利用读档优势，玩转人生："我回头凝望，发誓不要让自己习惯，不让自己慨叹后悔，不让自己麻木。"并解释道："读了档，就要玩的比以前更好。"③ 在小说中，主人公正是利用先知先觉的优势，在商场无往不胜，取得巨大成功。笔者大致统计了下，小说全文共出现了十几次"读档"的说法。有的重生小说甚至直接以"读档"命名（如"夜深"的《读档人

---

① 较知名的如 2007 年"暗夜幽香"《重生之风云再起》、2007—2008 年"三眼神童"的《穿越之完美之旅》、2007—2009 年"金子"的《绿红妆之军营穿越》、2008—2009 年"ヅ黛ぃ儿☆≈"的《打造传媒女王》、2008 年"爱爬树的鱼"的《扭转乾坤之肥女翻身》与"虫小扁"的《姚水儿的移魂记事》等，总体来说，都不是特别优秀的作品。

② 《重生传说》正文第二章。着重号为笔者所加。

③ 《重生传说》正文第六章。

生》）。不仅写手把游戏的"读档"与重生小说相联系，读者也是这样理解的，有人在评论"wanglong"的《荣飞的梦幻人生》中主角的重生时写道："应该说他又重新读取存档了！苦逼的重生，一遍遍的重生。就像玩游戏通不了关时再重新开始一样。"① 这都清楚无误地表明，重生小说的写法与创作灵感正源自网络游戏的重置经验。

重生小说与网络游戏不断推倒重来的玩法之间的关系，在重生小说的远古时代就呈现出来了。尽管以"重生"命名的第一部小说是2004年周行文的《重生传说》，但细究起来，最早的重生小说应该是2002年"网络骑士"的《我是大法师》。这部篇幅不长、写作质量也低下的小说从未进入"官方"视野，却在网络"民间"名气很大，它对中国网络小说的发展走向有重要影响，改变了初始的"文青向"，开启了YY传统，也蕴含了影响后续创作的写作基因②，其中之一就是重生及其与游戏重置经验的联系。

这部小说讲述一个平凡的高中生吴来，吃番薯后来到异界，不断遭遇艳遇与战斗，最终成为魔神王的故事。小说分两部分，第一部分讲述吴来的故事，他学习魔法，成为大法师，最后在作战中因"自爆"而"死亡"。第二部分讲述无名的故事，他是一名佣兵，练习剑术。在不断的战斗中，他得到成长。在一次战斗中受伤晕死过去后，无名在"心灵空间"中见到了跟自己长得一模一样的吴来：

---

① 这是网友"成都虎虎"对"堀堀莪"在百度《荣飞的梦幻人生吧》的帖子《不太懂结局》的回复，http://tieba.baidu.com/p/2217779133，2014年2月6日。

② 与网络文学初期具有"文青"风格的创作不同，这部小说包含了奇遇、种马、美女、争霸、强大等当下网络小说中流行的YY元素，在读者中一时大热，并引起了写手们关于网络文学走向的激烈争论。在争论中，写手"碧绿海"怒斥《我是大法师》的浅薄、浮躁，而作为当时文学网站领头军的"龙的天空"也从书库中删除了这部小说。此处可参见"Rampart"转贴的《网络小说走过十年》中"第五说：YY之种始祖者"的相关部分，http://www.lkong.net/forum.php?mod=viewthread&tid=353380&extra=%26page%3D1&page=2，2011年1月13日。

　　我惊讶地道："这是哪里？你又是什么人？为何长得同我一模一样？"

　　男子微微一笑，道："想不到你这么呱噪，这里是你的心灵空间，一个只属于你的地方，而我就是你，你亦是我，我们两个乃是一体。"

　　我忙道："你是我，我是你？这究竟是怎么回事？"

　　男子依旧微笑着道："准确来说，我是你藏在心灵深处的以前的意识，只是因为某种原因我们目前尚无法融合为一。现在的你的身体已失去了意识，处于极度的危险中，就让我先暂时掌控住这身躯吧，虽然以我目前的力量只能维持极短的一段时间，但救命还是够了，等将来我们融合为一你就会明白一切的。"①

　　接下来，两个灵魂轮换着操控身体与敌人战斗，小说最后的结局是，两个灵魂合体了。在这个故事中，有这样一些值得注意的设定：

　　1. 吴来与无名的故事先后承继，两人各占据小说的前、后部分。

　　2. 吴来是无名"藏在心灵深处的以前的意识"。

　　3. 两个灵魂轮换着操控同一具身体。

　　4. 吴来与无名具有极大相似性，最后合二为一。

　　这是什么样的写作设定？如果联系游戏的重来玩法，就不难明白了。吴来与无名从姓名到长相都高度相似，而且两人的故事前后承继，显然，这正是游戏中的重置经验。玩家在玩游戏时，选定了一个角色，刚开始他练习的主要是魔法技能，但不久闯关失败，于是他重新玩过，第二次他练习的是剑术技能："当创建和定制他的游戏角色时，玩家通常不得不在其化身的起始熟练程度之间调整某些受到限制的技能点的数量。是否他应该相对于身体力量更喜欢头脑机敏，相对于速度更

――――――――――

　　① 《我是大法师》第五章《营救》。着重号为笔者所加。

喜欢重型装甲？……"① 在此期间，吴来的意识之所以藏在无名的心灵空间并与他轮换着操控同一具身体，是因为这个身体不是别人，是玩家的身体，玩家保存着第一次游戏时的记忆，也就是说，尽管作为角色的吴来已经死去，但玩家通过这个角色习得的魔法技能却仍然存留着（并不会忘记），故在练习剑术时也可以不时地使用魔法（与无名轮换着操控同一具身体）。随着游戏的进行，当玩家把两种技能逐渐融汇于心时，两个灵魂也就合二为一了，这也就是所谓的"魔武双修"——后续玄幻小说中常见的情节模式。

显然，在《我是大法师》《重生传说》等重生类小说中，前后延续的多世人生及其记忆的写作设定，并非一种简单的重复叙事，呈现的正是互联网的非线性经验在传统线性叙事中的投射与移植。读者也意识到了这一点：

> 作为一个看过无数重生文的读者，我不请自来来答一下这个问题。
>
> 先说"为什么会有重生文"这个问题，最粗暴直接的回答当然是：因为这是一种有套路有样式可循的写文方式啊。
>
> 如果喜欢玩游戏的人，应该知道有一种游戏类型叫文字冒险游戏（交互式小说），这种游戏基本上就是一部小说，通常是以大量的文字和少量的图片构成，和纯线型的传统小说不同的是，它在很多关键性的节点存在不同的选项，而这些选项的累加最后会指向不同的结果，重生文和这种游戏类型本质上是一样的。
>
> 不可否认百分之九十的重生文都是比较公式化的，人物带着记忆重生就完全脱胎换骨彻底变成了另一个人，开着"金手指"

---

① 弗里德里：《在线游戏互动性理论》，陈宗斌译，清华大学出版社 2006 年版，第 157 页。

大杀四方，但认为重生文大行其道只是因为它是开了预知结局的外挂，满足作弊投机取巧心理就太简单了，重生文和其他类型小说最大的区别是，它是一个双（多）结局的故事，所有的重生文基本都是双线（上一世和这一世）的剧情穿插进行比照的，它始终都是在反映"不同的选择如何带来不同的结果"这样一个过程。

　　所以看重生文和玩解谜文字冒险游戏是差不多的：我已经知道了一个结果，我想知道基本元素不变的情况下，换一种方式，它会指向什么样的答案。①

"不同的选择如何带来不同的结果"——这正是网络游戏跟重生小说的根本共同点。

实际上，对数字时代的人们来说，这种重置体验不仅仅局限于游戏，它更是一种普遍化的虚拟生存体验，各种可以重来的游戏，可以随时倒放的音频视频，可以恢复出厂设定（重置）的软件系统……都形成了对刻板的钟表时间的反动。正是这些重置经验的不断强化，营造了写手与读者的网络存在无意识，并表现在小说中。

传统社会也有这种死而复生的故事。古人认为灵魂在肉体死亡后会继续存在。万物有灵观是原始社会几乎所有部族的基本信仰，爱德华·泰勒为"万物有灵观"归纳出两个主要信条，其中之一就是："包括着各个生物的灵魂，这灵魂在肉体死亡或消亡之后能够继续存在。"② 灵魂虽然可以继续存在，但往往要迁移到另一个身体上才能实现重生："在原始人的观念中，灵魂还有一个特性，即它可以移居到

---

① 这是某"知乎用户"对"为什么会有重生文"这一问题的回答，参见 https://www.zhihu.com/question/31161459/answer/77731051，2015 年 12 月 20 日。

② 爱德华·泰勒：《原始文化》，连树声译，上海文艺出版社 1992 年版，第 414 页。

另外一个躯体内，也可以寄附在其他动物、植物乃至无生物身上。灵魂寄附不仅是可能的，有时甚至是必需的，这样才能够使它免遭不测。"① 在古代的重生故事中，生命的复活要求有肉身可供寄附，比如在《牡丹亭》中，杜丽娘吩咐家人将其葬于后花园梅树底下，保存肉身而得以复生，又如有关哪吒的传说，在肉身不复存在的情况下，哪吒借助莲藕再造肉身实现重生。在古人的想象中，一旦永久失去肉身，就有可能魂飞魄散，可见身体并不是可有可无的，这似乎表现了先民对物质滞重性的依赖。但与之相比，灵魂是最重要的，是决定人之为人的根本，身体可以是他者的身体，灵魂的唯一性决定了自我的唯一性，由此我们可以理解为什么重生小说会在网络时代得到前所未有的爆发，因为这种灵魂的单一性与肉身的多元性之间的共生关系，在网络时代正是一种普泛性的经验。在游戏中，玩家的灵魂可寄居在多个角色里，在网络上，电脑终端前的用户是一个个独异的存在，他们每个人却可拥有多个不同的 ID（身体），由此，肉身（角色）可以随意死去，而灵魂却能在不同的角色之间辗转长存。

　　古代重生小说往往是从自然循环中获取写作灵感，从日月的盈亏与四季的交替中找到永生的路径。《山海经》中《大荒西经》有云："有鱼偏枯，名曰鱼妇。颛顼死即复苏。风道北来，天乃大水泉，蛇乃化为鱼，是为鱼妇。颛顼死即复苏。"② 学者丁山对此解释道："颛顼死即复苏的神话，盖即象征草木冬枯春生，昆虫冬蛰春蠕的寓言。"③ 人类最早的史诗《吉尔伽美什》中的"太阳—英雄"原型，同样从自然界的轮转中寻求死而复生的启示。全书十二块泥板与一天的十二个

---

① 刘魁立：《金枝·中译本序》，载《金枝》，徐育新等译，大众文艺出版社 1998 年版，第 9—10 页。

② 袁珂校注：《山海经校注》，上海古籍出版社 1980 年版，第 416 页。

③ 丁山：《颛顼与祝融》，载《中国古代宗教与神话考》，上海书店出版社 2011 年版，第 330 页。

时辰相对应，英雄人物的命运遭际也正与太阳的升起与下落相呼应。与之相比，网络重生小说是从游戏的循环中、从网络的重置体验中获得写作灵感。自然界的四季轮回与生命循环是现实的生存经验，而游戏的循环与网络重置则是虚拟生存体验。

传统"死而复生"的故事常会有对人物死因的郑重讲述，对先民来说，死亡是一个重大事件，死亡需要经过符号化，否则"活死人"会不断归来（齐泽克语）。而在网络小说中，死亡因网络的虚拟而变得平常，死亡的仪式感随之降格。古代的死而复生重点写死，社会丑恶与现实艰险制造了太多的生存困顿与痛苦，死亡之前的挣扎与绝望往往最能打动人心；而刻意摆脱现实重负的网络文学重点写生，死亡一笔带过，复活之后的 YY 故事才是最精彩的。从古代的重生故事到当下的重生小说，从"死而复生"的神话仪式到游戏循环与虚拟轮回的现代重生观，重生故事也经历着自己的循环与轮回，然而，这同样不是重复，而是注入了虚拟生存体验的"重置"，它是网络时代的人们试图改写过去的仪式。

第二节　弥补遗憾及其拆解

重生小说表现了网络时代因人生的重来而弥补遗憾的心理，同时也构成了对这一主题的拆解。

一　弥补遗憾与 "曼达拉" 情结

互联网似乎复活了传统社会"死而复生"的仪式与可能，这不仅是指网络的虚拟性带来了死而复生的技术条件，更是指这生成了现代人新的生活方式，人们可以在网络世界中去建构新的自我，弥补先前或当下的遗憾。重生小说正表现了这种试图"重来"、"改变过去"或

"不再错过"的社会心理。

在"知乎"上，针对"为什么会有重生文"这一提问，一些网友给出了自己的阐释①：

"毛阿道"：

> 我觉得是迎合了大部分人的：再来一次我肯定能做的不一样（更好）的错觉。

"Mr. 李"：

> 一句话，每个人都有一个"要是当初……"或者是"如果以前……"的遗憾吧。

"此生风间过"：

> 怀着遗憾和苦恨回首前半生，于是想要回到原点重新来过，重新认识他们，小说给了你一点点小小的幻想。

匿名用户 1：

> 因为都曾有过年轻傻逼的岁月，所以想重来一次，以作纠正。

匿名用户 2：

---

① 众网友对"为什么会有重生文"这一问题的回答，参见 https：//www. zhihu. com/question/31161459？ page＝2&sort＝created，2019 年 5 月 19 日。

　　对自己的人生不满意吧，觉得太平凡或做错了选择，希望像玩游戏一样有重新来过的机会。

　　大抵就是这几类：

　　1. 倒霉得要死，被炒鱿鱼了，得病了，回家发现男友或老公在和闺蜜滚床单……然后重生回到小时候，一路开挂，跳级，学霸，做生意，成为白富美，迎娶青梅竹马的高富帅。

　　2. 一般是同父异母的妹妹带着当小三的妈妈登门入室，女主角各种小白被搞死……然后回到被登门前，把小三和妹妹搞个半死，再成为白富美，迎娶高富帅ヽ(ﾉ▽ˋ)ﾉ

　　3. 上辈子被嫌弃的男人变成高富帅，自己却把生活过得一团糟，觉得自己当初脑袋里是浆糊，失落万分，大概是出个车祸？反正挂了……然后回到和男人见面的那一天，我愿意，我愿意，我真的好愿意！各种上得厅堂下得厨房，能文能武无所不能，这个是迎娶了高富帅然后成为白富美……

　　4. 让我重生吧！我给你一个不一样的重生！

匿名用户3：

　　1. 读者没有安全感

　　重来一遍有上一世的记忆，主角能够依靠以前的知识或者回忆，避免灾祸，改变过错。最重要的是，主角能吃上无数读者无法在现实中吃到的后悔药。没安全感的人比如我啊，看重生剧情会感到很心安。

　　2. 微妙的修正

　　上一世越惨，这一世就要活得越好。感觉这不就是主角修正了自己的人生嘛。

3. 读者就是来看对比的

主角有前世的轨迹和回忆，他们必然会改变自己的行为。蝴蝶效应嘛，牵一发动全身。主角的人生轨迹，会慢慢随着他们与前世不同的行为，而改变。那么前世和现世的职业，生活，与他人的关系，结局……什么都会变。

4. 其实说这么多看重生就是为了酸爽啊

我看重生文，不管主角乐不乐意，他们一般都会过得比以前好很多。事业啊，爱情啊。看着特开心。

5. 感觉看重生文就是让人 YY 的，有时候生活太平淡的或者感觉虚度的人，就想看。想追回错过的青春，虚度的年华。吃颗后悔药。其实我才大一，哎，感觉人生没小说有意思。

"龙的天空"上一位网友也言简意赅地给出了自己的解释：

在我看来，重生的真正目的就在于找回真我，找回已经逝去的美好，正因为原本有机会得到，但因为种种原因最后没得到，所以重生了，我要补全我的遗憾，重新抓住我想要的美好。这才是真正的重生之道！！！①

试图弥补前世的遗憾也是写手的普遍写作动机。在"初恋璀璨如夏花"的《重生之心动》中，作者强调："写这本书，本就是因为心中的诸多遗憾，如果重生了，还有更多的遗憾，那我写来干吗？给自己添堵，给各位添堵？"②

---

① "曾子"：《总结一下重生文，另推 4 本书，大家有和我爱好相似的，请推》，http://www.lkong.net/forum.php? mod = viewthread&tid = 414309&orderby = views，2011 年 5 月 3 日。

② 《重生之心动》正文第 43 章《成绩》。

在《荣飞的梦幻人生》中，叙述者这样强调：

> 生活是没有回头路的，相信如果有人能够重生一遍，回到自己的青年时代，一定会有新的选择，无论爱情，事业还是友情，都会有新的答案。①

经典的重生小说都会集中笔墨渲染主角抓住机会、弥补遗憾的决心。在《重生之大涅磐》中，主角苏灿重生前的生活是失败的：

> 三个月前，他所在的公司项目部加入了新的竞争对手，来者是一所国内顶级大学高材生，和他这个从小成绩坎坷，最后从三流大学毕业的家伙从学历上就有了天渊之别。
>
> 于是苏灿以毫无悬念的结局输给了强悍的对手，丢掉了热屁股捂了三年的项目经理职务。
>
> 苏灿的人生远不如他名字那样的璨烂，走在过去生活了十九年的故乡小城市，看着这条自己至少行走了十年的路，头顶上星夜绚烂，灯光昏靡，而苏灿却苦笑一声，他发现自己的人生就像是眼前的路，一片苦难和灰暗。
>
> 成绩差到离谱勉强进入垃圾初中，惨烈的高中同样带给了他一个惨烈的高考，最后自己只能够进入一所很多人就连名字都没听过的大学，人生如果说转折点无数，那么苏灿就从来没有把握到过，生活中每一场战争都和失败关联拼接，构成了属于他一场悲剧性的人生。
>
> 苏灿原本认为自己的人生就是眼下这样，不断被人击败，而后徘徊在底层边缘，最终娶一个算不得丑的妻子，养家糊口，终

---

① 《荣飞的梦幻人生》第十九节《另一半》。

其一生。①

重生后，苏灿下决心一定改变人生：

中考失败后自己父母的沮丧，乃至于周围人的嘴脸历历在目，这些原本被封闭的记忆现在如此的清晰，灼烧着苏灿的心脏，他再也不想二度重蹈覆辙，再次经历，他要在这短短的时间内，改变十一年前的悲伤经历，更改自身的命运！

……

既然自己回来了，那么就意味着，他不能白白地白活这一趟，他要改变命运的安排！

苏灿暗暗地下定决心。

……

重生回到这座城市，苏灿就一直在为了改变过去的遗憾，为了兑现自身的承诺而努力。尽管有的时候，他觉得自己奔跑的宛如一只鬣狗，不知疲倦的豹豸，或者是狼蠹。

……

所谓的命运，他娘的从来就是要掌握在自己的手中。

所以他必须前行，他必须要迈过从这一段到那一段的距离，然后握住必须要握住的一些东西，一些人，一些对于他来说永恒的东西。一些一旦错失过，这辈子可能都不会再回过头去做的瞬间。这个瞬间足以在年华老去的时候，还能成为记忆里的永恒。②

正是为了弥补遗憾，重生小说常见的主题就是主角经过重新选择，

---

① 《重生之大涅磐》第一卷第一章《时代飞梭》。
② 《重生之大涅磐》最终卷第十一章《未来犹未可知》。

较前世的种种不如意而言，人生有了根本的改观，在商场、情场等领域获得了成功。也正是对过往的悔恨与重塑自我的希望，让重生小说的写手们与读者们沉浸于不断"反复"而不愿终结的"重置"中。

在反复强调选择、当机立断的同时，重生小说也怀念了过往：

> 这一切都没有，真正的重生过后，自己竟然发现就连每天重复着走同样的路，行走在十一年前的世界和时光中，自己有一种说不出的珍惜和怀缅。

> 每个前世未曾改变的地方，那些光碟室，方兴未艾的影碟租赁店，小时候熟悉的坐在单位门口摇着蒲扇晒着阳光的大爷，尚未成长为蓬茂参天的香樟，还没有改变行驶路线的公交站台，未曾装修改制老旧的超市，以及街区中心后世种满了鲜花，而如今杂草丛生的花台，都融合成手中这碗牛肉米线的味道，醇香，敦厚，一刹那穿透时空，怀念十年的味道。①

本雅明提到了都市化来临后人们热衷于收藏的现象，他发现人们总是乐此不疲地把各种日用品都记录下来，把"拖鞋""蛋杯""刀叉""怀表""雨伞"之类的事物都"罩起来"，尤其喜欢把那些能够保留人的所有接触痕迹的"天鹅绒"与"长毛罩子"收藏起来，这样做的目的是个体能够"忠实地"映现其生命轨迹，如同"大自然"借助化石去映照"一只死兽的痕迹一样"。显然，收藏具有重要意义，它既是一种时尚，更是对个人痕迹的保存，是对现代城市空间吞噬个人特征的抵抗，是力图弥补"私生活在大城市中没有地盘之不足"的努力，并由此可以超越凡俗的庸常与生命的有限："尽管不能令其世俗生命本身永垂千古，但却极力将该生命使用物品时留下的踪迹保存

---

① 《重生之大涅磐》第二卷第一章《我的高中》。

下来。"①

　　与此相似，重生小说也正是对过去记忆的重新收藏，重生小说尽可能地描写了青春时的懵懂爱情、游戏厅、影碟租赁店，公交站台、老旧的超市、熟悉的牛肉米线……这是对过往生活碎片的寻觅与拯救。收藏是连接过去与当下的纽带："在最高的意义上，收藏家的态度是一个继承人的心愿。一份收藏最显著的特征总是它的可传承性。"② 正是通过这种回忆与传承，这种对时间的连接，重生小说找到了抵抗现代性的非人性质、抵抗现代城市空间意指链的断裂的方法。在动荡不安的现代生活中，试图通过生命的循环去抓住已然逝去的岁月与个人痕迹。

　　重生小说这种弥补遗憾的心理，实际上正是借助"循环"的时间观来医治人类的心灵创伤，而这正是神话的功能，事实上，人类的"循环"时间观是在神话和历史的撕裂中产生的。历史在艰辛的斗争中不断螺旋上升，历史代表着一种过程、不可逆转的变化、不断的变异和革新，而神话意味着一种稳定；历史在运动中摧毁着旧有的秩序和习俗，而神话在永恒中寻求安慰，医治现代文化的创伤，因此批评家都强调"神话具有这样一种本质功能，那便是它能将过去和现在融为一体，从而使我们从暂时的羁绊中解脱出来，使我们在超越时空的、永恒的'神圣重复'中认识变化"。③

　　这种在动荡中寻求重复与永恒的心理不仅在传统社会存在，在变动不居的现代生活中尤为突出。荣格曾分析了这一现象：

　　① 本雅明：《发达资本主义时代的抒情诗人》，王才勇译，江苏人民出版社2005年版，第43—44页。

　　② 本雅明：《打开我的藏书》，载汉娜·阿伦特编《启迪·本雅明文选》，张旭东、王斑译，生活·读书·新知三联书店2008年版，第77—78页。

　　③ 菲利普·拉夫：《神话与历史》，载约翰·维克雷编《神话与文学》，第166页。

　　规模空前的政治、社会、哲学、宗教的冲突撕裂了我们时代的意识。当如此巨大的对立物分裂四散时，我们也许可以肯定地期待，对一个救世主的需要已经被它自己感到了。经验已经充分地证明，在心灵诚如在本性里一样，紧张的对立创造出了一种可随时以能量形式表达的自己的潜能。在上与下之间，流动着瀑布，在热与冷之间，存在着分子的汹涌的交流。相应的，在心理对立物之间，产生了"整合的统一的象征"，它最初就是无意识。①

　　荣格认为，在这种情况下，"如果外部世界发生了什么不同寻常或给人以深刻印象的事情，如果出现了一个人格、一件事或一个主意，无意识能够把自己投射上去，因而赋予投射的载体以超自然和神话般的力量"。② 荣格发现，20 世纪流行的飞碟传说就是这种集体无意识心理的投射，飞碟让人联想到宗教艺术中的"曼达拉"（梵文，指圆），它表明了心理整合的需要。"与飞碟有关的心理体验存在于圆形物幻象中，这是以曼达拉形式表达的完整和原型的象征。"③ 经历过两次世界大战的剧烈动荡，人们对整合统一的心理需求冲破了意识的压抑，冲出地球，冲进了天空，投射到了飞碟这一意象上。曼达拉代表宇宙、世俗的和心理的稳定，它是帮助建立秩序的工具："它被加之于心理混乱之上，以使每一内容都各就各位，翻滚不已的混乱状态被保护性的圆环聚合在一起了。"④ 重生小说的死而复生，正是时间的圆形，不断回到过去并改变过去的情节冲动，同样是试图建立意义的秩序，它是现代神话，试图在时间的循环中消化"创造性破坏"中那些难以理解的硬核。

---

① 荣格：《天空中的现代神话》，张跃宏译，东方出版社 1989 年版，第 120—121 页。
② 荣格：《天空中的现代神话》，第 121 页。
③ 荣格：《天空中的现代神话》，第 131 页。
④ 荣格：《天空中的现代神话》，第 131 页。

二 《无限恐怖》的拆解

在弥补过往的遗憾这一点上，《无限恐怖》颇具代表性与复杂性，一方面它重复了重生小说的主题，试图弥补现实遗憾、摆脱过往的心结；另一方面，它又构成了对这一主题的拆解。

2007—2008 年连载的《无限恐怖》是一部开山立派的冠军级作品，引起跟风者无数，开创了"无限流"①。小说讲述一群生活失意的现代人，进入主神空间，被迫不断经历一部又一部恐怖片场景，他们组成小队，血腥战斗，力争活下去。小说开头描写主人公在电脑前穿越进主神空间，给人感觉这部作品应归类为穿越小说，但它并没有采用穿越小说中那种常见的开启民智、改造天下的情节模式，它在写法上的一些特点，如表现自我的再生，主角在主神空间的努力是为了复活现实中的女友，重生后的生活与现实生活紧密联系，以及利用恐怖片记忆来进行过关战斗（正如重生小说中常见的利用游戏经验不断过关一样），让它更多地属于重生小说。更重要的是，它的主题也跟不少重生小说一样，表现的正是弥补自己前世遗憾（而不是穿越小说中的历史或国家遗憾）的心理，只不过它远没有一般的重生小说那么重的 YY 性，而是对如何改变现有的人生作了较为深入的思考。

在这部小说中，一个突出的现象是，小说主要人物的过去都是不堪回首的，他们都有严重的心理创伤。如小说的主角郑吒在回忆过去的惨淡人生时，内心充满了痛苦与绝望（他的名字"郑吒"也暗喻了内心的"挣扎"）：

> 郑吒知道他不算好人，当年萝丽的死给他震撼打击太大了，之后他几乎就是完全沉迷堕落了下去，黑白色的生活，网游，累

---

① "无限流"即指对因《无限恐怖》的火爆而引起的跟风小说的称呼。

了就去酒吧，一夜情，上班，休息，网上认识的高中生，嗑药，开苞……

他知道他不是好人了，想要得到的那束光落到他身上时，映照出来的却是满身脓臭，他已经不敢抬头看向那光，或许黑暗才更适合现在的他吧。

郑吒不能也不敢想象当萝丽知道这些年来他是如何度过时，这个女孩究竟会做何反应，她是如此的纯洁，仿佛毫无瑕疵的水晶一样，他的肮脏在她面前被整个映照了出来，映照得如此清楚明晰，仿佛连那最黑暗最肮脏的地方都完全显露无遗。①

跟郑吒同属中洲队（在主神空间中以郑吒为首组建的战斗小队）的赵樱空有着双重人格，承受着极度的心理创伤。她本是亚洲唯一刺客世家的成员，族长的女儿，在代号为"空"的刺客培养计划中地位最高，是其中首个解开基因锁的人，因为幼年时自己心魔暴走而致使妹妹赵蕊空度心魔失败，同时妹妹又被自己心爱的男人赵缀空杀死。无法面对此事的她在赵蕊空的帮助下虚拟出了有着虚假记忆的副人格，并将全部痛苦转移到副人格上。

中洲队另一名成员程啸则因亲人杀死了女友而变得自暴自弃、玩世不恭，并因这种不堪回首的过往而饱受折磨：

程啸说完，猛地一撑就从地面跳了起来，只是这一下他口鼻中的鲜血流得更是汹涌了，他也不在乎。轻轻一抹鼻血道："我知道。每个人都有自己的过往，你恨张恒也好，张恒的懦弱也好，楚轩的无情无感也好，复制体郑吒的愤恨绝望也好，每个人都有自己的过往，我也有……所以我才绝对不会允许女人死在我面前，

① 《无限恐怖》第一集《名为生化》第七章《准备完毕（二）》。

如果要死的话，至少也要等我先死了再说……"说完，他哈哈大笑了起来。①

除此之外，中洲队的楚轩因基因改造而成为"三无人员"（"无感觉、无感情、无表情"），张恒则因在危险时刻抛弃女友而深陷悔恨……作为小说重点描写的中洲队，队中的每个人都有难以自拔的心结与无法面对的过去。如同重生小说的惯有写法一样，这些人鬼使神差地进入主神空间，正是试图摆脱过去、重建人生的契机。这一点从小说开头主角的穿越就能看得出来：

> 郑吒一直觉得自己死在现实中，上班下班，吃饭排泄，睡觉醒来，他不知道自己的意义何在，绝不会在于主任那张肥油直冒的笑脸里，绝对不会在于酒吧结识的所谓白领女子体内，也绝对不会在于这个一望无边的钢铁丛林——现代化都市中。
>
> ……
>
> 他想改变些什么，他想有自己的意义……
>
> "想明白生命的意义吗？想真正的……活着吗？"
>
> 郑吒今天在公司打开电脑时，电脑屏幕上忽然弹出了这么一句话，这分明就是某个不成熟黑客想要吸引人的小把戏，无论选择是或否，其实都是将病毒下载下来的结果，郑吒嗤笑着打算将其关闭，但是在他手指碰到鼠标时，一种奇特的心悸让他停了下来。
>
> "想明白生命的意义吗？想真正的……活着吗？"
>
> 郑吒心中一阵迷茫，一种无法用语言形容的吸引力，让他将手指放在了鼠标左键上，然后他在 YES 上轻轻一点，瞬间，他失

---

① 《无限恐怖》第十五集《生化终战（二）》第十六章《永不腐朽的侠！（二）》。

去了知觉……①

然而，尽管也是改变人生，但与一般的重生小说主角重生后随即利用先知优势而玩转人生的乐观主义写法不同，《无限恐怖》去掉了其中的 YY 成分，深入思考了怎样改变人生的问题。

小说中主要有中洲队与恶魔队两个小队，两队之间呈现出正邪对立的态势。恶魔队的队员都由实力强劲人物的复制体组成，而且多是其对立面中洲队队员的复制体。也就是说，两队之间的正邪对立实际上是源出同一身体的正体与复制体的对立——不难看出，小说隐喻的是战胜自我的主题。自始至终，小说都强调这是一场恒久的宿命之战，如正体郑吒的一次次激情呐喊：

> "我的任务只有一个，和复制体的我交战！"
> "我的宿敌啊……我来了！"
> "如果我死了，告诉复制体的我，没和他交手是我最大的遗憾……"
> "……复制体的我！终于有力量和你一战了！"
> "我一定可以打败你！我一定要打败你！"
> "我和你的宿命之战！"
> ……②

这种正体与复制体的二元结构，以及战胜自我的主题，实际上表现了人物在面对过往时不同的人生态度。面对过去的遗憾，是继续堕

---

① 《无限恐怖》第一集《名为生化》第一章《醒来（上）》。
② 分别见《无限恐怖》第十五集《生化终战（二）》第一章《无法说出的秘密（一）》、第七章《再会》；第十二集《巨龙屠戮》第九章《远古恶魔与回归（三）》；第十三集《暴风雨前奏》第三章《海中（一）》、第十一章《名为钓鱼与回归（三）》、第四章《暴风雨来临（二）》。

落、彻底放纵自我，还是扛起生活的重担，揭开前世的心结？

正体与复制体都试图通过在主神空间的努力改变前世人生，但两者的取向却截然相反，复制体强调抛弃"无聊的感情"，奉行丛林法则，疯狂而暴戾："我就是黑暗，我就是恶魔！"[1] 正体强调团结、奉献与牺牲，注重普通人的情感、"凡人的智慧"，挣扎着"活下去"，在绝境中仍坚持道德律令。如果说前者奉行的是拉斯科尔尼科夫的超人哲学，后者则是誓死对抗现实的西西弗。

显然，《无限恐怖》延续了文学史上人性分裂的主题，并作了数字时代的特有表现。"大多数关于面目酷似者的故事"都与"灵与肉的争论、意识的彼此冲突的要求，以及意识中某些躲躲闪闪的东西有联系"[2]。传统的想象力是钟、镜子或画像："我们只要瞧着一只钟的字盘或在镜子里照照自己的脸，就可将自己的经验变成在时间和空间上都属外在的东西。"[3] 数字时代带来了"正体—复制体"这种多重自我的想象力，"魔鬼同上帝在进行战争，而斗争的战场就是人心"。[4]人物内心的交战演变为同一个体不同自我相互之间的拷问。

正体对复制体的战斗渴望贯穿整部小说，恰如《浮士德》中的魔鬼，复制体也一直不断刺激正体不断超越的激情，两者的最终对决成为小说情节的不懈张力。小说的结尾，正体打败了复制体，战胜自我的命题由此通过小说的"正体—复制体"的二元结构得以表达。如何弥补前世的遗憾，如何对待过去的人生？对重生小说这种一贯的追问来说，从社会学意义上，作者试图传达的人生态度显然是积极的。

---

① 《无限恐怖》第十集《生化再会（二）》第六章《光与暗……还有那最强轮回小队的开端！（二）》。

② 诺思洛普·弗莱：《神力的语言：〈圣经与文学〉研究续编》，吴持哲译，社会科学文献出版社2004年版，第297页。

③ 诺思洛普·弗莱：《神力的语言：〈圣经与文学〉研究续编》，第296页。

④ 陀思妥耶夫斯基：《卡拉马佐夫兄弟》，耿济之译，人民文学出版社1981年版，第154页。

　　但小说并不局限于社会学的主题，隐隐还表露出存在主义的意味。如前所述，在小说的开头，主人公郑吒在"现代化都市"的"钢铁丛林"中过着虽生犹死的生活，找不到人生的"意义"，这正是现代人对世界的虚无感。在此意义上，小说中描写的末世环境、不断置人于绝境的恐怖片场景正是荒诞世界的隐喻，而正体郑吒那个不断回响的"活下去"的口号就成了恢复生活意义的不懈努力。在复制体不断还原生活真相，拆穿"懦弱的伪善"、"虚伪的正义"与"幼稚的信念"等宏大主题时，正体也仍然负重前行：

　　　　……我知道你背负着什么，但还是不得不告诉你，你的道路错了！我不能告诉你什么是对的，但是我会打败你，超越你！因为我背负着比你那些仇恨，疯狂所有负面情绪还要重要得多的负担！我一定可以超越你！①

　　这是反抗绝望的现代囚徒式的努力，尽管内心的另一个自我不断地告诉他生存的荒诞现实，但他仍然选择坚持，不断试图重拾生活的意义：

　　　　原来，只要有你在我身边，我的心就永远不会堕落……②

　　在重生后的世界不断回响的"活下去"的口号，就如同作者穿透书页的嘶喊，在教导读者们，面对现实的虚无，如何继续抵抗下去。显然，同样都是面对惨淡现实，《无限恐怖》宣扬的这种孤独的坚守与努力，跟一般重生小说"小白文"③式的 YY 具有明显区别，或者

---

　　①　《无限恐怖》第十五集《生化终战（二）》第十七章《原暗对洪荒……终结与开始（二）》。
　　②　《无限恐怖》第一集《名为生化》第五章《活着的证明（上）》。
　　③　"小白文"是网友们用来形容那种为了 YY 而随意编织情节因而显得"弱智"（网友语）的网文。

说，它构成了对后者的拆解，它教会了读者什么是真正的弥补现实的遗憾，因此，这部小说具有很强的励志性，它传递给读者的精神激励也是惊人的，当我们读到网友下面这样的评论时不应感到惊讶。

一位叫"楚轩"的读者①谈了自己阅读《无限恐怖》的感受（原文太长，节选部分）：

> 下面的故事简单说。
>
> 从书中，我学到了两点。一，男人，要有能力保护自己的女人；二，男人，该拼命的时候就得拼命。
>
> 距离高考还有半年的时间，在这本小说的鼓舞下，我开始了疯狂学习之路，最后考上了班级里唯一的一个一本。
>
> 毫不夸张地说，《无限恐怖》这本书将我的人生带入了另一个轨迹，对 Z 大②，我一直怀有感激之情。我的人生有几个愿望，其中一个，就是见 Z 大一面，如果 Z 大看到此文的话请联系我。
>
> ……
>
> 而书中令人感动的地方，有太多太多，每一句的背后，都足以回味许久……
>
> 原来，只要有你在我身边，我的心就永远不会堕落。
>
> 我还能和你并肩吗？
>
> 一直到死！
>
> 好兄弟，陪我抽根烟吧。
>
> 即使这个世界许多人已经被腐蚀，但是我，还没有被腐蚀！
>
> 郑吒……男人必须站着死，在他死之前，他所守护的人绝对不会受到任何伤害，呵呵，我的承诺完成了吧，别了……

---

① 从 ID 来看，这位网友显然是《无限恐怖》的忠实读者——楚轩是小说中的主要人物之一。
② "Z 大"是指《无限恐怖》的作者"zhttty"，读者常常称写手为"大大"。

好了，一切都结束了……别哭……

凡人的智慧……

……

"原来，只要有你在我身边，我的心就永远不会堕落。"

这句话，就是当初拯救了我一生的核心句。从来不学习只看网文这种行为就是一种堕落，我一直明白，但从未去认真地思考这一点，而这句话，让我直面了这一问题，才在最后时刻有机会予以改正。其实人面对的很多问题都没那么严重和复杂，但堕落的我们让惰性统治自己，选择了无为。一个人在一生中遇到的困难，真正无法解决的没几件；若某人的人生一直很悲剧，那么主因就是他从未发自内心地想要去改变过。

如果我拼了命能在半年内考上一本，你会比我差多少？当然，都已经毕业的人了，谈成绩没意义，那么，你在工作中有拼命过吗？目前对现状的不满，你有做过什么实际行动来改变吗？你有没有以"这不行""我做不到"为借口，连第一步都没有跨出，就选择了坐以待毙？①

进一步看，《无限恐怖》的内涵不止于此，它还涉及我们如何叙述过去的问题。在这方面，它进一步构成了对重生小说主题的拆解。《无限恐怖》可以理解为这些遭受了心理创伤的人在向我们讲述自己的过往，他们对自己故事的筛选让叙述变得模糊而不真实。如前所述，重生小说的叙述者沉浸于对过往的追忆，这是一种"收藏"行为，但是，正如瑞海姆斯（Rheims）所指出的，对收藏者而言，收藏物是一

---

① 这是网友"楚轩"对"如何评价《无限恐怖》"这一问题的回答，有624人对这个回答表示赞同（截至笔者重新查询这条文献的2019年5月19日），可见这位网友的感受是普遍现象。https：//www.zhihu.com/question/20320360/answer/42287035，2015年3月20日。

条"驯良的狗",它受到主人的"爱抚"并以某种方式"给予回报","就像一面镜子反射出不是真实的,却是人所期望的形象,如此来反射他的抚爱"。① 换句话说,重生小说对过往记忆的收藏,可能并非真实的影像,只是自我意识的投射与自恋式想象:"它的理想性在于它所反映的图像并非其真正是什么样子,而是其被想象成的样子。"既然这种收藏是对自我的言说,重生小说的叙述者就会对过往记忆进行阉割式的选取,正如被主人喜爱的宠物从来没有性区别,它要成为主人"真正的安慰","就必须被真实地或象征地阉割",它虽然活着,却要被看成中性的、无生命的物品,如同一只"被减化为忠贞的单面形象的狗",主人能够"凝视"它,而它却不能"回视"主人②。重生小说对往日时光的收藏与重温,也正是对过往的肢解,它想投射的,只是重生者的自我想象。而正是对过去的回避,让他们不能坦然面对自己的过去。在《无限恐怖》"正体—复制体"的二元结构中,复制体实际上揭示的是正体最隐秘的内心,而正体则试图通过回忆不断地压抑这些潜在想法。这在小说中表现为正体与复制体不能完全脱离关系,对立只是表象,二者总是纠缠扭结在一起。

小说中的赵樱空具有双重人格,一直靠副人格生活着,而主人格则进入沉睡状态(即无法面对过去),在吃下药丸后,赵樱空的主人格与副人格相遇了:

……两个背靠背的女孩终于第一次看见了对方。

"这就是你吗?主人格的我……"赵樱空伸手摸向了这个女孩的脸,但是在靠近她们之间的中点时,却被一层看不见的东西

---

① 瑞海姆斯(Rheims):《奇异物品传》,巴黎,1956年,转引自陆扬、王毅编选《大众文化研究》,上海三联书店2001年版,第73页。

② 让·鲍德里亚:《收藏的体系》,载陆扬、王毅编选《大众文化研究》,上海三联书店2001年版,第73—74页。

给遮挡了起来。她就仿佛是对着镜子看向自己一样，镜子的里面是自己，镜子的外面也是自己。

"这是我们……你就是我，我也是你。我们是不分彼此的啊，你的那些记忆我全都知道，每一次欢笑，每一次痛苦，每一次与伙伴的并肩战斗，每一次生死关头的喜悦……"①

"你就是我"，"我也是你"，我们"不分彼此"，人性的善与恶、过往的美好与痛苦，本就是缠绕在一起的，对生活的选择性记忆，带来的只能是逃避。

小说的结尾，在楚轩制定的"王对王"计划中，几乎所有的正体都战胜了复制体，郑吒与复制体的对话颇具象征性：

复制体看见郑吒的嘴巴忽然张动了起来。他竟然微微放松了手掌，而郑吒也趁机深呼吸了几口气，这才沙哑着说道："你……很痛苦吧？"

复制体顿时疑惑了起来，他奇怪地问道："你在说什么疯话啊，想死得更快些吗？我偏要让你慢慢窒息而死！"

郑吒想要苦笑一下，但是脸庞微微一抽动，就因为脖子被卡住而停了下来，他也只能继续说道："虽然是在和你战斗，虽然是在那心魔状态中，但是那样的状态下更能感觉到你的内心……很恨我，恨这个世界，恨所有生命吧？想要毁灭别人或者别人毁灭吧？我想我能够理解你……如果是我遭遇了你同样的情况，我也会做出同样的改变，毕竟……你原本是我啊。"

复制体张了张嘴，但是却毕竟没有将话说出来，反而是慢慢开始收拢手掌，而郑吒的声音越来越沙哑地说道："……真的是

---

① 《无限恐怖》第十四集《生化终战（一）》第二章《伙伴们（一）（二）》。

我太天真了，想要一个人都不死，想要让大家活下去，其实真正想要活下去的人是我自己啊……大家都存在，才有足够力量面对恐怖片世界，所以真正自私的人，恐怕就是潜意识中的我，活下去，真是值得讽刺……你想要死，而我想要活，可是偏偏是想死的你杀掉了想要活的我……"①

改变过去，走向新生，唯有全盘接纳真实的过去，正体承认复制体也是自己的一部分，也就是跟过去的自己和解。这成了一个"治愈"的过程，在内心的交战中，复制体揭示的实际上是个体最隐秘的内心，而个体初始并不愿直面这些，他不断通过正体进行筛选与压抑，只有当他最终坦然面对这一切时，他才能真正摆脱过去的重负，真正走向解脱："打败复制体，不，与其说是打败，倒不如说是……让他得到解脱。"②

由此我们也可以理解小说的烂尾，当写手经过不断的叙述，在与过去的对话中完成了内心的救赎，从世界的虚无重新寻回生活的意义时，他筋疲力尽，再也难以为继。在游戏式的重来中，他获得了新生，经过这一场洗礼，他终于选择了坦然和过去告别。

小说的结尾作了这样的描写：

郑吒本还想继续追击，但是这层薄膜不知道是什么物质，竟然带着巨大的吸扯力将他向其拉近，无奈之下他只能带着虎魄刀后窜，不过这么一个瞬间，复制体郑吒残躯的所在，已经燃烧起了无边汹涌黑炎。

"古传……凤凰可以自火中重生，炭炎可以化为万物，也可以

---

① 《无限恐怖》第九集《猛鬼记忆（二）》第四章《破而后立……败而后成（十二）》。
② 《无限恐怖》第十集《神话惊程（一）》第二章《楚轩之谋与郑吒之力》。

化为我的肉体……很好，很强大，能够把我逼到这样的程度，正体的我，你足以自豪了，那么接下来是为了尊重你的实力和信念，给你看的回礼……"

"原暗，宇宙终结！"①

这正是走向新生的仪式，正体的新生必须要以复制体的死亡为代价，在此意义上，《无限恐怖》拆解了重生小说常见的乐观主义叙事，生活并不是因为重来一次而变得幸福，也不是因为有第二次机会就能弥补过去的遗憾，真正的幸福是直面过去，直面内心的真实，不是简单地摆脱过去，而是活在过去中，活在过去的死亡中。

第三节　人生的多重选择及其困境

重生小说表现了多重人生，带来了选择的可能与困境，这折射了人们在由传统叙事的句法时代走向数据库的词法时代时产生的困惑。在根本上，它表征了数字媒介带来的"多元离心定位"对有限性的超越及其限度。

一　从句法到词法：　选择的困境

人生的重来、自我的新生，如同斧头一样凿开了森严的现实，带来了种种新的可能，网络时代的人们成为嬉戏于机遇的"游戏人"：

我们开始从一种所谓的现实专制暴政下解放出来。为掌握现实，我们作为主体，曾经以一种奴隶的谦卑态度去接近它，而现在这种奴态不得不让位于一种新的态度，我们用这种态度去干预

---

① 《无限恐怖》第十五集《生化终战（二）》第十七章《原暗对洪荒……终结与开始（二）》。

我们内部和外部的可能性领域，为的是有意识地使其中的一些可能性得以实现。从这种视野来看，新技术意味着我们正在开始把自己从一种主体性（subjectivity）擢升为一种投射性（projectivity）。我们正在面临着人类的第二次诞生，第二代直立人（second Homo erectus）的诞生。而这种直立人或许可以称为游戏人（Homo ludens），他们嬉戏于机遇，以便把机遇转换成为需要。①

在超文本的世界中，我们有了更多选择，但是，重生小说也潜在地表明，拥有更多的选择，却遭遇着选择的困境；弥补人生的缺憾，可能恰好呈现了人生的缺憾。

如前所述，《我是大法师》可谓重生小说真正的鼻祖，在这部小说中，吴来死去，重生为无名，人生有了新的选项与可能。然而，正如在第一节中已反复指出的，重来并不是重复，尽管吴来与无名这两个角色背后折射的是同一个游戏玩家，但两人的人生经验并不相同。以爱情为例，在吴来的人生际遇中，他结识了冰清影、冰雪儿、莉薇雅等诸多美女，而无名则结识了乌兰娜莎与歌妮等女孩。那么，当吴来与无名同时站在这些女孩面前，他们该如何选择？这些女孩又该如何选择呢？

在小说第二部第十七章《聚散两依依》中，吴来和无名先后从心灵空间显现，与众美女见面。吴来率先出场，然后退回心灵空间，让无名接着出场：

> 帐中九女都感觉到吴来变了，改变的不是外形而是他的气质，那种吴来所特有的气质不见了，取而代之的是一种深沉肃穆，气度浩然的剑士风范。

① 约斯·德·穆尔：《赛博空间的奥德赛：走向虚拟本体论与人类学》，第153页。

我已由吴来变成了无名。

我向帐中的美女们行了个剑士礼，道："诸位小姐，在下无名。"

帐中美女们一时还适应不了我的这种变化，不由得都怔住了，只蒙呆呆地看着我。①

显然，众女意识到了这两个人物的区别，产生了心理隔阂。尽管吴来宣称"我所喜欢的无名也会喜欢，而无名所爱的，我也会爱"。②最后的结局也是吴来与无名合体，由此囊括了先前所爱的所有美女，但实际上，对小说中的角色来说，这并不容易。当无名宣称要离开一段时间时：

兰心慧质的冰雪儿听出了我话中之意，急道："来……无名，你这么说可是要离开我们？"

冰清影、乌兰娜莎、琥珀诸女亦不由得急切地望向了我。

我点了点头，道："是的，我原本就打算前往'龙谷'一行，对我的剑术作最后的磨练，如今'另一个我'已经苏醒，此行不仅可以使我的剑术大成，也可以让我们彻底地融合。所以，我是必须要去的。"

冰清影知我心意已决，幽幽地道："无名，你一定要早去早回，你和来都要保重，不要忘记还有许多的痴心女子在等待着你们的归来。"③

在这里，从冰雪儿初始把"无名"称为"来"的口误，以及冰清

---

① 《我是大法师》第二部第十七章《聚散两依依》。
② 《我是大法师》第二部第十七章《聚散两依依》。
③ 《我是大法师》第二部第十七章《聚散两依依》。

影嘱咐无名与吴来保重身体，她会等待复数"你们"的归来时，此时，无名知道冰清影所说的"你们"实际上指的是吴来，因为他"从吴来的记忆中知晓了这位高雅圣洁的绝色美女同他之间的那种刻骨深情"[①]，也就是说，冰清影爱的是吴来而不是无名。而在前面的话语中，无名实际上是在代替吴来在向爱他的女孩告别，与此同时，他也单独向自己所爱的女孩告别：

> 我无言地向她点了点头，然后来到乌兰娜莎和歌妮二女身前，道："团长，元帅，你们也要保重啊。"[②]

在这里，爱与爱之间是有区别的。与其把吴来与无名合体并集齐所有美女的小说结局视为满足男性读者心理的种马主义幻想，不如说是在网络超文本语境中展示了人生、爱情的丰富性与复数选项。然而，重来不是重复，重生必然引发世界多米诺骨牌式的改变，也就是说，我们并不能真正抓住这种丰富性，我们永远只能体验到某一世"独特的"人生中某一份"独特的"爱情。前世中的吴来爱的是冰清影、冰雪儿与莉薇雅，这一世的无名爱的只能是乌兰娜莎与歌妮。不管经历几世的人生，绝不可能一起拥有她们的爱情。在此情况下，目睹了人生的丰富性却不能真正把握这种丰富性，小说在 YY 的外表下，呈现的是让人痛苦的选择困难症。

这种选择的困境在《重生传说》中同样存在。当周行文意识到自己重生后，他对可能的人生作了一番审视，马上意识到自己面临着艰难的抉择：

---

① 《我是大法师》第二部第十七章《聚散两依依》。
② 《我是大法师》第二部第十七章《聚散两依依》。

最先几天，我想到的是那些一起走过每一年，在各个阶段遇到的朋友们。

……

这些人一个一个从我眼前晃过，我知道自己如果选择另一种人生，将与他们当中的绝大多数人擦肩而过。和大多数人一样，我对自己如今的人生很不满意，我希望有机会重来。只是机会一旦放到面前，我竟然开始犹豫。

想到这些朋友，这些往事。想到打架、廉价烧烤、足球、啤酒、摇滚乐、漫画，想到穷困，想到艰难。

我什么都想过了，还是做不了决定。①

"我知道自己如果选择另一种人生，将与他们当中的绝大多数人擦肩而过。"这就是重生主角们最关键的困境！重来不是重复，选择了这一次人生的朋友，那一次人生中的朋友及其情感记忆注定会消失。友情是如此，爱情也是如此。面对这一世的女友张小桐和前世的女友艾琳，周行文同样难以抉择：

对于艾琳，我始终还是不能释怀。

我有时候真觉得自己该是个被大嘴巴抽死的傻逼，吃了锅里的惦着盆里的。……

也许，一个人的痛苦不是他不知道选择，而是他知道如何选择却无法做到。

这就是另外一种形式的无法选择了。②

---

① 《重生传说》正文第二章。
② 《重生传说》正文第一百一十六章。

　　生命的重来让主人公看到了人生的多种选项与可能性，而在知晓了人生的丰富性之后再去作单一的选择，必然是残酷并难以做到的。如果能够全部拥有这种丰富性将是无比幸福的（"吃了锅里的惦着盆里的"），然而每一世的人物与爱情都是"独特的"，特定的人物注定只能活在多种选项的一个选项中，主角真正能够把握的，永远只是"此"世的人生故事，以及"只属于"此世经历中的"人物"，而注定会错过无数个其他的人生故事与"人物"（"与他们当中的绝大多数人擦肩而过"）。在周行文的第二世人生中，尽管他仍然想念前世女友艾琳，但注定他这一世的女友只能是张小桐，而即便他再次碰见艾琳，此世的艾琳也必然跟前世的艾琳不尽相同，他永远只能抓住仅属于此世的"独特"艾琳。这也正如重生小说《荣飞的梦幻人生》中的描写："此世的邢芳相比于彼时的邢芳，少了几分心灵的沟通，多了几分莫名其妙的疑惑。"① "奥尔良烤姆鱼堡"的《重生之大涅磐》表达了同样的困惑："人生并不能只如初见。"② 故事"重来"，却并非"重复"，"重复性是超媒体所缺乏的性质"。③ 在交互的"重来"可能性中，你面临着诸多选择，然而一旦你作出选择，你所能把握的只是"某一种"可能性。对重生者来说，在目睹了人生的丰富性后，却并不能真正抓住这种丰富性，这显然是带来了更大的痛苦。

　　在《重生之大涅磐》中，苏灿重生后，他表示他绝不想再错过："他必须要迈过从这一段到那一段的距离，然后握住必须要握住的一些东西，一些人，一些对于他来说永恒的东西。"④ 最后，他抓住了机会，弥补了前世的遗憾：

---

① 《荣飞的梦幻人生》正文第四十节《此情可待成追忆》。
② 《重生之大涅磐》第十一章《未来犹未可知》。
③ Holtzman, Steven, *Digital Mosaics：The Aesthetics of Cyberspace*, p. 111.
④ 《重生之大涅磐》第十一章《未来犹未可知》。

他越过了从这段到那段的距离。一把抓住了林珞然冰凉的手，就连林珞然都带着看天外来客的震惊，可想而知当时现场凝固的光线和雕塑般人群的动作表情下，这个只为了守护最重要东西的男人是何等如鹰如隼的璀璨。①

苏灿改写了现实，越过了"距离"，然而他最后也意识到重生者并不能弥补所有遗憾："作为一个重生者，苏灿才知道原来这个世界上还有他所弥补不了的遗憾。一份原本就应该湮没在上世轮回里，这一世只能怀缅的恋情。"②

在《荣飞的梦幻人生》中，借用重生的机会，荣飞试图弥补前世对妻子与奶奶的遗憾，那么效果如何呢？作者对此作了一番说明：

主人公是否弥补了人生的缺憾呢？表面上他是弥补了。本书第一卷第二节讲明了荣飞的缺憾所在，一是妻子，二是奶奶。

那么今世呢？邢芳的前世是在怀着对丈夫的爱以及丈夫给她的屈辱中病逝的。梦幻人生中她不再有屈辱，虽然丈夫没有多少时间陪她，但她不再为丈夫的不忠而伤心。至于经济的拮据就更不存在了。或许邢芳希望荣飞更多地陪她，但那不可能。我固执地认为，想要过上有尊严的日子，必须牺牲自己的个人时间。世上绝对没有免费的午餐，即使是虚幻的联投，也不可能在酒吧、床榻、牌桌、歌厅里缔造。所以荣飞没有时间游玩，整部书只陪妻子二次外出，尽管举家旅游一直是他的梦想。③

---

① 《重生之大涅磐》第十一章《未来犹未可知》。
② 《重生之大涅磐》第三卷第八十六章《于是成殇》。
③ 《荣飞的梦幻人生》之《写在书后的话》。

显然，这里表现的是同样的选择困境，在新的人生中主角弥补了前世的遗憾，但又产生了新的遗憾。妻子在经济上不如前世那样拮据了，但荣飞为了挣钱却没有时间陪她了。主角作出了某种选择，这就导致了另一些可能性无法选择。

读者也直观地感受到了这一点。在"知乎"上，某匿名用户提了一个问题："关于重生后遇见的人和之前是否同一个人？"他进一步具体阐述道：

> 重生文已经出现很久了，之前看文就有一个问题。一个人重生以后，ta 想改变命运，抓住上辈子擦肩而过的人。有的主角会改变别人的命运，从而有时会影响对方的性格。
>
> 比如，看过最后发现自己爱的是上辈子那个人的。
>
> 比如，最后对方成为了上辈子的人，而这辈子的消失了。
>
> 比如，自己不是重生而有许多重生的配角，在他们的影响下自己命运不同，导致上辈子和这辈子性格不同。有段时间恢复上辈子记忆后只有上辈子记忆会认为自己不是这个自己。①

"有的主角会改变别人的命运，从而有时会影响对方的性格。""在他们的影响下自己命运不同，导致上辈子和这辈子性格不同。""自己不是这个自己"——网友的朴素认知正印证了交互时代的生活逻辑。重来不是重复，这正是我们前面所说的数字媒介的交互性造成的，周而复始的交互性带来了"赛伯文本"。在谈到"赛伯文本"与其他文本的区别时，阿塞斯（Espen J. Aarseth）指出："当你阅读赛伯文本时，你会不断地被提醒那些没有采取的攻略、没有选择的路线或

---

① "匿名用户"：《关于重生后遇见的人和之前是否同一个人？》，参见 https：//www. zhi-hu. com/question/46247556，2019 年 5 月 19 日。

没有听到的声音。你的每个决定都会使你多获得或少获得一部分文本，你可能永远无法知道你的选择将会产生什么结果，确切地说，知道你错过了什么。"① 在交互时代，你有无数种选择，然而你却不断地被提醒你错过了哪些选择！你的选择让你获得了部分文本，然而你却错过了成千上万的文本！你为了弥补前世的遗憾而重生，试图不再错过那些机会，然而你清晰地、眼睁睁地看见你错过了新的、更多的机会！

这里实际上涉及数字媒介带来的重要文化转型。曼诺维奇（Lev Manovich）在 1998 年曾写有一篇重要的名为《作为象征形式的数据库》（*Database as a Symbolic Form*）的论文，他在论文中指出："在小说和电影相继作为当代文化表达的关键形式在叙述中占主导地位之后，计算机时代引入了与之相应的数据库。"② 也就是说，他试图探讨传统社会的叙事与电脑时代的数据库之间的关系。他深入挖掘了数据库的文化意义。他认为，与传统的叙事相比，数据库是电脑化社会的一种新的象征形式，一种建构人自身与世界的体验的方式。如果说传统叙事是线性结构，数据库则是项目的集合。传统的线性叙事可视为数据库超叙事的特例。曼诺维奇进一步以语言学理论中的"句法形态""词法形态"来说明这个问题。在传统叙事中，词法形态是含蓄的，句法形态是明晰的，而新媒体则反转了这种关系，词法形态（数据库）成了物质性的存在，而句法形态（叙事）则成了虚拟的，比如当交互式作品将所可能进行的选择以菜单的形式呈现在面前的时候，词法形态的明晰化就很明显，由此，世界应当通过目录而非叙事来理解③。在此意义上，重生小说中呈现的多种可能性的选择及其困境，折射的

---

① Aarseth, Espen J., *Cybertext: Perspectives on Ergodic Literature*, Baltimore: Johns Hopkins University Press, 1997, p. 2.

② Manovich, Lev., "Database as a Symbolic Form", http://www.mfj–online.org/journalPages/MFJ34/Manovich_ Database_ FrameSet. html, 2019 年 5 月 19 日。

③ Manovich, Lev., Database as a Symbolic Form.

实际上就是人们在由传统叙事的句法时代走向数据库式的词法时代时产生的困惑。

二　双重视野的对照

进一步看，这种词法形态与句法形态的对比，在作品中就呈现为人物多重性视野与单一性视野的对比。在《重生传说》中，张小桐原本是一位平常的少妇，周行文重生后利用自己的先知优势，改变了她的人生轨迹。在小说结尾，相爱的两人有这样的对话：

> "你真的不介意我有过两个人生？"
>
> "对我来说，你拥有我唯一的人生，我唯一的人生拥有唯一的你，我干吗要去追问我不可能看见的事？"①

在这里，作为重生的主角，周行文有多重性视野，他可以看见活在多个人生中、有多种可能性的张小桐，而张小桐却只能拥有单一性视野，她只能看见"唯一的人生""唯一的你"。对周行文来说，痛苦的根源就在于，在看见活在多个人生中、多种可能性的张小桐后，却又只能把握住"一个"张小桐，把握这"唯一的人生""唯一的你"。如果未曾见过太阳，本可以忍受世界的黑暗，而在体验过阳光的温暖后，只会在内心生成更大的荒凉。

这种多重性视野与单一性视野的交织与对照，显然直接来自网络的虚拟性、交互性带来的"重置"经验及其记忆。如前所述，重生小说的写法源于网络游戏，多重性视野与单一性视野的对比，实际上正是游戏中"玩家视野"与"角色视野"的区别（这一点我们在第一章中有所提及）。对游戏者来说，他"处于一个灰色区域"，"既是游戏

---

① 《重生传说》正文第一百三十一章。

外部的经验主体，又在游戏内部担任角色"。① 当他是"角色"时，他只能活在一世经历中，而当他是"玩家"时，他拥有上帝视野，可以看见多世人生。以网游小说《娶个 NPC 夫人》中的描写为例：

> 沈鱼的第一反应不是戒备，而是瞪大了眼看着飞奔而来的人影，因为速度极快，只看到一条连续的紫影，反应过来的时候，则天太后已经被人扛在肩上，只看到不断后退的宫殿屋脊。
>
> 因为视角关系，看不清掠了她的人相貌，只看到气流扬起紫色衣袂。
>
> 沈鱼看着电脑屏幕，许久没有反应，半天发出一声叹息，这人、太强大了——
>
> 紫衣人把则天太后"丢"在地上，沈鱼打量周围的环境，皱眉，没见过。从地上站起来，终于看到紫衣人的相貌。胆子真肥，劫掠太后连面罩都不戴，见过嚣张的，没见过这么嚣张的。②

沈鱼是玩家，"则天太后"是沈鱼在游戏中的化身角色。"瞪大了眼看着飞奔而来的人影""看着电脑屏幕""打量周围的环境"——这些描写显然采用了玩家视野（沈鱼），因为她同时能看见自己的化身角色"则天太后"，能看见电脑屏幕；"从地上站起来，终于看到紫衣人的相貌"——这显然采用了角色视野（"则天太后"），因为"从地上站起来"的只可能是"则天太后"——主角（玩家/角色）就这样不断变换着视野，穿行于不同的界面。

这种多重性视野与单一性视野的分裂，实际上也是人们上网时的

---

① Juul, Jesper：《游戏讲故事？——论游戏与叙事》，关萍萍译，《文化艺术研究》2010 年第 1 期。

② 《娶个 NPC 夫人》之《药师庄号外》。

普遍经验：

> 我可以看见自己一分为二、一分为三或甚至更多。……在这个视窗中我正跟人起争执，在那个视窗中我想办法将一个女孩钓到手，而另一个视窗可能正在制作电子表格或完成学校其他的技术性工作。……我还会收到另一台电脑发出的即时讯息。但它也不过是荧幕上另一个视窗。①

这是雪莉·特克尔对网民角色扮演的调查分析，这里明显地可以看到两个"我"及其视野的差异，第一个"我"是现实中的"用户"，这是多重性视野："我可以看见自己一分为二、一分为三或甚至更多。"后面的诸多"我"则是生活在一个个视窗中作为"化身"的"我"及其单一视野。当某账号因某种原因注销时，与之相关的虚拟人生的记忆却并不会消失，而会延续到新账号的经验中，这是因为，在不同的账号（化身）背后，"用户"始终作为缺席的在场而存在，"用户"的唯一性保证了他对各个化身单一视野之间的记忆关联，由此形成了多重性视野。

这种多重性视野与单一性视野之间的交织与对照，不仅呈现了人生重来时的选择及其困境，也表现出对死亡、自我等主题的反思与审视。

张小花的《史上第一混乱》是第一部成功的"反穿"作品，与一般由现代人穿越到异时空的常规穿越写法不同，小说中，秦始皇、荆轲、刘邦、项羽、梁山好汉、李师师等古代人物穿越到了现代社会，情节颇为荒诞搞笑。但我们在这里关注的并非穿越现象，而是现代人

———————————

① Turkle，Sherry，*Life on the Screen：Identity in the Age of the Internet*，New York：Simon & Schuster，1995，p. 13.

金少炎的"重生"。

由于小说的反穿性质，一般的读者可能会注目于其中的古代人物，但是，现代人金少炎却更值得注意，既然是反穿，安排一个戏份颇重、贯穿故事始终的现代人就让人费解，实际上，这个人物关系到读者对小说的真正理解。金少炎是个花花公子，将在 5 天后因车祸死去，为了避免死亡，他在阎王的安排下来到主角"小强"（萧强）这里寻求帮助，但前来见小强的并非现在的金少炎（他对自己即将死亡这一现实并不知情），而是 5 天后的金少炎。为了区分，小强以金少炎 1 号与 2 号相称。由于 2 号经历了死亡，故对以前醉生梦死的人生有了忏悔："经历了这些事，人不可能不变的。"① 也就是说，小说暗藏着一个死而复生的仪式，表达了自我新生的主题，由此我们可以更深刻地理解小说反穿情节的寓意，这些古代人物穿越到现代社会，但存活期却只一年，对他们来说，这意味着有两种时间，前者可以循环，其后则正常流动，利用这种对立，生命的珍贵与死亡的迫近以促狭的方式呈现对比。如同金少炎一样，他们也对人生进行了反思，秦王与荆轲、刘邦与项羽、梁山好汉与方腊，这些曾经的死敌们"戾气尽消"，握手言欢，"互道珍重，一笑泯恩仇"。②

如果小说仅停留于生死的感叹，似乎也只是网络文学常见的煽情手法而并不值得过分关注，但若考察一番小说中呈现的写法，就会发现这部小说对"自我"主题的新开拓。

从写作技巧来看，金少炎 1 号、2 号这种写法值得注意，它显然源自虚拟生存体验，这在小说中有清晰的表示。金少炎 2 号告诉小强，他与 1 号用的是"同一个身体"，两人不能见面："现在的我只要一见到他——或者说一见到我自己，现在的我就会变成隐形人，他既看不

---

① 《史上第一混乱》第一卷第三十四章《一呀么一板砖》。
② 《史上第一混乱》第三卷第七十九章《序幕》。

见我也听不见我说话。"① 有一次，小强与金少炎 2 号一起吃韩国料理时，他"亲眼目睹了一幕极为恐怖的事情"：

> 金少炎就当着我的面消失了！
>
> 我满头黑线，大脑瞬间死机，与此同时，我看见了更恐怖的一幕：金少炎带着他的小秘如花姑娘正步走进来，3 秒钟之后，我终于明白发生了什么事情：两个金少炎终于碰到了一起，因为两人同用一具身体，金 2 同学下线了！②

在这里，"同用一具身体""下线"等的说法明白无误地表明小说写法上的灵感源自虚拟生存体验。用户可在一个网站、论坛或同一种社交软件注册多个账号（ID），但显然，"身体"（用户）却只能是一个，也就是说，多个账号（化身）共用同一个身体（用户）。在上网时，为了防止作弊行为，有的网站、论坛或社交、游戏软件会设置成同一台电脑或同一个 IP 地址只能登录一个账号，一个账号登录后，另一个账号就会自动下线。

借助这种写法，《史上第一混乱》呈现了金少炎 1 号与 2 号之间的视野差异。金少炎 2 号的视野要大于 1 号，2 号经历了死亡以及与小强的接触，然而他一旦与 1 号见面，有关这段经历的记忆就会"被清理掉"，也就是说，他能够保存的只能是 1 号的视野——这正是前述的多重性视野与单一性视野的区别。在小说中，1 号呈现的是"化身"的单一视野，而 2 号呈现的则是"用户"的多重性视野。自我的新生显然取决于主角的多重性视野，在多世人生的跨越中看清了前世的"罪孽"；然而当主角仍困于单一性视野时，他却无法超越自我认知的

---

① 《史上第一混乱》第一卷第二十二章《金少爷》。
② 《史上第一混乱》第一卷第三十章《你长得特像宋丹丹》。

限度。金少炎 1 号的视野小于 2 号，因为他缺乏后者死亡的经历，尽管与 2 号共用身体，他却无法与其共享这段记忆，只要 2 号与他一见面，这段记忆就会"被清理掉"，故 1 号仍困于自己的单一视野中，仍然延续着醉生梦死的生活。与此相似，小说中的古代人物穿越到现代社会，"用户"的多重性视野让他们醒悟并珍惜人生，可当他们重回历史，"化身"的单一视野让他们仍困囿于其时的人生而不自知。主人公小强与掌握天机的何天窦有一段对话：

> 何天窦："……他（荆轲）一旦回去，就还是那个刺客，所以不光是他，秦始皇、项羽、刘邦，你的客户们被这事一扯，全都又回到自己的朝代去了。"
>
> 我愣道："你是说轲子回去以后什么都记不得，还要继续刺胖子？"
>
> 何天窦苦笑道："对，项羽和刘邦回去以后也在自己那个时代继续展开楚汉之争。"①

这种双重视野的对照，可以让我们得出这样的感悟：人们总是试图对死亡、自我进行思考，试图超越整个人生来把握人生，却总是陷入现实的迷局中而难以自知，个体无法置身于现实之外，只能在象征秩序中，通过偏离自身来把握自身。这既是文明的困局，也接通了现代人在精神重塑过程中难以走出的循环怪圈。

重生小说中这种对人生、死亡与自我的反思展示了数字时代的俗文学深度描写的可能与前景。按照迈克尔·海姆的看法，死亡/出生、暂时性（一次永远性）与烦神（care）是"实在之锚"上的"三只倒

---

① 《史上第一混乱》第三卷第七十九章《序幕》。

钩"，"它们泊住了我们"①，让生命变得厚重，对死亡的知识是特殊的人类悲剧，是人类伟大的永恒源泉。但在网络的重置中，人生、死亡似乎不再严酷而成为轻浮与随意嬉戏的事件，鲍曼（Zygmunt Bauman）认为："一旦我们得到了多力安·格雷肖像的电子对应物，我们就有可能得到了一个没有缺陷的世界，但它同样也没有风景、历史和目的。"② 他甚至颇带夸张地指出：

> 由于不再是神圣的或肉体的事件，死亡犹如随身用品中的一件，变成了没有尽头的街景。普通的死亡变得如此熟悉以至于没有人注意它，熟悉得以至于无法唤起高涨的情绪。死亡成了"寻常"事件，它太平常了而不再是戏剧化。当然也不再与戏剧化有关。它的恐惧通过其所不在而被"驱逐出境"，通过太多的可见性而变得心不在焉，通过无所不在而变得无足轻重，通过震耳欲聋的噪音而变得哑然无声。死亡逐渐减少了，并最终通过平常化而消失。③

在此意义上，小说中人生的重来、自我的新生似乎只是荒诞滑稽的幼稚描写。然而通过上面的分析可以发现，重生小说利用多重性视野与单一性视野的交织与对照，写出了选择的艰难、死亡的沉重与自我认知的限度。单一的人生也许难以体察生活、死亡与自我的真正质感，多次人生的取舍与对照，反而更能激发刻骨铭心的记忆与体会。正如《史上第一混乱》中金少炎的总结："人要不死一次，很难知道自己贱在哪。"④

---

① 迈克尔·海姆：《从界面到网络空间：虚拟实在的形而上学》，第141页。
② 齐格蒙·鲍曼：《后现代性及其缺憾》，第199—200页。
③ 齐格蒙·鲍曼：《后现代性及其缺憾》，第195页。
④ 《史上第一混乱》第一卷第二十三章《这是为什么呢》。

　　重生小说中呈现的存在主义式的选择问题，既直接源于人们在非线性链接的交互中需要不断作出选择的重置体验的投射，也传达出被网络裹挟与殖民的当代社会的生存状况。传统社会是子承父业、按部就班的社会，在个人出生之前，社会、家庭与父母已为其预定了人生的走向。与之相比，当代社会被称为"风险社会"①"一切坚固的东西都烟消云散了"②，生活的流动性与不确定大为增加，每个人的一生中总有无数种并陈的选择，而网络对社会的植入进一步加大了"风险"与"不确定"，网络为社会关系带来了源源不断的连接及后续效应，既是风云变幻的机会也是极具复杂性的挑战。多种选择的可能性、死亡的重置、自我角色的嬉戏……这种尝试多重虚拟人生、多重自我、多种选择的动荡生活形式成为人们的宿命与日常体验："不仅拥有一段历史而且完全就是历史。"③

　　面对多种可能性的选择似乎高扬了主体性，"现代主体可以被视作一个自主塑造其生命的意志人（Homo volens）"，而现代技术是人的延伸，赐予他强有力的手段，"以增强他作出选择和行动的力量"④。数字媒介技术更是如此，它对人的延伸扩展到了生存与无意识层面。而在媒介技术中，电脑游戏"可被视为这种现代意识形态的派生物"："不管它事关电脑游戏里左右通道的简单选择，还是一种特定的生活风格的选择，每时每刻强调的是个人的意志维度。"⑤深受电脑游戏影响的重生小说显然也呈现了这种意识形态，主角在人生的重来中通过选择改变了前世的惨淡人生、弥补了生活的缺憾、穿透了死亡、塑造

---

①　参见乌尔里希·贝克《风险社会》，何博闻译，译林出版社2004年版。
②　参见马歇尔·伯曼《一切坚固的东西都烟消云散——现代性体验》，徐大建等译，商务印书馆2003年版。
③　约斯·德·穆尔：《从叙事的到超媒体的同一性》，《学术月刊》2006年第5期。
④　约斯·德·穆尔：《从叙事的到超媒体的同一性》，《学术月刊》2006年第5期。
⑤　约斯·德·穆尔：《从叙事的到超媒体的同一性》，《学术月刊》2006年第5期。

了新我，不断重复的乐观主义叙事表现了生存的"筹划"维度与个人意志对命运的完全掌控。然而，如前所述，重来不是重复，为了弥补遗憾，我们开启新的人生，然而我们仍然难以摆脱过去的重负，过去并不只是在我们身后，"它不断在我们当前的行动和我们持续地重新审视我们的过去的各种阐释中发挥影响。我们在行动中所作的各种选择总是以我们的过去为基础"。① 目睹了人生的丰富性，却不能真正抓住这种丰富性；塑造了新的自我，然而在根本上无法逃出自我认知的限度。重生小说试图弥补人生缺憾的写法，不如说反而呈现了人生的缺憾。

三　"多元离心定位"

如果我们借用德国哲学家赫尔姆斯·帕里斯勒（Helmuth Plessner）提出的"离心定位"（Excentric Positionnality）的说法，就会深入理解重生小说中这种选择的困境。帕里斯勒认为，生命体与无生命体的区别就在于它有某种界限属性，并以对这种界限的超越为特征，与界限的关系让生命体与外部世界分离开来，这就是所谓"定位"。生命体的定位与它们的双向性（double aspectivity）相关联，它们与其界限构成的两个方面都有关，既与内部有关又与外部有关②。植物、动物和人类之间采取不同的定位组织方式。植物是开放性的组织结构，生命体并不囿于其定位关系中，不管是内部还是外部都不存在一个中心。动物具有自我定位属性，跨越界限的关系是以一个中心为中介，

---

① 约斯·德·穆尔：《从叙事的到超媒体的同一性》，《学术月刊》2006年第5期。

② 转引自约斯·德·穆尔《赛博空间的奥德赛：走向虚拟本体论与人类学》，第190页（经过一番努力，笔者未能找到德国哲学家赫尔姆斯·帕里斯勒（Helmuth Plessner）关于"离心定位"相关论述的中文或英文资料，只找到了一些德文版著述，由于不通德文，故此处关于帕里斯勒的理论均转引自约斯·德·穆尔的《赛博空间的奥德赛：走向虚拟本体论与人类学》一书，特此说明）。

而这个中心在肉体层面上可以通过神经系统而设定，在心理层面上则以对环境的意识为特征。与植物不同，动物不仅有一个身体，而且还内在于它的身体。人与界限的关系也以身体或心理的中心为中介，但人与这个中心还有一种特殊的关系，即人类意识到他们体验的中心："人不仅活着并体验他的生命，而且他也体验着生命的体验。"① 在此意义上，这个中心就其本身而论是偏离中心的。"一个活着的人是一个身体，内在于他的身体（作为内部体验或灵魂），并同时作为特定视角外在于他的身体，从这种观点看，他是内外兼具的。"② 因此，就人类生命与其定位的特殊关系而言，它是解中心的（as decentred），或者叫"离心的"（exzentrisch）。

帕里斯勒以"离心定位"来区别人类与其他生命体的区别，可谓别开生面，颇具启发性，但他这种分析显然不是历史的，更多的是对不同生命形式的可能性状态的共时分析，因此难以发现新的社会与技术条件对定位类型的发展。在帕里斯勒的基础上，穆尔重点考察了数字媒介的虚拟自我与定位的关系，认为借助电子显现与虚拟现实而正在形成的赛博生命形式将导致第四类定位的出现，他称之为"多元离心定位"（polyexcentric positionality）③。

穆尔借用霍华德·莱因戈德（Howard Rheingold）在《虚拟现实》（*Virtual Reality*）一书中对其关于电子显现技术的初次体验的报道来说明这种"多元离心定位"。霍华德·莱因戈德是这样描述的：

> 我看见那儿有一个家伙身穿黑色衣服，脚上是一双浅蓝色的鞋子，斜躺在一张牙医的椅子上。他正朝右边张望，所以我能看

---

① 转引自约斯·德·穆尔《赛博空间的奥德赛：走向虚拟本体论与人类学》，第191页。
② 约斯·德·穆尔：《赛博空间的奥德赛：走向虚拟本体论与人类学》，第191页。
③ 约斯·德·穆尔：《赛博空间的奥德赛：走向虚拟本体论与人类学》，第189页。

到他头后部光秃的斑点。他看起来像我，而我在神思恍惚中以为他就是我，但是我又知道我是谁，我就在这里。而他在另一边，他就在那里。创造一种遥控现场感并不需要高度的逼真感……它是一种身体之外的体验，这一点是毋庸置疑的。①

显然，这是一种"脱离身体的体验"（out of the body experience），莱因戈德在这种体验中意识到，他不仅是一个身体，具有一个身体，而且他还外在于他的身体。显然，这种出入身体的内外体验是人类偏离中心的定位结果。但是，在穆尔看来，这是一种"多元离心体验"，因为我们不仅有生物学身体的离心体验，同时也会发现自己内在于机器人身体："我的体验中心位于机器人摄像镜头的后面。我是那个借助人造感官去观察我周围环境并与之互动的人。当一个物体靠近机器人时，我感觉到它像是朝我走来，于是我让开道路。我也是那个伸出我的手去抓机器人前面的某个物体的人。"② 这带来了基于机器人身体的双向性："当我通过机器人的人造感官观察事物时，我由内向外地体验到人造身体（作为一种人造活体——Leib），但它也是外在世界的组成部分（作为一种人造身体——Körper）。"③

不难看出，莱因戈德所描述的出入于生物学身体与机器人身体的体验，实际上跟人们上网时的体验是类似的，等同于前面提到的雪莉·特克尔描述的我们在用户视野与化身视野之间的切换（或类似前述网游小说《娶个 NPC 夫人》中在玩家视野与角色视野之间的出入）。我们前面反复阐释的重生小说中多重性视野与单一性视野，正等同于穆尔所说的"多元离心体验"。我们既能出入于生物学的身体

---

① Rheingold, Howard, *Virtual Reality*, New York: Simon & Schuster, 1991, p. 264.
② 约斯·德·穆尔：《赛博空间的奥德赛：走向虚拟本体论与人类学》，第 197 页。
③ 约斯·德·穆尔：《赛博空间的奥德赛：走向虚拟本体论与人类学》，第 197—198 页。

去感知，也能出入于各种网络化身去感知。

　　帕里斯勒提出的"离心定位"，实际上思考了人类的限度。与超验的上帝不同，"作为一种偏离中心的生命，人处于不平衡状态中，他无处容身，他在虚无中伫立于时间之外，他的构造缺少一个家园"①。人无法承受这种限度，试图逃脱偏离中心的状态，以弥补生命形式构成的不足，而这就表现为对技术与文化的需求。对人类来说，"这种动机集中体现在对非真实（irreality）的关注和人工方法的运用，这是技术人工制品和它所服务的文化的终极基础"。② 技术和文化的世界是人类的欲望表达方式。"技术帮助我们充实、跨越、克服因缺席出现的不足。所有的技术形式都是远程技术并为征服空间和时间的距离而服务。然而，这种在距离和时间上的胜利只是（远程）媒介的一种现象学的层面。这种媒介真正的作用在于克服因距离和时间，因各种形式的缺场、离弃、分离、消失、干扰、撤销和丧失而引发的心理困扰（恐惧、控制机理、阉割情结等）通过克服或关闭缺场的消极视野，技术媒介变成关注和在场的技术。"③

　　显然，数字媒介正是这样的技术，它正是为了缓解我们因偏离中心而引发的对有限性的认识与欲望痛苦。海德格尔在《存在与时间》中也思考了人类的限度，他主要是从时间意义上来理解的，此在在时间中存在，限度被理解为必死性。而数字媒介创造的生物学身体之外的无限化身，带来了"多元中心体验"（poly-centric experience），似乎以空间的形式让人们摆脱了时间的束缚，由此我们似乎获得了超验的上帝属性。"最终的梦想是有朝一日，电子显现和虚拟现实将把人类从其限度中解放出来，并为他提供那些在前现代时期只能归于上帝的属

---

① 转引自约斯·德·穆尔《赛博空间的奥德赛：走向虚拟本体论与人类学》，第192—193 页。

② 约斯·德·穆尔：《赛博空间的奥德赛：走向虚拟本体论与人类学》，第193 页。

③ 约斯·德·穆尔：《赛博空间的奥德赛：走向虚拟本体论与人类学》，第193 页。

性——全在、全知、全能的上帝和——最后但并不是最不重要的——永恒的属性！"① 这种上帝属性我们在第一章中谈到"神迹的生成原理"时已经体验到了。

用户的这种多重性视野之所以具有全知全能的上帝属性，正因为它是一个个化身视野的叠加，摆脱了化身单一视野的有限性。凯瑟琳·海勒也思考过网络空间的视点（Point of view，Pov）问题，她以亨利·詹姆斯（Henry James）在《一位女士的画像》（*The Portrait of a Lady*）前言中的观点为例，认为传统视点的观察者是一个实体化的生物，他或她所处位置的特殊性决定了当他或她往外看向一个自身有物理特性的场景时能看到什么，也就是说，叙述者这里呈现出了肉身存在的局限性。而在网络空间中，意识穿过屏障变成 Pov，把身体甩在后面成为一具空壳。"在詹姆斯式的视点和网络空间的 Pov 之间，最关键的区别在于前者隐含了物理性的在场/现身，而后者则没有。"② 由此，Pov 构成了角色的主体性，"当这种空间性被在其中运动的 Pov 赋予时间维度时，叙事便成为了可能。Pov 虽然位于空间之中，却存在于时间之中，通过它穿行的轨迹，主体性的欲望、压抑和迷念都可以被表达出来"。③ 视点所固有的肉身的局限性似乎消失了，变成了全知全能。

但是，作为人的延伸、作为补足生命形式有限性的数字媒介技术，并不是真正超验的，并不能真正摆脱身体的有限性，不是身体的逃逸，恰恰相反，在电子显现中变成了双重状态的实际是身体。"没有身体就没有体验，没有身体的双重性就没有多元中心体验。这种对身体的依赖也适用于虚拟现实，尽管在这种情况下并不存在自然肉体的双重

---

① 约斯·德·穆尔：《赛博空间的奥德赛：走向虚拟本体论与人类学》，第195页。

② 凯瑟琳·海勒：《我们何以成为后人类》，第50页。

③ 凯瑟琳·海勒：《我们何以成为后人类》，第51页。

性问题，而是生物学身体为某种身体的表达方式所补充——或者，至少是为了一个有限有主观视角所补充，这种主观视角构成了一种体验的附加中心。"① 在穆尔看来，在霍华德·莱因戈德所描述的电子显现技术体验中，我们既用机器人的人造身体由内向外地感知事物，同时这种感知也不能摆脱生物学身体，因此，"电子显现作为一种超越我们限度的技术，与逸出身体无关，而是遁入众多的身体。帕里斯勒所描述的离心体验非但不能克服，反而会被激化。电子显现的个人并不与这个或者那个身体相一致。他既在这个身体的内部和外部，又在那个身体的内部与外部"。②

因此，"一个偏离中心的生物是无家可归的，由电子远程显现技术所引发的多元离心性增加并加剧了这种无家可归感。在此意义上不存在神圣的全在（omni-presence）的问题。它更像是通往全缺席（omni-absence）之路的一个阶段"。③ 这也正是造成重生小说中选择困境的根本原因，重生后的主角成为神一般的存在，有了自我的新生与弥补遗憾、改变过去的可能性，然而最终却并不能真正摆脱过去，反而带来了更大的遗憾。人类本质上是无家可归的，人类的特性在于梦想去弥补因其偏离中心的定位所必然造成的匮缺，希望由此变得安全，调谐命运，理解现实世界，拥有一块与生俱来的土壤。然而，这种关于神的全在、全知、全能和永恒的数码梦想注定是乌托邦空想。这折射了网络社会中人们面对多元可能不断"筹划"却在根本上难以脱离"被抛"命运的痛苦："虽然这听起来鼓舞人心，但依然仅仅是故事的一部分。我们不要忘记，赛博空间的此在并不是一个按照自己的喜好创造和统治其世界的全在、全知、全能的神，而还只不过是一种有限

---

① 约斯·德·穆尔：《赛博空间的奥德赛：走向虚拟本体论与人类学》，第199页。
② 约斯·德·穆尔：《赛博空间的奥德赛：走向虚拟本体论与人类学》，第199页。
③ 约斯·德·穆尔：《赛博空间的奥德赛：走向虚拟本体论与人类学》，第199页。

的存在，甚至在赛博空间里，它还保留着自己的'抛掷性'（thrown-ness）。此在仍然依赖于先前存在的世界。虚拟世界里的生命依然为巧合性所统治。"① 重生小说表现的存在主义式的选择及其困境，将"人生的深刻的困惑"（本雅明语）具体化了。

---

① 约斯·德·穆尔：《赛博空间的奥德赛：走向虚拟本体论与人类学》，第153页。

第四章　穿越小说与虚拟交往

在这一章中，我们将分析网络文学呈现的虚拟交往，或者说，这是在第二、三章分析主体的内部构成、主体的多重自我的基础上，进一步分析网络时代主体之间的交往，这种虚拟交往表现在穿越小说中，表现在"穿越"这一隐喻中。

第一节　穿越小说的谱系与兴起原因

穿越小说非常火爆，而它的兴起与流行同样与虚拟生存体验有关，虚拟生存体验赋予它想象灵感。

一　穿越小说的谱系

穿越小说在坊间的名气非常大，即使不熟悉中国网络文学的人，也对其略知一二。尽管穿越小说非常火爆，且早在网络文学兴起之初就已经开始出现，但人们对它的认识仍相当模糊，相关阐释模式与知识前景主要来自 2007 年部分穿越言情读物的出版炒作与 2011 年《宫》《步步惊心》等穿越电视剧的走红。实际上，随着穿越小说的发展，与其说网络上存在一种特定的穿越小说类型，不如说"穿越"只是一种展开故事的手法，是横跨玄幻、历史、军事、都市、科幻、网游、同人等诸多网络小说类型的一种叙事设定。

所谓穿越小说，也就是时空旅行小说，这种作品传统社会就有，比如马克·吐温的《亚瑟王朝里的美国人》、席绢的《交错时光的爱恋》等，不过我们讨论的是网络穿越小说而非传统的时空旅行小说，它们之间有重要区别。网络穿越小说产生的语境与网络社会密切相关，是网络时代特有的叙事手法与小说类型（详见后文）。网络穿越小说可分成两种情况，一种是典型意义上的，一种是普遍意义上的。典型意义上的网络穿越小说往往是指那些借助时间与空间的跨越，小说主人公获得思维方式、知识与技能等优势，在爱情、事业等方面获得成功，从而满足读者幻想心理的小说。这种小说在网络文学的早期就开始产生了，并通过后续的影视改编产生了很大的社会反响。普遍意义上的网络穿越小说是指在穿越故事越来越火热的背景下，写手们在讲述异时空故事时会自动采用穿越手法，目的是让现代读者能够顺利代入陌生世界，这种类型的作品只是强调空间跨越，并不追求时间上的信息优势（如《斗破苍穹》）——此时穿越就只是一种普遍化了的展开故事的手法。

从前面对网络穿越小说的定义（典型意义上的）来看，它与第三章中的重生小说有很大的相似性——两者都充分利用了时空穿越所获得的信息优势，但它们仍存有重要差别，主要表现在四个方面。第一，重生小说往往是指主人公重生回自己的过去，是时间意义上的跨越；穿越小说，尤其是典型意义上的穿越小说，虽然也注重这种时间跨越，但同时也是空间跨越。重生小说的故事场景主要是读者熟悉的现代都市，而穿越常常指向读者不熟悉的世界（如古代社会、异世大陆等）——套用网络用语来说，重生小说发生的空间环境仍在本位面，而穿越小说则是异位面。第二，在故事情节上，重生小说主要是对个人经历的重新打开，讲述个人的爱情与奋斗；穿越小说往往与历史的改造等宏大命题有关（特别是男性向小说），即便讲述个人故事，故事的展开往往与先前的自我没有关系，是在陌生空间中生成的新的故事。第三，在情绪体验上，重生小说是熟悉的世界与熟悉的人群，是时间意义上的追溯过往，有些小说充满了回忆的感伤；穿越小说是陌生的空间与陌生的人群，空间意义上的孤独与隔膜成为描写的重点。第四，重生小说呈现了超文本式的选择困境，而穿越小说则投射了网络时代虚拟交往的种种情况。

网络穿越小说的源头首先要追溯到香港通俗作家黄易的《寻秦记》。跟黄易的其他小说一样，20 世纪 90 年代末大陆网络刚兴起之时，1997 年出版的《寻秦记》被各大文学社区扫描到网上，以连载的方式被网友们观看与热评。这部描写特种兵项少龙穿越到战国时期后发生一系列艳遇、打斗、征战等故事的小说，其叙事手法颇为独到，小说以现代人作为穿越主人公，穿越回古代世界后，利用自己关于古诗词的记忆与现代科技知识大出风头——这种利用时空差异生成主角优势的写法对黄易来说也许只是偶然为之，但却与网络空间的 YY 原理暗合。《寻秦记》启发了众多网络写手，让他们意识到"穿越"这一"金手指"对网络写作的"YY"可能蕴含的重要价值，由此，不仅产生了一系列以"寻"为题目的跟风小说①，而且特种兵、诗词、攀科技树等元素都在后续穿越小说中留下了深刻烙印。

《寻秦记》带来了热烈的网络氛围、独特的穿越写法以及浮夸的YY，在它的影响下，网络穿越小说正式兴起。2002 年开始连载的"中华杨"的《中华再起》是内地第一部成功的历史穿越小说。相较

---

① 如《寻龙记》《寻元记》《寻清记》等一系列小说。

《寻秦记》,《中华再起》在写作上有一个重要变化,即重构历史走向。在《寻秦记》中,主人公项少龙尽管拥有现代知识及预知历史等优势,却无意改变秦国一统天下的历史格局,而《中华再起》中的穿越者,却借助现代军事理念与技术,打败西方列强,重塑中华民族,改变了历史。穿越写作上的这种变化影响深远,它暗示了一种可能,即任何历史缺憾都可以凭借"穿越"这个大杀器在"异时空"中得以弥补,这让其时正纠结于晚清屈辱历史的网民们找到了情绪的宣泄口,《中华再起》一时风靡网络,并由此开创了穿越小说中的晚清"救亡流"①。

晚清"救亡流"给穿越写作带来了重要启示,即穿越者可以凭借现代知识与预知天命的优势重构历史,但此类小说剧情较为浮夸,一些穿越小说开始尝试新的变化:一是不再停留于晚清,而是选择在更早的、还未面临亡国灭种危险的时段如明、宋、三国等重构历史走向;二是不再仅以现代军事手段促成历史格局的直接改变,而是强调采用现代科技培植经济基础,促成社会的渐进变革,由此形成所谓穿越"技术流"。2003 年"酒徒"的《明》是"技术流"的典范,小说中的工科硕士武安国,穿越到明初,开矿炼钢,从军事、经济、教育、政治等领域革新明朝社会,创建强盛中国。2004—2005 年"赤虎"的《商业三国》,虽然在写作水准上名声很差,但因小说对技术的全面展示,堪称"技术流"的巅峰。2004 年"阿越"的《新宋》,在"技术流"中又有新变,不再纯粹从技术切入,而是托古改制,借用对儒家文化的重新阐释而获得历史变革的合法性;不再把重点放在武斗,而是放在朝臣变法之争的文戏上,由此开创了这类小说的"文官路线"。

----

① 此类小说较有名的如 2003—2005 年"无语中"的《曲线救国》、2003 年至今"月兰之剑"的《铁血帝国》、2005—2007 年"一苇渡"的《甲申风云》、2006—2007 年"妖熊"的《光绪中华》、2006—2008 年"天使奥斯卡"的《1911 新中华》、2008—2009 年"天使奥斯卡"的《篡清》等。

《明》与《新宋》因其厚重性获得良好口碑，但文风较为严肃、沉闷。2007年"月关"的《回到明朝当王爷》，则让历史重构与商业YY充分结合，情场、官场、商战、灭倭、争霸天下等要素一个不少。此种情节模式在此后渐趋主流，同时也客观表明，救亡与历史重构不再是历史穿越小说的唯一YY要素，YY的内容与主题日趋多元化。随着这类历史穿越小说①的发展，从最早的原始社会（如《回到原始社会当村长》）到当下社会，各个历史时期都被穿了个遍，其中，三国、唐、宋、明、清等成为穿越重灾区②。

　　穿越手法不仅给男性向历史类小说带来全新叙事体验，也开始风靡女写手擅长的言情领域。2004年"金子"的《梦回大清》是最早的经典历史穿越言情小说，它与2005年"张小三"（后改名"桐华"）的《步步惊心》、"晚清风景"的《瑶华》号称晋江原创网"清穿文"③的"三座大山"。此后的两年（2006—2007）迎来了历史穿越言情的井喷，一些经典作品都产生于这个时期，如"桐华"的《大漠谣》、"李歆"的《独步天下》、"星野樱"的《清空万里》、"哑丫"的《秦姝》、"深水城"的《谁是李世民》等。这些小说的连载与出版，在2007年引发了内地言情市场的"穿越"热，作家出版社高调签下《木槿花西月锦绣》《鸾，我的前半生，我的后半生》《迷途》《末世朱颜》等所谓"穿越四大奇书"，2011年，经小说《步步惊心》改编的同名穿越言情剧又火爆电视荧屏。穿越小说由此引起了主流媒体及一些学者的注意，但这也给不少人一种误解，以为穿越小说仅是

---

　　①　此类小说较著名的还有2006年"戒念"的《宋风》、2007年"灰熊猫"的《窃明》等。《窃明》因其对"历史真相"的揭示、对历史人物的翻案而引起巨大争议，被称"《窃明》之后再无明末穿越"。

　　②　这里要注意的是，历史穿越小说不仅仅只是讲述穿越到中国历史的故事，也有大量描写穿越到外国历史的作品，但后者的影响力远逊前者，故笔者在此略过不谈。

　　③　"清穿文"，指描写主人公穿越到清朝的网络小说。

女性向的①。

前述穿越小说，不管是男性向的救亡，还是女性向的言情，都偏重对真实历史的穿越，但此类小说对写手的历史底蕴要求较高，在此情况下，写手们开始模糊时空地点，如故事发生空间类似于某个古代社会，但具体朝代地点却模糊不清；或者描写陌生化的类似于外星球的异时空。对此方面的男性向穿越小说而言，由于故事背景不再是真实历史，小说主题常由历史救亡转向争霸天下。2003 年"西北苍狼"的《异域人生》是此类小说首部比较成功的作品，此后，2005 年"宁致远"的《楚氏春秋》，2007—2009 年"猫腻"的《庆余年》，2007—2008 年"禹岩"的《极品家丁》，2007—2010 年"格子里的夜晚"的《时光之心》，2008—2009 年"三戒大师"的《权柄》等都是较重要的作品。相对来说，这方面的女性向穿越小说的数量更多，2006 年"妖舟"的《穿越与反穿越》，2006—2007 年"波波"的《绾青丝》，2006—2008 年"小佚"的《潇然梦》、"十四夜"的《醉玲珑》，2007—2008 年"桩桩"的《蔓蔓青萝》，2007 年"Vivibear"的《寻找前世之旅》，2008 年"紫晓"的《凤求凰》，2007—2009 年"靡宝"的《歌尽桃花》、"影照"的《午门囧事》等都是较知名的作品。由于摆脱了真实历史的约束，女性向穿越小说往往在异时空中表达女权诉求，出现了"女强文""女尊文""耽美文"等种类（详见后文）。

时至今日，穿越小说的数量何止千万！对同质化严重的网络小说

---

① 时至今日，女性向穿越小说的数量确实要多过男性向穿越小说，但网络穿越小说最先却是从男性向兴起，而从写作水准及读者反响来看，后者也远胜前者，在"网络文学十年盘点"中，男性向的《新宋》与《窃明》都成为"十佳"，而女性向穿越则无一入围。一些学者以为穿越小说主要是女性向的，主要是因为他们是通过穿越小说的实体书或相关改编影视剧来了解这种小说的，而获得实体出版、影视剧改编机会的主要是女性向穿越小说，男性向穿越小说在网上可能很红，但真正能够落地出书的却极少。出版人沈浩波对此分析说："男性穿越小说不容易被市场接受，因为男性的消费通常比较理性。而女性相对要感性许多，所以穿越小说在玄幻上没红，在言情上却红了。"〔钱欢青（记者）：《"穿越小说"：网络文学新势力》，载《济南时报》2008 年 6 月 22 日〕

来说，写作创意极为重要。在写手们的"不懈"探索之下，穿越小说的主题与手法都已五花八门。在主题上，除了常见的救亡、言情（含耽美等）、宅斗、宫斗、商战、争霸天下等之外，也兴起了居家过日子的"生活流"，"种田文"（如 2006—2008 年"多一半"的《唐朝好男人》、2008—2009 年"柳依华"的《平凡的清穿日子》）。在穿越方式上，按肉身与灵魂是否脱离的关系可分为"身穿"（主角直接穿越过去）与"魂穿"（主角的灵魂穿越过去，附着在他人身体上）两大类，其中"魂穿"又分成"胎穿"（投胎）、"借尸还魂"与"夺舍"（灵魂直接附着在某活人身上）等①；按穿越的方向与频率可分为"正穿"（现代人穿越）、"反穿"（古代人或异界人穿越）②、"来回穿"（穿过去穿回来或再穿过去……）；按穿越者的人数可分为单穿、双穿或群穿。在何种原因何种机缘造成穿越这一点上，早期穿越小说往往要煞有介事地解释半天，现在由于读者的阅读习惯已经养成，小说中最常出现的场景可能是主人公起床一睁眼就穿越了。

虽然穿越小说数量众多，在写法上也是五花八门，但由于其高度的同质化，其基本要素与写作模式却也可以作一番总结：

第一，主角设置。主角常设置为都市白领、宅男宅女、特种兵/杀手/特工与知识分子（工科博士、医学院学生、历史系学生等）这几大类型。显然，前两者有穿越的意愿，后两者有穿越后纵横天下的能力。

第二，作为"金手指"的穿越者的"三观"③、知识技能与预知天命。在穿越小说中，穿越者的现代思维方式、知识技能与预知历史走向的能力，都是保证其不断取得成功的"金手指"。举例来说，《寻秦

① "魂穿"还包括性别转换或穿越到动物身上等极端情况。
② 2008—2009 年"张小花"的《史上第一混乱》常被看成"反穿"的代表作。
③ "三观"，即网友对"世界观、人生观、价值观"的简称。

记》中穿越到战国的项少龙，凭借自己熟知的一些唐诗宋词，大秀诗才，获得时人交口称赞。在后来的穿越小说中，诗词、物理、化学、兵器、技击、服装、餐饮、炒股、企业管理等知识或技能，纷纷作为"金手指"亮相，不一而足。

第三，以攀"科技树"作为小说的情节线索。科技树，本是指策略游戏、角色扮演类游戏中的技能树，"攀科技树"被网友用来指称穿越小说中主人公利用现代科技与文化，开展挖矿、炼钢、造兵器、建现代军队、办报纸、办学校、革内政、造海船、发展经济与贸易等各种旨在提高个人地位或促进社会变革的渐进式活动。

第四，故事结局。结局往往是男女主人公凭借"金手指"，在爱情与事业、个人与国家、自我价值与社会价值等方面皆获丰收。

二　穿越文兴起的原因

"穿越"从在网上萌芽、火爆到现在成为网络小说的普遍叙事设定之后的"无所不穿"，经十年而不衰，显然有深层次的原因。

穿越作品古已有之，为何唯独到了网络时代会大红大紫？一个重要的原因在于它贯彻了与重生小说类似的 YY 秘诀与神迹生成原理。

网络文学需要营造白日梦幻想（YY），而穿越这一手法让网络小说最大限度地契合了其幻想本质，实现了读与写的双赢：既充分满足了读者的幻想需要，也让写手在取得最大叙事效果（YY）的同时减少了"合理性"质疑，在写作设定上变得容易。

网络小说被网友们称为"YY 小说"或"爽文"，换句话说，就是要满足读者的欲望与幻想，这是快餐化时代网文写作的核心要求，是保证写手在千军万马中脱颖而出、创下月票佳绩的重要秘诀。

要想让读者能够"YY"，小说中就必须有能够"变不可能为可能"的"金手指"。穿越小说的"金手指"，就在于"穿越"本身，如同"重生"这一"金手指"一样，正是"穿越"保证了主角在信息、知识方面的优势地位，带来了源源不断的白日梦效果。在历史穿越小说中，主角的"三观"、知识与技能等经千年的积累而握有巨大优势，他（她）很快就会获得异性青睐、"贵人"提携，情场、官场、商场与战场无不玩得风生水起，让读者在虚幻世界中体验到极大快感。对男性向历史穿越小说来说，幻想快感又是双重的：不仅有个人的成功，亦有民族的强大，主角凭一己之力建设强大国家，而后争霸天下，君临四方，盛威之下，"蛮夷"无不望风臣服，热血沸腾的幻想与情感释放，让那些对晚清屈辱历史切齿痛恨的网友们大呼过瘾。而时空背景较模糊的穿越小说的 YY 法则同样如此，写手或者将异时空设定为与真实历史相差不大的世界，或者设定为科技知识相对落后的异世大陆，以此确保主角的优势与竞争力，在知识、信息方面的先知先觉，让主角总是能够先发制人，在争霸过程中避免潜在伤害，以从容姿态"打脸""踩人"。我们可由此发现穿越小说实现 YY 效果的核心秘诀，即必须保证时间的逆向落差，换句话说，不论是真实历史还是陌生化世界，穿越者在思维方式、知识技能等方面相对来说都应是更"先进"的人，而这也是穿越小说虽然成千上万，但穿越到未来世界的却相当少的根本原因。由此我们可进一步发现中西时空穿越故事的颇有意味的区别，这种区别也是《解放日报》上一篇文章深感困惑的："一样是'穿越'题材，为何欧美去未来我们回古代？"① 原因其实很简单，穿越到未来，就成了乡下人进城，丧失能够 YY 的优势了。换句话说，如果说欧美的时空旅行小说主要是面向未来的科幻想象，是对新世界的人文思考，网络穿越小说则是面向过去的、主要为幻想服务的欲望叙事。

---

① 施晨露（记者）：《一样是"穿越"题材，为何欧美去未来我们回古代》，《解放日报》2012 年 2 月 14 日。

穿越小说这种主角在信息知识方面的优势以及神迹生成原理，显然跟重生小说一样，在根本上源自网络游戏的重置体验。本书第三章中对重生小说的分析内容也大致适用于对穿越小说的分析，但我们对穿越小说的分析不能停留于此，如前所述，穿越小说与重生小说存有重要区别，除了时间上的回溯外，它还带有强烈的空间跨越特征——这表明穿越小说的兴起有着不同于重生小说的网络根源。实际上，这种空间跨越（"穿越"）与出入网络空间有深层契合性，电脑界面、现代人"线上"与"线下"世界的区分、上网时的"自我"的穿越感，凡此种种糅合而成的穿越意识带来了相应心理氛围与写作灵感。网络空间的这些穿越特性，具体来说，又以游戏空间最为典型。游戏空间最为集中地汇聚了网络空间带给主体的穿越意识与穿越想象，穿越小说在直接的意义上也正是由游戏世界促成的："主流基本是伴随着游戏长大的，这种题材（穿越）很有玩游戏的感觉呀。"[1] 穿越小说的要素、模式与游戏空间的结构具有高度同构性，穿越小说的体验，很大程度上蕴含了玩家穿越进游戏世界之后的生存感受的投射。

以游戏世界为代表的网络空间建构了"穿越"发生的心理基础，具体来看，表现在这样几个方面。

第一，界面。人们上网浏览或玩游戏时最先遭遇的就是界面："界面是两种或多种信息源面对面交汇之处。"[2] 界面并不一定能引发穿越感，但与传统界面（如电视、电影）相比，电脑具有可操控性，主体不再是被动的静观者，而是参与者、介入者，具有亲身性，这会给主体一种感觉：电脑界面是"受人操控并可以'突破'的屏障"[3]，

---

① 这是网友"清风明月骑士"对"割掉还能长"的帖子《重生穿越什么时候成为 YY 小说的主流了》的回复，参见 http：//www. lkong. net/forum. php? mod = viewthread&tid = 119994& highlight = % E7% A9% BF% E8% B6% 8A，2007 年 5 月 25 日。

② 迈克尔·海姆：《从界面到网络空间：虚拟实在的形而上学》，第 78 页。

③ 高字民：《后图像时代和视觉文化的命运》，《西北大学学报》2009 年第 3 期。

即能够"穿过去","监视器屏幕的这一边是牛顿式的物理空间,而那一边则是赛博空间(cyberspace)。高品质的界面容许人们毫无痕迹地穿梭于两个世界"①。由此形成现实中网民真实的穿越感受,一位网民表示,当个体在孤独中面对电脑屏幕时,的确容易产生穿越的幻觉:"关上窗,打开电脑,看着屏幕的时候……穿越感就非常强烈。"而对常沉浸在虚拟世界,具有宅男宅女习惯的网络写手与读者来说,他们更容易形成穿越意识:"宅男这种生物,关上门,便穿越到了另一个位面。"② 网络穿越小说的"穿越"这一设定,不能完全排除文学传统的影响,但显然更直接地源于人们使用电脑界面时的这种穿越感。

第二,时空的跨越。窗口的诱惑一直存在。近代都市社会兴起后人群的隔膜,加重了个体的孤独,让现代人趋于内化,我们需要窗口,从宅居的住所延伸我们的视野。钱锺书在随笔《窗》中这样描述窗户的功能:"有了门,我们可以出去;有了窗,我们可以不必出去。窗子打通了大自然和人的隔膜,把风和太阳逗引进来,使屋子里也关着一部分春天,让我们安坐了享受,无须再到外面去找。"③ 电视兴起后,它成了连接居所与远方的窗口,人们沉迷于电视,成了"沙发土豆",借此脱离日常的地狱。与电视相比,网络空间不只是窗口,更是可生存的世界。胡泳认为:"网络空间给予人们一种感觉,好像自己的身体被从平凡的物理世界运送到了一个纯粹由想象构成的世界。"④这话其实不准确,网络空间并非纯粹想象的世界,而是可让主体体验别样人生的虚拟生存,特别是游戏世界,常被看成是玩家的"第二人

---

① 马克·波斯特:《第二媒介时代》,第 24 页。

② "碧血霸王枪":《宅男这种生物,关上门,便穿越到了另一个位面》,参见 http://www. lkong. net/forum. php? mod = viewthread&tid = 682650&highlight = % E7% A9% BF% E8% B6% 8A, 2012 年 11 月 27 日。

③ 钱锺书:《窗》,载《钱锺书作品集》,甘肃人民出版社 1997 年版,第 427 页。

④ 胡泳:《比特城里的陌生人》,《读书》2007 年第 9 期。

生"，相对窗口来说，这生成了更大的诱惑，由此，沉迷于虚拟世界的角色扮演，在现实社会与网络世界之间自由的时空跨越，成为现代人日常的生活现实。不同时空的生存与跨越，必然会生成"平行生活观"："生命似乎是由许多视窗组成的，真实的生活不过是其中的一个视窗而已。"① 雪莉·特克尔以角色扮演游戏"泥巴"（Multi-User Domains or Dungeons，MUDs）为例说明了这一点：

> 视窗所带来的世界是去中心的自我（decentered self），在同一个时段活在不同的世界并扮演各种角色。在传统剧场及现实的角色扮演游戏中，人们出入于各种角色间。相对地，"泥巴"却让你同时拥有两种平行的身份及人生。这个平行、对应的感觉，促使人们将网路与现实一视同仁。②

这种平行生活观也正是绪论中提到的赛博知觉之一种："我们创造了这个平行世界并生存于其中，开辟了发散性的事件轨迹，赛博知觉可能会使我们与同时发生的所有意识相匹配，或至少能推动意愿穿越多重宇宙。"③

如前所述，写手们在创作穿越小说时，常会提及"平行空间"理论，认为穿越者改变的世界是与真实历史相平行的另一世界。在这里，以科学界的平行空间理论来论证穿越小说的合法性不是最重要的，重要的是这里折射出写手这种改变历史、创造别一世界的写作想象，实际上正是现代人由线上线下的生存转换而产生的"平行生活观"的投射。

---

① 段伟文：《网络空间的伦理反思》，江苏人民出版社 2002 年版，第 57 页。
② 雪莉·特克尔：《虚拟化身：网路世代的身份认同》，第 10 页。
③ 阿斯科特：《未来就是现在》，第 87 页。

第三，穿越的"自我"意识。电脑界面与网络空间不仅带来了穿越感，而且由于网络的操控性与可生存性，它还强化了穿越的"自我"意识，人们在上网，特别是玩游戏时会体会到——不是别人，而是"我""穿越"了——的亲身性与现场感。而穿越的这种"自我"意识原理，在穿越小说中得到了巧妙而广泛的运用。如前所述，网络小说的"代入感"是写手们常常强调的一点，意在保证读者能够对主角产生情感投射。穿越小说常以跟读者各方面情况相近的现代人作为穿越的主角，从而营造读者能够将自己情绪体验投入到主角身上的"代入感"，显然是渗透并满足了网民穿越的这种"自我"或"主角"意识——把异世大陆的生物（如外星人）作为主人公，显然不如描写一个现代人穿越到异世界更能让读者产生穿越的"自我"意识。对此，网友"石长庚"从读者的角度说得很清楚："现在的小说不是穿越的就不想看。异位面的土著无法带入啊……。"① 穿越的"自我"意识已成为读者热衷阅读穿越小说的潜在期待心理。写手采用穿越这一手法，也就表明他在小说写作中不会再更换主角，读者可以放心"代入"。网友"Rampart"对此说得很明白："写穿越、重生还有一个作用，就是让读者放心，这厮就是主角，放心代入他吧，不会换人了。不用担心再发生从张翠山跳到张无忌、林平之跳到令狐冲之类的囧事，浪费读者先期投入的感情。"② 更重要的是，读者的这种"代入"又相当真切自然。如果写手在小说中使用一般的"金手指"，让主角好运不断，天下无敌，虽会取得一定的 YY 效果，但读者也可能会质疑剧情虚假，

---

① 这段引文是网友"石长庚"对"以前"的帖子《现在看到穿越就想吐》的回复，参见 http：//www. lkong. net/forum. php? mod＝viewthread&tid＝700164&highlight＝% E7% A9% BF% E8% B6% 8A，2013 年 1 月 8 日。

② 这段引文是网友"Rampart"对"猫夜叉"的帖子《也说一下穿越的必要性》的回复。由此也可以看出相对于传统通俗小说（如这里提到的金庸的《倚天屠龙记》《笑傲江湖》），网络小说的 YY 要求更高，更强调代入感。见 http：//www. lkong. net/forum. php? mod＝viewthread&tid＝424905&highlight＝% E7% A9% BF% E8% B6% 8A，2011 年 5 月 23 日。

同时因主角神一样的存在而无法产生亲近感与认同感。而穿越小说往往写一个现代人穿越后凭借知识技能优势在异时空取得种种成功之事，如果读者接受了穿越这种设定，他就会觉得穿越者的成功是可能的，因为任何一个现代人穿越到相对落后的时空，凭借数千年的知识积累，他的确有可能成为一尊大杀四方的"神"。与此同时，这个现代人在穿越前并无神奇之处，只是芸芸众生中的庸碌一员，这就让那些深感生活乏味的都市白领们、宅男宅女们，产生了顺理成章的想法：如果我穿越到那个世界，我也能够成功！主角的成功既激动人心，又合情合理——显然，这种 YY 就比那些动辄描写主人公拾到宝贝或武功秘籍之类的传统"金手指"来得更加深入自然，更有说服力，更能让读者产生情感投射，在取得良好 YY 效果的同时，也成功地让读者中的"合理党人"① 减少了对写手情节设定的质疑。

　　通过分析电脑界面、网络空间与穿越小说常规写法之间的深层关联，可以发现，穿越小说的故事套路与现代人进入网络空间，特别是游戏空间中去体验别样人生具有高度相似性，这种"我""穿越"到"异时空"中去"构建"新生活的写作模式，真正凸显了网络空间的在场、参与以及创造的虚拟生存特质。

第二节　民族国家想象与女权意识的诉求

　　虽然都使用穿越手法，但不同性向的穿越小说在主题上却呈现出较大区别。男性向穿越小说最常见的写法就是穿越者凭借知识技能优势，开矿炼铁、发展经济、改革朝政、更新文化，最终称霸天下，改变历史走向；女性向小说则主要是言情，穿越千年，只为追寻一份诗

---

　　① 由于网络小说多为幻想小说，所以在故事情节、人物塑造上容易出现不合理之处，一些经常对这些"不合理"表示质疑的读者就被称为"合理党人"。

意而专宠的爱情。就前者来说，需要注意的是其中表达的民族国家想象，对后者来说，值得探讨的是其中折射的女权诉求。

一　民族国家的想象及其困境

在男性向穿越小说中，引人注意的就是其中的民族国家想象。近现代中国落后挨打的屈辱现实，让想象与塑造新的民族国家形象成为晚清以来中国文学的重要主题与作家的自觉意识，如朱自清所说："诗人是时代的先驱，她有义务先创造一个新中国在她的诗里。"① 从梁启超的"少年中国"、李大钊的"青春中国"、郭沫若"女神涅槃"的期盼……一直到中华人民共和国成立后胡风"时间开始了"的宏伟预言，都是不同人在不同时期从不同角度对新中国的畅想。与这些面向未来中国、一切尚未确定的想象不同，穿越小说是在新生中国已然成为事实的情况下，为弥补历史缺憾而展开的回溯性想象。显然，与前者的目的性、指向性与建设性相比，穿越小说对民族国家的想象带有强烈的幻想性。事实上，这种穿越小说的兴起与发展，初始正是为了满足网络民族主义者的阅读兴趣。这里要特别提到的就是铁血论坛。2001 年创建的铁血论坛是重要的军网基地，由于较为突出的爱国情绪与民族主义，铁血论坛成为网络民族主义者的大本营。在内地网络刚刚兴起之际，众多网友因军事爱好群聚在铁血社区，发帖纵论国际军事形势，也创作大量军事小说宣泄爱国情绪。"中华杨"的《中华再起》正是在此基础上产生的一篇著名穿越军事小说。《中华再起》一改《寻秦记》对历史的"敬畏"，借助穿越的上帝视角，主人公以自己的理念演绎历史，重构历史走向——"穿越""改变历史""中华再起"……小说从题目到写法都对其时正为晚清屈辱历史而切齿扼腕的网友们构成致命诱惑。在网友们看来，如果在晚清国难时节，有一位盖世英雄

---

① 朱自清：《爱国诗》，见《新诗杂话》，生活·读书·新知三联书店 1984 年版，第 54 页。

横空出世，挽狂澜于既倒，变革社会，迎头赶上世界历史步伐，则今日中国之国运未可限量。"中华杨"曾这样谈起自己当时的创作冲动："当时想起要写《中华再起》，这完全是被一种冲动推着写的，什么冲动呢？那就是脑子里总有一种想法：'如果中国在鸦片战争后强大了，我们当然不会欺负别人，可我们也不会让别人欺负，敢欺负中国者，那都要付出代价。'"① 随着写作的推进，写手们把目光推进更远的历史转折点如宋、明时期，穿越者借助先知优势，把握历史机遇，变革社会，不仅能避免后来的陆沉之祸，反而能让中国因提前变革而成为世界强国。显然，穿越小说对民族国家的想象是其最激动人心的部分，也是其最大的看点。一位过来者如此描述："在那个不知道 ICQ，不喜欢玩石器的时代，我网上唯一的爱好就是在铁血论坛看所谓的铁血文学，那里众多的 YY 穿越文极大地满足了我，那些将中国描写得强大无比的激昂文字刺激着我的肾上腺。"②

穿越小说虽然数量众多，但对民族国家的想象却大同小异，其主要表现就是全面贬斥以儒家学说为代表的中国传统文化对天下国家的设计，而以西方资本主义理念为治国大纲。正如《新宋》开头的诗句"终叫河山颜色变"所隐喻的，穿越小说实际上总在讲述一个如何促进资本主义诞生的故事。穿越者如同饱含忧患意识的弥赛亚，告之以中华民族资本主义天国的"福音"。在这个关于进化与进步的故事中，穿越小说意图在历史的"转折"时段，抢占先机，从内部挖掘潜在的市场化因素，把中国改造成日后资本主义世界图景的领军者，而不是沦为落后挨打的新世界边缘化的"他者"。

具体而言，在对内建设民族国家的路径上，与传统文化贬斥技术、

---

① 《王者归来——军事架空第一人中华杨专访》，见 http://www.kangai8.com/jskj/2012/0128/59851，2013 年 1 月 16 日。

② 转自《左派评穿越 YY 文》，http://blog.renren.com/share/235207501/1529252702，2012 年 12 月 3 日。

轻视利益不同，穿越小说奉行技术强国、利益至上。写手们把儒家学说看成是阻碍国家强盛的思想桎梏，对其进行了情绪化的诋毁与激烈的嘲笑。众多穿越小说中出现了满口仁义、不通世务、堂·吉诃德式的"腐儒"形象。在《商业三国》中，"刘备"听说儒家思想传到了日本，竟然兴高采烈，认为正是要让这种思想去"毒害"日本。穿越小说对资本主义大唱颂歌，以"技术"与"利益"变革社会，多数小说都是写主人公穿越到前朝，利用技术开矿炼铁、发展工业、经济，利用火枪、三段射击、西方军阵等打造现代化军队，建造海船发展海上贸易，促进新社会的萌生；与此同时，在民众中倡导对"利"的追求，认为以此可唤起人们对平等、私权的要求，培植意识形态的渐变，最终演进成社会变革的思想基础。穿越小说这种弃中扬西的激进主义思维模式，显然对传统文化的正面价值以及在建设新的民族国家中的作用严重估计不足，而对现代性的痼疾与可能的破坏性后果又缺乏必要而深入的反思。值得注意的是，也有少数小说写出了文化转换的艰难与价值抉择的困惑，《明》是其中较深刻的一部。小说中，儒生们借用儒家学说对武安国种种促生资本主义的行为进行了抨击，认为种植蔬菜大棚是"悖行天道"，开矿炼钢是"大伤地脉"，开启边贸、鼓励工商造成了人性的蜕变（"奸佞之徒，见利忘义"），从而导致农村经济的衰落与破产（"土布滞销，妇女无事"）①。尽管武安国对儒生们的攻击不以为然，但他也不得不承认，他所促生的资本主义"从头到脚都露出了本来具有的狰狞和血腥"。资本虽然刚刚萌芽，但已然"懂得为自己的生存空间而搏杀"，它如狂奔的马车，神挡杀神，佛挡杀佛。令武安国困惑的是，社会繁华了，社会却似乎离"平等越来越远了"。"安全与自由依然是一种梦想中的奢侈。"武安国对资本这头怪物的反思，让他产生了先觉者的迷茫与自我反省意识："我这样做

---

① 《明》第二卷《大风》第八章《政治（四）》。

到底对不对"?① 尽管《明》的主旨仍是弃中扬西，但这样的反思已经弥足珍贵。

在对外关系上，传统文化强调的是以礼"化天下"，以文化的先进构成华夷秩序合法性的依据，穿越小说则认为这是可笑的一厢情愿，它们强调的是"武备"而非"仁德"，推崇的是尚武精神、铁血军刀与帝国主义的扩张。《新宋》中，石越建忠烈祠，重武举，建军校，由重文抑武走向文武并重。《回到明朝当王爷》中，杨凌以严酷杀戮杜绝内乱，以置之死地而后生的方法培育军人的血性与征服意识。《明》中，武安国给朱元璋别有意味地呈现了"如画江山"图，在这位君王面前描绘了世界图景，"第一次听说世界竟然是这样大"，朱元璋燃起了熊熊的帝国野心："朕要和天下英雄争一雄长，嘿嘿，我中华百姓，我中华百姓无论走到哪里都堂堂正正。他奶奶的，老朱先把不服气的国家全给平了。"② 在根本上，大部分穿越小说意图把西方资本帝国的殖民路线重走一遍，唯一不同的是，这次资本列强的领军者是中华上国，在无限的浮夸描写中，中华上国凭借先进武力大杀四方，称霸世界，在以铁血军刀征服"蛮夷"之后，又适时撒播中华文化，在根本上同化异族，以求统治永固。由此也可以看出，穿越小说尽管把传统文化批得一无是处，尽管与其征服天下的方式截然不同，但实际仍在深层继承了古代中国的帝国想象与中华中心主义思想。与此同时，在忙于宣扬对外的殖民扩张、释放民族主义情绪之际，穿越小说却很少注意到其在异时空建构的国家内部的矛盾，在抽象的民族利益面前，民族国家常被想象成没有缝隙的铁板一块。

不难看出，穿越小说在民族国家的内外发展路径的诸种设想，存在严重的价值缺失。它对内重视"技术""利益"，却未对资本主义的

---

① 参见《明》第二卷《大风》第八章《政治》至第十章《较量》中的相关内容。

② 《明》《正文》（第一卷）第十二章《（中）杯酒》。

负面因素进行反思，也未有力地彰显平等、民主与正义的文化诉求；对外突出的是尚武与扩张，却忽视了世界民族是命运共同体，忽视了各民族之间和平、交流与共生的重要意义。总的来看，在多数穿越小说中，内部的封建皇权与外部的殖民扩张以实用主义的方式纽结在一起。这种奇妙的结合，在根本上源于小说的 YY 要求与平等、民主等现代价值观的根本矛盾。个人层面的金钱、权力与女人，国家层面的扩张、热血与对异族以牙还牙的杀戮与征服，构成了读者 YY 快感的重要来源。为了满足读者个人英雄与强盛民族的双重幻想，在内部，穿越者需要借助先知式的无所不能，玩转官场、商场与情场，坐拥权力与美人，通过攀科技树成为位高权尊、一呼百应的盖世英雄；在外部，他需要成为征战天下、智谋百出、所向披靡的军事领袖。对前者来说，穿越者真正需要关注的不是凭借现代意识促成民众的权利、公平与正义，而是享受坐拥天下、左搂右抱的中国传统皇权；对后者来说，穿越者真正需要的不是传统文化的节制、中庸与平和，而是热血与杀戮，是资本主义的尚武与扩张本性。由此，穿越小说中的民族国家想象成为功利主义的取舍，成为个人成功与民族扩张的双重幻想结合后演变为个人英雄的帝国主义，资本与皇权相安无事，联姻成不伦不类的政治怪胎，无所不能的"金手指"，不是成为消解皇权与传播正义的福音，反而有可能演变成皇权大杀四方的强力武器。小说《明》中，武安国惊讶地发现："震北军强大的战斗力，自己举世无双的'发明'，到头来还是要成为维护皇权的工具。"① 当穿越者凭借"金手指"完成对内对外的征服，他也就合乎逻辑地成为众人敬仰的"神"，如《1911 新中华》中的"雨辰"："雨辰成了神。如果他这个时候下命令让这些青年走上前线去冲锋，去牺牲，去趟地雷阵，去和敌人同

---

① 《明》第二卷《大风》第三章《乱》。

归于尽，相信这个国家绝大多数的青年不会有半点犹豫。"① 如何保证这种英雄政治不会走向完全的封建专制，而转变成穿越者想象中的现代共和国家？多数小说出现的戏剧性场面就是穿越者在经历了一番心灵挣扎后的"主动退位"："雨辰罕见地醉了，他……嘴里只是低声地念着：'到底是华盛顿，还是拿破仑？走到了这一步，下面该怎么办？'"② ——在完成穿越的幻想之梦后，反讽地类似于哈姆雷特的犹豫不决，穿越者"到底""还是"的迷惘，表明他们在究竟要建设何种民族国家的"重大问题"上，从未真正明确。

二　"女扮男装"：女权诉求及其悖论

虽为 YY 小说，穿越小说却也折射了女性生存的现实困境，并给女权意识的表达提供了可能。在女性向穿越小说中，相当多主人公叙述了穿越前的生活苦闷，感情的背叛、婆媳的矛盾、工作的乏味……在此意义上，"穿越"正隐喻了女性的"出走"姿态，表明女性试图摆脱男权社会的禁锢，在另外的时空（尽管是虚幻的）寻求生命价值与爱情幸福的诉求。与此同时，小说的"时空穿越"也让这种女权表达成为可能，或者是以两性平等的现代思想烛照男尊女卑的古代社会，或者是在虚构的架空世界中表达女尊男卑的激进梦想。但是，这种女权诉求又常常是情绪化的，同时无法摆脱小说商业利益的制约，思想的悖论与纠葛十分明显。值得注意的是，这些小说在主人公的穿着打扮、社会制度或身份性别上呈现出"女扮男装"的特征，在这里，"女扮男装"是双重意味的，既表达了男女平等的愿望甚至女尊男卑的激进诉求，也隐喻着这些女权诉求潜在地表现了对男权社会文化逻辑的遵循，从而呈现出较为明显的悖论。

---

① 《1911 新中华》第五卷《新世界》第 191 章《平衡》。
② 《1911 新中华》第五卷《新世界》第 190 章《华盛顿还是拿破仑》。

　　先看"女强文"。所谓女强文，指讲述女主人公成为强者的小说①。小说主人公往往穿越到古代社会，凭借现代"三观"及各种知识技能优势，成为异时空中的强者，由此意在改变现实或古代社会中"女弱"的传统想象，表明女性也能成为各领域的成功者。由于女性在古代社会不便抛头露面，故这类小说常见的情节设定就是"女扮男装"，女主人公穿上男装后征服天下。在这里，女扮男装既是写作策略的需要，同时也富有象征意味，暗示了女性意图冲破"夫受命于朝，妻受命于家"的男权规定，释放身上的男性自我，行男性所能行之事，在政治、军事、权谋、商场、职场等方面有一番作为。如《少年丞相世外客》中的林伽蓝，穿越后成为天下闻名的"少年"丞相，她力挽狂澜，救民于水火，运筹帷幄，统一四分五裂的伊修大陆；《凤城飞帅》中的君玉，女扮男装，纵横天下，笑傲沙场，成为威震胡汉的凤凰军统帅；《绾青丝》中的叶海花利用现代餐饮技术，推广火锅店、服装店，富甲天下；而杰出女写手"黑色柳丁"的《命运的抉择》《凤穿残汉》等小说甚至表现了女性试图扭转国运、改变历史的宏大抱负。《命运的抉择》中的女主人公开工厂、制火药、造步枪、经商赚钱、建立军队，出将入相，登基称帝，治理国家，让中国一举成为世界强国。《凤穿残汉》中的女主人公建港口、立学堂、培养吸纳人才，讨论民族大义，钻研定国之策。在根基未稳之前，她女扮男装，便宜行事，而当羽翼已丰，大业已成时，她正正当当宣布自己是女人，表现出十足的女强意味与女权意识。尽管充满幻想意味，女强文的这些描写仍呈现出一定的积极意义，女主人公以对事业的追求与自我的强大，改变了"贤妻良母"的传统设定，女性不再只是拘囿于

---

　　① "女强文"与"女尊文"的区别在于：在女尊文中，女尊男卑，女主内，男主外；在女强文中，女主角不一定非得是在女尊男卑的社会里生存，她也可以凭自己的能力在男尊女卑的社会成为"强者"。如果宽泛来说的话，女尊文也是女强文，但女强文不一定是女尊文。

家庭之中的依附的、被动性的"他者"存在，而是拥有独立事业的"强者"；她们最终的成功，不再是由于纯粹的长相等外在因素，而是部分地源自自身的能力、智慧、才干以及执着不懈的精神，从而在一定程度上摆脱了男权社会对女性的价值预期与传统想象。

但进一步分析可以发现，女强文的这种"强"又是可疑的，或者说，"女强"不"强"。

如果说有些女强文写出了女主人公走向强大过程中的艰难、曲折与自身的努力，更多的女强文则是大开"金手指"，这种强大不是经过现实的重重磨砺之后形成的强大，而是借助于各种充当"势力""手下"的有权有势的男性护花使者，或各种神器、神兽、空间戒指、逆天功法，以及主人公总能化险为夷地好到爆的运气。这种强者故事明显带有虚假性、虚幻性，除了满足读者的欲望幻想外，很难产生真正变革现实的有效性。

更重要的是，在这些女强文中，强大只是外在的，只是女主人公出将入相这些华而不实的外部描写，而很少能看到女性直面困难的勇气、决心、毅力与热血，很少能看到才华的绽放、心灵的吁求与对事业理想的渴望。除了《命运的抉择》《凤穿残汉》等杰出作品外，大多数女强文名不符实，只是披着"女强"之皮的"言情文"。相较于冷漠血腥的争霸，凄美的爱情无疑更能俘获女性读者的心，因此，这些小说中的女性，尽管女扮男装，意气风发，征服天下，但最终都不过是为了谈一场风花雪月的恋爱。尽管有借穿越而来的各种政治、军事才能、医学、刑侦与经商知识以及预知天命的巨大优势，但她们并不真正想利用这些优势去做一番事业，爱情是全部故事的旨归与着眼点，所有情节设定最终都是为了成全女主人公宏大美丽的爱情神话，故事的进程直奔"一生一世一双人"的永恒追求，小说的结局常常是女主人公带着心爱的男子要么归隐田园、要么扬帆远航，驶向与世无争的美丽新世界。与之相应的是，为了表现女主人公的爱情神话，女强文往往要拉低整个位面的智商与心性。在小说中，写手们常常围绕女主人公设置强势型、温柔型、腹黑型、努力型等各种男性，这些男性的共同特点就是对女主人公爱得死去活来、忠心不二。杀伐决断的英雄们都变得温情脉脉、儿女情长，连天战火与惨烈搏斗都成了爱情的证明与点缀，家国、天下与历史，这些重大严肃的话题都演化成了风花雪月的故事，在此基础上，这些女强文都成了一些恋爱大过天的小白文。这也由此表明，女强文似乎总在表现女性的强大，但它最终却悄然回归了"爱情是女人的全部"这一男权社会对女性的传统设定，女性在强大后总要投入男性的怀抱，男性成为其幸福生活的最终归宿。

女性向穿越小说中的这种男性视角与商业考虑，也表现在数量众多的"宫斗文""宅斗文"之中。同样是历史穿越，主人公同样具有现代意识，但与男性向小说中穿越者总是扮演手捧启示录的先知、试图以现代意识去启蒙古人不同，女性向小说中的穿越者往往被古人所同化，她穿越到某朝某代的王室皇宫之中，与众多女性为了男性的专宠而展开无穷无尽的"宫斗""宅斗"。显然，这种情节模式是基于商业利益的考虑，或者说，在某种意义上折射出女性向历史穿越小说的写作困境。小说需要戏剧冲突，但历史穿越的女性向小说，天生缺乏重构历史的爽点，不可能像男性向小说那样去外面世界争霸天下、改变历史——女性读者不会对此感兴趣，她们更关注的是缠绵悱恻、惊心动魄的爱情。为了读者的点击收藏，为了营造情节冲突，写手们只能让女性们在宫廷中、家庭中，为了一个男人而展开殊死搏斗，由此小说的中心内容就是各种残酷阴狠、无穷无尽的"宫斗"与"宅斗"，在这种争斗中，女主人公总能凭借穿越者优势，利用"三观"、诗词等逐一击败竞争对手，在爱情争夺中立于不败之地。由此，女主人公的"强"具有了重要的区分意义，让她在一群女配角中出类拔萃，成为她能在"斗争"中俘获男性、以供某位如意郎君采摘的有力筹码。在此情况下，女强文仍然遵循的是"男人征服世界，女人征服男人"的传统设定，女性即使拥有了征服世界的力量，她也不愿用这种力量去征服世界，而是去征服男人，她的强大体现于在残酷的同性竞争中击败了其他同性，这也表明女强文的深层结构正是以男性为中心的——男性是最终的战利品，也是胜负的最终评判者。在这里，我们可以发现，女强文并不是真正表现"女性强"，而是表现"女主人公强"，从而能够满足"代入"到女主人公身上的无数女性读者的幻想，让她们想象自己在爱情角逐中总能立于不败之地的"强大"。由此，表达女权诉求的女强文就由初始的"女人向男人挑战"演变成了"女人为难女人"——或者说——"女主角为难诸位女配角"的情节模式。

女性由初始的试图向男性社会证明自我，最终却演变为以男性为旨归的情节模式，表明女强文中的女性强大只不过是虚假、自欺式的强大。饶有意味的是，这些女强文的女主人公的姓名中往往含有"狂""傲"等字眼，如"秦傲风""莫倾狂""柳云狂"等，这似乎表明了女性对男权社会的"冒犯"与不屑一顾的"冷酷"意味——这也正如"女扮男装"这一着装所暗示的——试图打破"女性如水"的传统想象，成为如同男人一样坚硬的顽石，身体与心肠都冷若冰霜、无法穿透，允许自己去夺取而不是被夺取，这是对男权社会的厌恶、拒斥与挑战。然而，最终的结果却是女性被软化，或者说，在"装扮"出来的"酷"与"冷艳"背后，她期待的却是软化与被接纳，她抗拒男权，穿越到古代社会，女扮男装，层层包裹自己的强大，然而最后她仍要投入男权社会的怀抱，女强不强，在欲盖弥彰的情感神话学背后，体现的是女强文女权诉求的深刻悖论。

　　进一步看，女强文中女性由初始的坚硬到最后的软化过程，正契合了男权社会对"女强人"的想象逻辑。不难看出，在男性书写的中国历史上，对"女强人"的描绘如花木兰、穆桂英、梁红玉、十三妹等，同样是女强文中那些"不爱红装爱武装"的女中豪杰，男权社会加以标榜与表彰的正是"巾帼不让须眉"的文化传统。然而，中国历史对这些女豪杰的膜拜却是有限度的，或者说，这种膜拜最终是建立在男性优势的绝对前提之上的，这里的潜台词是丰富的：作为女性，即使再强，你也毕竟是个女人，最终仍得回归男权社会的掌控。显然，女强文"坚硬—软化"的情节模式，正形象地诠释了这种文化逻辑。在此意义上，女强文不仅很难真正动摇男权社会，而且还潜在地证明了男权社会的男性优势心理是合法有效的。

　　这种情况，固然影射了现实社会中女性成功的艰难，但更多的是基于商业目的，迎合女性读者对轻而易举获得富贵、权力与"理想"男性的幻想——这也同时表明，"女强文"臆想出的女性强大，在貌似挑战男权的同时，却因女性自我的符号暴力加强了对男权本身的崇拜，从而无法走出男权意识形态的牢笼。

　　除了女强文，还有表现女权意识更为激进的女尊文。所谓女尊文，即指在写手虚构的架空世界中以女性为"尊"的小说。如果说女强文常常是女主角凭借自己的能力而成为"强者"，而在女尊文中，小说所涉及的国家常常奉行女尊男卑的社会制度。女尊文完全可以说是满足现实中女性读者对男权社会的仇视、愤激情绪而产生的小说类型，网络写作时代的来临让这种情绪的自由宣泄成为可能，因此这类小说的女权意识相当激烈或尖锐。小说题目往往就颇为挑战眼球，如《穿越到女权国》《穿越古代做女权主义者》《穿越之女权至上》《男人如衣服》等。有的小说直接在文中喊出"让我们来推翻男权主义"的口号："我很悲愤，我觉得古代的女人好懦弱啊！什么三妻四妾，什么三从四德，什么《女诫》，丫的，什么破书嘛！凭什么，你们男人逍遥自在，我们女人苦滴滴的。站起来吧，看本书女主角如何将男权主义狠狠地踩在脚下。"① 这些小说中，故事发生的背景往往是女尊男卑的社会，男人与女人在长相、言行及所扮演的角色方面跟现实社会完全相反。试看一部女尊文的"文案"（内容简介）："在这个国度里：男人要被压在下面；他们要做饭，打扫房间，看孩子；他们需要时刻注意自己的外表，保持身体的健康与优美的体态；而女人，我们拥有统治权；我们是领导者，代表更智慧的存在；而只要你相信我，那么这一切不会仅仅是 YY；一个属于女性的时代，正在到来。"② 由于小说描写的现象与现实社会差距甚大，"穿越"就成为女尊文的必用手法，小说开头常常是写主人公穿越到了女尊男卑的"女权国""凤国"之类。

在女尊文中，最突出的就是小说中男女外貌、个性及社会角色的颠倒，可称为"女扮男装"与"男扮女装"，或者说是女人男性化与男人女性化。女人孔武有力，而男性则如现实社会中的女性一样重视外表，如在"真的江湖"的《一曲醉心》中，男人的长相是："细长的眉如一黛远山，蜿蜒得恰到好处；紧闭的双眸之下，睫毛似乎被水雾浸湿一般浓密纤长"③，"意忘言"的小说《姑息养夫》中甚至写道："这个世间，又有哪个男子真的会不在意自己的容貌呢？"④ 男女的性格、言行特征也是互换的，女人大大咧咧，男性则是温柔的、需要保护的弱者形象。如《一曲醉心》中男子常做的动作："惊恐地睁

---

① "我是发光体"：《魅王倾情》，http：//www. readnovel. com/novel/75550/2. html，2012 年 12 月 22 日。

② "海蓝之贝"：《女权学院》，见 http：//www. jjwxc. net/onebook. php？novelid＝390311，2013 年 1 月 10 日。

③ 参见《一曲醉心》开头部分的描写。

④ 《姑息养夫》第四十八章《为谁妆点对镜和对人～》。

大了双眼，一行热泪滚将下来""泪眼模糊地哽咽着""咬了咬嘴唇"
"摇摇欲坠几欲跌倒"①。在社会分工方面，与现实社会男主外、女主
内的模式不同，女尊文是女主外、男主内。从女尊文的这些描写来看，
尽管男女形象与社会性别的颠倒带有强烈的幻想成分，但它客观上表
明了女性对现存社会男尊女卑现状的不满与抗议，同时表现了对有关
女性的本质主义看法的质疑。正如波伏娃的名言"一个人之为女人，
与其说是'天生'的，不如说是'形成'的"② 所指出的那样，女性
的温柔、内敛、娇羞、小鸟依人等所谓女性特质，并不具有天然性、
恒定性，在根本上只不过是男权社会建构的产物，是迎合男性统治的
需要而加以塑造、培育的社会性别——如果置以女尊男卑的异时空，
男女的社会角色与行为特征完全可能发生逆转。与这种女尊男卑的社
会地位相对应，在男女两性问题上，与传统文学中性描写的男性视角
相反，女尊文注重从女性视角出发，故而更多地写出了女性自我的性
感受与身体行为，这些描写多是以女性为中心，是从女性的身体感受
出发的，而男性则成为性行为的附庸与背景。在这一点上，的确表露
出某种反叛男权的先锋意味，其肉体的狂欢也类似于女权主义的身体
写作，即试图以身体的暴露、狂欢来剥离意识形态强加于女性身体上
的文化禁锢。

　　女尊文让人感觉最荒唐也最惊世骇俗的描写就是这些小说常常有
"男人生子"这一设定。对有些写手来说，这种情节描写可能只是出
于一种朴素的"报复"情绪，而对另一些更为严肃深刻的写手来说，
这一设定表现了她们的朦胧认识，即生理差异可能是造成男女性别不
平等的重要原因，这跟西方女性主义的早期理论颇为相似。早期女性
主义认为男女生理差异构成了男性统治的重要基础，男权社会的统治

---

① 参见《一曲醉心》开头部分的描写。
② 波伏娃：《第二性》，桑竹影、南珊译，湖南文艺出版社 1986 年版，第 23 页。

逻辑是：因为女性生孩子，故女人应该抚养孩子、照顾家庭，"主内"；与之相应，男人"主外"，生理的性别差异转化为社会性别差异，这种差异再被赋予不同的价值等级，最终导致了男女现实中的不平等。因此，要想实现男女的社会平等，消除生理差异也许是一个可行的途径。在这方面，一些女尊文表现出有趣的探索意识，在小说《女权学院》中，人们采用科技手段，生产出"母体"这种人工子宫，并用它来繁殖后代，从而把女性从生育中解放出来，为了确保这一点，国家还颁布"生育法"禁止女性私自生育；与此同时，国家又颁布"抚养法"，规定新生婴儿由政府统一抚养教育，从而又将女性从抚养义务、家庭事务中解放出来。总之，种种强力措施让女性摆脱因生理性征而被社会强加的义务与职责，从而能够从家庭走向社会。女尊文的这些想法与主张，显然与激进女性主义的性变革思想如出一辙。激进女性主义的代表人物舒拉米斯·费尔斯通（Shulamith Firestone）认为："两性间天然的生殖差异直接导致了最初的劳动分工，而劳动分工又带来了阶级的产生和种性等级模式（即建立在生物特性基础上的歧视）。"① 既然女性的屈从地位与性别的生理差异有关，费尔斯通提出"生物学革命"，强调开发新技术来摆脱女性的生理因素，如采用试管婴儿进行生育，用奶瓶喂养而不是母乳喂养等，以实现性别的社会平等。在某种意义上，女尊文以文学手法对激进女性主义的男女平等设想进行了演绎与诠释。

不难看出，女尊文对女权意识的诉求逻辑仍然是"女扮男装"的，这表现在一方面女性希望获得男性的统治权力，把现实社会的男尊女卑变成了架空世界中的女尊男卑；另一方面为了确保女性有资格获得这种统治权力，就让她们在长相、行为特征与社会角色方面都跟

---

① Firestone, Shulamith, *The Dialectic of Sex：The Case for Feminist Revolution*, New York：Bantam Books, 1970, pp. 8 – 9.

现实社会的男性一样。然而，这两方面诉求都是可疑的。首先，把现实社会的男尊女卑颠倒为女尊文中的女尊男卑，这说明女尊文信奉的并不是两性平等，而是等级压迫，只不过被压迫的对象由女性变成了男性。以等级压迫来对抗等级压迫，就表明了女尊文尽管试图反抗男权社会，但奉行的标准却仍是男权社会的压迫逻辑，它对"尊"的定义在根本上是源自男性视角的，这就不仅让女性的反抗失去了合理性与人性维度，而且让这种反抗受困于男女对立的二元思维逻辑。除了建立新的、倒置式的男女等级压迫制度外，并不能产生任何建设性的元素。与此同时，女尊文中的性描写尽管不乏先锋叛逆意味，但严格来说，它更多的是为了商业利益的考虑，通过情色描写与隐私暴露，迎合女性读者的欲望——女权主义本身成为卖点。其次，为了获得男性统治的权力，女尊文的写作模式表现出对女性生理特征的逃离倾向，女性在各方面变得跟现实社会中的男性一样，从而把自我消解成男性成员。这种向男性"求同"的写作模式实际潜在地表明了女尊文对男性特质的推崇与对女性自身身体的歧视，由此，这不仅不能有效地表达女性的女权诉求，反而进一步巩固了男性因生理特征更为"优秀""卓异"因而更有资格取得社会领导权的文化逻辑，进一步巩固了男权社会中的性别角色定型与权力分配关系。也许，女性不应该急于去抹平男女的生理差异，而应以承认两性差异的方式来追求平等，只不过要反对的是男权社会给女性特质所赋予的反面标签，正如玛丽·戴利（Mary Daly）所强调的那样去"重估"女性价值，从正面去定义女性特质，在此基础上把差异看成是女性力量的源泉[1]；与此同时，不是仅仅从生理层面而是从政治、话语、文化层面来理解男女不平等的根源，才能真正瓦解思想文化领域内人们对女性的性别歧视。

---

① 相关理论可参见：Daly, Mary, *Gyn/Ecology*：*The Metaethics of Radical Feminism*, Boston：Beacon Press, p. 1900。

　　表现女权意识的，除了女强文、女尊文，还有耽美文。"耽美"一词最早见于日本近代文学，含有唯美、浪漫之意，谷崎润一郎、三岛由纪夫等日本作家的创作皆有此倾向。20 世纪中叶，日本漫画开始面向女性读者，致力于以唯美手法描绘少年男性之间的同性之爱，由此，"耽美"一词的含义发生改变，渐指男性之间纯美爱情的各种作品，并构成了一种涵盖小说、动漫、游戏、cosplay、电影等的亚文化。耽美文，或耽美小说，主要指表现 BL（男男之爱）的小说。这类小说一般面向女性读者，这些女性读者也因此被称为"腐女"。这里需要指出的是，这些喜欢阅读耽美文的"腐女"，绝大多数并不是同性恋，而是性取向正常的女性。在阅读耽美文时，这些腐女往往代入其中一个男性身上。为了方便这种"代入"，有的耽美文设置有"女变男"的情节，即女主人公通过穿越，变成了男人，成了耽美文中的一个男性。从这种情节设置以及读者的阅读心态上来说，耽美文同样是一种"女扮男装"。

　　耽美文的女权色彩，首先体现在对传统言情小说男尊女卑爱情模式的质疑与颠覆上。在琼瑶、席绢的传统言情小说中，各种高富帅总会爱上一无所有甚至相貌平平的女生，这种王子与灰姑娘的情爱童话在网络文学的总裁文、高干文中得到延续。与之相比，由于消除了性别差异，耽美文中的爱情显得更加平等与纯粹。看腻了传统言情小说中符合男权社会想象的俗套情节的女性读者，更愿意去欣赏男男之间这种平等爱情。网友"可尕，无"表示："现代大多书籍，都是以男性为主，女性为辅，很多女性对于这类文字看得不厌其烦。就拿典型的 BG（男女之爱——笔者注）言情小说为例，太多的灰姑娘的故事、太多的水晶球的情节，甚至还有女仆之类的情节，这让一些向往爱情平等的女性看得大呼头疼。……而 BL（男男之爱——笔者注）则很好地让她们成了一个完全的旁观者，以一种纯欣赏的态度来憧憬自己心目中的爱情。不会有敌意，不会有比较，只是单纯地欣赏两个美男的爱情，这对于一些精神爱情的女性来说更是大为所喜。"① 正是出于对男男平等爱情的欣赏与向往，相当多腐女拒绝那种名为耽美、实为传统 BG 文的伪耽美文，在寻找耽美文时明确注明"拒绝伪娘、平胸受"，也就是说，拒绝把男男之爱中的"受"描写成传统言情小说中柔弱、被动的女性角色。腐女们不仅追求爱情中人格的独立与平等，而且表现出爱情追求中的主动性，她们喜欢把自己"代入"到男男之爱中"攻"的角色中，在幻想中完成对男人的征服。正如网友"towerofflonely"指出的："我觉得有很多腐女的腐其实有一种女攻的心理……希望美男可以被人征服……不喜欢普通的 bg，因为永远把女主定义成温柔贤惠的女性。"② 进一步看，耽美文中的爱情不仅具有平等性，而且还具有纯洁、崇高与坚忍的唯美气质，相比男女爱情中可能掺杂的功利物质考虑，这种爱情更具有纯粹性。与此同时，由于男男之爱常受到世俗社会的歧视与阻挠，这种因冲破世俗而溶血蚀骨的爱与恨，以及被社会摒弃因而深感与整个世界为敌的"悲壮感"，都赋予了男男之爱一种精神性、理想性的超凡魅力。腐女们兴奋于男性之间这种伟大的"同志"情谊，一方面是源于对言情小说中俗套情节的厌烦；另一方面也源于对现实社会中男女爱情的不信任与逃避。

耽美文的女权意味还体现在，腐女们在欣赏男男之爱的同时，也是以女性视角对"男色"进行消费。在男权社会中，各种电影、绘画、小说中的情色消费都是以男性视角展开的、服务男性的，女性的情色享受不仅被忽视、压抑，甚至女性本身还以种种屈辱性的姿态沦为男性情色享受中"物化"的消费品。男人可以公开地谈论女人的外

---

① 网友"可尘，无"对耽美文的讨论，参见 http：//www.zhihu.com/question/19554827/answer/12501983，2011 年 5 月 14 日。

② 网友"towerofflonely"对耽美文的讨论，参见 http：//tieba.baidu.com/p/2390937601，2013 年 6 月 13 日。

貌，并追求外貌，而女性则被设置成种种"花瓶"以取悦男性。男人成为社会的主宰，而女性则沦为"玩物""尤物"。与此不同的是，在耽美文中，女性可以自由充分地满足"男色"享受。耽美文中的两个男主角常被设置成花样美男，在此意义上，阅读耽美文就是双倍地欣赏理想男性，这种帅哥叠加的视觉享受，的确是耽美文吸引众多腐女的重要原因。在欣赏中，女性作为男男之爱的旁观者，不再有男权文化中被凝视的屈辱感。相反，她们成了凝视者。与此同时，女性的这种凝视与代入非常自由。当代入"攻"时，她就完成了对现实社会中男女情爱关系的颠倒，可以肆意摆弄男性主角，满足女性的支配欲望；当代入"受"时，这种色欲享受就成了一种安全模拟，避免了现实中女性的怀孕与易受伤害的风险。

　　而对一些在现实中受到感情伤害的女性读者来说，阅读耽美文，欣赏男男之爱，在某种意义上是一种自杀式行为，是与男权社会同归于尽的报复。一些受到感情伤害的腐女，经常会有"男女是用来繁殖的，男男才是真爱，异性恋去死，高富帅都是 GAY"之类的激烈话语，她们对现实社会中的男女之爱感到怀疑乃至绝望。而避免让女性在爱情中被男性伤害的最好办法，就是让女性在爱情中消失，而描写男男之爱而不是男女之爱的耽美文显然就符合了这种需要。网友"Qooov"表示自己之所以"开始接受 BL"，原因就在于她觉得"只要男女不在一起，男的就无法剥削女的，女的也无法犯贱去服侍男的。也不会出现传宗接代这些令我恶心的东西"。① 这里的潜台词是：既然在现实社会的男女之爱充满了"男尊女卑"，那就不如让卑微的女人们彻底消失，集体自杀，让男人们去自娱自乐吧。女性抱着与男权社会玉石俱焚的决心，在自身的毁灭中，在世界的退出中来换取男权社会的孤寂

---

　　① 网友"Qooov"对耽美文的讨论，参见 http：//tieba. baidu. com/p/2390937601？pn = 1，2013 年 6 月 12 日。

与最终的灭绝。

但是，耽美文中的女权意识同样是充满悖论的，一个突出的表现就是耽美文中的"拜男踩女"现象，或称之为女性的"炮灰"现象。网友"卟叽卟叽小肥啾"表示："拜男踩女确实很严重啊……你多看腐文，就会发现里面出现的女性都像炮灰一样，要么担当最终恶人角色，要么担当阻碍男男在一起的贱女人，要么担当花痴一样追着男主却被男主像甩鼻涕虫一样地甩。"① 在耽美文中，居于中心的是"伟大"而"纯粹"的男男爱情，处于边缘的女性在小说中要么是挑拨离间、手段卑鄙的反派人物，要么是逆来顺受、面目模糊的陪衬角色，这让耽美文具有一种远较男权文学更突出的"厌女症"。对完全以市场为导向的网络写作来说，这种"厌女症"的产生显然要归因于读者的心理需求。由此，"厌女症"看上去似乎凸显了女性读者的矛盾选择：她们既厌恶传统言情小说中女性的附属性，因此转而欣赏耽美文中平等、纯粹的爱情；但另一方面，在欣赏男男之间的这种爱情时，又似乎对小说中的女性角色抱有嫌厌心理，并让其居于同样的附属地位。表面看来，这似乎与耽美文的重心本是表现男男爱情、女性自然处于配角地位这一原因有关，但在根本上，这是缘于女性读者的嫉妒心理。正如网友"April"所指出的那样，这是"出于一种古怪的占有欲，宁愿自己喜欢的男人去跟男人在一起，也不愿意情敌是女人"。② 在耽美文中，女性读者把自己"代入"到其中一个男性角色时，她实际上已经部分地回复到了传统言情小说男女之爱的模式，不过有所不同的是，她省去了"代入"到传统言情小说女主人公身上后那种与之不断进行比较并可能产生的嫉妒心理，因此这种代入与情感投射会更

① 网友"卟叽卟叽小肥啾"对耽美文的讨论，参见 http：//www.douban.com/note/236370529/，2012 年 9 月 12 日。

② 网友"April"对耽美文的讨论，参见 http：//www.zhihu.com/question/19554827？rf = 19773721，2011 年 5 月 26 日。

纯粹、更完全、更具有自我性。在这种情况下，她不会愿意小说中出现其他出风头的女主角（因为她自己就是潜在的女主角）。在同性嫉妒心理的驱使下，出现在小说中的女性注定了只能是"炮灰"命运。换句话说，耽美文中的这种女权主义，在实质上是借助对男性角色的"代入"而呈现出来的"女主主义"，它要迎合、满足并使之膨胀的，只不过是正在读小说的那个女性读者的"自我"。在耽美文这个由女性读者幻想出来的完美世界中，女性拒绝了其他同性的进入，在此意义上，"拜男踩女"凸显出来的"厌女症"，其实是"厌恶其他女人症"。

一面崇拜男色及男男爱情，一面排斥同类女性，在貌似追求平等纯粹爱情（这种"纯爱"其实常常是男权社会给女性准备的具有迷惑性的礼物）的名义下，耽美文以女性的不幸来见证男人之间的伟大爱情，从而在深层次上表达了对女性的歧视与偏见，隐含着对女性自我身份的自卑与摒弃。面对女性附属性的现实存在，腐女们幻想"成为"男性，一些腐女声称："我有一个梦想，就是希望带着我今生的腐女魂，下辈子投胎做男人。"[1] 耽美文以"女变男"，或女性"代入"男性的方式，满足腐女的激进梦想，释放女性在现实爱情中被压抑的进攻性与支配欲，在某种意义上，这满足了卡伦·霍妮（Karen Horney）所说的女性的阉割情结（Castrationcomplex）[2]。但是，仅仅由于女性的弱势存在就意图脱离自我的性别身份，不是在认同女性性别的基础上去寻求权力、平等的突破，而是幻想"成为"男人，从

---

① "沐子修尘"：《带着我的腐女魂投胎》，参见 http：//tieba. baidu. com/p/2341512533？pid =33397814888&cid =，2019 年 2 月 25 日（笔者在 2019 年 5 月 25 日重新查询此条文献时，发现该文献已被网站删除，最后通过百度快照找到这条文献，此日期为快照日期，而非文献原始日期，原始日期已不可考）。

② 相关理论可参见卡伦·霍妮《女性心理学》，许科、王怀勇译，上海锦绣文章出版社2009 年版。

而享受男权社会赋予男性的特权，这固然折射出现实中女性生存的艰难现状，却也表明了耽美文的女性解放逻辑仍然遵循的是男权社会的文化机制。对何者才是真正的女性解放，耽美文仍然是迷茫困惑的。

综合来看，不管是女强文、女尊文还是耽美文，它们都呈现出"女扮男装"的丰富意味，既表现出一定的女权意识，同时在追求女性的强大、权力与自主性的过程中，却仍然遵循的是男权社会的文化逻辑，未能超越男女对立的二元思维模式。这种思想悖论的深层原因，在于网络文学女权意识的诉求与其商业利益之间的深刻矛盾，为了最大限度地迎合读者，女权主义最终蜕变成女主主义——而在根本上，它最终体现的是女性读者的自我主义。

第三节　虚拟主体及其交往

在第二节中，我们对穿越小说中的国家想象与女权诉求进行了分析，这主要是基于传统批评理路，基于网络文学的表层内容来说的，从这个角度来看，这些作品总体上还不成熟，还有待提升。但是，如果我们从另一个角度来看这些作品，考察它们与虚拟生存体验的关系，就会有新的发现。在这一节中，我们重点关注这些"异时空""空间跨越"故事背后曲折投射的网络时代的虚拟交往及其症候。

一　由游戏到小说：虚拟主体及其交往

黄鸣奋认为："由于网络应用的普及、网民数量的剧增，虚拟主体的存在已是不争的事实。"[1] 黄鸣奋指出了数字时代虚拟主体的出现，以及现代人开始习惯于化身（avatar）生活这一现实。何谓虚拟主

---

[1]　黄鸣奋：《虚拟主体：间性、艺术与哲学》，《福建论坛》2005 年第 3 期。

体？借鉴马克思把主体理解成实践活动承担者的说法，黄鸣奋将其界定为"隐身交往的承担者"，并进一步提出了"虚拟主体间性"的概念，以指代"人们在隐身交往过程中形成的各种关系"：

> 所谓"虚拟主体间性"，指的是人们在隐身交往过程中所形成的关系。它不同于人们在现实交往中所形成的关系（即现实主体间性），因为隐身交往的参与者缺乏关于对方的身体特征、社会角色及自我意识等可资验证的参考系，一切都建立在符号的基础上。交往一方通过 QQ、BBS、电子邮件、个人主页等途径所传送的各种符号，由另一方综合成为某种符号集合体，这就是隐身交往过程中被认知的虚拟主体。①

一般来说，对网络时代的隐身交往来说，虚拟主体主要是指现实主体的网络化身（Avatar），虚拟主体的兴起及交往是数字时代的社会现实，现代人热衷于摆脱沉重肉身，凭借网络化身自由呈现自我，想象性地与人或机器交往。

但对写手与读者来说，除了网络化身，还有一类虚拟主体十分重要，即由电脑程序生成的自动化角色，典型的如前面提到的游戏中的 NPC，随着游戏的快速发展，NPC 这类虚拟主体日渐智能化，获得了一定的独立性，并积淀了网民的炽热情感，对 NPC 的讨论、回忆是玩家生活中的日常乐趣（详见后文）。也就是说，当人们借助"化身""穿越"进网络空间，他会遭遇两类虚拟主体：电脑制作的虚拟人物与真实人物的化身；在此意义上，虚拟主体间性也不应限于黄鸣奋所说的"人们在隐身交往过程中所形成的关系"，还应包括人的化身与电脑虚拟人物之间的关系。黄鸣奋认为虚拟主体突破了主体性哲学、

---

① 黄鸣奋：《虚拟主体：间性、艺术与哲学》，《福建论坛》2005 年第 3 期。

主体间性哲学的原有框架，要求与之相适应的"哲学定位"① ——如果考虑到电脑自动化角色这类虚拟主体，虚拟主体及其间性对社会文化与传统哲学的冲击会更为深远与复杂。

穿越小说呈现了虚拟交往的社会症候——这似乎让人难以理解，但笔者所言非虚。如前所述，穿越小说在直接的意义上正是玩家穿越进游戏世界这种体验的投射，而玩家在游戏中的虚拟交往，正中介性地再现了网络时代虚拟交往的一般情形。

凭借日臻精美的画面设计与便捷的交互系统，游戏世界代表性地呈现了网络社会虚拟主体的生成及交往的三种情形（这一点我们在第一章中谈及玩家的窗口切换时已有所涉及）。首先，在游戏中，玩家可进入游戏的剧情世界，以游戏角色的身份与其他玩家的游戏角色及 NPC 交往；其次，玩家除了以游戏角色参与剧情外，还不时退出游戏世界，以网民的身份与其他玩家展开线上交流，探讨合作或结为好友——这正是网络交往的一般情况；最后，玩家从虚拟世界中退出，以现实人物角色与其他玩家展开现实交往。也就是说，玩家拥有游戏角色、网民角色与现实人物角色这样三重身份，在这三重身份中，前两者都是虚拟化身，玩家以这些身份，与游戏中的 NPC 及其他玩家的三重身份展开了复杂交集，由此呈现了虚拟化身及其交往的各种情况，这一点在直接以玩游戏为记录、表现玩家的化身生活的网游小说那里表现得很明显。

网游小说首先呈现了玩家的游戏化身与 NPC 的交往。表面看来，与 NPC 的交往类似于读者与作品人物之间的"艺术交往"（如读者对作品中人物角色的痴迷），但它比艺术交往更艺术，不同于后者的"静观"或"超脱"，这种交往更具互动性、沉浸性与现场感。与此同时，网络的多媒体功能与智能化又赋予 NPC 强大的魅力，玩家对 NPC

---

① 黄鸣奋：《虚拟主体：间性、艺术与哲学》，《福建论坛》2005 年第 3 期。

有强烈的情感依附性①，写手甚至直接穿越进游戏世界中为 NPC 写下传记②。而在各种贴吧、论坛，常有网友们专门制作或总结的经典 NPC 角色的美图、性格特征或精彩语录。对 NPC 的讨论、回忆是玩家生活中的日常乐趣，由此出现了不少专门描写 NPC 的网游小说。在这些小说中，NPC 或是游戏主角前行路上的忠实陪伴（如《网游之三国狂想》），或是富有魅力的可供幻想的恋人（如《从零开始》），或是能思考生命与世界的独立人格（如《独游》）。即使是邪恶的 BOSS，玩家穿越进游戏世界后，也从 NPC 的角度写出了他们的主体性（如《BOSS 的邪恶之路》《我的 BOSS 精英团》）。NPC 成为数字时代文学呈现的虚拟主体，显然是传统文学中未曾出现的新现象。这似乎是延续了科幻文学或动漫作品中的机器人传统，但与机器人的笨重、超能与成人化不同，NPC 更具亲密性、互动性与类人性。如果说巨型、超凡的机械折射的是科技开始渗入现实的希望与恐惧无意识，NPC 则折射了科技的日趋人性化及如前所述的网络母性社会的来临。

　　网游小说也呈现了玩家们借助化身而展开的虚拟交往，以及这种虚拟交往与现实交往之间的关系。"如果说通常意义上的主体间性体

――――――――――

①　如玩家"失落的长夜"对"tianyu18"的帖子《穿越游戏位面喜欢上原本的 NPC 妹子很奇怪吗?》的回复中深情回忆道："当初玩魔兽的时候，做了亡灵的一个新手任务，可能代入感太强了吧？结果在某华尔琪掩护我逃跑时，心中突然有些悸动。后来那个华尔琪没有死，并且还被希尔瓦娜斯派遣和我继续一起做任务时，心里好开心。然后在亡灵新手任务做完时，最后一个剧情，希尔瓦娜斯被男爵偷袭，几个华尔琪为了救她而牺牲时，在几个华尔琪消失的地方，我骑着骷髅马在城门口徘徊了半晌……好悲伤……"，http：//www.lkong.net/thread － 1155051 － 1 － 1.html，2015 年 2 月 17 日。

②　如在《独游》中，写手"弦歌雅意"直接以同名角色进入小说，在小说结尾，面对 NPC 基德的消逝，弦歌雅意发出了声嘶力竭的哭喊："……我要为你写一个故事，我要记下你的每一次经历，我要告诉每一个看到这个故事的人，你是真实存在的，你来过，你在这里……""……我知道这很难，我知道我会写得很烂，我知道我会写得很慢，但我会写下去，无论多难、多慢我都会把它写完，我不是为了任何看到这本书的人而写，而是为了你，你是这个故事唯一的主角，也是这个故事最重要的读者，它会是你存在的证明……"这种哭喊正是对玩家对 NPC 真实情感的流露，往往会激起读者的深深共鸣。（《独游》第十卷一百九十二《再见朋友，再见!!!》）

现的是主体之间的关系的话，那么，由于化身的出现，主体间性分化为主体与其化身的关系、源于同一主体不同化身之间的关系、源于不同主体的化身之间的关系等多种类型。"① 网游小说表现了主体因拥有多个化身而带来的交往的自由及其困扰。以"魅影君"的《爱上一个ID名》为例，小说讲述的是男女主角沈维与Sofia在一款游戏中相杀相爱的故事。小说中，沈维一人分饰两角，以大号"浮生若梦"、小号"夏日炎炎"同时与Sofia交往，而后者也同样以两个化身（"Sofia"与"欧阳雪月"）与其互动——人与人之间的交往在摆脱现实重负后变成了自由嬉戏。但小说也表明，身份的嬉戏并非全然随心所欲，社会关系仍会延续到虚拟世界。在小说中，"浮生若梦"是帮会会长，因而聊天时（故意）显得成熟稳重，"Sofia"是无情高手，因而聊天时显得简洁冷酷，然而各自的小号却因摆脱了大号的身份束缚而随性自由，这表明网络化身的营造仍是一种"印象管理"，它仍受到身份（哪怕是"虚拟"身份）的制约而具有表演性。进一步看，这些网络化身呈现的个性特征又与现实身份没有根本关系，如Sofia所说："藏在ID背后的每一个人，都是不同的存在。"② 小说中，当"夏日炎炎"向Sofia示好时，Sofia问："你是关心我还是关心Sofia？"③ 这表明了化身之爱的虚幻性，爱上的可能只是这个幻象，只是网络世界中的这个化身，小说结尾也表明了能指与所指之间的裂缝引起的社交阵痛。爱到疯狂的沈维以各种方式寻找Sofia，当他获得Sofia的电话并赶紧联系时，电话那头传来的却是"用户已关机"的语音提示，这隐喻性地关闭了网络爱情的现实之门。但这也并非网络时代人际交往的全部事实，与"艺术交往"只能停留于虚构而不能进入现实不同，虚拟交往仍可

---

① 黄鸣奋：《离形得似：互联网艺术与化身网络建设》，《南京邮电大学学报》2006年第8卷第4期。

② 《爱上一个ID名》之38《过把瘾》。

③ 《爱上一个ID名》之16《她的纵容》。

打开现实的通道。在颇有名气的网游小说《微微一笑很倾城》中，贝微微与肖奈偶然间在网络游戏中相识，并在现实中见面，最后走到了一起——虚拟交往转向了现实交往，并改变了线下生活。这种由虚拟而致现实的网恋故事并不是向壁虚构，因游戏而结缘的故事在现实中确实存在，这表明了现实生活与情感结构的变化。这也表明，在某种意义上，虚拟交往比现实交往更现实，"网路人际关系的特色并不在于它们是经过媒介的（meidiated），而在于它们是以网路的媒介特性为基础，而建立起虚拟社区中陌生人与陌生人之间的接触"。① 也就是说，网络以远程互动取胜，从而把不现实的交往（没可能的、陌生人之间的交往）变成了现实。

网游小说对虚拟交往的表现，表明游戏世界确实生成了丰富的虚拟交往活动，而由于穿越小说受到网络游戏的深刻影响，游戏世界的虚拟交往就内化到了穿越故事中。

不难发现，穿越小说与现代人的虚拟交往具有深刻的同构性，综合来看，有这样一些相似性：

首先，采用穿越手法的作品开头，常采用"灵魂附体"（"夺舍"或"魂穿"）的设定，描写现实时空中的主角因某种机缘，附着到异时空某人物身上——这个生成虚拟化身的仪式正与人们进入网络空间（或玩家进入游戏世界）需要创建一个化身（虚拟主体）相似，他（她）将要以这个化身行走在异时空的大地上，与未知的人群交往。虚拟交往是一种化身交往，穿越同样是以"化身"（而非本尊）展开的交往。

其次，穿越小说对"穿越"与"异时空"的描写，与网络化身"穿"过电脑界面的阻隔、进入虚拟世界的"异时空"相同。

_____

① 黄厚铭：《网路人际关系的亲疏远近》，http：//www. ios. sinica. edu. tw/ios/seminar/itst/seminar/seminar3/huang_ hou_ ming. htm，2017 年 4 月 3 日。

再次，虚拟交往是一种"隐身交往"，穿越也是一种隐身交往，在穿越小说中，穿越者在原住民人群中，在其他穿越者面前，都时刻隐藏自己的穿越者身份，这种隐身交往原理与网络的匿名性如出一辙。

最后，穿越小说中各种白领宅男穿越进异时空后建功立业、登顶人生巅峰的情节与快感生产机制，本质上与现代人"穿越"进网络世界展开更为惬意的化身生活具有同构性。

穿越小说与虚拟交往的同构性，在根本上正是虚拟交往经由游戏经验的中介在穿越小说投射的结果。在此意义上，穿越小说展现的人际交往与感受，正曲折地表现着网络社会虚拟主体之间的交往及其症候。

二 孤独感与虚拟主体间性

在穿越小说中，最突出的现象就是穿越者的孤独感，一些小说的章节直接以"孤独"命名，如"孤独感""穿越者的孤独感""孤独，注定是每个穿越者的一生之敌"① ……孤独感源自对异时空"不属于这里"的疏离感、隔绝感；源自曾经的家园对自己"关上大门"、再也无法回归的绝望："徐一凡只觉得孤独，这种孤独是跨越了百年的时空。"② 由于穿越者多为启蒙者，这种孤独也源自在异世独自开创先驱事业过程中无人理解的孤独："一直以来孙露都极力地掩饰着自己。她的身上充满着秘密从不与人分享……孙露选择的是一条注定孤独的路。"③ 纵然先驱者已经成功，但其社会理想也依然无人能够理解："雨辰淡淡地笑了，笑意里面似乎就有着一种孤独：'当今之世，不知我者滔滔，知我者寥寥，不过如是而已……'他抬头看着湛蓝的天空：

---

① 分别为穿越小说《抗战之最强民兵》第三十八章、《都市武皇》第六十一章、《耕唐》第八十四章标题。

② 《篡清》第一卷《京华烟云》第四章《马贼》。

③ 《命运的抉择》第一部第五章第二十节《尾声》。

'我是想给明天留下一个更好的中国啊……'"① 更深刻的,也有先驱者对启蒙理想的怀疑而产生的孤独感:"'凭什么我石越就认为自己能有资格做引路人?如果我引导的道路,走向的是一个深渊,那又会如何?我有什么资格,去决定别人的生死?'赵岩觉得石越身上,有一种孤独的气息,但是他无法理解石越说的意思。"②

这种孤独感、这种无人理解的痛苦与悲观主义,在一贯强调欢乐叙事的网络文学那里颇为罕见。这既是源自故事架构(穿越到异时空)本身可能产生的情感历程,联系到如前所述的穿越小说总在试图复制一个个现代主体穿越进网络(游戏)空间的写作倾向,这实际上也曲折地投射了虚拟交往中的孤独体验。

这种孤独体验可大致分为逐层深入的三个层面。

在《权柄》中,有这样的描写:

> 秦雷在人群中漫无目的地徘徊,无数张笑脸擦肩而过,却让他觉得如此陌生。
>
> ……
>
> 就像在沙漠中狂奔前行的旅者,他的灵魂却远远地落在了身后。
>
> 终于在这上元佳节,感受到别人的欢乐、别人的爱恋、别人的一切。从未有过的孤独袭上心头,一丝丝缠绕住他前进的身体,使他不得不停下脚步,等一等疲惫的心灵。
>
> 眼前的一切虚幻起来,仿佛与他处在两个世界。脚步不知不觉慢了下来。就连被身后的人撞了,也没有什么反应。③

---

① 《1911新中华》第五卷"新世界"第192章《你不怕?》。
② 《新宋》第三集《励精图治》第六章。
③ 《权柄》第三卷"中都雨"第一一六章《蓦然回首,那人却在灯火阑珊处》。

《都市武皇》中，有相似的描写：

> 林风又点上了一支烟，看着楼下或近或远处的人影焯焯，似都有自己的目的地，无论悲喜阴郁，无论去往哪个方向……
>
> 从最初穿越的兴奋状态里脱离出来，此时独处，一丝珊珊然的茫然与孤独感突然袭来，毕竟林风真的不属于这个世界——哪怕与这个世界的多名女子在精神和肉体上发生了超友谊关系！然而，这种陌生感与孤独感却无法因此而消失。①

这种孤独是穿越者在与异时空中的原住民交往时感受到的孤独，那么，这种孤独感在根本上源自何处呢？在第一章中我们指出了穿越者与原住民的区分，来自游戏经验中玩家与 NPC 之间的区分，因此，穿越者与原住民之间的交往实际上投射的正是玩家的化身角色与 NPC 之间的虚拟交往。如前所述，网游小说中有不少玩家与 NPC 亲密交往的例子，穿越小说也表现了这一点，许多穿越进古代社会、游戏世界或影视剧中的小说，表现了穿越者对这些异时空中的历史人物、游戏角色或影视偶像的向往与迷恋，在写手的视野中，他们也正是困于故事时空的 NPC 角色。举例来说，赵子曰的《三国之最风流》、赤军的《汉魏文魁》等三国穿越类小说中的穿越者与原住民之间的互动，与《三国群英传》这类三国类游戏中玩家与三国谋臣武将的交往有异曲同工之妙。这种交往的魅力在于，不管是作为游戏中的朋友还是对手，都不再是一种"神交"，而是面对面的亲身接触，是在故事的展开中具有实感性的交往；与此同时，这种交往还具有平等性或超越性，由于握有两世经验，在先前让人膜拜的原住民（偶像）面前，穿越者也是神样的存在，从而获得类似于玩家之于 NPC 式的优势感，交往必然

---

① 《都市武皇》第六十一章《穿越者的孤独感》。

是梦幻而迷人的。

但是，这只是问题的一个方面，穿越小说中反复突出穿越者与原住民人群的隔膜，表现的正是玩家化身与 NPC 之间交往的另一面。穿越者穿越而来，与众不同，是人群中的一个另类，两个世界的隔离、不同于原住民的思想意识让他难以找到真正交谈的对象。显然，这里不乏现代人进入网络空间，特别是游戏空间的感受。现代人初入网络空间，纷至沓来的形象，让他感到陌生而手足无措，他深切地意识到这是别一世界（异时空），当他摸索着进入游戏世界，他遭遇到了 NPC 人群，他们只是按照程序作出自动性的反应，尽管也有交集（比如玩游戏的时候，NPC 或是玩家的助手，或是对头），然而却无心的交流。

在小说《独游》中，当具有了人性的 NPC 基德回顾过去时，先前的生活是乏味的："我看见了那个和我一般模样的城门卫兵露出了得意的笑容。那是一副简单而痴傻的笑容，在那其中，有我已永远失却了的、生活的真实。"① "那些原生者们都是些僵硬的、循着固定轨迹行动的家伙，他们不会多说一个字、不会多做一个动作，一举一动程式化得如同一台机器，他们的生命构成就是这样的，死气沉沉，没有思想，不知恐惧，无视死亡。"② 这种对 NPC 木讷、呆板、程式化的感受，实际上也正是玩家在游戏世界中对 NPC 的感受，尽管可能会有情感投射，却难有真正的心灵交流，其中横亘着巨大的次元界限。玩家与 NPC 的差别，正如穿越者与原住民的区别，在游戏中，玩家不断闯关升级，然而在喑哑的世界中，他的战斗注定是孤独的战斗，在穿越小说中，穿越者同样是孤独的，他是超越于原住民的启蒙者，他孤独地从事着自己的启蒙事业，没有人能够真正理解。

---

① 《独游》第二卷第十三章《结伴而行》。
② 《独游》第十卷第一百六十章《天堂来信》。

　　进一步看，穿越者与原住民之间的隔膜，也可以理解为现代社会人际关系的隐喻，在人与人的交往中，如同尤奈斯库（Eugène Ionesco）的剧作《秃头歌女》（*The Bald Soprano*）中的夫妻一样，如果因为精神空虚而互相不能理解——这种缺乏共鸣的个体，也正是如同NPC一样的死物般的存在。

　　在此情况下，穿越者如果能在异时空中遇到另一个穿越者，如同他在网络世界中遭遇不再是NPC，而是另一个真实个体的虚拟化身，他们就会感到心意相通，热切地攀谈起来。在《时光之心》中，当卓小姐（谈玮馨）遇上叶韬，知道各自都是穿越者时，他们激动不已：

　　　　和已经酝酿感情许久的卓小姐不同，在那一刻，叶韬居然不知道自己心里到底是什么滋味。他不知道到底此刻应该是仰天长笑还是号啕大哭，而此刻，两种宣泄的冲动同时在他心中涌动着。14年了，14年啊！他从来没有想过会出现那么一个和他应该是来自一个时代的人，那一串别人听来莫名其妙的名词，带着整整一个时代扑面而来。在这一刻，他知道，他不是孤独的了。

　　　　……14年郁结在心里的话，14年有朋友有家人却一样孤独的生活终于可以向人叙说，终于可以被理解。相互理解，这对一个人来说意味着什么？①

　　卓小姐与叶韬相遇时的激动是可以理解的，毕竟在原住民让人窒息的暗哑世界中，来自同一个世界的相似背景让他们终于不再伪装，可以倾心交流。但从另一个侧面看，这种激动也是现代人虚拟交往的激动，抛弃现实的矜持与伪装，借助虚拟化身与陌生人在虚拟社区中聊天交友，热情与真诚似乎超越了真实世界的人际感受。

---

　　① 《时光之心》第一集第011章《激越》。

　　这种虚拟交往，就是基于福岛亮大所说的"时间上的临场性"，这代替了传统的基于地理连接的共同体：

　　　　不管我们是以 SNS 与人联络，或以手机简讯与人沟通，大体而言，这些新的科技产品都可以看成是一种追求"稳定配对"的设备。因为它们本身很稳定，无论是追求短暂交会的城市人，或想跟老朋友保持联络的地区居民，都能在 SNS 上与他人联络。这种传统上的共同体意义已经不一样了，传统的共同体是建立在地理性的连接位置意义上。讲白一点，如今我们所重视的价值，是时间上的临场性，也就是是否能够"just in time"。假使空间临场性不能与时间临场性搭配好，那么空间临场性也就不那么重要了。①

　　这种"时间上的临场性"就是类似于卓小姐与叶韬之间的这种不期而遇："推特的用户平常自言自语的时候，并没有针对任何特定对象来发声，可是当这个人的自言自语与另一个人的自言自语产生了时间上的交集时，就会出现某种'类同期性'。"② 自网络社会兴起以来，这种漂流瓶式的网络邂逅不断激起现代人的浪漫想象与感动。

　　《时光之心》是双穿小说，除了双穿，还有群穿小说。双穿、群穿的大量出现，实际表征了网络社会人们可随时邂逅的可能。在时空压缩后分裂了的当代城市空间，日常生活突出了"他者"的可能出现与偶然的方面③，网络让这种情况进一步加剧了，不仅是时空压缩，更是界面崩溃，此起彼伏、不同位面的穿越者都能够相遇，传统社

①　福岛亮大：《当神话开始思考：网路社会的文化论》，第 11 页。
②　福岛亮大：《当神话开始思考：网路社会的文化论》，第 12 页。
③　戴维·哈维：《后现代的状况》，阎嘉译，商务印书馆 2003 年版，第 378 页。

会强烈却稀缺的"他者"感觉被当下微弱而频繁的"他者"感觉所取代。

宁致远的《楚氏春秋》也表现了这种邂逅激情：

楚铮将苏巧彤所掷之物一一闪过，口中叫道："好个野蛮丫头！你到底能不能对上来？"

苏巧彤见桌上已无物可掷，这才停下手来，紧咬贝齿，忽然扑哧一笑，道："宝塔镇河妖。"

楚铮夸张地上前握住苏巧彤的手，道："同志啊！"

苏巧彤脸一红，道："放开。你当这是什么年代，还行握手礼啊。"

楚铮讪讪地收回手，忽然大叫一声，却是苏巧彤在虎口狠狠地拧了一下，问道："当日在那酒楼你便已知道我的来历了吧，为什么直到现在才对我说。"

楚铮摇头说道："当时你来历不明，后来又查到你一直处心积虑地想着如何刺杀家父，叫我如何能贸然与你相认？"

苏巧彤咬牙道："所以你直到杀了干娘将我逼得走投无路才来相认？"

楚铮并不回答，静静地看着她，苏巧彤对他怒视良久，突然泄气道："在你的立场上，你是该这么做的。"

楚铮道："你明白就好，如果加上前世你我都已活了三四十年了，有些事是不能意气用事的。"

苏巧彤叹了口气，问道："你到这时代时那个世界是哪年哪月？"

楚铮答道："二零零四年十月三十一，西方的万圣节，你呢？"

苏巧彤惊道："我也是，莫非你坐的也是那架飞机？"

楚铮点头道："不错，好像是上海的一家航空公司的飞机，从洛杉矶飞往上海的。"

苏巧彤纠正道："是上海东航的 MU583 次班机。"

楚铮奇道："你自己记得这么清楚，难道你是机上的机组人员？"

苏巧彤答道："是啊，我是负责公务舱的。"

楚铮笑着喝道："好啊，总算找到正主了，赔钱赔钱，我上机时可买过保险的。"

苏巧彤道："保险费肯定赔给你那个世界的亲人了，哪能还找我要？"

楚铮摇头笑道："我这条命难道就值那么点钱，不行，你是属于东航公司的吧，应该替你们公司负责。"

苏巧彤气结："我怎么负责？"

楚铮不再嘻笑，诚恳地说道："不要再回西秦了，留下来陪我吧！"

苏巧彤看着楚铮，道："你已经费这么多心思，如今我已是退无可退。何况我说要走，你会让我走吗？"

楚铮想了想说道："说实话，不会。但我还是希望你心甘情愿留下，毕竟你和我有着相同的经历，我们都不属于这时代，但必须要适应这时代。"

苏巧彤笑了笑，道："你更希望的是掌握这时代吧。"

楚铮沉吟了一下，道："如果条件允许的话，我会尝试着去做的。这个时代并不是我们熟悉的时代，一切都已经变了，我一直在怀疑那刘禅是否与我们一样，也来自另一个时空，不然怎会灭魏吴一统天下，《三国演义》你应该看过的吧，曹魏孙吴人才济济，特别是北魏还有司马懿在，诸葛亮几次北伐都无功而返，怎么换了刘禅就轻易一统中原了呢。"①

---

① 《楚氏春秋》第三部《大展宏图》第十五章《竟是故人》。

穿越者楚铮发现苏巧彤也是穿越者后，"欣喜若狂"，两人的聊天迅即从异时空的社会现实转向前世两人共有的飞机失事记忆上，这种对话转换正类似于两个玩家暂时退出游戏剧情而转向网络闲聊。而楚铮之所以狂喜，是因为"这么多年自己的心事根本无人可诉说"，而现在发现"世上居然还有与自己有同样遭遇的人存在"！①

这种穿越后在异世界共通人性的激动，也反向体现在以 NPC 为主角的小说中，有了人性的 NPC 基德在原生世界中碰到了跟他同命运的另一个 NPC，他们的激动也正如穿越者在原住民世界中的激动：

"等等！"我仿佛是被一道闪电击中了。一个令人难以置信的答案在我的脑海中越来越清晰。我伸出颤抖的手指，指了指画面中的尸体，又指了指面前的巨魔，激动地张大了嘴巴。无数的话语想要涌出我的咽喉，可我却一个字儿都不敢说：我生怕这些话就像是驱散梦魇的咒语，一旦说出口，就会消失不见了。

"你……"我用尽全身力气，也只挤出了这个毫无意义的字眼。

"我！"卡尔森坚定地点了点头。

"你是……"我的心在狂跳不止，一种不知名的喜悦在我的胸膛中膨胀着。几乎要将我撑破似的。

"我是！"

"你也是……"我听到了自己的声音中泛滥着潮湿的气息，无法言说的感慨和激动冲击着我的咽喉，让我不禁哽咽。

"我也是，我的朋友。我也是！"卡尔森轻轻地伸出手来，拍了拍我的肩头。

是的。我。杰弗里茨·基德，并不是一个孤独的生命。在我短暂而热烈的人生旅程之中。有许多生死与共、性命相交和知心

① 《楚氏春秋》第三部《大展宏图》第八章《登门拜访》。

伙伴与我一路同行。可是，直到此时，我才算是找到了一个真正的同伴和亲人。尽管他是一个巨魔，有着与我截然不同的蓝色皮肤和巨大獠牙，但在这里，只有他能够算得上是我的同类、我的族人，与我捍卫和守护着同一个秘密的、唯一的朋友。

我们都是被神的法则拒绝的存在，是脱离了自己宿命安排的原生者，是一个自由的叛逆。我独自背负这一个深沉的秘密已经太久了，如今，我终于找到了一个能够共同承担这副重担的同行者。①

穿越者们在异时空中找到"同类"的兴奋与交往的"热切"，折射了现代人试图借助网络，从都市人群兴起的自我退隐中重新融入人群、摆脱孤独的生活趋势；与此同时，经过"穿越"后形成的激动，也深刻地隐喻了数字时代人际交往的"中介"性，由此形成了类似西美尔（Georg Simmel，或译齐美尔）所说的陌生人那种既远且近的特征。

传统社会是熟人社会，个体在稳定而互动的秩序中获得安全感："人们几乎认识每一个遇见的人而且几乎与每一个人都有积极的关系，许多内在的反应是对无数人持续不绝的外在交往的回应。"② 在现代都市人群出现后，人们却出现了自我退隐："这种生存形式的主体为了他自身不得不与它完全妥协，他身处大都会时的自我保全向他要求的正是一种社会性的消极行为。都市人相互间的这种心理态度，正式地看，我们也许可以称之为自我退隐（reserve）。"③ 一方面，陌生人群的拥挤与空间的压迫带来了自我克制与冷漠："就彼此的克制和冷漠以及理智生活而言，大城市里密集人群中的个人比给人自主印象的个

---

① 《独游》第十卷第一百十三章《神秘的世界本源之力》。
② 齐奥尔格·西美尔：《时尚的哲学》，费勇等译，文化艺术出版社 2001 年版，第 191 页。
③ 齐奥尔格·西美尔：《时尚的哲学》，第 191 页。

人更强烈地感觉到大规模社会圈的状况。这是因为身体的邻近与空间的逼仄使得只有精神距离变得显而易见。"① 另一方面，现代社会的不确定与风险让我们对面不相识："人们面对都市生活危险因素时怀疑的权利，使我们的自我克制成为必要。作为这种自我退隐的结果，人们甚至不认识已隔邻而居多年的人。"②

互联网的兴起改变了这种大都会人群的关系，似乎缓解了人群中的孤独。迈克尔·海姆认为：

> 在当代城市社会中，孤独始终作为一大问题存在，我所说的是精神上的孤独，即便是大街上人满为患，个人也仍感到孤独。至于电话和电视，计算机网络可以说是个对策。计算机网络似乎是个天赐之物，它为人们提供了以惊人的个人接近方式——尤其是考虑到如今受限制的带宽——聚在一起的论坛，没有地理、时区、显著的社会身份的物理限制。对许多人而言，计算机网络和公告版对社会原子主义（atomism of society）而言简直就是解药。它们使单子聚集起来，起到社会节点的作用，为那些变动不居的单子培育起多重的可以随意选择的亲和关系。事实上，我们日常的城市生活几乎不去支持这种亲和关系。③

西美尔认为："天狼星上的居民对我们而言实际上并非陌生人，因为在任何与社会相关的意义上，他们对我们来说都不存在，他们在远与近之外。"④ 然而网络改变了西美尔的这种判断，借助网络，任何世界角落的人都有可能相遇、相关，现代人日常关系的偶然性与可能

---

① 齐奥尔格·西美尔：《时尚的哲学》，第 194 页。
② 齐奥尔格·西美尔：《时尚的哲学》，第 191 页。
③ 迈克尔·海姆：《从界面到网络空间——虚拟实在的形而上学》，第 102 页。
④ 齐奥尔格·西美尔：《时尚的哲学》，第 110 页。

性前所未有地强化了。穿越小说中不同的穿越者在原住民世界相遇，正如当下生活在不同时区、不同世界角落的人们可以通过网络进行交流一样，这种时空旅行小说的大量出现，也正表明了现代人都成了时间旅行者，拥有不同时间意识的人物之间的碰面与交流大大增加了。

在此意义上，网络让现代人的关系都成了西美尔所说的"既远且近"的"陌生人"，即那种"潜在的流浪者：尽管他没有继续前进，还没有克服来去的自由"。[①] 既远且近的关系正在于网络的"中介"。一方面，正如西美尔所说的那样，陌生人"不是土地的拥有者"，因此，他"发展出各种魅力与意义"，网络的中介所带来的远与近的辩证法生成了虚拟主体美的幻象，与此同时，网络的联结让人们互相感觉到人性的共同特征，"建立在共同特征上的关系是温暖的"[②]；另一方面，网络的中介又赋予交往者之间一种安全的机制："在网络世界中我们彼此连接，同时也可以互相隐身。比起面对面交谈，我们更习惯于发短信交流。"[③] "发短信让人有一种安全感，并且可以通过细心斟酌而展现出一个期望的自我。"[④] 屏幕交流的优势在于这是一个可以反思、重新输入，以及编辑的地方。它既带来了连接，同时也可以自我隐藏。

因此，穿越小说中穿越者经过"穿越"之后见面的激动，正是虚拟主体对彼此之间因网络中介而生成的迷人幻象、共通人性的激动，这种奇妙的空间法则，正隐喻性地阐释了现代人热衷于缺场的虚拟交往却对在场的真实主体视若不见这一生活趋势，这种缺场与在场的悖反现象，表达了现代人试图突破传统人际关系局限性的希望："使得人与人之间

---

① 齐奥尔格·西美尔：《时尚的哲学》，第110页。

② 齐奥尔格·西美尔：《时尚的哲学》，第110—113页。

③ 雪莉·特克尔：《群体性孤独·引言》，第2页。

④ 雪莉·特克尔：《群体性孤独》，第199页。

既能亲密无间，又能回归自我。"① 正如雪莉·特克尔所说：

> 如今的我们缺乏安全感却又渴望亲密关系，因此才求助于科技，以寻找一种既可以让我们处于某种人际关系中又可以自我保护的方法。我们发短信，我们和机器人交互。我感觉我们正在见证人和技术关系第三次变革的转折点。我们屈服于无生命的挂念，又害怕与人交往的风险和失望。我们更依赖于技术而非彼此。②

数字时代的人们在异时空（网络空间/小说中的穿越世界）相遇后，中介后的热烈交往似乎治愈了都市人群的自我退隐，然而他们真的不再孤独了吗？

2007 年的《庆余年》是写手"猫腻"的封神之作。这部小说不同于一般的"小白文"，而是颇有"严肃"味的作品。小说讲述的是现代人范慎穿越到古代庆国后成为私生子范闲，逐渐得知生母叶轻眉（另一个穿越者）在这个落后的国家里发展工商业、进行政治军事改革、传播自由民主之义，最终却被丈夫（庆帝）所害的悲剧故事。故事最后，范闲得以替母复仇。俗套来讲，这是一个夫杀妻、子弑父的悲剧。小说的主人公似乎是范闲，叶轻眉的故事从头至尾只是透过字里行间的暗示传达出来的，然而真正的主角却是后者，她未曾出场，却无处不在，整部小说似乎都在揭示环绕在她身上的谜团。叶轻眉显然是个启蒙者，监察院门口镌刻的名言③正是其启蒙理想的表达。她

---

① 雪莉·特克尔：《群体性孤独·引言》，第 12 页。
② 雪莉·特克尔：《群体性孤独·作者序》，第 XII—XIII 页。
③ 上面刻着这些文字：我希望庆国的人民都能成为不羁之民。受到他人虐待时有不屈服之心；受到灾恶侵袭时有不受挫折之心；若有不正之事时，不恐惧修正之心；不向豺虎献媚……（参看《庆余年》第一卷《在澹州》第二十七章《红袖添香夜抄书》）。

卖军火、造庆善堂、建水师、建监察院……改变了庆国的世界："这街上，这屋中，这天下，到处都有那个女子的味道。"① 小说显然是在向前面"启蒙者"致敬："叶韬是这样做的。武安国是这样做的。就连叶轻眉也是这样做的。"②

然而，叶轻眉并非一般的启蒙者，她具有救世情怀，然而并无真正的野心，启蒙对她来说，只是顺带的事，一切不过是偶然的恰逢其会。她路过，然后留下了点什么："老娘来这个世界一趟，其实也就只是留下这么一个箱子。"③ 真正困扰她内心的是孤独感。她开怀笑着，自称"老娘"，玩转异世，却无比落寞，这抹异世的孤单灵魂，只能跟"物"（机器人五竹）交流，只能跟"非人"（太监陈萍萍）交流，然而他们同样无法理解她。她郁郁寡欢，四处行走，却并不想真正停留。她写信取笑五竹，在海边用子弹打鲨鱼，站在岸堤上看大河，无可奈何的行为透露着无可排遣的孤独。她给自己的后代留下物件与信：

> "为什么感觉自己在写遗言？去 TMD，呸呸，太不吉利了。"

> "嗯，谁知道呢？就当遗言吧，反正也写顺了，记住了，这把破枪别用了，大刀砍蚂蚁，没什么劲。看完这封信后，把这箱子毁了吧，别让世界上的那些闲杂人等知道老娘光辉灿烂的一生，他们不配。"

> "老娘来过，看过，玩过，当过首富，杀过亲王，拔过老皇帝的胡子，借着这个世界的阳光灿烂过，就差一统天下了，偏生老娘不屑，如何？我的宝贝女儿啊，混账儿子啊，估计怎么都没

---

① 《庆余年》第三卷《苍山雪》第三十七章《箱子的秘密（二）》。
② 《庆余年》第七卷《朝天子》第七十七章《开庐》。此处提到的"叶韬"是前述《时光之心》中的启蒙者，"武安国"则是"酒徒"穿越小说《明》中的启蒙者。
③ 《庆余年》第三卷《苍山雪》第三十七章《箱子的秘密（二）》。

我能折腾了，平平安安活下去就好。"

　　"唉……将来我老死之后，能够回去那个世界吗？"

　　"爸爸，妈妈，我很想你们。"

　　"小竹竹啊，其实你不明白我说的话，你不知道我是从哪里来的。我很孤单，这个世界上人来人往，但我依然孤单。"

　　"我很孤单。"

　　"老娘很孤单。"①

　　叶轻眉的孤独感是空前的：对自己穿越前世界的怀念："能够回去那个世界吗？"；对父母的思念："爸爸，妈妈，我很想你们"；无人理解的痛苦：随时倾诉的五竹"并不明白自己的话"；在热闹人群中刻骨铭心的孤独："这个世界上人来人往，但我依然孤单"；得不到任何回应因而深陷绝望的孤独："我很孤单""老娘很孤单"——最后两句传递出了极力克制的咆哮凄绝与深深的无力感。在此意义上，造成她死亡的别院惨案，对她来说未尝不是一种解脱。

　　叶轻眉的孤独感为什么如此深刻？这里同样有着进入虚拟空间后面对 NPC（原住民）的孤独感："这个世界上人来人往，但我依然孤单"；然而叶轻眉的孤独不限于此。从她贴在留下的"箱子"最后一层上的纸条可以看出，她预感到自己的子女也可能是穿越者，因为除了五竹，这个世上没有人能用"五笔"输入法打开箱子，除非他（她）也是一个穿越者。值得注意的是，尽管这是写给自己的子女（可能的穿越者）的信，但她并未像《时光之心》中的叶韬与谈玮馨相遇时那样激动，相反，她并没有什么真正的期待，她"淡然""平静"，甚至"有些冷静到荒唐"②。范闲也从母亲的信中感到她并不爱自己："看过

————————

① 《庆余年》第三卷《苍山雪》第三十七章《箱子的秘密（二）》。

② 《庆余年》第六卷《殿前欢》第七十五章《为人父母者》。

箱子里的信，知道了许多当年故事的范闲，不得不告诉自己，叶轻眉并不爱自己。"尽管也像一般的启蒙者那样"建功立业"："老娘来过，看过，玩过，当过首富，杀过亲王"，但她却说"偏生老娘不屑"①。在叶轻眉的行为中，有一种存在主义式的无所谓与倦怠，小说作者对《时光之心》中的主人公叶韬与谈玮馨是熟悉的②，然而却作了不同描写，联系到前述穿越小说试图给读者营造主体穿越进虚拟世界的幻觉的说法，我们不妨说，这曲折地投射了现代人对在虚拟世界中构建理想自我与虚拟交往这些"游戏"行为的厌倦。如果说《时光之心》投射了人们热衷于通过虚拟化身在网络世界中交往的存在无意识，《庆余年》的描写却表明，尽管现代人在虚拟世界里热火朝天地交往着，然而你遇见的只是虚拟角色，虽然不同于电脑程序设计的 NPC，这个化身背后有一个真正的灵魂，但网络的中介性预示着你在虚拟空间中见到的永远只是这个匿名的他者。中介性带来了虚拟角色与本尊之间永远无法根除的隔阂。正如黄鸣奋所说，如果虚拟交往没有"见光"，要想对虚拟主体加以验证，就只能通过虚拟的第三方，而虚拟的第三方本身的可信性又只能以虚拟的第四方、第五方以至于第 n 方来求证③，由此，虚拟主体间性就存在无限推演的可能性，这种无限性也许会越来越接近真相，但也可能类似于拉康所说的剩余快感，生成越来越多的幻象。

叶轻眉的真正绝望正源于此，她不对后代（可能的穿越者）抱以多大期望，因为她明白这并无根本性意义，她相信这个后代不一定是个穿越者，即使她真能遇上一个穿越者，她与这个穿越者在这个异时空（虚拟世界）中，相见的仍然只是各自的虚拟化身，永远不是真正

---

① 《庆余年》第三卷《苍山雪》第三十七章《箱子的秘密（二）》。

② 《庆余年》曾向前面的穿越小说中的启蒙者致敬，其中就有《时光之心》中的叶韬。参见前页注释。

③ 黄鸣奋：《虚拟主体：间性、艺术与哲学》，《福建论坛》2005 年第 3 期。

的现实交往。她既无法真正感受这个化身，也无法确定情感的唯一性，因为这种关系只是网络时代普遍的宿命，刻骨铭心的孤独感并不能真正消除。由此对网络社会流动的、变化的人际交往，由初始的热切与激情而终归于一种麻木、冷漠的状态——这正折射了数字时代的人们所遭遇的精神分裂症，我们是"没有位置感"（no sense of place）的共同体："一方面是个人与个人以及群体与群体之间的异化状态和心理距离，另一方面则是那种天涯若比邻的电子幻觉（或梦魇）。"① 在此意义上，我们也就可以理解叶轻眉对五常这个机器人超乎寻常的感情，因为这是她从那个穿越前的世界带回的唯一想念——或者说，这正深刻隐喻了日渐沉浸在虚拟空间中的现代人对真实世界的"怀乡病"（nostalgia）。换言之，这里呈现出穿越小说与虚拟交往的深刻悖论，尽管穿越是一种窗口，企望与打量着远方的世界，最后却总是归结为渴望回到此岸的乡愁。我们可以说，网络时代的人们都是数字生命，都是被媒介技术所穿透的 NPC，在生命的某一时刻都会产生对初始世界的思念，正如《独游》中的 NPC 基德厌倦数字世界后对自由与家乡的渴望：

> 如今，我作为一个数字生命，隐藏在无数数据阴影之下。"自由"的概念对于我来说就像是画过了一个圆圈，重新回到一个原先在我看来最简单的起点之中：以一个人类的形象，行走于大地之上……
>
> ……
>
> 我渴望太阳、渴望月亮、渴望星辰，渴望这世上的一切光明照耀在我的身上，变幻出七彩的颜色，射入我的眼底；我渴望风、

① 阿尔君·阿帕杜莱：《全球文化经济中的断裂与差异》，陈燕谷译，汪晖、陈燕谷主编《文化与公共性》，生活·读书·新知三联书店1998年版，第523—524页。

渴望云、渴望雨、渴望雪，渴望这自然女神赐予人间的恩惠，渴望着去感受时光的变迁、季节的变换；我渴望砂砾、渴望岩石、渴望泥土，渴望构成这片坚实大陆的一切基石，并渴望着用我的双脚去虔敬地行走……

　　……

　　你知道，思乡是种病，让人在远离的痛苦中眷恋成瘾。①

小说结尾，他在生命的最后时刻发出了感人肺腑的呐喊：

　　在告别之前，让我再多看这个世界一眼吧。

　　让我再看一眼乌齐格峰顶的日出，那从地平线下喷薄而出的明媚的阳光，或许你无法永远照亮这个世界，但你的每一分光亮，都将美好的希望照射进我的梦想。

　　祝你温暖如新，呵护着这世上的每一个弱小的生命。

　　让我再看一眼彗星海上的月色，看那明澈的月光荡漾在波涛之中，摇曳成一片皎洁的海，如少女裙边的流苏，闪烁着纯洁的美。②

《独游》的题目本身暗示了数字世界的孤独。小说从 NPC 的视角，以逆转的怀旧的视线，不再是企望远方，而是以远方注视现实的颠倒的角度写出了对真实世界的向往。这种对完全数字化的新世界的恐惧与对旧世界的回想，正是数字时代的乡愁。我们的境遇类似于《神经漫游者》（*Neuromancer*，又译《网络巫师》）的荒原中人类的残存者——郁

---

① 《独游》第十卷第一百八十五章《发生在那一天》。
② 《独游》第十卷第一百九十二章《再见朋友，再见!!!》。

山人（Zionites）①：

　　当我们越来越适应网络空间中激动人心的未来时，我们不应
不接触郇山人，他们是扎根地球能量的俗人。他们轻轻推我们一
把，让我们从这个新层面的实在的白日梦中清醒过来。他们会提
醒我们注意网络空间赖以生成的现实世界，注意实验室后面的心
跳声，以及"中了毒的银色天空下"那被遗弃的废渣和炼油厂锈
铁罐中仍在萌发着的爱。②

　　显然，这种孤独与乡愁折射的是虚拟交往与现实交往之间因网络
中介而生成的巨大裂缝及其痛感。如前所述，穿越小说不仅在人数上
有单穿、双穿与群穿的区别，也有方向上的单向、双向、来回反复穿
越的区别——在根本上，如果说穿越者之间的交往表现了虚拟人群的
互动，穿越方向之间的反复交替则折射了虚拟交往与现实交往之间的
复杂转换及其精神症候。既然虚拟交往不能等同于现实交往，要么就
是《庆余年》中存在主义式的深刻厌倦，要么就是规避其向现实交往
的转化。在桐华的《步步惊心》中，现代白领张晓因车祸穿越到清朝
康熙年间，成为满族少女若曦，与清朝诸皇子展开了情感纠葛。故事
最后，张晓并未穿越回来，若曦死在了十四阿哥的怀抱里——如同前
述网游小说《爱上一个 ID 名》一样，小说的这种结局同样关闭了化
身爱情的现实之门。在作者桐华看来："看似希望又充满绝望的结局

---

　　① 　郇山人（Zionites）是威廉·吉布森（William Gibson）的科幻小说《神经漫游者》中与
计算机保持距离的部落民族，他们喜爱音乐甚于计算机，偏好直觉的忠贞甚于计算。郇山人的
Zion 是由塔法里教徒创建的殖民地，是一个巨大的轨道站，是主要角色在到达自由乐土之前休息
的地方，Zion 在著名电影《黑客帝国》中再次出现，是自由人类的地下家园，这显然是在向
《神经漫游者》致敬。
　　② 　迈克尔·海姆：《从界面到网络空间——虚拟实在的形而上学》，第 110 页。

是最好的结局"① ——"希望又充满绝望"真实地揭示了化身情感的幻象及其悖论性质。相反，如果执着于连接虚拟交往与现实交往的通道，带来的往往是失望与悲剧。在"玉朵朵"撰写的小说续集中，张晓重新穿越回了现代社会，并以晓文的身份，再次穿越到清朝，此时她试图以自己本来的面貌而不是若曦的样子去见四阿哥②——创作上的这一变化是饶有意味的，它显然反映了网络时代的读者无意识，即幻想以真实的本尊示人以弥补因穿越而留下的化身与本尊之间的裂缝（即避免"见光死"），实现虚拟交往向现实交往的转化。而在改编的电视剧《步步惊心》的结尾，穿越回现代的张晓在清代文物展览会上碰见一位酷似四阿哥的现代男子，她异常激动，然而这位男子却问："我们认识吗？"随即转身离开。在谈到张晓和四爷的现代相遇时，导演李国立解释称："按理说，若曦死了，故事就结束了，但我觉得若曦的故事完了，张晓的故事还没有完，后面应该有余韵。试想，开始时，一个现代人莫名其妙地穿越到清代，经历一些事，到后来它对现代人张晓有没有冲击和影响呢？她会怎样？"③ 李国立在这里注意到了化身（若曦）与本尊（张晓）之间的差异，也注意到了穿越异时空的化身生活对现世生活的影响，这表明隐身交往并不是纯粹虚幻的，毋宁说，会带来非常现实的结果，"她会怎样？"正表明了穿越主角因化身生活而生成的对虚拟幻象的渴望。而电视剧的结局，"以为刻骨铭心，可他已经忘了，这更让人心酸"④，无疑表明这种渴望多半是悲

---

① 《步步惊心·新版》，http：//news. ifeng. com/gundong/detail_ 2011_ 10/03/9634587_ 0. shtml，2011 年 10 月 3 日。

② 若曦爱的是四阿哥，最后死在十四阿哥怀里。这里的"四阿哥"与"十四阿哥"容易混淆，特此说明。

③ 《〈步步惊心〉戏完了，话题还没完》，http：//ent. ifeng. com/zz/detail_ 2011_ 10/01/9611393_ 0. shtml，2011 年 10 月 1 日。

④ 《〈步步惊心〉悲剧收官，网友哭称比小说更凄凉》，http：//js. people. cn/html/2011/10/02/35179. html，2011 年 10 月 2 日。

剧，横亘在因穿越而生成的化身与现实之间的裂缝，不仅难以弥补，反而因幻象的生成而徒增现实的巨大失落——这折射了隐身交往的悖论。对网络时代的虚拟爱情来说，也许正如若曦的扮演者刘诗诗微博中所说的那样："最好不见，最好不念，如此才可不与你相恋，不见亦不散。"① 象征生成的幻象接触到实在世界后，可能会瞬间瓦解（见光死），不如让幻象永远留在陌生而充满寒战的记忆里。

从《权柄》、《时光之心》到《庆余年》，我们不妨说，投射的正是现代人虚拟交往的辩证法。《权柄》中的主角遭遇了独自面对异时空人群（原住民、NPC）的孤独，在《时光之心》中，他从别的穿越者那里获得了人性的温暖，网络中介后既远且近的关系带来了虚拟交往的热切，这正如恋人初次的激情："在初次的激情中，情色关系强烈地排斥任何普遍化的观念。情人们总是以为他们的爱是独一无二的，总是以为没有什么比得上他（她）所爱的这个人，也没什么比得上他（她）对那个人的感情。"② 然而，一方面，网络中介生成了化身的魅力，却也让主体永远无法穿透这层膜去捕获与感受那个化身；另一方面，网络虽然联结了共同的人性，却又因为同时联结了许多人，"联结的力量已经失去了它们特殊的和向心的特点"，缺乏专一与永恒，永远是临时性与擦肩而过，从而"将冷淡以及这种关系的临时性感觉加诸其间"③，此时就会产生一种"疏远"："他们经验的是以前成千上万次发生过的经验，要不是偶然地遇到这个伴侣，他们也会在另一个人那里找到相同的意义。"④ 在隐喻的意义上，这正是《庆余年》中主角终归于孤独与冷淡的根源。穿越小说所折射的这种既热切交往又孤

---

① 《〈步步惊心〉结局悲惨令人遗憾》，http：//www.ylhot.com/dianying/dianshizixun705_2.html，2011年10月3日。

② 齐奥尔格·西美尔：《时尚的哲学》，第113页。

③ 齐奥尔格·西美尔：《时尚的哲学》，第113页。

④ 齐奥尔格·西美尔：《时尚的哲学》，第113页。

独冷漠的状况，正是雪莉·特克尔所说的网络社会中的新型孤独——"群体性孤独"："出于对亲密关系的渴望，我们与机器人的关系正在升温；我们在网络上与他人的联系越来越紧密，却变得越来越孤独。"[①]她说：

> 　　当一个化身在网络游戏里与另一个化身整晚交谈之后，在某个时刻，我们感到完全拥有一份真实的社会生活，然后接下来，在与陌生人牵强而脆弱的联系里，莫名地感到孤独无援。我们在 Facebook 或 MySpace 上制造了一批粉丝，而且想弄明白这些支持者在多大程度上能称为朋友。我们通过在线角色重新塑造了自己，赋予自己新的身体、家庭、工作和爱情。然而，在虚拟世界的暗处，我们突然感到了彻头彻尾的孤独。[②]

　　如果说传统社会的孤独源自个体与群体的隔绝，孤独不仅体现为内在心灵的难以接近，也呈现为个体与群体外在联系的减少或中断，而穿越小说所呈现的网络社会的孤独，却是在与群体的不断联系（网络的中介）中产生的。现代人日益陷入一个由网络联结与中介的世界，中介成为"幸福感"的由来，也成为孤独感的根源，人们群聚在一起，却视而不见，活在各自的"气泡"里，通过网络企望着远方与别处，在不间断的"紧密"联系背后，却呈现了各自更深刻的孤独。

---

① 雪莉·特克尔：《群体性孤独·引言》，第 1 页。
② 雪莉·特克尔：《群体性孤独·引言》，第 12—13 页。

第五章　升级结构与数字人生

网络文学的情节模式主要是升级，而升级是与数字联系在一起的，可称为"数字化升级"，由于此种叙事结构的普遍性，这构成了分析网络文学时不能绕过的写作现象。网络文学的数字化升级预示了网络时代的生活模式，这表现在升级文中，表现在"数字人生"的隐喻中。

第一节　数字化升级是网文之魂

网络文学常有两种写作策略，一是写成"无敌文"，二是写成"升级文"。所谓无敌文，指小说一开始即设定主人公无敌于天下，由此，天下是我家，江湖任我行；与之相反，升级文一开始设定的是主人公很普通，甚至是"废物"般的存在①，然后通过努力，逐渐升级变强。两相比较，不难看出其中的区别。对写手来说，选择无敌文显然费力不讨好，最大的困难在于需要绞尽脑汁去设计主人公成天如何如何，需要不断地编织与衍生新的情节，否则故事将难以为继；而对

---

① "废物"，在网文圈又可称"废柴"。不少网络小说的主角刚开始设定为"废物"，遭受世人的打击，于是主角开始奋斗、"逆袭"，由此形成所谓"废物流"。为了拉低主人公的起始身份，有些小说甚至在开篇把主角设定为奴仆，如"梦入神机"的《永生》。

"升级文"来说，写作相对要容易很多，情节按照打怪升级的模式循环制造就可以了。因此，升级文在网文界非常流行，大有一统江山之势，比较典型的如著名写手"唐家三少"的主角打怪成神模式、"天蚕土豆"的主角废柴逆天模式、"我吃西红柿"的主角努力修炼成功模式等。实际上，"升级"模式已经普泛化了，它并不局限于指某种类型的作品，而是当下网络文学的本质与灵魂，一切类型的网络文学基本都是以打怪（只不过"怪"的面貌在具体的网文类型中是多样化的）升级作为故事展开的主线，主人公由废柴不断变强的写作程式几乎成为通用法则。在一定程度上，数量庞大的网络小说总在讲述同一个关于成长的故事：一个初始是"废柴"的小人物，通过不断的奋斗，打败一个又一个前行路上的对手，在此过程中他的实力不断提升，终成命运眷顾的王者。不仅男性向小说是这种模式，女性向小说同样如此，女性向小说一些独有的类型，如女尊文、女强文、宫斗文、宅斗文等，同样渗透了升级原理。

网络文学的升级是与数字化紧相联系的，这可以从两个层面理解，一是直接的数字化，如将人物与装备的属性全面数字化，人物的变强就表现在相关属性的数字提升，典型的如数据流小说；二是更为普遍而内在的数字化，将生活与现实理解为数字化人生，理解为不断的升级与变强。

一　游戏"升级"经验的借鉴

网络文学的数字化升级显然源自网络游戏的升级模式，这一点是确定无疑的。什么是网游的升级呢？未来学家简·麦戈尼格尔（Jane McGonigal）认为，玩家进入游戏世界后，会创建一个虚拟化身，玩家的任务就是让这个化身尽可能变得更美好、更强大、更富有，积累更多的经验、更多的技能、更多的才干以及更大的声望：

这些属性每一个都可以提升，并以点数的形式显示在你化身的个人资料里。你要靠赚取更多的点数来完善自己，这就要求你持续地完成任务、进行战斗、接受职业培训。赚到的点数越多，级别越高，解锁的任务就更具挑战性。这个过程就叫作"升级"。①

从这里可以看出，游戏的升级总是与"点数"密切相关，是直接以数字的多少进行衡量的变强与提升。数字化的升级可以说是网络游戏的第一要素，良好的等级设定与快速的升级能让玩家有强烈的冲级快感，这也是网络游戏培养玩家黏性的重要秘诀，这一原理也被网络写手们认识到了，试看资深网络写手兼网文编辑"千幻冰云"的论述：

网游能让人沉迷，主要在哪几个地方呢？这些地方又能够应用在网络文学创作写作上呢？

大家都知道的，等级，是网游里面的第一要素。

如果别人已经达到了100级，而你只有一级，那么，很显然的，你永远也打不过对方。

好的等级设定，会让用户有很强烈的冲级快感，这种感觉，特别是在快升级的时候，更是强烈。

从等级这点，来反观网络小说创作，我们会发现，那些等级明确，升级制度完善，合理的小说，都能够取得很不俗的成绩。

这个等级，在网络小说里面，可以是职位的升级，可以是能力的升级，也可以是感情的升级，更可以是仇恨的升级。

而在台湾出版社，出版的第一要素就是，要有完善合理的等级升级制度或者力量体系。

什么样的等级，是读者最容易接受，或者说最不容易反感的呢？

---

① 简·麦戈尼格尔：《游戏改变世界》，闾佳译，北京联合出版公司2016年版，第57页。

数字等级是最容易接受的，而哪一种等级最好，就不好说了，但是有一点可以肯定的是，那种自创的等级制度，如果无法通俗易懂，是很容易引起读者反感的，所以作者们要注意，千万不要搞那种乱七八糟的等级制度名称。

这样子，可以让玩家们在长期的升级打装备 PK 中，另外增加一些新的玩法。①

从这段话至少可以看出三点：第一，游戏的升级对网络文学的创作有深刻影响。第二，在网络文学中，等级是全面化的，"可以是职位的升级，可以是能力的升级，也可以是感情的升级，更可以是仇恨的升级"——这正是把生活理解成数字人生的内在表现。第三，对读者来说，"数字等级是最容易接受的"，因为这样非常直观，人物的力量对比与提升让读者一目了然，与此同时，这种写法让深受网络游戏影响的读者很有"代入感"，在阅读时会有类似于网游的冲级快感。

在一定程度上，数字化的升级文是网络时代最有代表性的叙事文类，"数字等级"不仅是读者最容易接受的，也是写手们最喜欢采用的，写手们普遍借鉴游戏的数字化升级模式，有这样一些原因：

首先，从知识结构与生活体验来说，网络写手的知识图景已经不同于传统作家，他们是数字土著民，对网络游戏的数字化升级非常熟悉，与其说他们缺少现实生活阅历，不如说数字化的升级文化本身就是这一代人的现实生活，在写作上融入数字化升级模式，是顺理成章的事情。

其次，游戏的数字化升级模式非常契合网络小说连载的要求，把

---

① "千幻冰云"：《网游让人上瘾，网文写作如何借鉴网游模式？》，http://www.sohu.com/a/157211686_680597，2017 年 7 月 14 日。

主人公"成为强者"的过程细分成若干等级，从而保证每次连载的内容都有因新的升级而引起的矛盾冲突，以及让人欲罢不能的叙事高潮——连载的网络属性与叙事的升级结构完美地契合在一起。连载章节的不断更新、小说情节矛盾的不断循环演进，以及阅读高潮的不断营造是三位一体的。

最后，采用数字化的升级模式，从创作的角度而言，也是一个非常现实的技术要求。升级实际上就是力量的提升，不管是主角个人能力的提升，还是装备与助手实力的提升，最终都落实到力量的对比上。随着不断的升级，主角的实力越来越强，由于网络小说多是长达几年的连载，可以想象，主角最后必然会成为神一般的存在，掌劈山岳、拳碎星空是常有的事——这实际上也是我们玩网游的体验，当玩家不断变强，再回过头去与那些小 BOSS 较量时，往往会秒杀对手。与此同时，为了增强情节张力与可读性，让 PK 大致相当，主角遇到的对手也必然越来越强，这样最后往往会在作品中出现"天仙满地走，金仙多如狗"的情况。为了避免这种糟糕局面，最好的办法就是将升级数字化，人物的力量对比及提升一目了然，同时有利于小说结构的稳定与情节的稳步推进。这里就凸显出网络文学创作跟传统文学不一样的技术要求，即需要有力量体系的设定，必须安排好小说中人物力量的数字等级，并将这种等级与小说的情节结构（地图）相配套。否则，在写作过程中就会出现力量体系崩坏、情节发展不合逻辑的情况，容易被读者群中的"合理党"吐槽。

这种独有的写作要求在写手们的讨论中常常可以见到，比如下面这位写手就发表了一通关于力量体系设定的见解（我们也可以从这一番论述中窥见网络文学的一些写法特点——笔者注）：

1. 力量体系不要过于繁杂，一搞十几个大等级，大等级下面十几个小等级，读者会晕菜的。我个人倾向于大等级维持在五个最好，即：最高级（这个级别的人物一般只存在于神话传说之中，是用来留白的，以体现世界的浩大）、高级（这是全书实际出场人物的最高级，也是主角在收尾部分要达到的级别）、中级（相当于每个分卷的大 BOSS）、中低级（相当于分卷的小 BOSS）、低级（这些人仍然凌驾于不入流的普通人之上）。剩下的都是不入流的群众。然后每个级别再细致划分，比如划分成十级。大级别之间要有质的区别，比如一个武侠小说的大级别，就要考虑，到什么级别主角可内气外放隔空伤人，到什么级别主角可以罡气护体刀枪不入，到什么级别主角可飞行绝迹，到什么级别主角可以天视地听无所不知，到什么级别主角可以餐风饮露辟谷不食。小等级则要体现量的区别。比如内气外放，开始的时候是一尺，然后升级到二尺……

2. 力量体系要同时用来限制 BOSS 的强度。第一卷的 BOSS 是什么等级，第一卷的第一个单元的 BOSS 是什么等级，要限制死。但是这个限制仅仅限于需要在本场景正面和主角对抗的角色。有时候，你需要让一个高等级的 BOSS 在低等级场景里头暂时露一下面，使读者看到你整个体系的冰山一角，同时还可顺手埋一支伏线。这比你在作品相关里写上几千字的力量体系设定效果要好多了。但是，切记，上述的高等级 BOSS 不要正面地、明显地和主角以及主角的敌对势力发生关系，简单地说，让他们出来打一次酱油就足够了。

3. 力量体系设定一定要和你的地图配套。一个地图里头，主角进入时什么级别，啰啰兵是什么级别，小 BOSS 是什么级别，大 BOSS 是什么级别，从啰啰兵到大 BOSS，他们之间的数量分布是否是一个金字塔形？记得，千万不要搞出一个地图里头大 BOSS 的数量比小 BOSS 还多。另外还有两个最重要的问题，作者一定不能不加以注意。一是在一个地图内，大 BOSS 不能对小 BOSS 生杀予夺，小 BOSS 也不能对啰啰兵生杀予夺，只有大 BOSS 才能对啰啰兵生杀予夺。这里头是一个社会地位的问题，在一个组织里头，一般情况下，上级对于自己的直属下级的态度是既有指挥命令的一面，同时也有倚为骨干信重的一面，有些作者在这方面社会阅历不足，所以写出来的组织机构古怪无比。第二个是有些作者只记得给主角提升个人实力等级，而忘了给他相应的社会地位。这就出现一些在老白看起来很不爽的问题，比如一个地图里头，主角明明已经升到了小 BOSS 级，可是不但下面没有一个可以倚重的啰啰兵不说，也不见人投靠他，也不见别人给予相应的尊重。这就使老白觉得主角在人际关系上是失败的，由此老白降低了代入感，甚至有的还进一步怀疑作者是不是宅男……①

设定力量体系，安排好等级，让力量体系、等级与地图（情节结构）相配套……这一系列繁复的写作要求，是传统作家没有遇到过的。

二　数字化升级对网文写法的全面渗透

数字化升级深刻改变了网络文学的写法，它对网络文学写作技巧的渗透是全方位的。

第一，等级的提升成了网络文学的情节主线。在网络游戏中，为了实现不断的等级提升，玩家需要不断换地图。当玩家已经打败某个地图中的 BOSS 后，他会进入另外的地图，这是更难的挑战，更难打的 BOSS，由此开始新一轮的升级征程。同样，换地图也成了网络文学

---

① "击壤歌者"：《网络小说大纲写作技巧心得》，http://www.lkong.net/thread-369538-1-1.html，2011 年 2 月 23 日。

的主线结构。当主人公在写手拟定的某个地方、国家、世界已经"独孤求败"之时，写手会让主人公进入另一个更强大的世界，强大的主人公在这个更强的世界中重新成为"废柴"般的存在。为此，他需要再次逆天，再次冲关，再次升级……理论上，一部网络小说的写作可以永无停歇之日。由此我们也就可以理解网络小说为什么总是不由自主地出现"高武"描写，而不是只停留于"中武"或"低武"。相比于传统小说中主人公铁掌碎石、上房上树等武功技法，网络小说中的主角常常能够毁天灭地、移山倒海。这不能仅仅归因于网络写手超强的想象力，也是网文升级模式不断衍化、欲望不断增殖的必然结果。

第二，为等级提升而准备的下副本做任务成为网络文学的支线情节。在写手那里，如果说主线情节是"换地图"，支线情节就是"副本"——在日常的写作中他们正是这样理解的。副本是源自网络游戏中的说法，又可称"私房"，多指游戏中的一个私密空间或地图，玩家可以在其中打怪、刷经验或完成任务，以实现升级。网络文学同样把网络游戏的副本原理发挥得淋漓尽致。写手们为了保证主角的等级提升，常会安排主人公暂时离开主线情节，到某个地方去采矿寻宝，或者闭关修炼，其作用就如同网络游戏中刷副本攒经验值一样。比如，开创"凡人流"的《凡人修仙传》，就常采用这种手法，主人公韩立经常到某个封闭的秘境中去修炼。对网络文学来说，这种副本式的支线情节设计，既能促使主角升级，又丰富了作品的支线情节，同时也是写手灌水增加字数的重要手段。

第三，情节冲突上的PK。在网络文学中，主人公总是在各种环境与各种对手不断地斗智斗勇。这种写作现象的出现，主要就是为了展开升级情节。PK是网络游戏的重要内容，在玩家的通关过程中，系统设置了各种专门制造障碍的大小BOSS，玩家必须不断地打怪，而打怪是有奖励的，即所谓"打怪得宝"，打怪会实现玩家属性的全面提升。网络文学同样吸纳了这一原理，不断地制造矛盾冲突，不断地 PK，这从一些小说题目就可以看出来，如《斗罗大陆》《斗破苍穹》《武动乾坤》《吞噬星空》……扑面而来的是与天斗与地斗与人斗的豪情。在成长升级的每一阶段，主人公总会遇到各种小 BOSS，然后引出后面的大 BOSS，在下一阶段，又会有新的 BOSS，这样不断循环往复，不断获得奖励，从而实现等级提升。依据各种小说类型的性质，这种 PK 既可能是打斗中武力、技能、魔法的较量，也可能是官场的智谋算计、战场上的杀伐争斗、体育竞技中球技的比拼、经商赚钱能力的对决。实际上，一部网络小说所包含的 PK 元素往往是多元的，主人公常常在社会生活的各个领域，在武场、战场、官场、商场、情场上与一个个大小 BOSS 进行文与武的较量与角逐。

第四，装备的重要性。在网络游戏中，够酷够炫的装备是吸引玩家的重要因素。PK 需要装备，打败 BOSS 会获得装备，好的装备能迅速实现玩家的升级。受此影响，网络文学同样非常重视对装备的描写。尽管传统大众文学中也会有类似于装备的各种秘籍宝物，但只有在网络文学中，装备才蔚为大观，各种天材地宝、武器、防具、丹药、灵石、兽核、异兽……一部小说中装备之多，可能连写手自己也难以分清。写手们对这些装备的外观、特点、效果及功能的设计思路与灵感，均是直接或间接地来源于网络游戏。如同在游戏中扮演重要作用一样，装备及其描写在网络文学中同样不是可有可无的，而是主角实现等级提升的重要条件。主角的成长不仅仅是自身的修炼，更需借助"外物"的辅助。从文学效果上讲，大量的装备描写似乎让外行读者颇感乏味，但对"圈内读者"来说，这是增加作品爽感、展开故事的重要手段。获取新的装备、装备的升级，以及装备强大的功能效果，都会给读者带来强烈的阅读快感；与此同时，每一件装备的获得，往往伴随着一个惊险刺激的故事。

最后，这些主线、副线、PK 与装备等各种描写，都渗透了数字化原理。主线、副线都涉及人物实力的提升，PK 则涉及双方属性与能力的对比，装备的性能也需要不断提升。如前所述，这种数字化原理包括两个层面，一是直接的数据描写，把人物的各种属性，如力量、敏捷、体质、智力、精神等以及装备、功法、战斗中的攻击、伤害等都用数字来表示，人物的各项能力数据越好，他的等级就越高。二是更为普遍而内化的数字化，尽管不是以明显的数据表示出来，但关于现实与生活的理解都是等级化的，并可实现不断爬升的。这种理解适用于一切类型的网络小说。对玄幻修真打斗类小说而言，生活就是武力、功法、技能的不断进化；对历史军事类小说而言，就是个人与国家势力的不断强大；对官场类小说而言，就是职务、身份的不断攀升；对商场类小说而言，就是财富的不断累加；对体育竞技类小说而言，就是球技的不断演进。

第二节　数字化升级与叙事语法

叙事语法总想把叙事"一网打尽"，试图抽象出叙事的基本类型、规则与程序，尽管相对文学写作丰富复杂的实际情况来说，这项工作有简单化之嫌，但它却比较适用于故事模式化的神话、民间故事与类型文学。对网络文学而言，尽管在数量上很多，但由于采用数字化升级模式，它具有强烈的程式化特征，与此同时，网络文学往往重视升级故事的推进而淡化人物心理描写，因此，它非常适合于把人物视为"参加者"而不是"生灵"[1] 的结构主义分析。在这

---

[1]　罗兰·巴特：《叙事作品结构分析导论》，张寅德译，见张寅德编选《叙述学研究》，中国社会科学出版社 1989 年版，第 25 页。

一节中，我们试图在前面论述的基础上，进一步分析网络文学升级模式下的叙事语法。

一　叙事句法：因为××，主角在××领域成为强者

对网络文学的结构主义分析，首先最基础的工作应该是总结其句法模式，这不仅由于网络文学同质化的升级模式让这种总结成为可能，同时也可以让我们获得对当下海量网络文学写作面貌的一个基本认识。

尽管网络文学如恒河沙数，在字数上又动辄百万千万，但其写作套路与常见故事情节却可以浓缩为一个句法模式[①]——绝大多数的网络文学作品都以它为基础而扩展衍生。

这个句法模式的主语就是"主角"。与传统文学相比，网络文学在写作上一个引人注目的变化就是前所未有地对主角的强调与突出，情节、人物都要为主角服务："作者们想尽办法利用小说里的一切资源来全力发展主角、配合主角。""围绕着主角的实力、社会地位、财力等的发展来设计情节，删减配角的戏份，让配角彻底成为主角的衬托和背景。"[②] 这也就是网络写手们常说的"主角模板"或"主角光环"。如果不把主角作为表现的中心，小说十有八九要"扑街"[③]："写多主角的，扑街；配角抢主角戏份的，扑街；主角打酱油的，扑街……"[④] 这种一切都以主角为中心的"主角模板"形成了一整套潜在的写作套路或禁忌，比如小说开篇应尽早出现主角（但不宜有多个主角）；在

[①] 对网络小说句法模式的归纳，笔者参考了百度贴吧上转载的《新手选题和大纲扩展》的部分内容，原作者已不可考，此贴在各种论坛上都能见到，其中提到的写作程式实际已成为写手们的共识。可参见网友"晋江作者"转贴《新手选题和大纲扩展》，http：//tieba. baidu. com/p/2980103243，2014 年 4 月 12 日。

[②] "蘑菇子"：《关于网文爽点模式的个人看法》，http：//www. lkong. net/thread－726229－1－1. html，2013 年 3 月 10 日。

[③] "扑街"，网文圈的常见说法，即指作品不被读者认可。

[④] "第 101 次退稿"：《101 谈写作（一百二十二）〈成神的自我修炼〉》，http：//www. lkong. net/thread－987500－1－1. html，2014 年 5 月 29 日。

叙述过程中最好一直采用主角视角，不宜随意切换；主角是光环与幸运的中心，不能死男主/女主，不能"虐主"等。

客观而论，当下各读书网站上绝大部分的网络文学都带有强烈的大众性，但在写作中如此地突出主角，却是传统大众文学没有的。以金庸为例，他的诸多经典小说都不符合当前网文"主角模板"的要求，比如，有些小说"虐主"（如《连城诀》中的丁典、狄云悲惨的人生经历，《天龙八部》中萧峰的被陷害，尤其是《神雕侠侣》中小龙女被尹志平奸污的情节，更被网友们视为违反"主角模板"最为突出的"郁闷点"①）；有些小说是多主角（如《天龙八部》《雪山飞狐》等）；有些小说一开始出现的是配角而不是主角（如《笑傲江湖》《倚天屠龙记》《射雕英雄传》《鹿鼎记》等）……因此，不少网络写手都有这样的预测：如果金庸也在网上写作，他一定会"扑街"②。金庸是否"扑街"姑且不论，但网络小说主角模板的写法，的确表明网络时代的文学产生了一些颇有意味的新变化。

"主角"成了网络文学表现的中心，那么，表现主角的什么呢？表现主角的"强"，即主角的不断升级。"所有的 YY 小说，归根到底都能用一个字来概括，那就是一个'强'字。不论如何，不论哪个方面，只有强了，才会有读者喜欢看。这完全称得上是 YY 小说第一定律。"③ 具体来说，就是"成为强者"——这是网络文学句法模式的核心谓语。在网络上，不计其数的小说都在书写一个关于强大与升级的

---

① 网友对网络小说的要求是读起来"爽"，在《神雕侠侣》中，女主人公小龙女被配角奸污这样的情节则会让读者（尤其是男性读者）感到郁闷，故称"郁闷点"，网友们对这一情节如此诟病，以至于常在评论中把这种情节称为"神雕"。

② 可参见"武安爷们"《用网文的标准来分析金庸小说的扑街因素》，http：//www. lkong. net/thread－762249－1－1. html，2013 年 5 月 6 日；张中江（记者）《知名网络写手：金庸若写网文，可能会"仆街到死"》，http：//www. chinanews. com/cul/2010/12－20/2732910. shtml，2010 年 12 月 20 日。

③ "晋江作者"转贴《新手选题和大纲扩展》。

故事，主角最后总是成王成神、成仙、成尊、成宇宙之主、成各种业界领袖……用 17K 小说网主编血酬的话来说，"网络文学的核心与特质"就是"成功学"①。

表面看来，"主角成为强者"的故事套路并不新鲜，传统大众小说，特别是武侠小说，常常也采用"主角成为强者"的情节框架，但与此不同的是，一方面，如前所述，网络文学采用了"主角模板"的写法；另一方面，"强大"成了网络文学普遍、迫切而又单一的写作要求。更重要的是，"强大"不再局限于传统武侠的武力功法，而是扩展到社会生活的方方面面、各行各业（详见后文论述）。

这种供读者的"自我""代入"到"主角"身上，从而体验"强大"与"升级"的"YY"美学，在网络文学发展初期就体现出来了。当下主流网络小说的真正源头并非是人们时常提到的痞子蔡、安妮宝贝等人的作品，而是我们在第三章中提到的《我是大法师》这样的YY 小说。在网络文学的走向尚未明确的 2002 年，《我是大法师》横空出世了。凭借宇宙无敌的主角想象，因吃番薯而获得无限魔力的"外挂"② 描写，一路收服美女的欲望叙事，这部小说迅即获得了读者的追捧，同时也遭到一些坚持"文学性"的网站及写手的强烈抵制与批判。但不管如何，这部从题目到内容都呈现出强烈"自我 - 强大"特征的小说开启了网络文学的 YY 传统，一时名为《我是×××》的跟风者无数③。时至今日，这种写作模式已成为写手们的普遍追求，一本本网络小说本质上讲述的都是读者自我勉励的成功故事："从当

①　张中江（记者）：《知名网络写手：金庸若写网文，可能会"仆街到死"》。
②　"外挂"，也就是"金手指"，是指网络游戏中的作弊程序，写手们常用此来比喻网络小说中主人公遇到的各种在实际生活中不可能发生或概率极小的幸运事件。
③　此处相关史实可参见"胡笳"《网络小说的前世今生》中"十二、义利之辩"部分，http://www. qdwenxue. com/BookReader/1816738. aspx，2011 年 2 月 5 日，及"Rampart"转贴的《网络小说走过十年》中"第五说：YY 之种始祖者"的相关部分，http://www. lkong. net/forum. php? mod = viewthread&tid = 353380&extra = % 26page% 3D1&page = 2，2011 年 1 月 13 日。

年的各种我是×××，到现在的各种×天各种仙×，都能看出来YY已经不是一种潮流，而已经是时代的基础了。"①

"主角成为强者"——这就是当下网络文学句法模式最为核心的主谓语部分，也是数字化升级模式最本质的要求。

接下来的问题是，主角是哪方面的强者？在网络文学中，这种强大可以是多方面的，既可以是武力、魔法，也可以是法宝、仙术、异能、财富、地位、智谋、学识、球技等——由此，网络小说的句法就变成了"主角在××领域成为强者"。不难发现，状语"在××领域"是非常重要的，它实际构成了网络小说的类型划分。主角强在武力、功法、斗气等，即为玄幻文；主角强在魔法、巫术、先知之类，即为奇幻文；主角强在法宝、飞剑、道法之类，即为仙侠、修真文；主角强在经商，即为商战文；强在军事，即为军事文；强在网游，即为网游文；强在体育竞技，即为竞技文……而在这些大类之下又可分成若干亚类，而这取决于写手的生活积淀与写作风格。以道法修炼为例，如果写手熟悉中国传统文化，他可以写成古典仙侠；如果不熟悉，就可以写成现代修真……凡此种种，不一而足。

在传统文学中，"强大"主要体现在武力、功法、家世等有限领域，与之相比，网络文学极大地拓宽了"强大"领域，突出的就是把现代生存技能融入了作品中，举凡科技、工业、医术、营销、烹饪、建筑，甚至导演、鉴宝、种地、木工，只要能想到的，都成了主角印证自我强者风范的练武场。

网络文学的句法现在变成了"主角在××领域成为强者"，接下来还有至关重要的一点就是主角之所以强的理由——句法进一步扩展为"因为××，主角在××领域成为强者"。那么，靠什么成为强者

---

① "白藤"：《加速世界——网文的升级时代（后篇）》，http://www.lkong.net/thread-635656-1-1.html，2012年8月10日。

呢？如前所述，需要靠不停地 PK，但是，这种 PK 仅靠主角的孤独奋斗显然缺乏爽点，会让升级与变强的过程变得艰难乏味。需要在 PK 中引入某种开挂元素，即能够点石成金、化腐朽为神奇的"金手指"。其实"金手指"也并不新鲜，传统大众小说就有，比如主角或天赋极高，或拾到武功秘籍，或得高人真传等幸运事件。在网络文学中，"金手指"则空前爆发，可谓五花八门，如穿越重生、神灵附体、强悍导师、上古遗物、天生异能、随身空间……在某种意义上，"金手指"是网络文学的核心部分，它是由现实到幻想的关键一跃，因此，它是"YY 的真正精髓所在"①。同时，它也是写手们在模式化的网络写作中少数可供创新的地方之一。在一定程度上，网络文学的发展就表现在由"金手指"设定的新颖而引起的写作潮流的兴衰更替。

"因为××，主角在××领域成为强者"——这就是当前主流网络文学的句法模式。一部部网络小说，以此为主干，加以增添、扩展，不断衍生出一个个陌生而又熟悉的主角强大升级故事。

二　叙述逻辑：伪恶化与改善

如前所述，"因为××，主角在××领域成为强者"构成了网络文学的句法，那么，这个并不复杂的句法模式是如何敷衍成情节冗长、动辄百万千万字的小说的呢？换句话说，什么构成了它持久不衰的叙事动力？很简单，就是把主角的升级过程加以细化与数字化，即采用所谓的切割法："把主角距离目标的路程分成许多等分，然后一段段去完成。比如，如果主角的目标是当天下第一高手，那么就设定为需要主角达到一百级，而主角现在是零级。这样，就把整个过程平均分成了一百等分，然后可以一段段去设计具体的剧情，一段段去写。"②

---

① "晋江作者"转贴《新手选题和大纲扩展》。

② "晋江作者"转贴《新手选题和大纲扩展》。

但是，如果只是一味地升级，既不利于拉长小说的篇幅，也不利于营造阅读快感，因为阅读快感只有在欲迎复拒中才能得到最大限度的加强，一帆风顺的短平快既不能持久，也不够甜蜜。对此，写手们常常采用"曲折法"："故意给主角设置各种障碍，让一件本来很顺利的事情，平白增加许多波折，使剧情变得更为曲折，然后，在每一个曲折之间，再继续设置障碍，继续增加波折。"① 换句话说，高明的写手既采用前述的数字化的切割法，也采用曲折法，小说虽然采用升级结构，主人公面临着升级、不断变强的目标与任务，但是，这种不断升级的过程却并非一帆风顺，而是每一关都会横生波折，都会遇到前来阻挠的 BOSS。初始的屈辱"打脸"，然后是励志奋起，最后是更猛烈地爆发与"踩人"……主角就这样在克服障碍、打败 BOSS 的过程中获得提升，不断变强。由此，网络小说就形成了一种独有的叙事循环与螺旋式上升结构，其情感模式就常常是压制—爆发—压制—爆发……这样一种总体不断向上的重复。正是由于网络文学的这种独特叙事节奏，读者也就可以根据小说的章节名而判断情节线索、揣测情节进度，有读者据此提出了所谓"宇宙最强之章节名跳读法"。他发现，完全没必要去逐字阅读那些动辄几百万字的长篇小说，只需要根据章节名即可判断其大致内容："在一部五百万字左右的长篇小说中，只要章节名出现带悲剧性质的名字，如'寒酸'、'悲吟'、'殉'与'殇'等等，肯定'属于憋屈的段落'——'先抑后扬'中的'抑'；反之，有'变'、'异'、'怒'、'战'、'惊人'、'震惊'等热血字样，多半是踩人高潮——先抑后扬中的'扬'"。"这样一来，我们就不必再为读一大篇动辄 500 万字以上的超长篇没时间苦恼了。章节跳读法，跳去五分之四以上的内容，基本不影响对主角性格的把握和基本剧情的

---

① "晋江作者"转贴《新手选题和大纲扩展》。

了解。"①

显然，网络写手精通艺术快感的辩证法，主角被压制后的升级爆发显然比一帆风顺来得更为热血与煽情，但是，考虑到"代入感"，对主角的这种"抑"是绝不能过分的，否则会弄巧成拙。为了避免因"虐主"而丧失读者，写手们常把主人公的被压制，写成是因祸得福——换句话说，暂时的挫折会带来更大的好处。以著名写手"耳根"的小说《仙逆》为例，其中充斥着大量的阴谋，一环扣一环，而主角则不断被各种人物算计，但主角要么识破了阴谋，要么因意外情况而躲过阴谋，最后主角不仅没有受到实质上的伤害，反而大发利市。这就是网文和传统大众小说的区别，在网络文学中，主角要么占尽好处，要么吃点小亏却能从中受益。换句话说，尽管主角在通向至尊强者的道路上有些许曲折，但前途终究充满光明；虽有惊险意外但一切尽在掌控之内。由此我们可以发现，升级文实际上吸收了无敌文的元素，或者说，网络文学升级文的主角，实际上是一种在无敌平台下进行升级旅程的游戏玩家，他只打有把握之仗，尽管有些许插曲，但有一大片胜利等待着主角升级了去收割。

由此，网络文学的叙述逻辑就是颇为独特的。在叙事学的演进历程上，布雷蒙（C. Bremond）改造了普洛普（Vladimir Propp）叙事功能的单线排列，认为从叙事的逻辑上看，故事的发展有多种可能（"叙述可能之逻辑"），他强调了人物的意志力量与故事情节走向之间的关系。但在我们看来，不同类型的文学，并不能一概而论，布雷蒙所说的情况只是一种"应然"，对普洛普研究的民间故事这样的类型作品而言，故事的"实然"走向往往是固定的，而对全面面向读者的网络文学来说，这种情节的固化倾向更加强烈——尽管在数量上如恒

---

① "青铜器2"：《教练教你跳读法》，http://www.lkong.net/thread-648265-1-1.html，2012年9月7日。

河沙数，但它们永远都只是一种"改善"的系列。而这种"改善"，如前所述，尽管需要穿插"先抑后扬"的"曲折"，却也并非是由布雷蒙所说的"恶化"转化而来的"改善"。相反，这种"抑"或者"恶化"，只是一种"伪恶化"，它的实质就是前文所说的"因祸得福"，是走向更高层次改善的铺垫，也就是说，"恶化"实际也是"改善"。"恶化"成了"改善"——网络文学戏剧般地改变了布雷蒙的这一说法："同一事件序列，在与同一个施动者的关系中，不可能同时具有改善与恶化两种特性。"① 由此，网络小说的叙事逻辑构成了如图1所示的不断向上的螺旋序列：

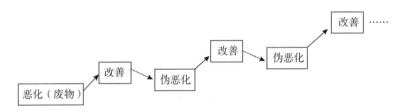

图1 网络小说的叙事逻辑

这种渐次升高的螺旋过程与小说人物的升级变强是一致的。在此意义上，网络文学的读与写类似于写手与读者共同编织的脱衣舞。尽管罗兰·巴特（Roland Barthes）、戴维·洛奇（David Lodge）等早就以脱衣舞比喻读书，但也许网络文学更契合这种修辞学解读。在赛博空间暧昧模糊的氛围中，网络文学不断地连载更新，主角不断升级变强，读者与写手共同生产与消费着快感……但是，在不断展开而又重复的叙事循环中，网络小说总是尽量延缓那个高潮的到来，因为，在作者与读者的互相绑架之后，如同一个不断剥开的洋葱头，它注定了最终要面对的是虚无（Nothing）："一层层幕布之后，空无一物，从来

———————

① 布雷蒙：《叙述可能之逻辑》，张寅德译，见张寅德编选《叙述学研究》，中国社会科学出版社1989年版，第158页。

都空无一物。"① 正如鲍曼所说:

> 这一"推迟满足"形式的延迟，保留了它所有的内在矛盾。
> 欲望（Libido）和死神（Thanalos）在每一出延期的表演中都相互
> 争斗，而且每一次延迟都是欲望战胜它的死亡之敌。因为这一满
> 足的希望，渴望推动着这一"努力"，只要这一人们觊觎的满足
> 还只是一个希望，"推动"就会保持着它的力量。所有渴望的推
> 动力量都被寄托在"没有实现"（unfulfilment）的身上。最后，
> 为了保持渴望的生命力，欲望不得不仅仅渴望着它自身的生存。②

三 语义方阵: 努力与命运的"冲突"

如前所述，当下网络文学的主流模式是升级文，而其惯有的主题
就是"逆天"，即常常描写一个初始是普通人甚至"废物"的主人公，
面对生活的不如意，他要逆袭与改变命运；与此相应，网络文学的常
见书名也充满了知其不可为而为之的"逆天"意味，如《吞噬星空》
《遮天》《斗破苍穹》《武动乾坤》《凡人修仙传》《仙逆》③……充溢
小说的是不断升腾的浮士德激情与为改变命运而一往无前的决心。如
果借用格雷马斯（A. J. Greimas）的符号方阵（Semiotic Square）来分
析，我们显然可以在其中发现一对基本的叙事矛盾，即"人的努力"
与"命运"之间的冲突——这也正是对"逆天"一词的拆解：如果说
"天"（命运）是社会契约，"逆"（人的努力）则是完全的对立，是
对社会契约的撕毁，是对"个人自由"的宣示，在此意义上，网络文

---

① 波德里亚:《象征交换与死亡》，第166页。
② 齐格蒙特·鲍曼:《流动的现代性》，欧阳景根译，上海三联书店2002年版，第245页。
③ 这些小说书名并非是笔者为了论证而刻意挑选出来的，相反，只是笔者在写作中途
（2014年8月8日）随机点开"起点中文网"的页面，其中会员点击总榜的前十位就包括了上述
小说。

学所确定的"取舍"，正是在"在个人自由（也就是无契约）和被接受的社会契约之间做一抉择"①（如图2所示）。

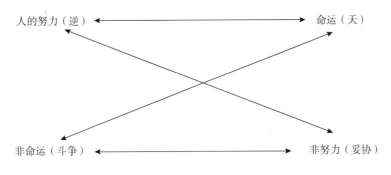

图2　"人的努力"与"命运"的冲突

这就是网络小说的语义关系。在方阵中，围绕"人的努力"与"命运"这一对基本的语义矛盾，"人的努力"与"命运"，"命运"与"非命运"，"人的努力"与"非努力（"妥协"）……之间构成了复杂的辩证关系。

如果把小说中的人物代入到这个方阵中，其结构关系似乎应如图3所示：

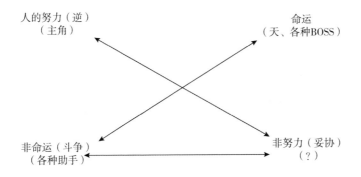

图3　小说角色与语义方阵

---

① 格雷马斯：《结构语义学》，蒋梓骅译，百花文艺出版社2001年版，第311页。

我们尝试对这一方阵进行一番分析。

在"人的努力"这一语义维度，代入的显然应该是主角，对网络文学中的主角来说，他的鲜明印记就是不断逆天、不断升级，从而不断成长，其"努力"色彩，其励志性与抗争性是非常突出的。

在"命运"这一语义维度，如图 3 所示，代入的似乎应该是主人公奋斗过程中遭遇的各种"对头"（Opponent），即以阻碍打压面目出现的各种 BOSS。但若仔细来看的话，这些"对头"在小说中所扮演的角色是颇值得玩味的，他们初始的确是作为"对头"出现，但实则并不能对主角形成致命威胁，相反，他们只是供主角打脸泄愤并最终为其提升战力的垫脚石，不仅如此，他们还时常会被主人公收服，成为供其驱策的左膀右臂。换句话说，类似于网游中的打怪得宝，对主角来说，这些 BOSS 总是由初始的阻挠者转变为其后的帮助者。因此，严格来说，这些 BOSS 并不应该属于"命运"一极，而应属于"非命运"一极。那么，符号方阵的图示应修改为（见图 4）：

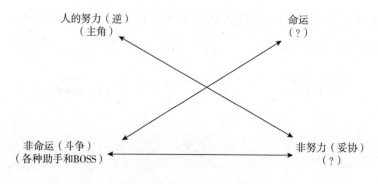

图 4　符号方阵之下的语义

也就是说，在"命运"这一极，除了一个抽象的"天"以外，我们无法找到一个具体的角色来对应"命运"——换句话说，在网络文学中，"命运"似乎是缺失的，只能是一个"？"。

那么谁成了"命运"的化身呢？既然那些以阻挠者面目出现然而

最终成为助手的 BOSS 们并不能真正代表"命运",主人公面对的就是空无,他似乎缺乏真正的敌人,所有的挫折、障碍并不真正存在,他不再受命运的摆布,他可以随心所欲——换句话说,他进入了完全自由的境地,他成了"神",他自己取代了"命运"而成为它的化身!与之相应的是网络小说不断强大的情节模式,主人公总在跨越各个位面不断地爬升,强大的终极就是最终成为睥睨苍生的宇宙王者——这不是神是什么?

这一点也可以从"非努力"/"妥协"这一维度得到佐证。如果试图在这一极代入人物角色,我们会徒劳无功——在小说中很难找到主角"非努力"、对命运妥协的任何佐证。也就是说,在"天"面前,他(她)是拒绝妥协的,他(她)一定胜过天的,这暗示了网络小说的乐观主义性质。不同于一些中国古典小说(如《定婚店》①)由天人之间的冲突走向最终的天人和谐,也不同于西方文学中那些向荒诞撞击、试图反抗虚无却永无成功之日的在在主义英雄,在天人之间的平衡断裂后,网络文学中藐视宇宙法则的主人公们更多地类似于陀思妥耶夫斯基笔下那些在上帝缺失、人的自我膨胀后的"人神化"的主人公,他们无所畏惧,意欲从上帝那里夺回命运的权杖,在撕毁契约中试图寻回个人的完全自由。

但是,符号方阵的强大之处就在于它的辩证法精神,在于它的持续否定过程。在"非命运"这一维度,代入的显然应该是帮助主人公改变命运的各种"助手"(Helper),同时,还应包括那些明为"对头"而实为"助手"的各种 BOSS。这些角色,实际都是"金手指"的具体表现。"非命运"是双非项,在符号方阵中,它代表着"否定之否定"。詹姆逊非常重视这个双非项,称它"很神秘","开启了跃

---

① 可参见罗钢《叙事学导论》(云南人民出版社 1994 年版)第 119—130 页中对《定婚店》的分析。

向新意义系统的可能"①。格雷马斯也把它称作"爆破项"（Explosive Term）②。在我们看来，双非项的确是理解这个符号方阵的关键因素，正如格雷马斯认为双非项与正项之间是"互补关系"（complementariety）③一样，它颇有意味地揭示了主人公"逆天"的性质。在绝大多数小说中，这种奋斗并非是源自汗水、热血与意志的真正努力，而是借助各种"金手指"、各种幸运事物来扭转乾坤，这就让个人的努力与奋斗指向了它的矛盾面，即"非努力"（"妥协"）。值得注意的是，"金手指"一词源自网络游戏，它的本义就是修改器，通过篡改网络游戏的数据，玩家可以让自己立于不败之地——换句话说，"金手指"就是作弊器，它就是命运的漏洞。在"逆天"过程中，主人公有了"金手指"，他就如同那些破译了游戏公司终极秘密的黑客玩家，他可以例外、特殊，成为逃脱游戏规则的"那一个"，以此成功地挑战了游戏公司，挑战了试图控制它的命运总体。然而事情的真相是，让玩家作弊往往正是游戏公司的"狡计"，玩家尽情修改数据，成为满血复活的不死之神，在体验到这种超脱规则的自由诱惑后，玩家就会情不自禁地支付资本，成为 VIP，成为网友所说的"人民币玩家"。由此，玩家对命运的改写最终并未逃脱大他者（资本）的凝视。

中国网络文学与日本轻小说在内在精神气质上似乎颇为不同，日本轻小说呈现的是熟透了的日本后现代御宅式文化，整日沉浸于角色的搬弄、组合与趣味的玩味，中国网络文学的主人公却书写着杀伐决

---

① Jameson, Frederic, *The Prison House of Language: A Critical Account of Structuralism and Russian Formalism*, Princeton: Princeton University Press, 1972, p. 39.

② Lenoir, Timothy, "Was the Last Turn the Right Turn?", *Configuration*, Vol. 2, 1994, 11, p. 165.

③ Noth, Winnifrid, ed., *Handbook of Semiotics*, Bloomington and Indianapolis: Indiana University Press, 1990, p. 318.

断、勇往直前的励志故事。如果说日本轻小说呈现的是欲望消失了的后现代特征，中国网络文学则带有哈维所说的"创造性破坏"的现代性气质（这体现在网络小说中就是不断开拓、不断位面升级的地图模式）。这种区别在中国网络文学海外传播的热潮中也体现出来了，一些以前喜欢读日本轻小说的外国读者开始转向阅读中国网络小说，原因之一在于他们感受到两种小说主人公气质的不同。在"武侠世界"网站的论坛里，一位外国网友说："我最喜欢仙侠的地方就是，虽然它蛮浅薄的，但也很积极。我以前是看日本动画漫画还有轻小说的，现在能看到仙侠里这种持续前进的故事还有强大的主角，简直就像一个快要淹死的人终于能够呼吸一口气了一样。"[①] 在外国读者看来，如果说日本轻小说的常见主题是"守护美好的日常"，中国网络小说的主角则有着"强大行动力"，"他们想改变世界，而非守护日常生活"。[②]

"比起日本小说中让人打不起精神的废柴男主，中国武侠里的男主虽然无情，但是足够强大！"[③]

"我喜欢中国小说的一个主要的原因就是其中的主角一般都不是什么正人君子。"

"即使是最善良的仙侠主角，如果将其放到西方/日本小说的评判体系里也只能算个没底线的疯子，所以就更别提那些相对不好的了。"

"我现在超恶心废柴主角了，尤其是日式作品里的那种。就完全不想再碰这种东西了。虽然有时候仙侠作品的主角有点太无情了，但

---

① 《中国网络文学冲出国门闯世界》，http://www.xinhuanet.com/world/2016 - 12/15/c_129405039.htm，2016 年 12 月 15 日。

② 郭超（记者）：《为世界带来"一股新鲜空气"——中国网络文学颇受"老外"青睐》，《光明日报》2016 年 12 月 19 日第 5 版。

③ 《你知道中国网络小说在欧美有多红吗?》，http://www.doc88.com/p - 1798603430605.html，2019 年 5 月 8 日。笔者原先搜集的资料的网络出处已链接不上，此处是"道客巴巴"网站保存的文件。

是还是比我之前看的好多了。"①

积极、强大、改变世界……这是外国网友对中国网络小说主角的直观感受。那么，中国网络文学与日本轻小说在精神气质上果真有如此大的差异？可能未必。中国网文确实表现出不同于日本宅文化的逆天精神，但从前面语义方阵的分析来看，借助"金手指"的升级，主人公的奋斗仍然是受宠式的奋斗，是被保护的成长。在被保护这一点上，在网络社会的怀抱中欣赏"角色"还是激情奋斗，实际上并无根本区别，或者说，这种区别只是表面的，它仍然是在现代性的外衣下呈现的后现代情怀。

第三节　数字化升级与虚拟生存体验

在第二节，我们按照传统批评思路对网络文学的数字化升级作了分析，并基本上作了消极的评价，在这一节中，我们将换一个角度，分析这种数字化升级与虚拟生存体验之间的关系，并挖掘这种升级叙事模式可能蕴含的社会价值与生活意义。

一　麦克卢汉的箴言

升级变强的故事在传统社会也并不少见，虽然可能不如现在这样系统与大规模化，但人们总喜欢各种平步青云、出人头地的故事。著名媒介专家麦克卢汉认为，升级故事与印刷文化相关，而当电子文化兴起后，这种升级故事有所淡化：

在古代和中世纪，最受欢迎的是王子破落的故事。很热的印

---

① 《当歪果仁爱上中国网文，他们真能看懂吗?》，http://www.sohu.com/a/121264970_534418，2016 年 12 月 11 日。

刷媒介问世之后，人们的偏好变为升级的故事节奏和突然发迹、平步青云的故事。借助细腻和等量分割的新型排字法来处理问题，似乎任何成就都可以实现。正是用这种方法，才最终研制成了电影。作为一种形式，电影最圆满地实现了印刷术那种分割方法的巨大潜力。然而，电力内爆现在已经使借分割求膨胀的整个过程颠倒过来了。电力技术使马赛克世界卷土重来，这是一个内爆、平衡和静态的世界。在电力时代，拼命爬到巅峰的个人的那种单向膨胀，看起来像一个生命被践踏、和谐被破坏的令人毛骨悚然的形象。这就是电视马赛克形象传达给人的下意识的信息，因为电视马赛克具有同步冲动的整体场。电影的线条和序列不得不在占上风电视力量面前低头认输。我们的年轻一代，在垮掉派拒绝消费习俗和个人成功的故事中，深受电视信息的影响。[①]

麦克卢汉这段话让人费解，而且似乎经不起推敲。他认为印刷媒介带来了升级的故事节奏与平步青云的故事，电影同样如此，因为电影也追求线条与序列，而这种升级故事却在电视的马赛克文化面前趋于崩解。人们未免有疑问，难道印刷媒介与电影就不讲落魄故事？电视不讲升级故事？在我们看来，麦克卢汉并没有局限于细节，而是从大的方面，从印刷文化向电子文化的转型来理解这个问题的。他把电视作为电子文化的代表，显然存在对电视的美化，但我们应该明白他是就电视兴起的马赛克文化来说的。

在麦克卢汉看来，印刷媒介带来的是分析的、线性的、机械的思维，而电子媒介带来的马赛克原理，也即图像原理，强调同步接触和相互作用。电影虽然也涉及电力，但它"和印刷技术联系在一起"[②]，

---

① 马歇尔·麦克卢汉：《理解媒介》，第362页。
② 马歇尔·麦克卢汉：《理解媒介》，第350页。

如同印刷文化一样，它也是线性与序列结构，因此，"偏重文字的观众""会毫无异议地接受电影的序列结构"①。印刷文化为什么会产生升级故事，而以电视为代表的电子文化却拒绝个人成功的故事呢？这是因为印刷品的线性、序列与积累，"表现出可重复的准确的形象"，"这就激励着人们去创造延伸社会能量的崭新的形式"，从而释放出了"巨大的心理和社会能量"，它提供了"把个体凝聚成一股强大力量的模式"，培养了"个人创业的精神"，让艺术家热衷于"自我表现"，这种精神也引导人们"去创建庞大的公司"②。与此同时，麦克卢汉认为，印刷术的同一性和可重复性也消解了传统的君权神授的观念，时空延续、可以量化的思想抹去了权力世界的神圣色彩，由此滋生了对权力的崇拜，滋生了热衷权力升级的马基雅维利主义。在麦克卢汉看来，人们经常指责马基雅维利主义，但这只不过是表现了定量化的、没有偏颇的、科学的、新颖的力量，即马基雅维利主义正是印刷文化所带来的细分、切割、量化与积累的投射③。然而，电子文化与此不同，正如《理解媒介》的作序者路易斯·H. 拉潘姆（Lewis H. Lapham）在阐释麦克卢汉思想时指出的那样，电子文化不注重积累，强调现时的快乐，图像型的人"想象自己生活在富有魅力的永恒现在时的乐园之中"。印刷文化的人追求线性逻辑："习惯印刷文字的人假设，A 尾随 B。"他们是居民，追求积累，而电子文化的则是游牧民，他们只抓住现时的快乐，而不寻求累积："游牧部落在古代的荒漠中迁徙，寻找灵魂的绿洲。同样，图像型的人拥抱野蛮式的快乐，宣誓对此刻至高无上地位的忠诚。"④

---

① 马歇尔·麦克卢汉：《理解媒介》，第 352 页。
② 马歇尔·麦克卢汉：《理解媒介》，第 220 页。
③ 马歇尔·麦克卢汉：《理解媒介》，第 224 页。
④ 路易斯·H. 拉潘姆：《麻省理工学院版序——永恒的现在》，载马歇尔·麦克卢汉《理解媒介》，第 19 页。

在我们看来，麦克卢汉所说的印刷文化与电子文化产生的这种区别，实际上等同于现代文化与后现代文化的区别，两者具有很大程度的同构性。麦克卢汉说："印刷书籍将古代世界和中古世界熔为一炉——或者像有些人说的将二者混淆起来——并因此而创造出第三个世界，即现代世界。而现代世界现在又与一种崭新的电力技术（即一种新的人的延伸）发生了撞击：传输信息的电力媒介急剧地改变着我们的印刷文化。"[1] 虽然他并没有说后现代时期这个词，但显然是把印刷文化与电力文化看成相互悖反的两个时代。拉潘姆把麦克卢汉对印刷文化与电子文化的对比归纳为一组组两两对立的词语，并认为印刷文化是现代文化，电子文化是后现代文化[2]，实际上佐证了这种区别。印刷文化显然促成了现代性："从社会的角度来说，印刷术这种人的延伸产生了民族主义、工业主义、庞大的市场、普及识字和普及教育。"[3] 而现代性带来的精神就是永恒的"创造性破坏"，是不断追求与超越的浮士德激情，这在法国作家巴尔扎克笔下的人物身上已经表现出来了，比如削尖了脑袋往上爬的拉斯蒂涅，甚至包括巴尔扎克本人，也正是这种工作狂似的人物典型。麦克卢汉举的例子是美国，而美国梦、美国精神正是现代性的表现。这种现代性精神也体现在美国的电影文化之中："整整 50 年间，好莱坞给'堕落女人'（the fallen woman）开辟了一条爬到顶峰并打入每个人心坎的路径。"[4] 然而，在电力文化兴起的后现代社会，这种发展模式与生活理念遭到了普遍质疑。麦克卢汉提到了梦露，他认为梦露的悲剧是"令人心碎"地质疑了"把金钱和成功的绝对价值观念作为谋求幸福和福利的手段"："猛

---

[1]　马歇尔·麦克卢汉：《理解媒介》，第 218 页。

[2]　路易斯·H. 拉潘姆：《麻省理工学院版序——永恒的现在》，载马歇尔·麦克卢汉《理解媒介》，第 5—6 页。

[3]　马歇尔·麦克卢汉：《理解媒介》，第 220 页。

[4]　马歇尔·麦克卢汉：《理解媒介》，第 395 页。

然之间，这位爱神却发出了令人毛骨悚然的惨叫，她尖叫说，吃人是错误的，她抨击好莱坞的整个生活方式。"① 麦克卢汉进一步认为，这种质疑，也"正是聚焦在城市郊区的'垮掉的一代'（beatniks）的情绪"。② 麦克卢汉所说的"垮掉的一代"（Beat Generation），正是二战后兴起的、被人们看成后现代派的艺术群体，他们的特点是不修边幅，放荡不羁，蔑视社会的秩序，反对世俗陈规，厌弃工作和学业，寻求绝对自由，以浪迹天涯为乐。他们冲击了体制、学院化与传统价值标准，因此被称为"垮掉的一代"，很明显，他们类似于麦克卢汉所说的通俗漫画或者丑角式的人物，他们是以这种方式抗拒专业化、体制化，而试图回复到整体式的人。"垮掉的一代"对个人成功与消费习俗的拒绝，实际上也正是对印刷文化的专业化与秩序的反抗："他们拒绝分割性的、专门化的消费性生活。"③ 那种一味升级，也正是单面化的人，而不是马赛克文化似的整体的人。在此意义上，"图画似的消费时代已经死亡，图像时代已经来临"。④ 麦克卢汉进一步以棒球与电视为例，说明了这两个时代的区别，他认为棒球归属于热性报纸和电影媒介刚开始袭来的那个时代："它将永远是这样一个时代的象征：这是一个崇拜红得发紫的女影星、爵士乐明星的时代，是崇拜美男美女的时代，是荡妇、淘金者和暴发户的时代。"然而，棒球这种热媒介，"在新式的电视气候中降了温，正如在上一个十年中，大多数热情的政治家和热烈的问题都冷却下来了一样"。⑤ 显然，这里所说的上一个十年中大多数热情的政治家和热烈的问题都冷却了下来，指的正是在后现代社会中，大叙事的终结，整个政治气候由左转右的情况。

---

① 马歇尔·麦克卢汉：《理解媒介》，第 395 页。
② 马歇尔·麦克卢汉：《理解媒介》，第 395 页。
③ 马歇尔·麦克卢汉：《理解媒介》，第 395 页。
④ 马歇尔·麦克卢汉：《理解媒介》，第 213 页。
⑤ 马歇尔·麦克卢汉：《理解媒介》，第 395、402 页。

二 游戏的规训与数字人生

那么，现在问题来了，中国早已经进入了麦克卢汉所说的电力时代，但为什么却出现了如此大规模的升级叙事？

麦克卢汉所说的印刷文化与电力文化的对比，是从大的方面入手，而落实到具体的社会现象、文学现象，我们必须考虑问题的复杂性。从社会原因来看，中国的社会状况与生产方式还比较复杂，呈现出前现代、现代、后现代的交织，中国还在大力推进现代化建设，体现的很大程度上仍是现代性，与这种时代精神一致，表现在国民身上，必然也会强调奋起、抗争、逆天等精神，这是毫无疑问的。在此意义上，传统的大众文学中的升级叙事必然会颇受欢迎——客观来说，这应该是最重要的社会原因。

但是，升级叙事在网络时代如此大规模的兴盛，不能只归因于中国语境，也与整个人类的境遇有关，与网络社会来临后的虚拟生存体验相关。首先，在直接的意义上，它来自游戏的数字化升级对人们精神结构的规训，培养了玩家的"养成—期待"心理。其次，随着人类社会的数据库化，数字化升级日渐渗透进人类的日常生活，网络小说对现实人生数字化的描写，预示了这种趋势。

游戏的数字化升级深刻地规训了玩家的心理。如前所述，麦克卢汉认为印刷文化会促成升级故事，原因就在于，"借助细腻和等量分割的新型排字法来处理问题，似乎任何成就都可以实现"。在我们看来，这种"借助细腻与等量分割"似乎"可以实现""任何成就"的印刷文化潜意识，在游戏升级文化中得到了前所未有的直观显现，由此形塑了玩家的心理结构。

游戏的升级有哪些特点呢？

第一，总有任务可做。游戏总是给你指派各种任务。有些任务是激烈的、高风险的，比如与各种 BOSS 作战；有些任务则是四处探索，比如发现新的生物，考察陌生的环境；有些则是纯事务性的，如合成或加工道具、装备等；有些任务是组队，与团队一起作战。总之，游戏有各种各样的任务。但重点在于，游戏的特点不是有任务可做，而是总有任务可做。爱德华·卡斯特罗诺瓦（Edward Castronova）说："《魔兽世界》里的失业率是零。"① 也就是说，玩家总能找到事情可做，总能发现不同的途径来完善你的虚拟化身。总有任务可做，这就给现代人营造了一种整日忙碌的感觉。

第二，总会有奖励。在游戏中，你做任何事情，总是有奖励，即便做任务失败，也会获得经验值。这就给玩家一种潜在的心理暗示，付出总是会有收获的。

第三，数字化。游戏的升级总是以数字化来体现的。升级就是人物及装备的属性不断提升，而这种提升总是直观地以点数来表示。任务越具挑战性，赚到的点数就越高，玩家从事这一任务的动力就越强。

第四，数字化带来了游戏的第四个特点，即升级的实时化与可视化。玩家每一次完成任务后的升级，都会立即有反馈，并清晰可见，玩家能看见自己虚拟化身的点数增加。"《魔兽世界》里著名的头顶显示能实时告诉我们自身的进步，这就把个人资源建设变得清晰可见。它不断向玩家闪烁积极的反馈：耐力 +1、智力 +1、力量 +1。我们可以通过这些点数计算自己的内部资源，看到资源随着自己的不断努力变得越来越丰富：能够造成更大的破坏、承受更多的伤害或施展更强大的法术。"② 显然，数字化的升级会生成可见的、稳定的成就感。

第五，总有任务可做，做了任务就有回报，这种回报又总呈现出数字化的、即时性的、可视化的效果，这就给玩家带来了一种感觉，

① 转引自简·麦戈尼格尔《游戏改变世界》，第 57 页。
② 简·麦戈尼格尔：《游戏改变世界》，第 61 页。

一种繁忙而总有收获的感觉，一种不停奋斗而总有回报的甜蜜。它带给玩家潜意识的演进逻辑就是：个人的生活总在努力，而努力总会有奖励，奖励都是清晰可见地稳步推进的——最终的结果是，"我"必然成功。

这显然不同于日常生活的体验，在日常生活中，我们并不是总在忙碌，付出可能有回报，但也可能没回报，日常生活的进步是隐性、缓慢的，但也可能是退步或挫败。但在游戏中，我们会不断获得"即时而生动的情绪奖励"，这最终会形成一种无意识的心理规训，即"期待—养成"的心理。麦戈尼格尔以自己的亲身体验分析了这种心理结构的形成：

> 我第一次坐下来玩这款游戏（《魔兽世界》）时，朋友布莱恩乐呵呵地提醒我："《魔兽世界》可是有史以来最强效的生产力注射剂哦！"
>
> 他可不是开玩笑。那个周末我就玩了 24 个小时，比我想象中多了整整 23 个小时。我该怎么说呢？有太多拯救世界的工作可做了！
>
> 每次完成任务，都会积累经验点数和黄金。但比点数或财富更重要的是，从我进入艾泽拉斯在线王国的那一刻起，我就充满了目标。每一个任务都有着清晰、紧迫的指示：到哪儿、做什么，以及为什么王国的命运有赖于我是否能尽快完成这一任务。
>
> 等星期一的清晨到来，我顶住了回到"真正"工作中的念头。我知道这不理智，但我身体的一部分还想着继续赚取经验值、积累财富、收集道具、完成待做事项清单上那些尚未完成的救世任务。我还记得自己对丈夫这样说："玩《魔兽世界》让我感到更加富有生产力。"①

---

① 简·麦戈尼格尔：《游戏改变世界》，第64页。

　　这正是积极心理学的特点，我们需要"尽可能直接、立刻、生动地看到自己努力的结果。可见的结果令人满意，是因为它们正面反映了我们的能力。我们看到自己已经取得的成就，就会产生一种自我价值感"。① 积极心理学创始人之一马丁·塞利格曼（Martin E. P. Seligman）指出："最重要的人类资源建设特征，就是工作生产力。"② 游戏的数字化升级让玩家时刻感受到这种"工作生产力"。

　　这种积极心理学的影响是深刻的，在一定程度上，这影响了写手对生活的看法。网络文学中数据流小说的兴起，实际正是隐喻了写手将游戏的数字化升级向现实人生扩散的集体无意识。某写手对数据流小说这样概括：

　　　　数据流顾名思义……就是一切都是数据……

　　　　其实所谓数据流？（这里针对的是非网游的数据流）可以理解为现实世界就是一个网游，而你就是全服唯一的玩家，其他人都是 NPC 之类的存在。

　　　　举个例子吧，假如说一个正常人能举起100KG的东西，他的力量就是5（随便瞎扯的数据，只是单纯的距离，不用当真）。

　　　　一个牛 X 的人，能举起300KG的东西，那么它的力量就是15（可以理解为网游的加点）。

　　　　主角能升级（例如说杀只鸡，宰头牛之类的都能获得经验，进而升级）。

　　　　升级以后自然就能加点了，可以加智力（这可是能涨智商的哦～）。

　　　　也可以加力量，之类的随便加，这里就能看出来点数据流的

---

① 简·麦戈尼格尔：《游戏改变世界》，第61页。
② 简·麦戈尼格尔：《游戏改变世界》，第61页。

端了。

其实数据流就是单纯地给主角开"金手指"罢了~!!!①

有读者对数据流小说的兴起不满：

数据流太坑爹，真实的人真实的世界怎么可能用数据表达出来，妈的！更坑爹的事只要血量不空就能活蹦乱跳！你能想象一下主角被对手捅了无数刀还在那里一边磕血瓶一边活蹦乱跳的说没事劳资还有三百血，死不了的尴尬吗。②

有网友立即反驳说：

真实世界人用数据表达出来不可以吗？称体重称出来的不 tm 也是数据吗？你难道也不是个人？这么搞笑？跑步计时记录的时间不是数据？你每天看时间看的不是数据？你测自己臂力测出来的不是数据？别搞笑了可以吗，现实生活里数据都这么多，何况是主神世界这种东西，测出来你的数据不要太简单好吧？③

对不少深受游戏数字化升级的玩家来说，他们正是把现实生活理解成数字人生。

"随月听雨" 2009 年的《数字人生》是此方面较早的代表作品，

---

① https：//zhidao. baidu. com/question/370861742. html，2019 年 5 月 8 日。笔者原来收藏的链接已经失效，只在"百度知道"中找到某网友复制的这部分内容。原作者已不考。

② 网友"小璐翘臀棒"的留言，参见 https：//tieba. baidu. com/p/4813661206？red_ tag = 2747782157，留言见 15 楼，2017 年 4 月 19 日。

③ 网友"hzjdbb123"的留言，参见 https：//tieba. baidu. com/p/4813661206？red_ tag = 2747782157，留言见 17 楼，2018 年 8 月 29 日。

这部小说是都市小说与网游小说相结合的一种跨界，作者完整地将现实社会进行了网游化改造。在小说中，一个叫王伟的少年因为某种机缘，发现世界已经游戏化、数字化了：

　　……当他抬起头时，突然发现一个很惊奇的事情。那就是整个世界好像变了！

　　刚刚因为他是站在马路中间隔得远所以没看清楚，现在走近了才看清楚，每一个在自己身边路过的人头上都顶着几个拳头大小的白色字。比如眼前走过的这个，头上就顶着"范东宜"3个大字，那边站着聊天的两个人头上有"韦建"和"张琳易"，还有那个打着伞踩着猫步走来的美女头上就有"谢丽丽"3个字，还有……

　　天啊！这是什么？王伟一边走一边努力地用双手把自己的眼睛揉了一次又一次，直到把双眼揉到通红，连眼泪都揉出来了，可是！那些"东西"还是在自己面前的这些人头上高高地挂着。

　　不过更加让他吃惊的还在后面，在他经过一个大排档的时候，随眼看了一下他们放在门口地上的一把杀鱼用的刀时，自己的眼前居然出现了褐色方框。不对！那个褐色的方框根本就不是出现在自己的眼前，完全是出现在自己的眼里。就好像是直接印在自己的视网膜上面一样。那个方框上写着：

　　强化的厨师菜刀：要求等级8级。攻击10—25。单手武器，攻击速度3。不可升级。看到这里，他差点一口血吐出来。再看了一眼旁边鸡笼子里面的几只鸡啊鸭啊什么的。

　　天啊！

　　母鸡：等级1，生命20。攻击??，防御??。

雄壮的公鸡：等级 2，生命 35。攻击??，防御??。①

与此同时，生活中各种事情变成了有奖励的数字化的任务：

"快点！别人店里赶着要货，五点半以前要送到货。先去杀 100 只鸡，20 只鸭子。"一看到他到了，爸爸头都没回地对着笼子里的鸡对着他说道。

"好，马上开工。"说完他一把抄起旁边放着的杀鸡用的菜刀就准备开工。不过……

您接受了 F 级任务。父亲的吩咐：杀死 100 只鸡，20 只鸭子。任务时间：80 分钟。记时开始！②

当王伟按照系统要求完成任务后，他升级了，游戏中虚拟化身属性的提升变成了现实身体属性的提升：

恭喜玩家王伟等级提升 1 级，当前等级为 1 级平民，您将得到 1 点自由属性点，生命值 +10，声望 +10。

升级了？还有属性点？哈哈，还是和游戏里一模一样。这一下给王伟的惊喜就更大了，还没惊喜完，他马上就感到全身一阵酥麻的感觉传来，特别是手指上的伤口，一阵冰凉凉的感觉，舒服得他忍不住想呻吟起来。

"升级身体修复完成，改造完毕，祝君、您游戏愉快！"③

---

① "随月听雨"：《数字人生》第二章《世界变了》。
② "随月听雨"：《数字人生》第五章《F 级的任务》。
③ "随月听雨"：《数字人生》第七章《极品美女》。

对这种把现实进行数字化升级的小说来说,写手与读者的"养成—期待"心理是它们重要的快感生产秘诀,如某读者分析知名写手"卷土"的小说:

> 为什么有的时候,只是数据的展示,也能令读者产生阅读的快感呢?我记得有好多网游爱好者,只是看着自己装备的数据,就有那么一种满足感,甚至有的时候只是为了一个附加属性的好坏,而有剧烈的情绪波动。用简单的话来说,就是看着这些数据,玩家有着巨大的成就感,毕竟这种装备花了大量的代价才得来的。
>
> ⋯⋯
>
> 卷土小说的数据明显分成两种,一种就是战斗的数据。⋯⋯而另一种数据就是对于人物属性或者装备的介绍,尤其是装备的介绍,一方面这可以很好地注水,但是另一方面,详尽的装备数据,确实能给予读者一种成就感,主角千辛万苦获得东西,付出大量代价获得东西,没有良好的数据,怎么能够更加真实地体现呢⋯⋯①

麦克卢汉曾分析过数字的作用,在他看来,数字有触觉的性质,比如,我们用数字来标举女性的三围,如同触摸到了女性的身段,这就呈现了数字的伸手可触性及可感性,又比如人们喜欢置身于人群之中的乐趣,这是"喜欢数字增值的快感"②,而这显然跟印刷文化的静居独处、逻辑分析与专业分工不同。数字也有另一面特征,即切割与细分,"拼音字母和数字是最使人分割和非部落化的媒介"③。数字激发了

---

① "灭天绝地潜水员":《从〈最终进化〉看无限流和数据流小说的爽点》,https://tieba.baidu.com/p/4306827658?red_ tag=0917483115,2016年1月17日。
② 马歇尔·麦克卢汉:《理解媒介》,第145页。
③ 马歇尔·麦克卢汉:《理解媒介》,第146页。

同一的、连续的、视觉的有序性，这是一种"理性"的生存标准①。借助这种同一、连续和无限重复，可以将任何难以应付的空间转化为直接、平面与整齐的"理性的"东西②。不难看出，前述我们在谈到网络文学的升级模式时，曾涉及所谓"切割法"，即将升级目标设置成一段一段的数字化目标，实际上就是采用了这一原理。数字的这种切割与细分被印刷文化进一步强化，无穷值在古希腊和古罗马文化中均不为人知晓，"只有等到印刷术使视觉延伸为非常精密、非常一致和强度特别高的媒介之后，其他的感官才能受到足够的压力，这才使产生无穷值的新知觉成为可能"。③ 凭借印刷术带来的准确重复性（exact repeatability），产生了文艺复兴时的无穷值④，如果成功意味着正无穷的话，升级模式的切割法，带来的潜意识就是如前所述的日复一日的努力与进步，最终趋于正无穷。数字与印刷文化的这种分裂而又整齐划一的性质，甚至带来了万古不朽的潜在幻觉："万古不朽的属性是印刷物不可思议的可重复性和延伸性固有的属性。"这导致了"人们为了未来的时代争先恐后地表现他的功绩和激情"。⑤ 由此我们可以进一步深入理解网络文学中的主角，在经过不断升级后成为神一般的人，它既是欲望的无限增殖，也是数字化升级不断累加的必然结果。

从前面的分析来看，这种数字化升级似乎只是停留于游戏文化中，成为一种游戏式的描写。但实际上，这种数字化也是当代及未来人类生活的写照。网络社会固然带来了后现代的解构，但与此同时，它也带来了数字化，并能以清晰的等级给予呈现，它大大强化了麦克卢汉所说的印刷文化的切割细分精神。在此意义上，网络文学对现实数字

---

① 马歇尔·麦克卢汉：《理解媒介》，第 156 页。
② 马歇尔·麦克卢汉：《理解媒介》，第 156 页。
③ 马歇尔·麦克卢汉：《理解媒介》，第 156 页。
④ 马歇尔·麦克卢汉：《理解媒介》，第 156 页。
⑤ 马歇尔·麦克卢汉：《理解媒介》，第 223 页。

化的理解，在一定程度上预示了人类生活的这种趋势。

当代社会的数字人生首先体现在社会的数据库化。如前所述，当代社会的重要特点就是网络的中介，网络成了人与世界的另一道中介，网络中介的特点在于，它将一切经过网络中介的行为都能记录在案，实现了对日常生活事无巨细的数据库化，由此不断产生与更新着海量的数据（大数据）[①]："越来越多的经济交易自动进入数据库，同时还得到消费者的帮助。信用卡消费自然成为极好的例证。按政治经济学的传统理解，消费者购买某物是出于理性选择的'私人'行为。可是，当信用卡从钱包或手袋中拿出来交给店员结账时，那种'私人'行为就已变成了一种'公共'记录的一部分。"[②] 网络释放的主动性让这种"私人"行为成了源源不断的自动化数据贡献，以文学活动为例，读者对文学网站中作品的点击、收藏、打赏；读者留在书评区、贴吧等论坛中的主题、帖子、回复的内容与数量；读者在微博、QQ、微信等社交网络中产生的关于文学的文本、评论、图片、视频等数据；在各购书平台的购书记录、对作品的访问次数、驻留时间、对作品的评论等数据；搜索作品的关键词、主题、搜索次数等，都可以被记录，被积累。这些海量数据每天都在产生、被记录，当代社会成了名副其实的数据库社会。这种数据库并不仅仅体现在人们上网冲浪时的数据收集，而是体现在网络联结了整个社会的结构与运转，我们的政治、经济、社会交往等活动，都需要通过网络来进行——这也正是卡斯特所说的网络社会的意旨——由此相关的数据都会被记录。

与此同时，当代社会的数据库化与升级相联系。各种网站、论坛

---

① 一般而言，大数据具备所谓的 5V 特征，一是 Volume，数据规模极大，不仅从 GB 到 TB、PB，甚至开始以 EB 和 ZB 来计算；二是 Variety，数据类型多，既有传统的结构化数据，也包括近年来呈几何级增长的半结构化数据与非结构化数据；三是 Velocity，数据的产生和处理速度很快；四是 Veracity，数据真假杂陈，良莠互见；五是 Value，数据量大而价值密度低。

② 马克·波斯特：《第二媒介时代》，第 120 页。

或软件都会对用户的参与度、活跃度进行记录，并不断鼓励用户的升级，级别越高，享受的权利就越大。我们在网上发言、评论、上传音频视频、共享资料，转发链接，都会获得积分，也获得相应的级别，而相应的级别就会有相应的权利与奖励。而在网上积极从事各种贡献、以获得积分与奖励，成为不少网友的日常活动。另外，我们线下的日常生活，同样因网络的不断植入而遭受了数字化升级的入侵，超市、银行、商场、酒店、饭店都会注意搜集用户的信息、积分及其奖励。随着"O2O"模式的风行，美团、大众点评等各种本地服务软件的应用，线上线下的数字化升级已结合在一起。

随着大数据分析工具的成熟，日常生活中这种数字与升级的结合，开始有了物质基础。如第二章所述，大数据的核心理念并非指庞大的数量，而是对海量数据的挖掘与分析，从中找出规律性的轨迹。借助大数据，可准确知晓用户的活跃度、参与度及兴趣爱好，在此基础上，各种网站、软件会对用户进行有针对性的推荐，而这反过来又会有效提高用户的参与度与活跃度。与此同时，这些网站与软件还会不断"人性化"地提醒用户自我升级。

也许有人会说，这种数字化升级的生活确实已经在起作用，但大多数人可能并没有认真对待，并没有积极参与，但我们不能忽视这一生活趋势及其未来影响。这里面有这样几个关键因素：一是商业资本对用户升级的渴求，升级会带来源源不断的利益；二是社会的数字化把人们的日常活动量化了，这为日常生活的升级提供了基础的可行性；三是大数据分析让商业资本的利益与用户的需求找到了契合点，这促成了用户升级的主动性。这几个关键因素的结合架构起了人类的数字化升级生活趋势。在此意义上，网络文学描写的数字人生并非虚构，而是正在兑现的现实。

随着移动媒体的广泛使用，大数据进一步卷入了日常世界，我们的私人生活、我们的身体也开始了数字化的升级。随着 GPS、运动传感器、生物识别装置（跟踪心率或血糖水平等）等在手机中的内置，我们每天的运动状态、身体属性都数字化、等级化了。以最常见的 QQ 软件为例，手机上的 QQ 软件可以精准地计算我们每天的步数、消耗的卡路里，并将其与 QQ 上的好友数据进行比较，并设定排行榜，我们可以清楚地看到自己的等级座次。与此同时，QQ 软件会根据用户的成绩榜单作出相应的鼓励言语，甚至会有红包奖励，这显然会逐渐改变用户的习惯，让他们每天不断参与到这种数字化升级的日常生活中来——从实际情况来看，许多 QQ 用户正是这样做的，而且每天都会晒自己的成绩榜单。在根本上，这是把生活游戏化了，用游戏的数字化、等级化不断地改造着自我的生活。而生活之所以能游戏化、数字化，根源就在于 GPS、运动传感器与生物识别装置等技术产品的植入，我们的生活、身体与进步都因这些技术产品的存在而数据化、升级化与可视化了。与此同时，数据分析也能不断对用户进行"人性化"的升级推荐与鼓励。这就是前述集合了移动、网络、本地化、传感器与大数据分析等五要素的"场景时代"。也就是说，现实中的人，就如同游戏中的角色一样，其相关属性及其进步，确实可以"点数"化了，由此，除了前述的商业利益、数字化、大数据分析这三个关键因素之外，人类的日常生活的数字化升级融入了第四个关键因素——游戏——在"场景时代"，游戏式的数字人生并不是一种假说或戏言，而是具有了现实性与可操作性。

关于这一点，我们可以简·麦戈尼格尔《游戏改变世界》中的"游戏化实践"案例来进行说明（原文较长，为说明问题，未作删减。着重号为笔者所加）：

几乎任何一款标准耐克运动鞋的鞋底，都装有一种比扑克牌筹码还小的廉价传感器，成本大约是 20 美元。传感器内置了加速计，可以靠运动激活，通过无线发射器跟你的 iPod 通信，告诉你现在跑得多快、跑了多远。要是你跑步时用 iPod 放着自己喜欢的歌，iPod 的屏幕上便会实时显示你的跑步数据。

获得实时反馈，让人跑得更快更远了。当因为疲惫或分心而在不知不觉中放慢速度时，你能马上看得到，所以，它能帮助你把注意力拉回步伐上。与此同时，逼自己跑得更快，即刻带来了更多的奖励，因为跑得越快，数字降得越慢。设定目标时间并争取达到是一回事，知道你迈出的每一步够不够快、能不能达到预定目标，则完全是另外一回事了。

等回到家，可以把 iPod 插上电脑，系统会自动把数据上传，添加到你的跑步资料库里。这时候又出现了在线奖励。你每跑 1 公里，就能挣到 1 点；等挣到足够多的点数，就能升级。《耐克＋》现有 6 个级别，采用了与武术同样的颜色分级法：黄带、橙带、绿带、蓝带、紫带、黑带。和所有优秀的网络游戏一样，最初，《耐克＋》升级升得很快，但随着时间的推移，就要付出更多的努力才能进入下一级。

现在，我是绿带级跑步爱好者，使用《耐克＋》后共累积了 438 公里，再跑 560 公里就能升入蓝带。这是个令人生畏的数字，但我升级的动力很强，我敢打赌，跑后面 560 公里所用的时间，会比跑最初的 438 公里更快。

基于《耐克＋》传感器收集的数据，可以凭借自己的最短时间和最长距离赢取个人在线奖杯，如完成了 10 公里跑或 100 天跑了 160 公里。如果有哪一回跑得特别好，在你还没来得及喘过气之前，就会有一位类似兰斯·阿姆斯特朗（Lance Armstrong）（美国著名职业自行车运动员——笔者注）这一级别的著名运动员向你发出欢呼，并送上以下音频信息："恭喜！在这一公里中，你刚刚打破了个人最好成绩！"或者"要努力呀！这是你跑的最远的一次"。

如果你愿意，可以把跑步资料库和成绩设定为只供个人浏览，也可以将统计数据和成绩推送给网上的《耐克＋》友人、你在 facebook 上的每一个熟人，甚至 twitter 上的所有人。我最喜欢的一项《耐克＋》激励功能是"给力歌"。它相当于视频游戏里的"血包"或"能量块"，只是以音乐的形式呈现。每当需要能量提升或额外动力继续跑下去或加速冲刺时，只需按住 iPod 中央的按钮，就会自动触发你预设好的最爱跑步歌曲。对我来说，跑步过程中按下中央按钮，感觉就像是解开了某种连自己都不知道的神秘的超级跑步能力。我耳朵里涌进的快速节拍、蓬勃鼓点和励志歌词，就像是一种咒语——我感觉自己在现实世界中也具有了召唤魔法的能力，就像回到了虚拟世界。①

从上面的叙述可以看出，由于传感器的存在，个人的数据可视化了，并获得适时反馈与奖励，这改变与激励着个体的心理。私人生活游戏化、数字化了，线下的运动与线上的奖励结合在一起，游戏的奖励与升级不再只是局限于虚拟空间，而是进入了物理现实，并深刻改变了日常生活。

由于这些媒介具有的技术条件，不仅私人生活与身体属性可以数字化、等级化，甚至社交生活也成了数据化、可升级奖励的事物。举例来说，我们出门，去到某个公共场合，如餐馆、酒吧、咖啡馆、音乐厅、博物馆等，就可以打开手机登录某些社交 App "签到"，这些 App 可向好友实时提醒，如果他们在附近又刚好有空，就可以出来会

① 简·麦戈尼格尔：《游戏改变世界》，第 157—158 页。

合。这些 App 会适时跟踪、分享用户的社交生活数据，并有相应的奖励机制。这些 App 的主要发展趋势，也是让日常生活实现游戏的数字化、等级化，并通过游戏改变用户的社交生活，比如鼓励用户去从没去过的场合，更多地和不经常见面的朋友聚会等。显然，我们的生活本身正在以数据的方式不断被鼓励升级，数据本身成了规训与结构社会的重要力量。席勒认为社会的畸形发展让人性产生了分裂，而艺术与游戏的超越性可以弥合这种分裂，在他这里，游戏显然是出脱于日常生活的。游戏研究先驱胡伊青加（John Huizinga）同样坚持这种分离，他认为"游戏的一个最重要的特征是它同日常生活的空间距离"。① 然而，在数字技术的渗透下，游戏与日常生活走向了结合，数字化的升级开始影响与制约数字土著民的人生。正是在此意义上，著名未来学家简·麦戈尼格尔预言"游戏改变世界"、游戏会"重塑人类文明"② ——网络文学对数字人生的描写预示了这一趋势。

三 进托邦、数码浪漫主义与网络新青年的奋斗

数字化升级给日常生活带来了重要变化，即便现实生活平淡如水、一地鸡毛，借助网络社会数字化升级的卷入，我们仍然可以让生活戏剧化、奇迹化，没有升级与高潮，可以制造升级、生成高潮。这种数字化升级是看得见的进步，自我的努力产生了有形的结果，"更真实"的体验取代了对未来成功的模糊预测。这是真实的能动性，具有立刻行动的明确目标以及生动直接的反馈。我们的物理现实被各种升级关卡所覆盖，生活的颓败感、无聊感都会得到改善。这是网络时代的心理结构，是每天都在努力、每天都在进步的自我暗示。

数字化升级带来的是渐进式的成功，在此意义上，悲剧似乎终结

---

① 胡伊青加：《人：游戏者》，成穷译，贵州人民出版社 1998 年版，第 24 页。
② 简·麦戈尼格尔：《游戏改变世界》，第 321 页。

了，生活变成了凯文·凯利（Kevin Kelly）所说的"进托邦"：

> 反乌托邦和乌托邦都不是我们的归宿；我们的归宿会是"进托邦"（protobia）。更准确地说，我们已经到达了进托邦。
>
> 进托邦并不是目的，而是一种变化的状态，是一种进程。在进托邦的模式里，事物今天比昨天更好，虽然变好的程度可能只是那么一点点。它是一种渐进式的改进，也是一种温柔的进步。①

网络文学的数字化升级，正是这样一种进托邦。在数据流小说中，生命与死亡不是突然的爆发或断裂，而是渐进的量变。主人公被一枪击中在日常生活中可能当场毙命，但在小说中却呈现为受到数字化的伤害。这不是有与无的问题，而是持续的、缓慢却不断逼近目标的过程。数字化升级可以延伸到网络文学所有的层面，因为网络文学的本质就是成功学，这种成功建立在数字累积的精神上，不管是直接的数据流小说，还是一切泛化了的闯关冲卡的升级文，本质都是数字等级不断衍化的结果，数字人生——正是网络文学最深刻的隐喻。

显然，这种数字化的进托邦带有浓烈的数码浪漫主义痕迹。自网络兴起后，数码浪漫主义也随之兴起，比如，尽管网络在线都有记录与监控，但却想当然地认为网络是自由空间，是法外之地，是逃避现实的乐土；尽管虚拟的恋情容易"见光死"，但却热衷于社交网络的恋情，沉浸于虚拟的浪漫邂逅；尽管人性复杂，但却相信大数据分析可以精准满足当事人的需求。网络文学呈现的数字人生，以及将数字化升级弥漫于日常生活的当代社会趋势，同样是数码浪漫主义的表现。

数码浪漫主义源自技术浪漫主义。人们对科技充满了期待，认为科技与媒介会带来社会重组。科技在现代社会中具有一种宗教的光晕：

---

① 凯文·凯利：《必然》，第 8 页。

"原先曾经有一个全能的上帝扮演着世界历史的天佑统治者的角色，而在现代，人类凭借科学技术之助已经取代了这种工作。由此观之，科学技术在现代文化中总是具有一种宗教的光晕（a religious aura）就毫不奇怪了。"① 对数字技术来说，它本身就带来了更新换代的升级文化。数字领域是不断变化的，需要不断地升级，"如果你拒绝进行不断的小升级，那么积累起来的变化最终会变成一项巨大的更新，大到足以带来'创伤'级别的干扰"。② 数字技术的未来更是如此："未来的科技生命将会是一系列无尽的升级，而迭代的速率正在加速。"③ 这种无尽的升级给现代人带来了压力，"无论你使用一样工具的时间有多长，无尽的升级都会把你变成一个菜鸟"。④ 而我们会全力避免成为菜鸟，这就意味着"重复"，我们努力提高自己，适应新的数字技术，但"新科技需要无穷无尽的升级"，所以，"永远是菜鸟是所有人的新设定"⑤ ——这种"菜鸟—升级—菜鸟—升级……"的螺旋式上升过程，正跟我们前面分析的网络文学不断升级换地图的叙事模式相对应，实际上这也正是数字技术升级文化深层欲望原理的投射，"技术元素之所以不停升级和持续变化，有一方面就是为了让我们魂不守舍"，"给我们带来了新的欲望、新的需求，也在我们的思绪里挖出了难以填满的新的欲壑"⑥。但另一方面，这种升级换代的数字技术也培育了数码浪漫主义的文化观念，即凯文·凯利所说的"形成"（Becoming）的时代精神，技术在产生新利益的同时，尽管也在让我们不满足，但这是一种"软进程"（soft process），"今天的问题来自昨天的成

---

① 约斯·德·穆尔：《赛博空间的奥德赛：走向虚拟本体论与人类学》，第 206 页。
② 凯文·凯利：《必然》，第 4 页。
③ 凯文·凯利：《必然》，第 5 页。
④ 凯文·凯利：《必然》，第 5 页。
⑤ 凯文·凯利：《必然》，第 5 页。
⑥ 凯文·凯利：《必然》，第 6 页。

功。而对今天问题的解决方案，又会给明天埋下隐患。随着时间流逝，真正的利益便在这种问题与解决方案同时进行的循环扩张背后逐渐积累起来"。"我们每一年的创造，都比我们每一年的破坏多出那么一丁点。"①——这正如我们分析数字化升级的叙事逻辑一样，虽然总有不断的"恶化"，但总体上是一种不断"改善"的过程——而这就构成了文明的进程。

如何看待这种数码浪漫主义呢？黄鸣奋认为："如同浪漫与现实是一对历史悠久的矛盾那样，作为生活态度的浪漫主义同样是和现实主义并存的。"换言之，数码浪漫主义昭示了生活的可能，但我们也需要用数码现实主义的态度来正视其存在的问题："与数字化生存相适应的现实主义正视数字鸿沟的客观存在，以此为出发点把握数码时代的消费尺度；正视数字化法制和网络管控的社会功能，以此为基础认识在线交往的伦理要求；正视人的精神生活和心理诉求的复杂性和动态性，以此为考察大数据技术的局限性。"②

以现实主义的理性态度来看，我们可能会对网络社会的数字化升级表示质疑，认为这只是一种有关数码革命的乐观主义叙事，将它当成了提升人类生活的福音而忽视了它对生活的伪戏剧化。或者说，这正是本雅明所反对的强调因果必然性与线性进步的历史主义，"没有一座文明的丰碑不同时也是一份野蛮暴力的记录"③，历史并不是螺旋式上升的，有渐进，也有断裂，有进步，也有后退，进步中也可能包含着沉沦与衰落。但是，过于理性的数码现实主义可能也低估了浪漫梦想对现实的指引与改造功能。

具体到网络文学来说，基于数码现实主义，我们可能会站在法兰

---

① 凯文·凯利：《必然》，第8页。
② 黄鸣奋：《数码浪漫主义三重解》，《东南学术》2015年第2期。
③ 本雅明：《历史哲学论纲》，载汉娜·阿伦特编《启迪：本雅明文选》，张旭东、王斑译，生活·读书·新知三联书店2008年版，第269页。

克福学派的精英立场上，指责其中的数字化升级只是一种 YY，一种白日梦的幻想，但精英立场也容易忽略问题的复杂性，我们也许应该参考费斯克（John Fiske）、德赛图（Michel De Certeau）、詹金斯（Henry Jenkins）等大众文化研究学者的意见，充分考虑大众对意义的再生产。尽管网络文学的数字化升级只是商业化的写作手段，但读者也能从这些商业性的文本中生产出自己的行动动力学。

　　德赛图、费斯克等人强调大众的微观政治，他们寄希望于受资本规训的消费者自身凭借"使用"过程中"微生物似的运作"，以及日常生活细节中的众多"策略"行为，重新占领"由社会文化生产技术所布置的空间"①。德赛图把意志或权力主体的规训称为"战略"（strategies），而把消费者对规训空间的抵抗称为"策略"（tactics）。"策略"分散为碎片，进入生产者的空间，它们成为其中的一部分，但并不试图完全占领、接管这个空间，而是在空间内部挖掘、扩张②。而这种微观政治之所以可能，就源自文化商品在使用价值上的特殊性与消费者在使用时的"玩耍"态度。费斯克提出了"两种经济"理论，认为文化商品在"两种经济"即财经经济（financial economy）与文化经济（cultural economy）中流通。在财经经济体制中，文化商品的确具有清晰可辨的交换价值，此时大众也的确是被动的；然而对大众来说更关键的是"文化经济"，此时流通的不是财富而是意义、快感和社会身份，后者的特殊性在于："意义更难拥有（因此不让别人拥有），它们更难控制"，换句话说，"文化商品并不具有明确限定的使用价值"。③ 与此同时，消费者并不对原文本毕恭毕敬，而是抱着无

---

　　① 米歇尔·德赛图：《日常生活实践》，戴从容译，载陆扬、王毅编选《大众文化研究》，上海三联书店 2001 年版，第 83 页。

　　② 米歇尔·德赛图：《日常生活实践》，第 89 页。

　　③ 约翰·费斯克：《大众经济》，载罗钢、刘象愚主编《文化研究读本》，中国社会科学出版社 2000 年版，第 229—230 页。

功利的"玩耍"心态,"活动在由专家统治、建构、书写和操作的空间"①,采取"权且利用"(the art of making do)的原则,对文本采取种种"盗猎"(poaching)与"挪用"(appropriation)式解读。由此,大众能"主动地"从文本中"生产出自己的意义和快感",文化商品的"使用价值"构成了对"交换价值"的反对。

在第二节中我们已经指出网络文学中的数字化升级是借助"金手指"的奋斗,是受保护的成长,并基本上作了消极的评价,但从实际情况来看,对活跃于网络上的读者——由于他们大多数是年轻人,我们可称之为网络新青年——来说,他们并不是沉浸在商业 YY 中无法自拔,而是的确能够对数字化升级作出有利于自我奋斗的"盗猎"式解读。比如"天蚕土豆"的小说《斗破苍穹》,讲的是子虚乌有的所谓"斗气"世界,虽然点击率破亿,实乃一部典型的"小白文",但读者却能从其中的升级奋斗找到精神激励。读者"王红军 sdau"颇为深情地写道:

> 我最近几个月才开始读斗破的,那是一次上计算机课,实在不想听老师讲课,就拿出手机看小说,幸好以前下载了斗破的前900 多章,就看了起来。就这样,我迷上了它,不仅是小说的情节和文采,更主要是主人公萧炎的那种不屈不挠、从不言弃的精神,他为了理想而奋斗,担起男子汉的责任,总之,他深深地影响了我的学习和生活,他就是我的偶像,即使他只是一个虚构的人物。感谢斗破!一直支持你……②

---

① 米歇尔·德赛图:《日常生活实践》,第88页。
② "王红军 sdau":《随〈斗破苍穹〉一路走来》,http://tieba.baidu.com/f? kz = 993879505,2011 年 2 月 6 日。

又如"忘语"的小说《凡人修仙传》，某读者这样解读：

> 你大可以把它当作自我修身的励志篇，反复回味，掩卷沉思，获得力量、得到启迪——我们都是凡人，无法穿越重生，也不是异能超人，更不是什么官二代、富二代，韩立修仙路上的故事所影射的，正是我等芸芸小人物为出人头地、名震一方而甘苦备尝、胼手胝足的经历。①

再如"辰东"的知名小说《神墓》，一位叫"99o"的读者表示自己曾获得巨大精神激励（原文较长，为节省篇幅，作了些删减——笔者注）：

> 我不敢说《神墓》就是网文中的第一，因为这个或许有争议。但《神墓》确实是我最喜欢的网文，也是我感触最深的网文，对我影响最大的网文。
>
> 犹记得复读那年，心情烦躁，前面几个月根本无法安心读书。而在那个时候我的枕边书便是太史公的《史记》，每天午睡前翻阅一篇，靠《太史公书》"文王拘而演周易，仲尼厄尔作春秋，屈原放逐乃赋离骚，左丘失明厥有国语……"来让自己多几个历史上有名有姓的人安慰下。但是真正让我在一次次失败中站起来的却是《神墓》，给我信心和力量，让我敢于抗争的《神墓》。为未知的人生而拼搏，为浩浩荡荡、大气、与天抗争、为达最终的目的，为达到理想奋斗不息。
>
> ……

---

① "狂野湘军"：《试论〈凡人修仙传〉的文学地位与读者必备之知性框架》，http：//forum. qidian. com/ThreadDetailNew. aspx？ threadid＝121864279，2009 年 10 月 10 日。

　　还记得复读时的作文我还多次引用了《神墓》中的"最重要的不是你站在什么位置，而是你在朝什么方向前进"、"在寂寞中咀嚼煎熬，在绝望中品味苦涩……"

　　或许今天再也难有昔日的拼搏念头了，……但，那段回忆，那段拼搏的美好，那段有着《神墓》作陪的岁月却是让人难以忘怀……甚至在很多个夜晚还想起复读时候每天晚上借同学手机看《神墓》更新的日子。①

　　读者的这类解读并非个别现象，在《星辰变》《武动乾坤》《仙逆》等众多知名网络小说的书评区都会发现类似解读。读者的这种盗猎式解读令人惊讶，甚至会让我们感到震撼。这表明他们的确并非是文本或其生产者恩赐之下的"文化瘾君子"，而是处于控制自身阅读的关系之中，他们借助费斯克等人所说的挪用、盗猎的解读策略，根据"切身相关性"的原则在商业化的文本中生产出自我的意义。

　　"需要英雄的国家是可悲的。"② 正确的生活态度也许是詹姆逊所强调的那样："矛盾唯一的解决办法是通过实践，是在实际生活中解决它。"但詹姆逊同时也承认："叙事既是真的，又是假的。一方面叙事是一系列的谎言，编造出一个英雄；同时叙事又是解决这些矛盾方法之一。在伟大的叙事中，我想是很难确定其是否具有真理价值或是纯意识形态的。"③ 也许当下的网络文学还不能被视为伟大的叙事，但我们也许应该考虑到读者阅读的复杂性。网络文学的读者与其说是一

　　① "99o"：《回首高中，三遍〈神墓〉》，http：//forum. qidian. com/ThreadDetailNew. aspx? thread-id＝145801387，2011 年 3 月 26 日。

　　② 杰姆逊：《后现代主义与文化理论》，唐小兵译，北京大学出版社 2005 年版，第 140 页（詹姆逊有时又被译为詹明信或杰姆逊。为了统一，在本书行文中笔者主要采用詹姆逊的译法，但在罗列参考文献时，尊重各自译者的译法）。

　　③ 杰姆逊：《后现代主义与文化理论》，第 140 页。

种流动的群体，不如说是一种固定的状态，他们多数是在中学或大学阶段喜欢上网络文学，但成年后会减少兴趣，也就是说，他们正处于人生的奋斗与迷茫期，读者的精神结构与网络文学的升级叙事具有深层的契合性。因此，尽管被指责为 YY 小说，但读者却并非沉浸在幻想中无法自拔，相反，网络小说的升级模式、"逆天"精神让他们获得了有利于改变自我与现实的阅读。在此意义上，也许我们应该"记住叙事中这些模棱两可的东西"。① 应该重新评估网络文学的社会意义，在一定程度上，中国网络文学正以这种奋斗精神激励着网络新青年，激励他们书写着中国社会现实。

数码浪漫主义确实充满了浪漫的幻想，但它也可以变成现实，永远不应低估目标的憧憬与渐进的努力——对网络社会数字化升级的生活趋势而言，也可以作如是观。

---

① 杰姆逊：《后现代主义与文化理论》，第140页。

后　记

　　我对网络文学的研究兴趣始自博士学位论文写作期间，不过我并非学者粉丝，对网络文学来说，我不赞成垃圾说，也不支持粉丝说，我认为网络上有很多有才的大神，中国文学的未来一定是在网上。但在目前的写作机制下，网络文学的作品质量尚不能让人满意，还存在可提升的巨大空间。在本书中，我尽可能以客观的立场来研究网络文学。

　　我之所以对网络文学研究感兴趣，是深感数字媒介的影响已经日甚一日，它带来了巨大的社会、生活与文化转型，而这种转型，对作为与网络共生的网络文学，究竟意味着什么？也就是说，在研究思路上，我想避开常见的"数字媒介—网络文学"的研究路数，而将重点放在"数字媒介—日常生活—网络文学"的三元关系。"数字媒介—网络文学"的研究路数，常常强调数字媒介带来了文学观念、创作机制、读者阅读、作品特点等方面的变化，这些变化是重要的，也是值得研究的，但我个人更感兴趣的是那些深层的意识内容，是数字媒介对日常生活的影响，它生成的社会症候、情感结构与网络习性——在网络文学中的投射，并在此基础上带来的新的文学想象与写作的可能。

在写法上，我试图借鉴本雅明的方法。本雅明较早地分析了现代性的症候，他从一个个现代生活的意象入手，捕获与阐发那些貌似无关，但实则以各种方式同经验、历史与拯救暗地相通的各种生动、具体、启人心智的"实例"。受超现实主义的影响，他关注那些具体的事物，如一片街景、一桩股票买卖、一首诗、一缕思绪，并寻找那些隐伏其中串通连缀的线索，力求在"最微贱的现实呈现"中，即在支离破碎中，捕捉历史的面目。在这本书中，我主要围绕"架空""随身""重生""穿越""升级"这样一些网络文学的"实例"与意象（而不是小说类型，作为类型它们是互相交叉的，难以分清的），去挖掘其意蕴，窥测社会的症候。我并不试图用宏大的、抽象的概念原则去重新归拢一切，而是尽可能保留现象学的丰富性，突出意象本身的意义，让这些看上去各自为阵、彼此隔绝的文学事物，成为言说网络社会的材料。

本书共五章，在结构安排上，主要分成世界、主体与生活三大版块。第一章呈现的是数字时代的世界变化，网络文学的"架空"隐喻着世界的随意建构与跨越，这是从现代的机械论世界观向后现代的信息论世界观深刻转变；第二至四章呈现的是数字时代的主体变化，具体而言，第二章中的"随身"隐喻着数字时代主体的内部构成发生了变化，主体成为人机（网）结合的赛博格；第三章中的"重生"表明主体不仅在内部四分五裂，而且在外部具有了多个化身；第四章中的"穿越"则将视野由单一主体延伸到主体之间，探讨了数字时代的主体间性。换句话说，这三章的论述大致按照主体内部—主体的多个自我—主体间性（多个主体）的顺序展开，它们综合起来构成了数字时代的主体的变迁。第五章则围绕"数字化升级"入手，认为数字化升级在当下及未来构成了数字时代日常生活的内核，人们的生活构成了数字人生。

　　在此书完稿之即，感谢生命中所有帮助过我的人，感谢我的师长、朋友与家人，你们的支持与关心是我前进的动力。

2019 年 5 月